ALSTERSCHATTEN

AF177202

Leo Hansen, Jahrgang 1954, arbeitete fünfzehn Jahre bei den Landesmedienanstalten in Hamburg und Thüringen. Anschließend unterrichtete er Medienpädagogik, Psychologie/Pädagogik und Politik und veröffentlichte zahlreiche medienpädagogische Fachartikel. Er hat drei erwachsene Kinder und lebt mit seiner Frau in Neustadt in Holstein an der Ostsee.

LEO HANSEN

ALSTERSCHATTEN

Kriminalroman

emons:

Bibliografische Information der Deutschen Nationalbibliothek
Die Deutsche Nationalbibliothek verzeichnet diese Publikation
in der Deutschen Nationalbibliografie; detaillierte bibliografische
Daten sind im Internet über http://dnb.d-nb.de abrufbar.

© Emons Verlag GmbH
Alle Rechte vorbehalten
Umschlagmotiv: pixabay.com/Peter H
Umschlaggestaltung: Nina Schäfer, nach einem Konzept
von Leonardo Magrelli und Nina Schäfer
Umsetzung: Tobias Doetsch
Gestaltung Innenteil: DÜDE Satz und Grafik, Odenthal
Lektorat: Lothar Strüh
Druck und Bindung: CPI – Clausen & Bosse, Leck
Printed in Germany 2023
ISBN 978-3-7408-1915-6
Originalausgabe

Unser Newsletter informiert Sie
regelmäßig über Neues von emons:
Kostenlos bestellen unter
www.emons-verlag.de

Meinen Kindern
Friederike, Jasper, Karoline

Heute haßt man modern.
Die Angst ist die Flamme unserer Zeit
und die wird fleißig geschürt.
Sie verbrennen dich mit ihrer Zunge
und ihrer Ignoranz.

Aus: Hexeneinmaleins, Konstantin Wecker

Prolog

Alfred Rabenhorst war Chef eines großen Mischkonzerns und eine einflussreiche Persönlichkeit in der deutschen Wirtschaft. Und er hatte Geld. Basis seines Reichtums war die Kaltblütigkeit seines Vaters Bruno gewesen. Am Ende des Zweiten Weltkriegs hatte der sich das Geschäft und Gutshaus eines Juden unter den Nagel gerissen. Gerüchte besagten, dass Bruno Rabenhorst ihn selbst umgebracht haben soll.

Alfred Rabenhorst hatte nicht nur das Geschäft seines Vaters übernommen, sondern auch dessen Kaltblütigkeit und rechte Gesinnung. Er hatte aus dem Bekleidungsgeschäft einen Konzern mit vielen Tochterfirmen geformt und regelmäßig informelle Treffen mit Rechten aus ganz Europa auf seinem Landgut Groß-Bockenfurt in Ostholstein organisiert.

Alfred Rabenhorst schaute aus dem großen Fenster des Salons. Der Schnee, der zum Jahreswechsel gefallen war, zierte die Äste der großen Stieleiche, die den Mittelpunkt des Parks bildete. Diese deutsche Eiche war schon von den Germanen verehrt worden, als Symbol für Treue und Standhaftigkeit, für Zähigkeit und Beständigkeit.

Er seufzte, ging zur Barvitrine und schenkte sich einen Camus XO Borderies ein, einen Cognac, der den Namen verdiente. »Werte und Tugenden, die unser Land mehr benötigt als je zuvor«, murmelte er und trank das Glas in einem Zug leer. »Es wird Zeit, dass sich etwas ändert.«

Es klopfte an der Tür, und sein Housekeeper trat ein. »Die meisten unserer Gäste sind angekommen und halten sich im Lesesaal auf. Nur Frau Dr. Haferkamp fehlt noch.«

»Danke, Helmut«, sagte Rabenhorst, ohne sich umzudrehen. In der Ferne sah er einen Wagen auf das Gut zusteuern. Vermutlich ein Porsche 911, mit dem sie gleich durch das Torhaus auf das Grundstück fahren würde. Er wusste, dass Doris Haferkamp eine Schwäche für schnelle Autos hatte. Dass sie zu spät kam, war Kalkül. Sie brauchte ihren Auftritt. Auch wegen dieser Selbstsicherheit gepaart mit einer gewissen Überheblichkeit hatte er ihr damals die Leitung des »Instituts für Neues Denken« angeboten.

Alfred Rabenhorst betrat den Lesesaal. Die Gäste waren alle versammelt und bedienten sich an den Canapés und Getränken. Gerd Meierhuber und Franz Butenkopf, die beiden Vertreter der Neonaziszene, standen abseits und betrachteten etwas skeptisch die weiteren Gäste. Es waren die beiden Verleger Peter Lothringer und Arno Paterna sowie Dr. Reiner Stuhr, ehemaliger Professor für Staatsrecht. Sie gehörten zum Kreis der »Neuen Rechten«, zu dem im weitesten Sinne auch Dr. Doris Haferkamp vom »Institut für Neues Denken« zählte.

Klaus Freiherr von Laden, Vertreter der größten Reichsbürgergruppe, lehnte an einem Regal mit antiquarischen Büchern und hielt die deutsche Ausgabe der »Protokolle der Weisen von Zion« von Gottfried zur Beek in der Hand. Ebenfalls dabei waren die Publizistin Mathilda Jankowski und Karl Immen, Chef eines großen Onlineversandes. Sie standen der Identitären Bewegung nahe und hielten sich für die hippen »Neuen Rechten«.

Rabenhorst rückte seine Cartier-Goldrandbrille zurecht und wandte sich lächelnd an seine Gäste. »Meine Damen, meine Herren, ich freue mich, dass Sie meiner Einladung gefolgt sind. Die Welt ist im Umbruch, Deutschland gerät zunehmend aus den Fugen, und es gibt nur eine Bewegung, die das aufhalten und neue Perspektiven bieten kann. Ich denke, in diesem Punkt sind wir uns alle einig. Worüber wir sprechen müssen, ist, wie wir die Bewegung aufstellen, um unsere Ziele zu erreichen.«

Er bat die Gäste, Platz zu nehmen, klatschte in die Hände, und Helmut servierte den Anwesenden ein Glas Champagner. Alfred Rabenhorst erhob sein Glas. »Meine Lieben, ich bin sicher, wir werden eine anregende Unterhaltung führen! Und wir sollten uns keinen Maulkorb verpassen, sondern, wenn ich es einmal so ausdrücken darf, frei Schnauze sprechen.«

Und dann begann eine Diskussion darüber, welche Ideologie, Organisation und Strategie entwickelt werden müsste, um eine neue Ordnung in Deutschland zu schaffen. Konsens bestand in der Einschätzung, dass in vielen europäischen Ländern und eben auch in Deutschland rechte Strömungen Zulauf hatten. Damit war es mit der Einigkeit aber auch schon vorbei.

Als Erster ergriff Paterna das Wort.»Ich sage Ihnen, mit Parteipolitik werden wir nie eine grundlegende Veränderung erreichen. FPÖ, Front National –«

»Die heißen jetzt ›Rassemblement National‹.«

Für diese Korrektur erntete Professor Stuhr einen bösen Blick von Paterna, der fortfuhr:»Schweizerische Volkspartei, AfD – sie hängen doch alle einem bürgerlichen, rechtspopulistischen Konservatismus nach.«

»Und haben sich an das bestehende System angepasst«, ergänzte Lothringer verächtlich.

»Wir müssen den Kampf um die kulturelle Hegemonie im Meinungsdiskurs gewinnen, um einen geistigen Wandel zu bewirken.«

»Der muss nämlich einem politischen Wandel vorausgehen.«

»Was die beiden meinen«, schaltete sich Professor Stuhr ein, »ist eine nationale Kulturrevolution.«

»Vielen Dank für die Belehrung, Herr Professor«, sagte Doris Haferkamp spöttisch.»Ich frage mich nur, wer euch zuhören soll.«

»Euer gestelztes Gequatsche geht mir auf den Keks.« Meierhuber platzte der Kragen.»Ich bin hier nicht hergekommen, um mir eine Vorlesung anzuhören.«

»Die zudem auch völlig unsinnig ist.« Butenkopf war sein Ärger anzuhören.»Wir brauchen keine nationale Kulturrevolution, was wir brauchen, ist wieder ein Nationalsozialismus.«

»Und wie der geht, wissen wir ja«, pflichtete Meierhuber ihm bei und hob die rechte Hand zum Hitlergruß.

»Mensch, Meierhuber, Opas Faschismus ist tot«, sagte Mathilda Jankowski kopfschüttelnd.

»Opas Faschismus mag tot sein«, schaltete sich jetzt Klaus Freiherr von Laden in die Diskussion ein, »aber eins muss ich mal klarstellen. Das Deutsche Reich existiert nach wie vor, die Regierung Dönitz ist nie zurückgetreten.« Von Laden nippte an seinem Champagner. »Es muss darum gehen, die Handlungsfähigkeit des ›Deutschen Reiches‹ wiederherzustellen und das deutsche Volk aus der Knechtschaft der jüdischen Weltverschwörung zu befreien.«

»Mit euren plumpen Sprüchen und treudeutschem Aussehen lässt sich ja noch nicht mal ein Hund hinterm Ofen hervorlocken.« Karl Immen sah mitleidig zu den beiden Neonazis.

»Na ja, erfolgreich seid ihr Identitären ja auch nicht gerade.« Wieder eine Bemerkung voller Spott von Doris Haferkamp. »Ihr kriegt ja noch nicht mal euer Patrioten-Tinder ans Laufen.«

Alfred Rabenhorst hatte den Schlagabtausch mit vornehmer Zurückhaltung verfolgt, sah sich nun aber genötigt, vermittelnd einzugreifen. Das hatte immerhin den Erfolg, dass die Diskussion weniger aggressiv geführt wurde. Inhaltlich taten sich aber nach wie vor viele Gräben auf.

Interessanterweise, und das war Rabenhorst nicht entgangen, hatte sich Doris Haferkamp zwar an der Diskussion mit klugen Fragen und Bemerkungen beteiligt, doch inhaltlich hatte sie sich nicht geäußert. In ihren wenigen Beiträgen ging es immer um Struktur und Strategie. Das gefiel Alfred Rabenhorst.

Beim Abschied begleitete er sie zu ihrem Porsche. »Das ist ein schickes Auto.« Er schaute es sich genauer an. »Baujahr 2015.«

»Ich bin ein Porsche-Fan«, antwortete sie freundlich. »Das Vorgängerauto war ein Porsche 911 Targa von 1996.«

»Mit großem Panoramadach?«

»Ja, einer der ersten seiner Art. Ist mir leider gestohlen worden«, sagte Doris Haferkamp wehmütig.

»Kommen Sie mit, Doris. Ich darf Sie doch so nennen?«, fragte Rabenhorst charmant. »Ich habe da was für Sie.« Er ging mit ihr zu seiner Garage, die in einer der Scheunen untergebracht war. Dort stand, von einer Plane verdeckt, ein Fahrzeug mit sportlicher Silhouette. Rabenhorst machte Licht und entfernte die Plane.

»Das glaub ich ja nicht!«, entfuhr es Haferkamp.

»Doch, ein Ur-Targa mit Mini-Stoffverdeck und Kunststoffscheibe«, sagte Alfred Rabenhorst voller Stolz. »Ich dachte, wir könnten gemeinsam die zweite Jungfernfahrt dieses kleinen Flitzers begehen.« Rabenhorst schmunzelte. »Auch wenn das Wetter nicht ganz passend ist.«

Das ließ sich Doris Haferkamp nicht zweimal sagen, und so drehte sie mit Rabenhorst eine Runde durch die Holsteinische Schweiz. Nach zwei Stunden kehrten sie wieder auf den Hof von Gut Groß-Bockenfurt zurück.

»Ein großartiger Wagen, Alfred«, schwärmte Doris Haferkamp.

»Wie für Sie geschaffen«, antwortete Rabenhorst. »Sie können jederzeit damit fahren, liebe Doris.«

»Sehr großzügig, im Moment gibt es aber Wichtigeres zu tun.«

»Stimmt, aber es gibt ja eine Zeit danach.«

Wenig später saßen sie wieder im Salon. Helmut servierte Tee und Gebäck, und Rabenhorst kam gleich zur Sache. »Unser Austausch auf unserer kleinen Ausfahrt über das Treffen war sehr belebend.« Er trank einen Schluck Tee. »Ich glaube auch, dass es keine Grundlage für eine Zusammenarbeit mit diesen Leuten geben kann.«

Doris Haferkamp biss in einen der dänischen Knuspertaler. »Köstlich.« Dann schaute sie Rabenhorst an. »Vor allem die Reichsbürger sind eine unüberschaubare Melange aus irren Spinnern, die entweder eigene Königreiche gründen, den Fortbestand des ›Deutschen Reiches‹ propagieren oder die BRD als Privatgesellschaft sehen, und Gewaltbereiten, die Waffen und Munition horten, um sich gegen die Polizei oder andere Vollstreckungsbeamte zu wehren.«

»Diese Heterogenität macht sie vor allem unberechenbar«, fügte Rabenhorst hinzu.

»Und allen ist gemeinsam, dass sie nur eine Ideologie, aber weder eine schlagkräftige Organisation noch eine überzeugende Strategie besitzen.«

»Zudem sind sie sich teilweise spinnefeind.« Er steckte sich ein Zigarillo an. »Sie haben recht, Doris. Das sind nicht die Richtigen für eine neue Ordnung. Sie ziehen aus ihrer Überzeugung die falschen Schlussfolgerungen.«

»Weiß Gott sind sie nicht die, die wir brauchen. Um eine nationale Neugestaltung zu organisieren, braucht es notwendigerweise große Transformationen. Doch dafür sind die alten Konzepte nicht geeignet.« Haferkamp legte die Handflächen aufeinander und fuhr eindringlich fort. »Ziel ist, nicht das Bestehende zu bewahren, sondern zu überwinden. Das geht nur mit einer radikalen Umkehr. Nur so lässt sich eine neue Ordnung ohne Multis, aber mit autoritärer Führung schaffen.«

Rabenhorst zog an seinem Zigarillo, lehnte sich zurück und sagte feierlich: »Denn im Streben nach Pluralität und Individualität hat sich die Menschheit selbst verloren. Die Globalisierung ist unser nationaler Untergang.« Rabenhorst blickte sie an. »Und irgendwann werden wir von den Chinesen regiert.«

»Um das zu stoppen, braucht es ein spektakuläres Zeichen. Ein Fanal.« Haferkamps Gesicht glühte. Und dann berichtete sie von ihrem Plan.

»Die Idee für die Aktion, die sie andeuten, ist in der Tat spektakulär«, sagte Rabenhorst anerkennend. »Doch in der Umsetzung sicher komplex.«

»Etwas Einfaches wäre wirkungslos.« Doris verzog den Mund. »Die möglichen Ziele werden mit Bedacht ausgewählt. Sowohl in Bezug auf die Wirkung als auch auf die Vorbereitungen.«

»Und wie sieht der Zeitrahmen aus?«, fragte Rabenhorst.

»Es wird Ende Mai passieren.«

Rabenhorst griff in seine Jackettasche, holte einen Zettel heraus und gab ihn Doris Haferkamp. »Sie hatten mich um zwei Namen gebeten. Ich habe Ihnen drei aufgeschrieben. Die ersten beiden können«, er suchte nach den richtigen Worten, »Ihnen helfen, Ihre Auslagen zu decken.« Ein Lächeln umspielte seine Lippen.

»Verstehe.«

Dann fuhr er mit ernstem Gesichtsausdruck fort. »Der letzte Name ist ein nützlicher Kontakt im Landeskriminalamt. Er erwartet Ihren Anruf. Aber das hat noch Zeit.« Rabenhorst räusperte sich. »Ich habe ein kleines, aber feines Mahl für heute Abend vorbereiten lassen. Ich würde mich freuen, wenn Sie bleiben würden, Doris.« Er breitete seine Arme aus. »Hier ist genügend Platz«, sagte er mit einem hintergründigen Gesichtsausruck.

Doris Haferkamp war sichtlich irritiert. »Das ist, äh, sehr freundlich, Alfred. Aber ich habe schon eine Verabredung und«, sie überlegte kurz, »unsere freundschaftliche Beziehung reicht mir.«

Rabenhorst entglitten für einen Moment die Gesichtszüge, seine buschigen Augenbrauen zuckten, dann hatte er sich wieder im Griff. »Schade.« Er drückte sein Zigarillo aus. »Zeigen Sie uns, dass sie mit Ihrer Einrichtung die Speerspitze einer Revolution sein können. Beweisen Sie es, Doris. Dann setzen wir in Gang, was wir schon seit langer Zeit vorbereiten, und schaffen ein neues Land.«

Rabenhorst stand am Fenster seines Salons und sah Doris Haferkamp hinterher. Was bildete die sich bloß ein?, dachte er. Ihn so abzuservieren, hatte bisher noch niemand gewagt. Er spürte, wie die Wut in ihm aufstieg. »Nicht mit mir, nicht mit mir«, murmelte er.

Aber erst einmal musste sie ihren Job erledigen. Rabenhorst schenkte sich einen weiteren Cognac und trank einen Schluck. Dann ging er zu seinem Gemälde von Emil Nolde, das er vor ein paar Jahren auf einer Aktion erstanden hatte. »Sturzwelle unter violettem Himmel« hieß das Aquarell. Er liebte es, nicht nur weil Nolde ein Gesinnungsgenosse gewesen war, sondern ihn der dramatische Farbenteppich faszinierte. Er nahm den Rahmen von der Wand, und dahinter erschien ein kleiner Safe, den er öffnete. Er holte ein abhörsicheres Handy heraus und schrieb eine verschlüsselte Sammel-SMS:

»Sie macht es. Der Countdown läuft.« Der Rat war informiert.

1

Max war auf dem Weg zum Lindenhof, dem Vereinsheim von Fortuna Langenhorn. Einige Mitglieder seiner Kampfsportgruppe Spider, bei der er seit zwei Monaten trainierte, hatten ihn zu einem Treffen eingeladen. Wer sonst noch teilnahm, war ihm unbekannt. Auf den Treffen, so hatten sie ihm beim letzten Training erzählt, würde über gesellschaftliche Themen diskutiert und im Anschluss Bier getrunken. Und da er erst seit Kurzem in Hamburg lebte und sein soziales Leben noch sehr eingeschränkt war, hatte Max sich entschlossen, an dem Treffen teilzunehmen. Vielleicht würde er dort neue Leute kennenlernen. Leute, mit denen er wie in Dortmund Randale machen konnte. Dort hatte er bei einem rechten Kampfsportlabel gearbeitet, und nach der Arbeit waren sie auf die Jagd gegangen: nach Ausländern und reichen Kapitalisten, die das kranke System in Deutschland repräsentierten. Gleichzeitig konnte er bei diesen Aktionen seine dunkle Seite ausleben. In ihm brodelte eine unbändige Wut, die regelmäßig ein Ventil finden musste.

Inzwischen konnte er den Lindenhof sehen. Ein altes reetgedecktes Fachwerkhaus, das den Krieg und die Sanierungswut des Hamburger Senats überlebt hatte. Das Sonnenlicht ließ ihn für einen Moment in seiner ganzen Pracht erscheinen, doch dann beendeten dicke graue Wolken das Schauspiel. Sekunden später begann es zu regnen. Aprilwetter von seiner besten Seite. Max sah gerade, wie ein VW Beetle vor dem Haus hielt und zwei junge Frauen aus dem Auto stiegen. Sie spannten einen großen Regenschirm auf, unter den sie sich drängten und so lachend zum Eingang des Lindenhofs liefen. Dabei verlor eine der Frauen ihren Schal. Max lief zum Eingang und hob ihn auf. Ein betörender Duft stieg auf, und er hielt sich den Schal an die Nase.

»Und, gefällt dir mein Parfüm?«

Max schaute ertappt auf und hielt der jungen Frau, die plötzlich vor ihm stand, verlegen den Schal hin. »Du hast ihn gerade verloren, und, äh, ich …«, stammelte er.

»Ich bin Sigi«, entgegnete sie, nahm den Schal und strahlte ihn an. »Und du bist?«

»Max. Ein paar Jungs von Spider haben mich eingeladen.«

»Ah, hab von dir gehört.« Und als sie seinen fragenden Blick sah, fuhr sie fort: »Wir reden miteinander.«

Es waren ungefähr fünfzig Leute anwesend, die an den u-förmig ausgerichteten Tischen Platz genommen hatten. Die meisten waren zwischen Mitte zwanzig und fünfzig Jahren. Neben den zwei Frauen, die Max schon gesehen hatte, waren noch weitere fünf Frauen im Publikum. Sigi und ihre Freundin saßen ihm gegenüber, und Sigi winkte ihm zu. Ihre lockigen schwarzen Haare hatte sie zu einem langen Zopf gebunden, ihre Lippen waren rot geschminkt. Er schätzte sie auf Ende zwanzig.

Ihre Freundin, die neben ihr saß, hatte kurze, strubbelige blonde Haare und trug eine schwarze Lederjacke. Sie wirkte sehr jugendlich, war aber sicher ein paar Jahre älter als Sigi. Er ließ seinen Blick weiterschweifen und erblickte noch drei Jungs, die wie Punks aussahen. Der Rest der Anwesenden machte eher einen biederen Eindruck, jedenfalls nicht weiter auffällig. Auch seine Kumpels aus der Kampfsportgruppe hatten sich in Schale geschmissen. Hemd, ordentliche Hose und Sneakers. Einzig zwei der Frauen fielen mit ihrem Äußeren aus dem Rahmen. Die ältere von beiden wegen der teuer aussehenden Kleidung, die andere wegen ihres roten Pagenkopfes, einer grünen Jacke und der dunklen Hornbrille. Max schätzte den Pagenkopf auf Mitte dreißig.

Plötzlich wurde es still, und ein spindeldürrer alter Mann mit weißen Haaren trat an das Rednerpult. »Liebe Freunde, ich freue mich, dass ihr so zahlreich gekommen seid. Und ich verspreche euch, ihr werdet es nicht bereuen. Nicht nur, weil wir im Anschluss noch eine kleine Feier vorbereitet haben, mit leckerem Essen und –«

»Ordentlichem Bier«, rief Sigi dazwischen und erntete dafür einige Lacher.

»Die junge Frau denkt wieder nur an das eine«, bemerkte der

Redner trocken. Dann fuhr er streng und belehrend fort. »Aber bevor du dein Bier trinkst, solltest du den Ausführungen der Rednerin des ›Instituts für Neues Denken‹ gut zuhören. Jetzt begrüßt bitte Dr. Doris Haferkamp.«

Verhaltener Applaus füllte den Saal, als Frau Haferkamp ans Rednerpult trat. Sie war eine der Frauen, die Max aufgefallen waren. Roter Blazer, darunter eine weiße Rüschenbluse, Perlenkette und dezent geschminkt. Die dunklen Haare waren zu einem Dutt gebunden. Eine reifere, attraktive Frau.

»Liebe Freundinnen und Freunde.« Sie blickte freundlich in die Runde. »Ich will euch nicht allzu lange von einem guten Bier abhalten. Umso mehr Zeit haben wir anschließend bei dem geselligen Beisammensein für einen Plausch.«

Sie räusperte sich und hielt ein paar Blätter in die Höhe. »Zwanzig Seiten, die mir mein Sekretär als Rede vorbereitet hat.« Sie blickte lächelnd in die Runde. »Keine Angst, die benötige ich aber nicht. Ich will euch stattdessen eine Geschichte erzählen.«

Doris Haferkamp legte die Papiere zur Seite. »Herr Kröppelin hat mich vorgestellt als Mitglied des ›Instituts für Neues Denken‹. Das ist richtig. Ich bin dort seit zwei Jahren Vorstandsvorsitzende. Und nur so viel: Neues Denken heißt, das Alte hinter sich zu lassen, das Bestehende aufzubrechen, die Zukunft zu gestalten. Nicht alles dem Globalisierungswahn zu opfern. Nun zu meiner Geschichte.«

Max irritierte, dass Doris Haferkamp ihn immer wieder anschaute. Er schloss die Augen und hörte aus der Ferne ihren Worten zu. Von zweien, die auszogen, um die Welt kennenzulernen, aber nur Ungerechtigkeit und Chaos erlebten. Auf dem Land, wo Bauern nicht mehr von ihren angebauten Produkten leben konnten. In Dörfern, wo Fremde besser wohnten als die Einheimischen. In Städten, wo wieder eine babylonische Sprachverwirrung herrschte. Und so ging es weiter.

Als Applaus aufbrandete, schreckte Max zusammen und öffnete die Augen. Er blickte zu Sigi, die an den Ausführungen nicht besonders interessiert zu sein schien. Er sah, wie sie sich zu ihrer Nachbarin beugte und ihr etwas ins Ohr flüsterte. Dann blickten beide zu ihm herüber und kicherten. Max wurde rot, hatte er geschlafen? Aus Verlegenheit blickte er wieder zu Doris Haferkamp, die gerade ihr apokalyptisches Märchen mit dem Selbstmord ihrer beiden Abenteurer beendete.

»Jugend ist ein Privileg«, hörte er sie sagen, »aber Jugend hat auch Verantwortung. Deshalb müssen wir, müsst ihr kämpfen und dürft nicht den Kopf in den Sand stecken.« Jetzt blickte sie wieder zu ihm. »Wir brauchen starke, junge Männer«, dann ließ sie ihren Blick effektvoll über die Zuhörer schweifen, »und selbstverständlich auch junge Frauen, die nicht vor dem Fremden, dem Überflüssigen, dem Wertlosen, das uns bedroht, fliehen oder gar aus Verzweiflung, so wie meine beiden Protagonisten aus der Geschichte, den Freitod wählen. Ihr müsst ausziehen, um der Welt das Fürchten zu lehren, wenn der Tag gekommen ist. Und ich verspreche euch. Ihr seid nicht alleine. Ich danke euch für das Zuhören und freue mich, gleich mit euch einen netten Abend zu verbringen.«

Wieder brandete Applaus auf. Max musste zugeben, dass er die Überlegungen, die Doris Haferkamp ausgeführt hatte, gar nicht so schlecht fand. Es gab so viele Sozialschmarotzer, die dem Staat nur Geld kosteten. Dazu gehörten natürlich auch die vielen Asylbewerber. Außerdem empfand er sich als Globalisierungsopfer. Er hatte keinen vernünftigen Job und bekam eine Scheißbezahlung. Aber das hätte man auch in weniger Sätzen sagen können. Er konnte noch nie gut zuhören. Einer der Gründe, warum er sein Studium nach zwei Semestern geschmissen hatte. Plötzlich spürte er eine Hand auf seiner Schulter. Die Frau mit dem Pagenkopf stand hinter ihm.

»Ich bin Veronica, die Assistentin von Frau Dr. Haferkamp. Sie möchte dich zu einem Bier einladen.«

Max starrte sie verblüfft an. »Mich?«

»Ja.« Sie lächelte vielsagend. »Gleich am Tresen.«

Hatte er doch recht gehabt. Sie hatte ihn angeschaut. Nicht

nur ein Mal. Er stand auf und ging langsam Richtung Tresen. Er suchte Sigi, konnte sie aber nicht finden. Stattdessen lief er in die Arme von Klaus aus der Kampfsportgruppe. »Mann, das war doch ein geiler Vortrag, oder?« Klaus sah ihn grinsend an. »Und dann hat sie auch noch super Möpse.« »Ja, sie hat viele gute Dinge gesagt.« »Jetzt müssen wir uns nur noch überlegen, wie wir der Welt das Fürchten lehren.« Klaus schlug ihm kumpelhaft seine Hand auf die Schulter. »Wir sehen uns«, sagte er.

Max schaute ihm hinterher und sah, wie er Richtung Büfett ging. Dort entdeckte er auch Doris Haferkamp, die ein Stück Käse aß und an einem Sektglas nippte. Sie war gerade mit den beiden jungen Frauen, die er zu Beginn getroffen hatte, im Gespräch. Wobei es mehr ein Monolog zu sein schien. Haferkamp redete eindringlich auf die beiden ein, und sie zeigten ihr Interesse durch eifriges Kopfnicken. Einige Male schienen sie zu ihm herüberzugucken.

Haferkamp beendete ihren Monolog, drückte Sigi das Sektglas in die Hand und machte sich auf den Weg zum Tresen. Max bahnte sich ebenfalls seinen Weg durch die Menschenmenge und kam fast gleichzeitig mit ihr dort an. Sie war einen Kopf kleiner als er, aber mit ihren hohen Absätzen glich sie den Größenunterschied fast aus.

»Hallo«, sagte sie freundlich. »Du bist Max, habe ich gehört.«

Max nickte verlegen.

Sie reichte ihm die Hand. »Ich bin Doris.« Dann bestellte sie zwei Bier. »Wie hat dir meine Rede gefallen?«

»Ich fand gut, dass Sie, äh, ich meine, dass du keine langweilige Rede gehalten, sondern eine Geschichte, ein Märchen erzählt hast.«

Sie prostete ihm zu und nahm einen Schluck vom Bier. »Man kann so besser zuhören. Auch mit geschlossenen Augen«, fügte sie verschmitzt hinzu.

»Ja, und so war ich nicht so abgelenkt«, erklärte Max verunsichert. »Ist die Welt um uns herum tatsächlich so schlecht?«

»Vieles droht verloren zu gehen, wenn wir nicht aufpassen.«
»Und wann kommt der Tag, den du angekündigt hast?«
»Du hast wirklich aufmerksam zugehört.« Doris Haferkamp
nahm seine Hand. »Leute wie dich brauchen wir. Leute, die
handeln, die zum richtigen Zeitpunkt für das Neue kämpfen.«
Sie sah ihm in die Augen und sagte verschwörerisch: »Und
kämpfen kannst du ja.« Sie fuhr ihm mit einer Hand durch
seine blonden Locken. »Gerade die Jugend hat ein Recht auf
eine Zukunft, in der sie einen Platz hat.«
Max war irritiert. War er Doris schon einmal begegnet?
Doris Haferkamp griff in ihre Handtasche und holte eine
Visitenkarte hervor. »Hier, ruf mich an. Oder«, sie zwinkerte
verschwörerisch mit einem Auge, »komm einfach vorbei, und
ich erzähle dir von dem Tag.« Sie drückte Max die Karte in die
Hand. »Ich glaube, du wirst erwartet.« Max drehte sich um und
sah Sigi und ihre Freundin. Als er sich wieder Doris Haferkamp
zuwenden wollte, war sie schon verschwunden.

Doris Haferkamp ließ sich von ihrer Assistentin ins Ely-
sée-Hotel an der Rothenbaumchaussee fahren, wo sie zurzeit
wohnte. Dort war sie mit Winfried und Lasse verabredet, die
ihr schon früher einige gute Dienste geleistet hatten. Nach
dem Treffen im Januar auf Gut Groß-Bockenfurt war sie an
die beiden herangetreten. Sie waren absolut zuverlässig und
vertrauenswürdig und somit ihre Stützen bei der Vorbereitung
für den Anschlag.
Winfried war Reserveoffizier und Sprengstoffexperte, Lasse
war Logistik- und Organisationsexperte. Haferkamp hatte ihm
vor Jahren eine Zusatzqualifikation in der Schweiz finanziert,
mit der er einen lukrativen Job bei der Hamburger Hafen und
Logistik AG im Containercontrolling bekommen hatte. Winfried hatte sie aus seinem seelischen Loch nach seiner Militärzeit
herausgeholfen. Beides zahlte sich nun aus.
Doris Haferkamp war überzeugt, dass die beiden Männer
die richtigen waren, um ein spektakuläres Szenario zu planen

und umzusetzen. Etwas, das die Tatkraft und Fähigkeiten des ›Instituts‹ unter Beweis stellen würde. Sie waren gut ausgebildet, hatten die richtigen Verbindungen und eine Menge Erfahrungen. Und sie hatte sich nicht getäuscht. Ihr Vorschlag, zwei Ziele parallel anzugreifen, war einfach genial. Das würde für große Verwirrung bei der Polizei sorgen. Jetzt war sie gespannt über den Stand der Vorbereitungen. Haferkamp nippte an ihrem Gin Tonic und lächelte vor sich hin. Wenige Minuten später betraten die beiden die leere Lobby und setzten sich zu ihr in die dunkelgraue Sitzgruppe, die zwischen zwei marmorierten Säulen stand.

»Winfried, dein Bart ist in dem Maße gewachsen, wie die Haare auf Lasses Kopf kürzer geworden sind«, begrüßte Haferkamp die beiden amüsiert.

»Gefallen wir dir nicht?«, fragte Winfried und tat beleidigt.

»Es würde euch sowieso nicht stören.«

»Stimmt«, erwiderte Lasse.

»Was habt ihr inzwischen erreicht?«

Winfried holte ein Tablet hervor, gab ein paar Befehle ein und öffnete eine Datei. Dann gab er es Doris Haferkamp. »Das Zeug habe ich jetzt geordert. Nicht billig, aber gut.«

»Wird es rechtzeitig vor Ort sein?«

Winfried nickte. »Ich habe sicherheitshalber mehrere Bestellungen vorgenommen.«

Haferkamp gab das Tablet zurück. Winfried löschte die Datei und öffnete eine weitere. »Und hier«, er zeigte ihr ein Foto, »dieses Schmuckstück ist für den Big Shot.«

Doris blickte auf das Foto. »Sieht beeindruckend aus.«

»War schwer zu bekommen.«

»Also teuer.«

Winfried nickte. »Hast du die richtigen Leute für die Aufgaben rekrutiert?«

»Den Letzten habe ich heute getroffen. Ich lasse ihn schon seit über einem Jahr beobachten. Das erste Mal habe ich ihn beim ›Kampf der Nibelungen‹ 2018 in Ostritz gesehen. Das war beeindruckend. Und das Schmuckstück«, Doris nickte anerkennend, »wird die richtige Person zieren. Auch sie kenne ich seit Jahren und habe ihr mehr als einmal in einer schwierigen Lebensphase geholfen.«

Jetzt nahm Lasse das Tablet in die Hand. Auch er öffnete eine Datei und zeigte Doris einige Fotos. »Wie gefallen sie dir?«

»Lkw haben mich noch nie interessiert.«

»Das sind keine Lkw«, sagte Lasse, »das werden Granaten sein.«

Winfried haute sich auf die Schenkel. »Schönes Wortspiel.«

Doris Haferkamp war irritiert. »Ich verstehe nicht, was –«

»Ich erkläre es dir«, unterbrach Lasse sie. Eine Viertelstunde später löschte auch er die Dateien und steckte das Tablet wieder ein. »Damit sollte die Fanalwirkung perfekt sein«, sagte er zufrieden.

»Sollen wir dich irgendwo hinfahren?«, fragte Winfried. Die beiden Männer standen auf.

Doris Haferkamp schüttelte den Kopf. »Ich esse hier noch.« Sie sah den beiden hinterher. Der Tag des Anschlags, davon war sie überzeugt, würde in der Geschichte als Wendepunkt einer fehlgeleiteten Welt eingehen. Sie stand auf und steuerte ihr Zimmer an. Sie musste sich noch umziehen, bevor sie sich ins Restaurant begab.

2

Janne Bakken lag im Bett und dachte an ihre Großmutter. Mitte März war sie zu ihrer Beerdigung nach Norwegen gefahren. Ihr Tod war nicht überraschend gekommen, dennoch war Janne tief getroffen. Im Februar hatte sie noch ein paar wunderbare Tage mit ihr in Bergen verbringen können, ihrer beider Heimatstadt zwischen dem Hardanger- und Sognefjord. Jetzt war sie nicht mehr auf dieser Welt. Doch zwei ihrer Sätze würden Janne immer im Gedächtnis bleiben:»Die Kälte habe ich mein Leben lang ausgehalten, meinen Schmerz nicht.« Dazu ihre Ermutigung.»Lass dir nie etwas gefallen und lass kein Unrecht zu.« Vor allem das nahm sie sich zu Herzen, nicht nur als Privatdetektivin. Denn das war sie seit Anfang des Jahres. Sie hatte sich bei Dr. Elias Hopp beworben, Journalist, Rechercheur und Privatermittler. Und jetzt war sie seine Partnerin. Zu verdanken hatte sie das Elias' Jugendfreund, dem LKA-Profiler Heiner Zillinski, der von allen nur Zille genannt wurde. Der hatte ihm dringend zu einer personellen Verstärkung geraten, weil seine Fälle immer gefährlicher wurden. Und als Ex-Elitesoldatin war Janne mit Gefahrensituationen vertraut.

Dass sie bei ihrem ersten gemeinsamen Fall ihre Kampferfahrung so häufig würde einsetzen müssen, hätte sie allerdings nicht gedacht. Doch die Ritualmordserie, die Anfang des Jahres Hamburg erschütterte, hatte es in sich gehabt. Elias Hopp und sie hatten bei der Aufklärung die Sonderkommission des LKA unterstützt, der auch Zillinski angehörte. Die Zusammenarbeit mit der Soko war sehr erfolgreich, aber eben auch voller Gefahren gewesen. Das war ihr noch einmal deutlich geworden, als sie Elias' Buch über die Ritualmorde gelesen hatte.

Bei diesem Fall hatte sie sich mit Anna Radke vom LKA angefreundet, die dort als IT-Forensikerin tätig war. Heute waren sie zum Brunch verabredet. Anna hatte Lachs und Matjestatar mitgebracht und Janne nach dem Rezept ihrer norwegischen Großmutter Waffeln gebacken.

»Ist Zille wieder im Lande?«, fragte Janne mit vollem Mund.

»Ja, ich habe ihn im Präsidium in Kriminalhauptkommissar Pöppelmanns Büro getroffen. Zille hat die Abschlusssitzung der Soko Ritualmorde mit seinen Geschichten von seinem Japan-Besuch aufgelockert.«

Janne lachte.»Das kann ich mir lebhaft vorstellen.«

Anna aß gerade ihre zweite Waffel mit Preiselbeeren und Sahne, als plötzlich eine krächzende Stimme zu hören war.

»Ahoi, Käpt'n, noch 'n Rum. Ahoi, Käpt'n, noch 'n Rum.«

»Hast du deinen Papagei mitgebracht?«, fragte Janne verwirrt.

»Nein, das ist mein neues Diensthandy. Abhörsicher.« Anna rannte in den Flur zu ihrem Rucksack und kam nach einer Minute wieder zurück. »Das war die IT-Abteilung. Hackerangriff. Ich soll sofort ins Präsidium kommen.« Anna hielt nachdenklich ihr Handy hoch. »Das Telefonat war übrigens von Störgeräuschen durchsetzt.«

Nachdem Anna fort war, stellte Janne die Lebensmittel in den Kühlschrank und beschloss, zum Sport zu gehen. Sie zog sich um und schaute in den Spiegel. Mit ihren tiefblauen Augen betrachtete sie ihre neuen Sportklamotten. Sie sahen gut aus und waren gleichzeitig bequem. Sie machte ein paar Dehnübungen, nahm dann ihre Sporttasche mit der Wechselkleidung und begab sich auf den Weg zum Dojo.

Erst vor ein paar Tagen hatte sie den ersten WingTsun-Meistergrad erlangt. Dieser Kampfsport war eine wunderbare Ergänzung ihrer bisherigen Nahkampfausbildung, vor allem, weil sie damit ihre taktilen Reflexe ausbauen und so besser die Absichten ihres Gegners erspüren konnte. Allerdings blieben diese Fähigkeiten nur bei konstantem Training erhalten. Also suchte Janne zweimal die Woche das Dojo in der Erichstraße auf.

Malte Sandvik stand am Fenster seiner Dachgeschosswohnung in der Lange Straße auf St. Pauli, die er vor zehn Tagen für ein halbes Jahr inklusive abgewohnten Mobiliars angemietet hatte. Das spielte jedoch keine Rolle. Wichtig war allein, dass er die gegenüberliegenden Wohnungen gut beobachten konnte, wobei ihn aber nur eine Wohnung tatsächlich interessierte. Die von Janne Bakken.

Vor zwei Monaten wäre er bei seiner Flucht fast in der Ostsee krepiert. Hätte er noch zehn Minuten länger in dem vier Grad kalten Wasser getrieben, er wäre den sicheren Kältetod gestorben. Für alle anderen war er das auch. Ersoffen. Sandvik grinste. Er war ein zäher Bursche und hatte Glück im Unglück gehabt. Erst die Fischer, die ihn trotz Nebel gefunden und halb erfroren aus dem Wasser gezogen hatten. Dann die kleine Ambulanz auf Læsø, wo ein syrischer Flüchtling diensthabender Arzt war und ihn aufgepäppelt hatte. Inklusive der Amputation zweier Finger an der linken Hand.

Zum Dank hatte er seinem Helfer dann das Geld geklaut und war abgehauen. Er blickte auf seinen linken Arm. Die beiden fehlenden Finger waren kein Problem. Was ihn weit mehr störte, war die Unbeweglichkeit des Arms. Trotz des fast zweimonatigen harten Trainings konnte er ihn nach wie vor nur eingeschränkt benutzen. Was schon einem Wunder gleichkomme, wie die Ärzte ihm immer wieder bescheinigt hatten. Aber der Hass auf Janne Bakken, die ihn vor all seinen Untergebenen im norwegischen Militärcamp bloßgestellt hatte, war so groß, dass er all seinen Willen aufgebracht hatte, um wieder fit zu werden. Denn das musste er sein, wenn er sich mit dieser Elitesoldatin der Jegertroppen anlegen wollte.

Als er sie nach seiner Flucht in Kopperby in ihrem Wochenendhaus an der Schlei gefunden hatte, war er noch zu geschwächt gewesen, um sich mit ihr anzulegen. Er hatte zunächst überlegt, sie einfach zu erschießen. In Kopperby hatte er freies Schussfeld. Doch er gönnte ihr keinen schnellen, schmerzfreien Tod. Schon gar nicht, nachdem sie ihm eine Falle gestellt und ihn ein zweites Mal besiegt hatte. Er wollte sie leiden sehen. Doch dafür, und in seinem Innersten wusste er es, brauchte er mit seinem Handicap auch ein wenig Glück. Immerhin hatte er einen unschätzbaren Vorteil. Er war *tot*.

Sandvik bemerkte Bewegungen in der gegenüberliegenden Wohnung und blickte durch das Fernglas. Die dünnen Vorhänge verbargen nicht viel, und da sowohl das Schlaf- als auch das Wohnzimmer zur Straße hin lagen, hatte er genügend Einblicke. Zudem hatte er die Wohnung verwanzt und mit Kameras ausgestattet, weshalb er auch alles hörte und aus der Nähe sah. Sandvik wusste, dass sie häufig Besuch von einer Anna bekam, die beim LKA arbeitete. Er hatte gehofft, sie beim Sex beobachten zu können, doch offenbar war die Frau nur eine gute Freundin. Jetzt sah er, wie Janne sich eilig umzog. Er schaute auf seine Uhr. Es war halb zehn, und der Kleidung nach zu urteilen wollte sie Sport machen. Sandvik beschloss, sie auf ihrem Weg zu begleiten.

Vor der Haustür scannte Janne erst einmal die Lage. Zwar drohte ihr von Sandviks Leuten keine Gefahr mehr, schließlich konnte der vom Ostseegrund keine Befehle mehr erteilen. Doch seit dem Überfall vor einigen Monaten, als ihr zwei Männer in ihrer Wohnung aufgelauert hatten, war Janne vorsichtig geworden. Sie konnte nichts Auffälliges feststellen, lief Richtung Hein-Köllisch-Platz und von dort in die Silbersacktwiete. An der Piccadilly Bar, einer der bekanntesten Hamburger Gaybars, bog sie rechts ab, dann links in die Friedrichstraße. Das war zwar ein Umweg, doch Janne hatte plötzlich das Gefühl, jemand verfolge sie.

Sie blickte sich um und sah drei Gestalten, die mehr oder weniger gerade gingen. Das war auf dem Kiez nicht ungewöhnlich, schließlich gab es hier genügend Kneipen, die Tag und Nacht geöffnet hatten, so wie die Hans-Albers-Klause. Sie verlangsamte ihr Tempo, um es an der Chikago Bar wieder anzuziehen. Sie bog in die Gerhardstraße ein und meinte aus den Augenwinkeln wahrzunehmen, wie jemand ebenfalls eher lief als ging. Kurz entschlossen verschwand sie in einem Hauseingang und beobachtete die Straße. Doch auch nach zwei Minuten lief niemand an ihr vorbei. Sie trat aus dem Hauseingang hinaus und sah nur zwei Männer, die in bester Laune aus der Eckkneipe an der Herbertstraße kamen.

Hatte sie sich geirrt? Ihr Gefühl hatte sie allerdings noch nie getäuscht. Nachdenklich legte sie die letzten Meter zum Dojo zurück.

3

Mittags wachte Max mit einem dicken Kopf in Sigis Zwei-Zimmer-Wohnung auf. Als sein Blick auf die Kornflasche fiel, war ihm auch klar, warum ihm der Schädel brummte. Neben ihm machte sich Leni, Sigis Freundin, bemerkbar. Sie schlug die Augen auf und blinzelte ihn an.

»Du hast ganz schön lange durchgehalten«, sagte sie anerkennend.

»Man tut, was man kann.«

Leni setzte sich auf und schaute ihm in die Augen. »Wusstest du, dass du im Schlaf redest?«

Max bekam einen Schreck und machte ein fragendes Gesicht. »Nein, was habe ich denn erzählt?«

»Verworrenes Zeug. Scheintote mit weißen Haaren und so 'n Kram.«

Jetzt war auch Sigi wach, schlug die Bettdecke zurück und strich mit einer Hand über die Narbe auf seiner Brust. »Wer ist dafür verantwortlich?«

Max schwieg einen Moment, hielt Sigis Hand fest, sodass sie auf der Narbe liegen blieb. Dann blickte er sie an. »Eine Familienangelegenheit.«

Sigi spürte, wie die Narbe wärmer wurde. »Erzähl.«

Max ließ Sigis Hand los und wischte sich den Schweiß von der Stirn. »Als Kind bin ich von meinem Großvater misshandelt worden. Ich war ihm nicht hart genug. Wenn ich mich verletzt hatte und weinte, schlug er noch einmal extra zu.«

»Arschloch«, sagte Leni.

»Und deine Mutter?«, fragte Sigi.

»Die war nie da, und wenn, hatte sie immer widerliche Kerle bei sich.«

»Woher hast du die Narbe?«

»Eines Tages hatte mein Großvater Freunde eingeladen, alles alte Säcke wie er.«

»Weißhaarig?«

»Die meisten.« Max schluckte. »Meine Mutter war mal wieder unterwegs, während ich im Garten gespielt hab. Dabei bin ich in einen Stacheldrahtzaun gefallen –«

Leni schüttelte den Kopf. »Du hast geheult, und er hat wieder zugeschlagen. Stimmt's?«

»Wenn nur er es gewesen wäre. Mein Großvater war ein grausamer Mann, dem es richtig Spaß machte, mich leiden zu sehen. Daher forderte er auch seine Kumpane auf, mich zu schlagen, ›damit das Weichei vielleicht doch irgendwann ein Mann wird‹.«

»Und haben sie?« Sigi schaute ihm in die Augen.

»Alle.« Max ballte die Fäuste. »Zum Schluss hat mein Großvater mir das T-Shirt ausgezogen, mich mit dem Oberkörper zwei-, dreimal heftig gegen den Stacheldraht gedrückt. Damit ich lernte, Schmerzen zu ertragen.«

Sigi und Leni schwiegen betroffen.

Max lachte hämisch. Sein Gesichtsausdruck bekam etwas Diabolisches. »Drei Jahre später habe ich dafür gesorgt, dass er einen tödlichen Unfall hatte.«

Sigi zog ihre Hand von der Narbe weg und stand auf. Als sie auf ihrem Handy die Uhrzeit sah, fluchte sie laut. »Scheiße, wir müssen in vierzig Minuten im ›Institut‹ sein. Katzenwäsche, Notschminken und dann ab.«

Auch Leni sprang auf. »Doris hasst es, wenn man zu spät kommt.« Dann schnappte sie sich ihre Klamotten und verschwand mit Sigi im Badezimmer.

Max zuckte mit den Schultern und nahm sich das letzte Stück kalte Pizza. Das Frühstück hatte er sich anders vorgestellt. Dann zog er sich an und blickte fasziniert auf Sigis Wanddekoration. An einer Wand hingen Plakate von Kickboxern. Thai-Kämpfer in Pose und im Kampf. Ein Plakat zog seine Aufmerksamkeit besonders auf sich. Auf schwarzem Untergrund war in gelber und weißer Schrift zu lesen: »Kickboxing is my therapy«. Die andere Wand war voll mit Plakaten und Fotos von Schusswaffen. Auf einem war Sigi mit einem Gewehr im Anschlag zu sehen.

»Sigi ist eine Waffennärrin und schießt verdammt gut.« Leni war wieder aus dem Bad gekommen. Sie zielte mit Zeigefinger und Daumen auf Max. »*One shot, one kill.*«

»Das trifft exakt für den Typ auf dem anderen Plakat zu.« Sigi kam geschminkt, aber nackt aus dem Badezimmer gelaufen. »Das ist ein kanadischer Scharfschütze, der hat einen IS-Kämpfer aus dreitausendvierhundertfünfzig Metern getroffen. Weltrekord.« Sie suchte in einem Schrank nach frischen Klamotten. »Das Irre ist, dass zwischen Schuss und Treffer weniger als zehn Sekunden lagen. Mit so einem Gewehr würde ich auch gerne mal schießen.«

»Wo hast du das eigentlich gelernt?«, fragte Max neugierig.

»Mein Vater hat mich schon als Kind mit auf den Schießstand genommen. Er meinte, es sei überlebenswichtig, schießen zu lernen.«

Max stand immer noch staunend vor den Plakaten. »Ist das schwer?«

»Man braucht schon viel Übung«, sagte Sigi. »Deshalb bin ich auch zur Bundeswehr gegangen.« Sie war inzwischen angezogen. »Kannst ja mal auf einen Schießstand mitkommen.« Sie nahm den Autoschlüssel vom Tisch. »Wir müssen los.«

Sie schafften es tatsächlich, rechtzeitig bei den Stadthöfen zu sein. Max staunte nicht schlecht, als er den Luxustempel zwischen Neuem Wall und der Stadthausbrücke sah. Hier sollte irgendwo das »Institut für Neues Denken« seine Räume haben.

»Der Eingang ist Stadthausbrücke 8«, sagte Leni. »Beim letzten Bogen führt ein Gang in den Innenhof. Da müssen wir rein.«

Im Gang kamen sie an einer Gedenktafel vorbei. Max blieb stehen und las.

»Wir gehen schon mal hoch«, rief Sigi, die schon ein paar Schritte voraus war. »Aber trödle nicht zu lange.«

Max verdrehte die Augen und wandte sich dann der Tafel zu. Er las, dass in der Nazizeit hier früher die Gestapo, die Hamburger Polizeiführung und die Kriminalpolizei die politische Überwachung der Bevölkerung und die Verfolgung von Minderheiten organisiert hatten. Und dass in den Kellerräumen gefoltert worden war. Krass, dachte Max.

Ein paar Minuten später stand er vor den Räumlichkeiten des »Instituts« im dritten Stock. Er wollte gerade auf die Klingel drücken, als Veronica auftauchte und ihm die Tür öffnete.

»Hallo, Max.«

»Kannst du hellsehen?«

»Ja, mit technischer Unterstützung«, sagte sie lächelnd und zeigte auf eine kleine Kamera an der Decke im Treppenhaus. »Von denen gibt es hier einige.«

»Von den Kameras oder diesem Tier unter der Kamera?«, fragte Max scherzhaft.

»Sowohl als auch«, antwortete Veronica und fügte hinzu: »Das Tier ist eine Skulptur und stellt einen Ziegenbock dar.« Dann bat sie Max ins »Institut«. »In dieser Etage haben nur Doris und ich unsere Büros«, sagte Veronica, als sie Max' fragenden Gesichtsausdruck sah. »Außerdem gibt es zwei Besprechungsräume und eine Küche. Die Redaktion unserer Zeitschrift, Kröppelins Büro, Seminarräume und Lenis Schnittraum befinden sich im zweiten Stock.«

»Ganz schön groß.« Max klang beeindruckt. »Ist Leni häufig hier?«

»Immer, wenn sie aktuelle Videos für das ›Institut‹ schneidet und bearbeitet. Außerdem übernachtet sie hier manchmal in einem Gästezimmer.« Veronica harkte sich bei ihm unter. »Komm, ich bring dich zu Doris.«

»Gibt es keine Besprechung mit den anderen?«

»Später.«

Sie betraten einen Raum mit hohen Decken und großen Fenstern, durch die das Tageslicht ungehindert in den Raum strömen konnte. An den Wänden hingen Landschaftsbilder und Porträts von Menschen, die Max nicht kannte. Eine großzügige Sitzgruppe stand vor einem rustikalen, in Weiß gehaltenen Kamin, in dem Feuer loderte.

»Sieht echtem Feuer täuschend ähnlich«, sagte Veronica, »findest du nicht?«

Max nickte. »Allerdings.«

»Setz dich, Doris –«

»– kommt später«, war eine Fistelstimme zu hören. Kröppelin betrat den Raum. »Hallo, Max, ich soll dir mitteilen, dass Frau Dr. Haferkamp noch ein Telefonat führen muss und Veronica dir die Wartezeit mit ein paar Informationen zu diesem Gebäude verkürzen soll. Ich könnte Veronica dabei unterstützen.«

»Sehr nett, Herr Kröppelin. Ist aber nicht nötig«, sagte Veronica bestimmt. Beleidigt drehte er sich um und verließ den Raum. »Wenn er einmal anfängt zu reden, hört er nicht wieder auf.« Sie setzte sich in einen Sessel, und Max machte es sich auf einer Couch bequem.

»Doris legt großen Wert darauf«, Veronica räusperte sich, »dass jeder, der sich in diesen Räumen aufhält, auch die Geschichte dieses Gebäudes kennt.«

»Ich habe schon die Gedenktafel gelesen.«

»Das ist gut. Dann weißt du ja schon das Wesentliche.« Veronica schmunzelte. »Allerdings gibt es das Stadthaus schon seit 1814 und ist als Erweiterung des Görtz-Palais am Neuen Wall gebaut worden. Es war immer Sitz einer Behörde. Stadtverwaltung, Polizei, Gestapo-Hauptquartier. Nach dem Krieg zog die Baubehörde hier ein, und erst 2008 wurde es privatisiert und in einen Konsumtempel umgebaut.«

»Das ist ja eine richtige Geschichtsstunde für Max.« Doris Haferkamp betrat gut gelaunt den Raum. »Aber ich glaube, er hat jetzt genug gehört.« Dann wandte sie sich an Veronica. »Wir sehen uns gleich im Konferenzraum.«

Nachdem Veronica den Raum verlassen hatte, setzte sich Doris zu Max auf die Couch. »Ich bin froh, dass du hier bist.« Sie nahm seine Hand. »Ich habe viel Gutes über dich gehört.«

Max runzelte die Stirn.

»Aus der Kampfsportgruppe und«, Doris Haferkamp blickte

ihn vielsagend an, »von Sigi und Leni.« Sie holte zwei Gläser und eine Karaffe mit Wasser. »Wir sind eine Gruppe von Menschen, die Großes planen, etwas, das eine echte Zeitenwende bedeutet. Du erinnerst dich an meine kleine Geschichte?«

Max nickte.

»Was hast du dir gemerkt?«

»Wir sollen ausziehen und der Welt das Fürchten lehren.«

»Und du bist auserwählt, uns dabei zu unterstützen.«

»Und wie?«

»Ich habe dich kämpfen sehen, beim ›Kampf der Nibelungen‹ 2018.«

Max wurde bleich. Bei dem Turnier war er völlig ausgerastet und hatte einen seiner Gegner nur deshalb nicht totgeschlagen, weil er von drei Leuten daran gehindert worden war.

Doris fuhr fort: »Seit dieser Zeit lasse ich dich beobachten, weil ich immer auf der Suche nach neuen Mitstreitern bin, die sich erfolgreich zur Wehr setzen können. Ich weiß daher auch, warum du Dortmund verlassen hast.«

Max erschauderte. Dort hatte er im Streit einen älteren Kameraden, der immer alles besser wusste, krankenhausreif geprügelt.

Doris Haferkamp legte Max eine Hand aufs Knie. »So viel Kraft, so viel Mut.« Ihre Augen leuchteten. »Und dann diese Wut.« Jetzt kam sie ihm ganz nahe. Ihr Mund war neben seinem Ohr. »Ich kann dich verstehen. Wer so viel Wut in sich trägt, muss sie irgendwo lassen.« Max spürte ihre Lippen. »Ich kann dir helfen, diese Wut für etwas Großes zu nutzen«, flüsterte sie. Ihre beiden Hände umfassten seinen Kopf, sie sahen sich in die Augen. »Willst du das?«

Max war unfähig, etwas zu sagen. Er war verwirrt, erfreut und vor allem erregt. Er kannte seine dunkle Seite, die immer wieder aus ihm herausbrach. Doris war die Erste, die darin auch etwas Positives sah. Er hatte das Gefühl anzukommen. Endlich bekam er ein Angebot, das auch zu ihm passte. Mit Mühe und Not kam ihm ein leises »Ja« über die Lippen.

Doris Haferkamp hielt noch einen Moment seinen Kopf, hauchte ihm einen Kuss auf die Lippen. Dann stand sie auf und ging zum Kamin. »Alle, die du gleich sehen wirst, vertrauen einander, stehen füreinander ein und haben keine Geheimnisse voreinander. Wir treffen uns im Besprechungsraum eins. Geh schon einmal vor, es ist der Raum mit der blauen Tür.«

Auf dem Weg dorthin gingen Max viele Gedanken durch den Kopf. Doris hatte ihm also schon lange hinterherspioniert. Kannte sie auch Details aus seiner Kindheit? Er hatte nicht die geringste Ahnung, und das verunsicherte ihn. Gleichzeitig war er geschmeichelt, dass er gebraucht wurde. Man ihn akzeptierte, so wie er wirklich war. Das hatte er bisher noch nie erlebt in seinem Leben. Er würde zu einer auserwählten Gruppe gehören. Eine Gruppe, die etwas verändern wollte und ein großes Ziel hatte. In seinem Leben hatte er sich bisher nur ein Ziel gesetzt. Und das Ziel hatte er erfolgreich erreicht.

Die Tür zum Besprechungszimmer war nur angelehnt, und so ging Max hinein. Dort saßen Leni und Sigi sowie zwei Männer, die er nicht kannte, schon am Tisch. Max sah, wie der Mann mit dem Stoppelhaarschnitt ein paar Zettel in seiner Aktentasche verschwinden ließ und die beiden Frauen fragte: »Alles so weit klar?«

Sigi und Leni nickten. Dann blickte er zu Max. »Ich bin Lasse, und neben mir, der mit dem Vollbart, das ist Winfried.«

In dem Moment betraten Doris Haferkamp und Veronica den Raum. Letztere hatte einen kleinen Karton dabei, den sie auf einen Tisch stellte. »Wie gut, ihr habt euch schon vorgestellt«, sagte Doris. »Dann können wir ja gleich loslegen.« Sie setzte sich und schenkte sich ein Glas Wasser ein. »Ihr seid eine besondere Einheit, die Vorhut einer Bewegung, und werdet mit eurer Aktion den Grundstein für die nationale Neugestaltung dieses Landes legen. An diesem Tag wird die Welt sehen, wozu wir in der Lage sind. Und jeder Einzelne von euch trägt mit seinen Fähigkeiten dazu bei.«

»Und was geschieht nach der Aktion?«, fragte Max.

»Dann werden Mechanismen in Gang gesetzt, die diesen Staat verändern werden.«

»Von wem?«

»Von einem großen Netzwerk, das schon seit einiger Zeit auf diesen Moment hingearbeitet hat«, antwortete Haferkamp.

»Und wie groß ist das Netzwerk?«, wollte Sigi wissen.

»Viele stehen hinter uns, auch in wichtigen Positionen. Aber sie müssen anonym bleiben, damit sie im entscheidenden Moment aktiv werden können.«

»Meinst du das Hannibal-Netzwerk?«

Doris schüttelte den Kopf. »Nein, das ist ja bekannt. Und zwar nicht nur dir, Leni, sondern auch dem Verfassungsschutz, dem Bundeskriminalamt und den Medien. In diesem Netzwerk sind viele testosterongesteuerte Männer, meist Reserveoffiziere, Elitesoldaten oder Polizisten, die ihre Gewaltphantasien in Chats oder bei Facebook in die Welt hinausposaunt haben und so in der Regel entdeckt wurden.« Doris blickte streng in die Runde. »Auf die können wir uns nicht verlassen.«

»Wer weiß von uns?«, fragte Leni.

»Von euch als Gruppe nur Veronica und alle anderen hier Anwesenden.« Haferkamp fuhr mit ernstem Gesichtsausdruck fort. »Alles, was wir hier besprechen, unterliegt der absoluten Geheimhaltung. Ihr existiert nur als Schatten, die ausschließlich von mir ihre Anweisungen erhalten. Und ihr werdet nur von mir oder Veronica kontaktiert.« Veronica griff in den Karton und legte fünf Handys auf den Tisch. »Abhörsicher.«

»Das heißt, unsere eigenen Handys werden vernichtet?«, fragte Leni wehmütig.

»So ist es.« Veronica nickte ernst. »Ab sofort nutzt ihr keine Social-Media-Kanäle mehr.«

»Haben wir untereinander Kontakt?«, fragte Sigi.

Doris zögerte mit der Antwort. »Nur wenn es nötig sein sollte.« Doris Haferkamp stand auf. »Kann ich mich auf euch verlassen?« Sie blickte allen nacheinander in die Augen, und wie auf Kommando standen sie alle auch auf.

»Ja«, kam aus ihren Mündern, »das kannst du.«

Doris nickte. »Es soll euer Schaden nicht sein.« Sie machte eine kurze Pause. »Eins noch. Ihr müsst als Einheit funktionieren und euch gegenseitig blind vertrauen. Lasse und Winfried werden die Aktion leiten. Sigi und Leni haben ihre Informationen schon erhalten. Max instruiere ich gleich. Ihr könnt jetzt nach Hause gehen, und verhaltet euch bitte unauffällig – absolut unauffällig.« Dann wandte sie sich an Max. »Komm, wir gehen in mein Büro.«

Eine halbe Stunde später stand Max vor dem Stadtpalais. Er dachte über das nach, was Doris Haferkamp ihm erläutert und aufgetragen hatte. Es waren heikle Aufgaben. Aber er wollte dabei sein. Und das Unglaubliche war, dass sie zu ihm passten. Er konnte sein Glück kaum fassen. Er steckte die Hände in die Hosentaschen und ging Richtung S-Bahn.

Er war auf Höhe des Bleichenfleets, als er einen lauten Pfiff hörte. Er schaute sich um und entdeckte auf der gegenüberliegenden Seite Sigi und Leni. Sie lehnten lässig am Brückengeländer und winkten ihm zu. Max überquerte die Straße. »Toll, dass ihr gewartet habt.«

»Und«, Leni sah ihn auffordernd an, »hast du deine Aufgaben erhalten?«

Max kam ins Stottern. »Äh …«

»Du musst nicht antworten«, kam Sigi ihm zu Hilfe.

»War ein Scherz«, sagte Leni leicht genervt. »Wir müssen unsere Aufgaben alle für uns behalten.«

»Was machen wir jetzt?«, fragte Max.

»Das, was nötig ist.«

»Also heute Nacht bei mir.« Sigi hakte sich bei Max und Leni unter.

Doris stand am Fenster ihres Büros und sah den jungen Leuten hinterher. Sie hatte vor zwei Tagen mit ihrem Informanten beim LKA gesprochen, der in der Abteilung Staatsschutz tätig war. Was sie erfahren hatte, war weniger erfreulich. Er hatte sie darauf hingewiesen, dass in den letzten Monaten, wenn nicht

Jahren zunehmend Spitzel in rechte Organisationen eingeschleust worden waren. Sie müsste davon ausgehen, dass auch
das »Institut« davon betroffen sei.

Sie wusste, dass das »Institut« vom Staatsschutz beobachtet
wurde, aber dass ein Spitzel bei ihr eingeschleust worden wäre,
konnte sie sich nicht vorstellen. Alle engen Mitarbeiter waren
sorgfältig überprüft worden, insbesondere alle am Projekt beteiligten. Für Lasse und Winfried legte sie ihre Hand ins Feuer.
Wenn, kamen nur die anderen in Frage, obwohl Doris auch den
Gedanken absurd fand. Leni und Sigi kannte sie seit Jahren,
Max war das gesamte letzte Jahr beobachtet worden, Veronica
war in einem rechtsnationalen Umfeld aufgewachsen und hatte
zudem einen ausgezeichneten Leumund in der Szene. Aber es
stand zu viel auf dem Spiel.

Mit der Überprüfung hatte sie Winfried und Lasse beauf-
tragt. Auch würde es keine Treffen mehr im »Institut« geben,
stattdessen würden alle weiteren Kontakte kurzfristig und an
verschiedenen Orten stattfinden. Oder über die abhörsicheren
Handys. Sie musste selbst das kleinste Risiko ausschließen.

4

»Hallo, Kleine, wie wär's mit uns beiden?« Janne schlug die
Augen auf und blickte sich irritiert um.

»Ahoi, Käpt'n.«

Dann hatte sie Blacky, Annas Graupapagei, entdeckt. Sie saß
auf einem Regal gegenüber dem Bett und blickte frech zu ihr
herüber. Janne gähnte. An Blackys anzügliche Sprüche hatte sie
sich noch nicht gewöhnt. Sie sprang aus dem Bett, den ganzen
Vormittag hatte sie verschlafen. Janne ging in die Küche und
fand einen gedeckten Tisch vor. In der Mitte des Frühstücks-
tellers lag eine Lakritzschnecke. Annas Laster. So einen Service
war sie nicht gewohnt. Sie schenkte sich einen Kaffee ein und

schmierte sich ein Brötchen. Die Schnecke würde sie später verzehren.

Nachdem Janne erfahren hatte, dass die Störgeräusche in Annas Handy nur in ihrer Wohnung auftraten, war sie bei Anna eingezogen, was sonst nur noch Elias und Zille wussten. Und natürlich Miroslav Eschenbrosch, ihr ehemaliger Chef bei der Personenschützerfirma Rock und ihr Cleaner, der ihr in kniffligen Situationen immer wieder half. Wie jetzt. Seine Leute untersuchten ihre Wohnung nach Wanzen. Irgendjemand schien etwas von ihr zu wollen. In ihrer Paranoia dachte sie sofort an Malte Sandvik. Doch der war für tot erklärt worden, wenn auch nie jemand seine Leiche gefunden hatte.

Sie beschloss, zu ihrer Beruhigung mit Zilles Freundin, Britta Timmermann vom BKA, zu sprechen. Sie hatte schließlich damals veranlasst, Sandvik an die Norweger auszuliefern. Nur kam er nie in Norwegen an, weil seine Bewacher es nicht verhindern konnten, dass er in die eiskalte Ostsee gesprungen war. Eigentlich ein sicherer Tod. Aber Sandvik war zäh. Außerdem würde sie Kontakt zu ihrer Freundin Liv Hauge aufnehmen, mit der sie gemeinsam die Ausbildung bei den Jegertroppen absolviert hatte und die in Kontakt mit Leuten vom norwegischen Geheimdienst stand. Vielleicht wussten die etwas.

Inzwischen saß Blacky ebenfalls in der Küche. Sie hatte sich auf Jannes Schulter niedergelassen. Janne schnitt ein Stück Salami ab, was der Papagei jedoch ignorierte. Stattdessen streckte er seinen Schnabel in Richtung Lakritzschnecke. Janne konnte es kaum glauben, hielt sie ihm dann aber hin, und kaum hatte Blacky sie im Schnabel, verschwand der Vogel aus der Küche.

5

Es war zweiundzwanzig Uhr dreißig, die Sonne war vor etwa zwei Stunden untergegangen, der Himmel inzwischen wolkenverhangen, und langsam wurde es kühl. Er fluchte leise. Seine Jacke hatte er in seinem Zimmer gelassen, in seinem dunkelbraunen Hoodie würde er bald frieren. Er stand in der Wolfgang-Cohn-Straße an einen Baum gelehnt und beobachtete Haus Nummer 12 auf der gegenüberliegenden Seite. Gerade erlosch auch das letzte Licht in der Dachgeschosswohnung. Er beschloss, noch eine halbe Stunde zu warten. Er zündete sich eine Zigarette an, steckte eine Hand tief in die Hosentasche und marschierte eine Runde um den Block. Mit jedem Schritt stieg das Verlangen, das zu tun, was getan werden musste.

Nach vierzig Minuten stand er wieder vor Haus Nummer 12. Alles war ruhig. In der Straße war niemand mehr unterwegs. Er musste unerkannt in den ersten Stock gelangen, dorthin, wo die weißen und gelben Blumen in den Balkonkästen blühten. Und über das Gerüst würde das ein Kinderspiel werden. Das hatte er schon heute Mittag gesehen. In der Erdgeschosswohnung waren die Rollläden bereits seit Langem heruntergelassen, von dort würde ihn keiner beobachten können.

Er zog Handschuhe an und setzte seine schwarze Kampfmaske auf. Jetzt war er Zorac, der Kämpfer aus »World of Warcraft«. Ein letzter Blick auf die Straße, dann kletterte der junge Mann geschickt am Gerüst hoch. In weniger als zwanzig Sekunden stand er auf dem Balkon. Er blickte sich um und entschied, durch eines der beiden Fenster in die Wohnung zu gelangen. Er wusste, dass die Schwachstellen der meisten Fenster die Verriegelung mit Rollzapfen waren. Ein Lächeln umspielte seine Lippen, das jedoch wenige Sekunden später gefror. Er hörte Stimmen von der Straße, die näher kamen. Er legte sich schnell auf den Boden des Balkons und konnte sehen, wie ein Mann und eine Frau ausgerechnet vor dem Hauseingang Nummer 12 stehen blieben.

»Wie lange soll das Gerüst eigentlich noch stehen?«, hörte er die Frau fragen.

»Keine Ahnung, bis eben alle Balkone saniert sind.«

»Wie gut, dass wir nebenan keine Balkone haben. So ein Gerüst ist doch eine Einladung für jeden Dieb.«

»Oder für Mörder«, sagte der Mann mit verstellter Stimme, die vermutlich unheimlich klingen sollte.

»Darüber macht man keine Witze«, antwortete die Frau genervt.

»Schon gut, lass uns weitergehen, mir wird kalt.«

Er schwitzte. Das hätte schiefgehen können. Er atmete tief aus und blieb noch zehn Minuten ruhig liegen. Dann stand er vorsichtig auf, horchte noch einmal, aber alles blieb ruhig. Er entspannte sich allmählich, klopfte sich den Schmutz von der Kleidung und nahm aus seinem Rucksack einen großen Schraubendreher, den er an den Fensterverriegelungen ansetzte. Nach dreißig Sekunden war das Fenster aufgehebelt. Er öffnete es einen Spalt weit, sodass er gerade hindurchpasste.

Trotz seiner Vorsicht fiel eine Holzfigur, die auf der Fensterbank gestanden hatte, zu Boden. Er verharrte einen Moment, doch nichts geschah. Er schloss das Fenster, so gut es ging, und schob den Vorhang zur Seite. Die Laternen der Wolfgang-Cohn-Straße warfen nun einen schwachen Lichtschimmer ins Zimmer. Jetzt konnte er sich leicht orientieren.

Er machte sich auf die Suche nach dem Schlafzimmer. Als aus einer der Türen ein leichtes Schnarchen drang, wusste er, dass er am Ziel war. Er öffnete die Tür und sah den Alten in seinem Bett liegen. Er war wie elektrisiert und ging auf das Bett zu. Auf dem Nachtschränkchen stand neben einer Bronzestatue ein Glas, das nach Schnaps roch. Er hatte sich wohl einen ordentlichen Schlaftrunk gegönnt. Dann schaute er den Alten an. Weiße Haare und buschige Augenbrauen. Selbst im Schlaf hatte er einen arroganten Gesichtsausdruck. Er legte ihm grinsend die rechte Hand ans Kinn und die linke an den Hinterkopf.

Dann stieß er mit der rechten vor und zog gleichzeitig mit der linken Hand den Kopf des Alten weit nach rechts, um anschließend blitzschnell die umgekehrte Bewegung nach links zu vollziehen. Knick, knack. Er war euphorisch, voller Adrenalin. Was für ein Gefühl. Ein alter Sack weniger. Er betrachtete den toten Mann. Der hatte immer noch diesen überheblichen Gesichtsausdruck, den er nur zur Genüge kannte. Seine Euphorie schlug in Wut um. Zorac-Wut. Er begann zu halluzinieren, grauenhafte Bilder durchfluteten seinen Geist.

»Geht weg, geht weg!«, schrie er und blickte sich voller Panik um, sah die Bronzestatue, ergriff sie und schlug mehrmals mit voller Wucht auf das Gesicht des alten Mannes ein. Das Blut spritzte in alle Richtungen. Erst als er keine Bilder mehr sah, hielt er völlig außer Atem inne. Er betrachtete die blutüberströmte Statue, dann das zermatschte Gesicht des Alten. Die Überheblichkeit hatte er ihm aus der Fresse geprügelt, mit einer Madonna, die er nun der Leiche auf ihren Bauch legte. Er atmete tief ein und aus, um wieder zur Ruhe zu kommen. Dann griff er in seinen Rucksack und legte dem Toten eine rote Clownsnase dorthin, wo kürzlich noch dessen Gesicht gewesen war.

6

Kriminalhauptkommissar Pöppelmann saß im Bademantel in der Küche und frühstückte. Im Radio spielten sie Hits aus den Achtzigern. Gerade war die Spider Murphy Gang zu hören.

In München steht ein Hofbräuhaus
Doch Freudenhäuser müssen raus
Damit in dieser schönen Stadt
Das Laster keine Chance hat.

Pöppelmann klopfte den Takt mit, seine Finger hatten allerdings Mühe, den Rhythmus zu halten. Oskar, sein Graupapagei, den er von seinem Sohn geerbt hatte, schien der Song auch zu gefallen. Nachdem er genüsslich ein Stück Käse verzehrt hatte, flog er auf seinen Baumstamm und hämmerte mit dem Schnabel ebenfalls im Takt gegen einen Ast. Dann stürzte er sich in die mit Wasser gefüllte Auflaufform, die ihm als Badewanne diente. Wie von Sinnen schlug er mit seinen Flügeln um sich und setzte dabei die halbe Küche unter Wasser.

Pöppelmann beobachtete dieses Schauspiel fasziniert, das in dem Moment endete, als David Hasselhoffs »Looking For Freedom« aus dem Radio schalte. Oskar schüttelte sich das Wasser aus dem Gefieder, flog auf Pöppelmanns linke Schulter und streckte seinen Kopf in Richtung Marmeladenbrötchen, in das dieser gerade gebissen hatte. Geschmack hatte er, dachte Pöppelmann und brach Oskar ein Stück vom Brötchen ab.

In dem Moment klingelte sein Telefon. Es war nicht sein Handy, das hatte er an seinem freien Tag wohlweislich ausgeschaltet. Er überlegte, wer ihn auf seinem Festnetzanschluss anrufen könnte. Freya, schoss es ihm durch den Kopf. Aber er wusste, dass sie heute Dienst in der Rechtsmedizin hatte. Sein Kollege Zillinski vielleicht? Unwahrscheinlich.

Das Telefon klingelte währenddessen unentwegt weiter. Offensichtlich hatte er den Anrufbeantworter ausgeschaltet. Pöppelmann stand auf und schlurfte zum Telefon. Als er zum Hörer griff, wusste er, dass sein freier Tag ein jähes Ende finden würde. Für Notfälle hatte auch die Leitstelle diese Nummer.

Die Kolleginnen und Kollegen von der Schutzpolizei hatten den Eingangsbereich zum Mehrfamilienhaus in der Wolfgang-Cohn-Straße schon abgesperrt. Pöppelmann bahnte sich einen Weg durch die Schaulustigen. Am Eingang traf er Meier von der Schutzpolizei.

»Vor fünfundvierzig Minuten ging ein Anruf bei uns ein. Eine Bewohnerin machte sich Sorgen um ihren Nachbarn, den sie seit einem Tag nicht mehr gesehen hat.«

»Ich sehe meine Nachbarn oft wochenlang nicht«, sagte Pöppelmann.

Meier verzog das Gesicht, verkniff sich jedoch eine Bemerkung. »Sie geht mit ihrem Nachbarn jeden Donnerstagmorgen auf den Markt. Punkt acht Uhr. Heute haben sie sich nicht vor dem Eingang getroffen. Also hat sie geklingelt, und da er nicht geöffnet hat, hat sie uns angerufen.«

»Und?«

»Er ist tot, aber nicht freiwillig. War nicht zu übersehen.«

»Dann bist du dafür verantwortlich, dass ich nicht zu Ende frühstücken konnte?«

Meier grinste.

»Ich geh dann mal in die Wohnung.« Pöppelmann machte sich auf den Weg, blieb dann aber noch einmal stehen und wandte sich erneut an Meier. »Ist die Kriminaltechnik informiert?«

Meier nickte. »Dich erwartet kein schöner Anblick. Und eine Ärztin ist auch schon oben.« Er sah Pöppelmanns fragendes Gesicht. »Wohnt hier im Haus.«

Wie praktisch, dachte Pöppelmann. »Seht zu, dass alle potenziellen Zeugen erreichbar bleiben. Und nehmt schon mal ihre Personalien auf.« Dann stieg er in den ersten Stock empor. Dort kam ihm kreidebleich eine Frau mit einem Köfferchen entgegen.

»Sind Sie die Ärztin?«, fragte er.

»Ja, mein Name ist Jasmin Reinicke.«

Pöppelmann knurrte der Magen, und er musste an sein angebissenes Marmeladenbrötchen denken, über das Oskar sich sicherlich hergemacht hatte. »Und?«

»So etwas habe ich noch nie gesehen. Herr Kamanski wurde bestialisch ermordet.« Sie drückte ihm ein Papier in die Hand und rannte, mit einer Hand vor dem Mund, die Treppen hinauf. Der Satz »Sehen Sie selbst« ging in einem undefinierbaren Geräusch unter.

Sie hat es wohl nur bis zum nächsten Treppenabsatz geschafft, dachte Pöppelmann. Er blickte auf das Papier in seiner Hand. Es war die vorläufige Bescheinigung des Todes. Und Frau Reinicke hatte bis auf Reanimationsmaßnahmen alles angekreuzt, von den »Leichenflecken« bis zu den »Nicht mit dem Leben zu vereinbarende Verletzungen«. Er steckte die Bescheinigung in seine Jackentasche und fingerte sich Handschuhe und zwei

Überschuhe aus seiner Manteltasche, bevor er die Wohnung betrat. Seitdem er mit Freya befreundet war, nahm er die Vorsichtsmaßnahmen am Tatort etwas ernster.

Drinnen traf er auf zwei ebenfalls kreidebleiche Sanitäter.

»Wart ihr im Zimmer bei dem Toten?«

»Nein«, antwortete einer der Sanitäter.

»Aber reingeschaut habt ihr?«

Sie nickten.

»Ihr könnt vor der Haustür warten.«

Der unangenehme Geruch, der Pöppelmann entgegenschlug, war das kleinere Übel. Das Bild, das sich ihm im Schlafzimmer bot, war in der Tat grauenhaft. Ohne noch erkennbares Gesicht, dafür *geziert* von einer roten Clownsnase, lag der Tote auf seinem Bett. Um ihn herum war alles voller Blut. Und auf seinem Bauch thronte eine blutverschmierte Statue.

Juni 2016

Gespräch 1

War es richtig, die Einladung anzunehmen? Was erhoffte sie sich davon? Sie wusste nur eins, dass sie ihre quälenden Rachegedanken nicht mehr länger ertrug. Aber wofür und an wem wollte sie sich rächen? Es war alles so diffus in ihrem Kopf. Wollte sie sich für die aus ihrer heutigen Sicht verlorene Lebenszeit rächen? Dann waren ihre Eltern die Adressaten ihrer Rachegefühle. Oder wollte sie sich an der ganzen Szene rächen, die mit ihren kruden Ansichten Hass und Gewalt säte? Und weil sie das so lange nicht wirklich durchschaut hatte, wollte sie etwas wiedergutmachen. Nur wie? Würde dieses Treffen ihr einen Weg zeigen? Und wo würde der Weg hinführen? Würde er beschwerlich sein? Gefährlich? Auf jeden Fall hatte sie Angst.

»*Ich war mir nicht sicher, ob Sie die Einladung annehmen würden. Umso erfreuter bin ich, Sie zu sehen. Larissa ist mein Name.
Sie erinnern sich?*«

Nicken. »Sie sind vom BKA. Ist Larissa Ihr richtiger Name?«

»*Spielt das eine Rolle?*«

Kopfschütteln.

»*Ich darf Sie Frigga nennen?*«

Erstaunter Blick.

»*Das ist doch Ihr zweiter Vorname?*«

»Ja, das stimmt.«

»*Ihrem Namen verdanken wir den Freitag.*«

»Und heute ist Freitag.«

»*Genau deshalb passt es so gut.*«

»Sie können mich gerne so nennen.«

Lächeln bei Larissa. »*Ich hoffe, Sie hatten eine gute Anreise
und das Hotel sagt Ihnen zu.*«

»Vielleicht ein bisschen einsam.«

»*Wir müssen vorsichtig sein.*« *Larissa räusperte sich.* »*Kaffee,
Tee, Kekse? Bedienen Sie sich. Und dann erzählen Sie mir von
sich.*«

»Sie haben doch sicher mehr Informationen über mich als nur
meinen zweiten Vornamen.« Unsicherheit. Blick zum Fenster.

»*Aus erster Hand sind die Informationen immer authenti-
scher, intensiver. Und über Ihre Kindheit und Jugend weiß ich
nicht viel. Ich möchte Sie kennenlernen, Frigga.*«

Tiefes Ein- und Ausatmen. »Also gut. Als ich drei Jahre alt
war, haben meine Eltern einen alten Hof im Wendland gekauft.
Sie kannten dort zwei Familien, die wir schon häufiger besucht
haben. So hatten wir sofort Kontakt und waren schnell in die
bäuerliche Gemeinschaft integriert. Gemeinsam wollten wir
uns selbst versorgen, unabhängig von industrialisierten Versor-
gungsstrukturen sein. Damit einher ging die Pflege des völkisch-
germanischen Brauchtums. Und so gab meine Mutter ihren
Beruf als Erzieherin auf und widmete sich ganz der Familie
und dem Hofleben. Sie baute Gemüse an und pflanzte Obst-

sträucher, backte Brot, kochte Marmelade ein, und bald bevölkerten Ziegen, Milchkühe und Hühner den Hof. Und ich hatte eine Lieblingsziege, eine Lieblingskuh und ein Lieblingshuhn. Unser Hof war ein toller Spielplatz für mich. Meine Mutter nähte auch unsere Kleidung. Sie hatte immer lange Röcke und Blusen an. Ich trug Kleider oder ein Dirndl. Und unsere Haare waren immer akkurat zu Zöpfen geflochten.«

»*So wie jetzt?*«

Fragender Blick.

»*Na, der Zopf.*«

»Nein. Das ist ein französischer Zopf.«

»*Nicht so akkurat?*«

Unsicheres Lächeln. Dann ein Nicken.

»*Was hat Ihr Vater gemacht?*«

»Er arbeitete in einem nahe gelegenen Sägewerk. Er hatte einen Bart und lief meist in Zimmermannskleidung herum. Abends und an den Wochenenden baute er den Hof und die Scheunen aus. Am stolzesten war mein Vater aber auf den Irminsul.«

»*Den was?*«

»Den Irminsul. Den Lebensbaum, der auf den zwei ausgebreiteten Armen das Himmelsgewölbe trägt. Mein Vater hat ihn aus Holz hergestellt. Er stand auf einer kleinen Anhöhe. Jeder, der uns besuchte, konnte ihn sofort sehen. Unser Erkennungszeichen. Meine Mutter sagte immer, er solle uns daran erinnern, dass wir als Einzelne schwach, unbedeutend seien und nur als Gemeinschaft überleben könnten.«

»*Und waren Sie schwach und unbedeutend?*«

»In den Augen meiner Eltern auf jeden Fall unbedeutend.«

»*Wie äußerte sich das?*«

»Zum Beispiel wurden keine Geburtstage gefeiert.«

»*Wurde überhaupt gefeiert?*«

»Sicher, alles, was in die Gemeinschaft einführte und dem völkisch-germanischen Kult huldigte.«

»*Erzählen Sie.*«

»Knapp zwei Jahre nachdem wir ins Wendland gezogen waren, da war ich fünf Jahre, wurde meine Schwester Solveig geboren. Nach drei Monaten fand die Namensweihe statt. Bei uns in der Nähe stand eine imposante Esche, wo wir uns alle trafen. Meine Mutter hatte schon Tage vorher alles organisiert. Ich erinnere mich noch gut an die beiden Zeremonienleiterinnen in ihren langen blauen Kleidern mit den weißen Ärmeln und bunten Stickereien. Und an einen langen Pfahl mit einem Zeichen, geformt aus Stroh. Meine Mutter stellte den Mann eines befreundeten Ehepaares als Solveigs Paten vor, zeigte auf den langen Pfahl und erzählte voller Stolz, dass Solveig die Namensrune Eihwaz zugeordnet würde. Und Menschen mit dieser Namensrune seien ausdauernd und leidenschaftlich. Wichtige Eigenschaften für die deutsche Volksgemeinschaft. Ich wusste damals nicht, was damit gemeint war.« Kurzes Innehalten. »Dann wurden meiner Schwester die vier Elemente des Lebens zuteil, und mein Vater entzündete mit Solveig auf dem Arm ihre Namensrune. Die Namensweihe endete mit einem imposanten Fackeltanz. Für eine Fünfjährige war diese Feier ein aufregendes Erlebnis.«

»Sie wurden also früh mit völkischem Gedankengut konfrontiert.«

»Was heißt konfrontiert?« Verhärteter Gesichtsausdruck. »Es bestimmte unser Leben. Es war völlig normal. Wenig später kam ich auf Drängen meines Vaters in einen Kindergarten, weil meine Mutter mit zwei Kindern die Arbeit auf dem Hof nicht mehr schaffte. Da es sich um einen Waldorfkindergarten handelte, stimmte sie dem zu, obwohl dort Kinder aus dem ganzen Dorf hingingen, was ihr suspekt war. Ich freute mich, lernte so neue Kinder kennen und musste nicht so oft mit meiner Schwester spielen. Mein Glück währte allerdings nicht lange. Meine Mutter erfuhr, dass in meiner Gruppe auch ein adoptierter Junge aus Sri Lanka war. Sie ist sofort zur Leiterin und hat diese aufgefordert, das Kind aus meiner Gruppe zu nehmen, am besten ganz aus dem Kindergarten zu entfernen.

Schließlich könnte es ihrer Tochter nicht zugemutet werden, sich in der Nähe eines solchen Kindes aufzuhalten. Da die Leiterin ihrer Aufforderung nicht nachkam, nahm sie mich sofort aus dem Kindergarten.« Gepresstes Sprechen. »Ich habe zwei Tage geweint, denn ich fand den Jungen sehr nett und war gerne im Kindergarten. Meine Mutter versuchte, mir klarzumachen, dass es zu meinem Besten sei. Menschen, die nicht weiß seien und kein germanisches Blut hätten, könnten nicht unsere Freunde sein. Sie würden nicht zum deutschen Volk gehören. Mein Vater hat dem nicht widersprochen.« Enttäuschtes Gesicht.

»Ihre Mutter war die Hardlinerin?«

»Ja.« Kurzes Stocken. »Ihr Ziel war es, dass die Kinder gute, reine Volksgemeinschaftsmitglieder wurden.«

»Und das bedeutete …?«

»Von früh an gegen alle kapitalistisch dekadenten Einflüsse gewappnet zu sein.«

»Ein absurdes Erziehungsziel.«

»Sie las mir aus ihren alten Kinderbüchern vor. Ich erinnere mich nur noch an zwei. ›Pampf, der Kartoffelkäfer‹ war spannend. Da wurde gekämpft und getötet, schließlich mussten die bösen Kartoffelkäfer, die aus Amerika kamen, vertrieben und vernichtet werden.«

»Alles Böse kommt aus Amerika. Verstehe.«

»Das andere Buch hieß ›Das Puppelinchen. Eine Puppengeschichte für kleine Mädchen‹. Das sollte Mädchen auf ihre Rolle als Frau vorbereiten.« Blitzende Augen. »Beiden Büchern war gemeinsam, dass sie Kinder zu Fleiß und Gehorsam aufforderten.« Ein Blick auf den Boden. Dann ein flüchtiges Lächeln. »Meine Mutter hatte eine schöne Stimme. So weich und klangvoll. Egal, was sie vorlas.«

Frigga ging. Larissa blickte nachdenklich hinterher. Wer hatte da vor ihr gesessen? Eine unsichere Frau? Oder eine berechnende? Sie hatte noch keinen Zugang gefunden. Dafür gab es zu wenig

Augenkontakt. Doch das war normal. Die Frage war, wie weit sich das völkische Gedankengut bei ihr eingebrannt hatte. Hatte sie sich tatsächlich von rassistischen und sozialdarwinistischen Vorstellungen befreien können?

Sie schauderte bei dem Gedanken, dass schon die kleinen Kinder zu Gehorsam und Opferbereitschaft für die Volksgemeinschaft erzogen wurden. Gerade die Beeinflussung in früher Kindheit war prägend. Sie würden noch einige Gespräche führen müssen.

7

Sandvik fluchte. Er hatte es geahnt. Janne Bakken war dahintergekommen, dass ihre Wohnung verwanzt war. Er beobachtete mit seinem Fernglas, wie drei Typen in ihrer Wohnung herumliefen und nach den Überwachungsvorrichtungen suchten. Sandvik verzog verächtlich den Mund. Für den Fall war er vorbereitet. Und ihm war klar, dass er jetzt handeln musste. Er würde sofort die Wohnung verlassen und umziehen. Das Equipment brauchte er nicht mehr. Er druckte sich noch ein Foto von Jannes LKA-Freundin Anna aus. Bestimmt war Bakken bei dieser Bitch. Er musste also nur herausfinden, wo die Kriminalamt-Bitch wohnte. Aber das sollte kein Problem sein.

Er löschte alle Daten und verschwand von seinem unsicher gewordenen Stützpunkt.

»Kon'nichiwa, Pöppelmann-san.« Profiler Heiner Zillinski verbeugte sich leicht vor Pöppelmann.

»Zille, ich wusste, dass du durch den Japan-Urlaub noch absonderlicher würdest. Aber schön, dass du auch schon hier bist.« Kriminalhauptkommissar Pöppelmann zeigte mit dem Daumen in die Wohnung. »Schau dir das mal an. Eine echte Sauerei.«

»Hättest du mir auch schon am Telefon sagen können.«

»Ich wollte dir dein Frühstück nicht verderben.«

»Sehr einfühlsam.« Zille zog sich Handschuhe an und wandte sich dann noch mal zu Pöppelmann. »Ist jemand bei dem Toten?«

»Unsere Lieblings-Rechtsmedizinerin.«

»Du meinst, deine«, flötete Zille.

»Und die neue Staatsanwältin kommt ebenfalls.«

»Guter Einstieg.« Zille schlängelte sich durch die Kriminaltechniker zum Schlafzimmer.

»Freya –« Weiter kam er nicht.

»Denk an die Überschuhe.«

Zille schaute sich um.

»Links neben der Tür findest du welche.«

»Kannst du hellsehen?«

»Ja. Und setz dir einen Mundschutz auf. Es stinkt.«

Zille runzelte die Stirn, folgte aber Freyas Anweisungen und betrat das Schlafzimmer. »Hallo, meine liebste Freya. Schön, dich zu sehen«, nuschelte er in den Mundschutz.

»Hätte mir einen besseren Ort für unser Wiedersehen gewünscht.«

Der Ort bot wirklich einen furchtbaren Anblick. Zille hatte schon viel gesehen, doch diese Brutalität, die hier gewütet hatte, war bemerkenswert. Zille zeigte auf das ehemalige Gesicht. »Ist das die Todesursache?«

»Könnte man meinen.« Freya blickte Zille an. »Glaube ich aber nicht. Denn das Genick ist auch gebrochen. Vermutlich Bruch der oberen Halswirbel.«

»Atlas und Axis.« Zille trat näher an den Toten heran.

»Die Leichenstarre ist fast abgeschlossen. Wenn ich ihm auf den Bizeps haue«, Freya holte zum Schlag aus, »bildet sich nur noch ein schwacher idiomuskulärer Wulst.«

»Muss ich das verstehen?«, fragte Zille.

»Nein.« Freya packte ihre Tasche. »Ich würde sagen, er ist vor acht bis zwölf Stunden gestorben.«

Zille schaute auf die Uhr. »Jetzt ist es zehn Uhr. Also zwischen zwanzig und vierundzwanzig Uhr.«

»Mehr gibt es nach der Obduktion.« Freya nahm ihre Tasche, verließ das Schlafzimmer und wandte sich an Pöppelmann, der vor der Tür stand und mit einem Kriminaltechniker sprach. »Bernhard, die Staatsanwältin soll die Überführung in die Rechtsmedizin veranlassen. Ihr hört dann von mir.« Sie warf ihm einen Handkuss zu und verschwand.

Zille inspizierte aufmerksam das Schlafzimmer. Es war auffallend klein. Das Doppelbett nahm die Hälfte des Raumes ein, links und rechts vom Bett standen jeweils ein Nachtschränkchen. Der große dunkle Eichenschrank verdeckte fast die gesamte gegenüberliegende Wand. In der Ecke zwischen Schrank und Tür war ein Stuhl, auf dem Hose, Hemd und Unterwäsche lagen, alles akkurat gefaltet. Davor lagen die Hausschuhe. Zille ging ins Wohnzimmer und blickte auf den Balkon.

»Ist der Täter über das Gerüst hereingekommen?«

Der Techniker nickte. »Das Fenster wurde mit einem Schraubendreher aufgehebelt. Beim Einstieg hat er dann diese Holzfigur umgeschmissen.« Er hielt einen Beutel mit einem kleinen Nachtwächter hoch. »Hübsch, nicht?«

»Wie man's nimmt«, knurrte Zille. »Waren die Vorhänge aufgezogen?«

»Ich habe nichts verändert.«

»So ordentlich, wie der Tote war, hat er sie abends bestimmt zugezogen.«

»Dann war es der Täter.« Der Techniker zeigte auf die Straße. »Vorm Haus steht eine Laterne. Vielleicht brauchte er Licht.«

»Das wäre eine Erklärung.« Zille schloss die Augen. In Gedanken vollzog er den Weg des Täters nach, vom Balkon durch den Flur bis ins Schlafzimmer. Dort war er ans Bett getreten, hatte sich über das Opfer gebeugt und ihm das Genick gebrochen. Anschließend hatte er sich wieder aufgerichtet und sein Werk betrachtet. Zille öffnete seine Augen und ging zu der Stelle, an der der Mörder in seinen Gedanken gestanden hatte. Er blickte auf Kamanskis Bauch, wo die Statue lag, und dann auf den Nachtschrank.

»Denkst du nach?« Pöppelmann hatte das Zimmer betreten.
»Das mit dem Gesicht war nicht geplant.«

»Wie kommst du darauf?«

»Er hat ihm zuerst das Genick gebrochen. Dann hat er sein Opfer zufrieden angeschaut. Irgendetwas muss ihn bei dem Anblick dann so in Rage gebracht haben, dass er spontan die Statue, übrigens eine Madonna, die ursprünglich auf dem Nachtschrank stand, gepackt und mit voller Wut auf das Gesicht eingedroschen hat.«

»Woher weißt –«

»Hier auf dem Nachtschrank ist eine Stelle ohne Staub.«

»Und da stand die Statue.«

Pöppelmann nickte. »Und als er mit seinem Werk fertig war, hat er dem Opfer einen rote Clownsnase aufs Gesicht gelegt.«

Er kratzte sich an einer Augenbraue. »Krank.«

Zille nickte zustimmend und zeigte auf das leere Bett neben dem Mann. »Hat er alleine gelebt?«

»Die Frau von Berthold Kamanski ist vor drei Jahren gestorben.« Pöppelmann zog Zille aus dem Schlafzimmer heraus. »Die Kriminaltechnik wird sich noch weiter umsehen. Vielleicht bekommen wir den Bericht schon Montagmittag.«

»Guten Morgen, meine Herren.« Staatsanwältin Lüders betrat zögerlich die Wohnung. »Hier riecht es nicht gut.«

Zille reichte ihr die Hand. »Das bin nicht ich.«

Lüders bekam einen roten Kopf und ging schnurstracks auf das Schlafzimmer zu. Bevor Pöppelmann sie warnen konnte, warf die Staatsanwältin einen Blick hinein, drehte sich sofort wieder um und hielt sich am Türrahmen fest.

»Geht's Ihnen nicht gut?«, fragte Zille besorgt.

Die Staatsanwältin schnappte nach Luft. »Was gibt es zu berichten?«

»Nach der ersten Untersuchung der Rechtsmedizinerin deutet alles darauf hin, dass der Tote durch einen Genickbruch starb und ihm anschließend das Gesicht zertrümmert wurde«, erläuterte Pöppelmann.

»Mit, mit dem Ding?«, stotterte Lüders.

»Ja, mit der Madonna.«

»Und die rote Nase?«

Pöppelmann zuckte mit den Schultern. »Vielleicht ein Zirkusfan.«

»Da die Rechtsmedizinerin fertig ist, kann die Leiche ins rechtsmedizinische Institut gebracht werden.« Dann wandte sie sich zum Gehen, drehte sich in der Wohnungstür aber noch einmal um. »Nachrichtensperre, bis wir was haben.«

»Schönes Wochenende«, rief Zille ihr hinterher.

»Die sieht zu viele Krimis«, sagte Pöppelmann spöttisch. »Komm, lass uns auch gehen.«

»Geh du schon mal. Ich schaue mich noch einmal in der Wohnung um.«

Pöppelmann stand vor der Haustür und sah, wie zwei Kollegen von der Schutzpolizei versuchten, die Schaulustigen am Fotografieren zu hindern. Er winkte Meier zu sich. »Lass sie fotografieren und nimm deine Leute, um die Bewohner des Hauses und der beiden Nachbarhäuser zu befragen.«

»Sonst noch was?«

»Da du fragst: Die Bewohner der gegenüberliegenden Häuser haben vielleicht auch etwas gesehen.«

Meier schaute ihn genervt an. »Das ist nicht dein Ernst.«

»Mein bitterer Ernst.« Dann machte er sich auf den Weg zu seinem VW Käfer. »Ich glaube, das wird ein Scheißfall«, murmelte er.

8

Als Anna Freitagmorgen Pöppelmanns Büro betrat, saßen dort schon Zille und Pöppelmanns Vertreterin Kriminaloberkommissarin Laura Sentrup.

»Schön, dass du kommst«, begrüßte Pöppelmann sie. »Du sollst uns bei dem Fall unterstützen.«

»Und meine Abteilungsleiterin war einverstanden?«, fragte Anna überrascht.

»Keine Ahnung«, erwiderte Pöppelmann, »ich habe gleich Schepanski gefragt.« Dann verteilte er Fotos vom Tatort in der Wolfgang-Cohn-Straße.

»Sieht unappetitlich aus«, sagte Anna und verzog ihr Gesicht.

»Der Tote ist Berthold Kamanski, dreiundachtzig Jahre alt«, erklärte Pöppelmann. »Wir haben ihn am Donnerstagmorgen gefunden. Ermordet wurde er laut der Rechtsmedizinerin am Vortag zwischen zwanzig und vierundzwanzig Uhr.«

»Ist er erschlagen worden?«, fragte Laura.

»Nein. Wir haben gerade die Berichte aus der Rechtsmedizin und von der Kriminaltechnik erhalten.« Pöppelmann fuhr sich über seine Glatze. »Zille und ich haben sie überflogen. Todesursache war ein Genickbruch. Der Täter hat dem Opfer den ersten und den zweiten Halswirbel gebrochen, und zwar von vorne. Es waren nämlich keine Hämatome in den Weichteilen der Halswirbelsäule nachweisbar.«

»Und das bedeutet?«, fragte Anna.

»Hätte der Täter den Genickbruch von hinten ausgeführt«, erläuterte Zille, »also seinen Arm um den Hals gelegt und eine Kompression auf die Halsweichteile ausgeübt, wären eben Hämatome entstanden.«

»Was umständlich gewesen wäre, da das Opfer im Bett lag.«

»So ist es.« Zille nickte. »Die korrekte Todesursache ist allerdings, so schreibt Freya, eine ›atlanto-okzipitale Dislokation‹. Dabei wird die Schädelbasis von der Halswirbelsäule getrennt.«

»Aua«, sagte Anna.

»Außerdem wurden durch den Bruch die Nervenbahnen eingeklemmt und das Rückenmark massiv geschädigt.« Pöppelmann atmete schwer aus. »Aber das spielte für den Tod keine wirkliche Rolle – steht so im Bericht.«

»Aber wenn er schon tot war, warum drischt dann der Täter noch auf das Gesicht seines Opfers ein?« Laura schüttelte sich.

»Gute Frage«, sagte Pöppelmann. »Zilles Theorie ist, dass den Täter beim Anblick des Toten etwas völlig aus der Bahn geworfen hat.«

»Und was?«, fragte Anna.

»Vielleicht sein Gesichtsausdruck«, sagte Zille. »Er wurde wütend und flippte völlig aus. Und da sah er die Statue, zufälligerweise eine Madonna, und schlug damit zu, immer und immer wieder.«

»Aus Hass?«, fragte Laura.

»Das vermute ich.« Zille stockte.

»Und was soll die rote Clownsnase?«, fragte Anna.

»Tja«, Zille zuckte mit den Schultern, »so ganz kann ich das noch nicht deuten. Es ist ein Hinweis. Nur auf was, ist mir noch nicht klar.«

»Der Täter ist auf jeden Fall ein Psychopath«, sagte Pöppelmann.

»Wir wissen zu wenig über den Täter, um das sagen zu können. Impulsivität, leichte Reizbarkeit, neigt zu Gewalt, das alles können wir als Persönlichkeitsmerkmale des Täters annehmen, die treffen aber auch auf Soziopathen zu.«

»Aber ist das nicht das Gleiche?«, fragte Anna.

»Nicht unbedingt«, erwiderte Zille. »Jeder Psychopath ist auch ein Soziopath, aber nicht umgekehrt.«

»Bringt uns dieser Vortrag jetzt irgendwie weiter?«, fragte Pöppelmann leicht genervt.

»Während meiner Zeit in der FBI Academy in Quantico habe ich in der Summers Avenue gewohnt. Ich wurde jeden Morgen von einem Bus in der Virginia Avenue abgeholt. Ich konnte über die Pontimac Avenue oder über die 5th Avenue zur Busstation gehen. Für beide Wege benötigte ich drei Minuten. Sowohl in der einen wie in der anderen Straße verkaufte ein Café Dinner Rolls, diese wunderbaren luftig-lockeren Softbrötchen. Bin ich durch die Virginia Avenue gegangen, habe ich immer

Dinner Rolls gekauft. Bin ich durch die 5th Avenue gegangen, habe ich auf die Brötchen verzichtet, was mir allerdings meist erst im Bus auffiel. In einer Vorlesung habe ich dann unsere Psychologiedozentin auf dieses Phänomen angesprochen. Sie hat gelacht und mir geantwortet, dass das Café in der Virginia Avenue mich wahrscheinlich ›nudged‹, also anstupst, und ich deshalb die Dinner Rolls kaufen würde.

»Wie ›anstupst‹?«, fragte Pöppelmann.

»Das Café hat den Duft, der beim Backen entsteht, auf die Straße geblasen, dem konnte ich nicht widerstehen. Seit mir der Unterschied bewusst war, konnte ich meinen Entscheidungsprozess steuern.« Zille sah den fragenden Blick des Kollegen. »Ich habe dann auf dem anderen Weg die Dinner Rolls gekauft.«

Pöppelmann atmete tief ein und aus. »Ich wollte doch nur sagen, der Täter muss eine Störung haben.«

»Dass eine Persönlichkeitsstörung vorliegt, sehe ich auch so«, erwiderte Zille. »Nur welcher Art, wissen wir eben nicht.«

»Und das bedeutet jetzt was?«, fragte Laura ungeduldig.

»Ist er ein Soziopath, schlägt er wieder zu, wenn er ausrastet. Ist er ein Psychopath, schlägt er wieder zu, weil er es will.«

»Wir müssen also mit einem zweiten Mord rechnen?«

Zille legte die Berichte auf den Tisch. »Alles Weitere, was wir zurzeit wissen, steht in diesen Berichten. Die Kriminaltechnik hat nichts Aufregendes gefunden. Bis auf ein paar Faserreste von Kleidungsstücken auf dem Balkon.«

»Die Zeugenaussagen liegen auch vor. Niemand hat etwas gesehen oder gehört. Aber«, Pöppelmann warf die Unterlagen ebenfalls auf den Tisch, »Kamanski war Besitzer des Hauses, in dem er wohnte.«

»Als Verwaltungsbeamter?«, bemerkte Laura Sentrup skeptisch.

»Seine Wohnung sah auch nicht aus wie die eines Krösus.« Zille legte seine Stirn in Falten. »Im Gegenteil.«

»Anna, du kannst dem ja mal nachgehen«, schlug Pöppelmann vor.

»Du meinst, er hat noch mehr Häuser? Oder soll ich nach Erben suchen?«, fragte Anna.

»Eins nach dem anderen.« Pöppelmann legte seine Stirn in Falten. »Wir vier sind zunächst für den Fall zuständig. Wir müssen also möglichst effektiv arbeiten. Staatsanwältin Lüders lasse ich einen Bericht zukommen.«

9

»Wir müssen gleich von der Autobahn abfahren«, sagte Max angespannt, weil Sigi gerade dazu ansetzte, noch schnell einen Lastwagen zu überholen.

»Ich weiß«, sagte sie cool und beschleunigte den Beetle, »das reicht locker.« Kaum war sie an dem Lkw vorbeigefahren, zog sie das Auto auf die rechte Spur, bremste und fuhr mit quietschenden Reifen in die Ausfahrt.

Max hatte während des Überholvorgangs die Luft angehalten. Jetzt atmete er erleichtert aus. »Das war knapp.«

»Und jetzt stell dir vor, du musst bei einem solchen Manöver noch aus dem fahrenden Auto schießen.«

»Als Fahrer?«

»Wenn der Beifahrer vor Angst zittert, schon.« Sigi lachte. Sie bog auf die Bundesstraße 104 Richtung Güstrow ab. »In einer Stunde sind wir im Hotel.«

Sie saßen eine Weile schweigend nebeneinander. Dann wandte sich Max Sigi zu. »Sind wir undercover unterwegs?«

»Ich nicht, du schon.«

»Was heißt das?«

»Dass ich nach Güstrow fahre, habe ich Doris gesagt.«

»Und dass du dich begleite, hast du ihr verschwiegen.«

»Jap.«

Max holte ein Bounty aus seinem Rucksack. »Willst du die Hälfte?«, fragte er.

Sigi verzog ihr Gesicht. »Ist mir zu süß.«

»Warst du schon häufiger auf dem Schießplatz?«

»Ich habe dort an einigen Workshops teilgenommen. ›Schießen in extremer Nahdistanz‹ oder ›Präzisionsgewehr im Feuerkampf‹.«

»Einfach so?«

»Ich kenne Fred, den Sohn des Besitzers. War mit mir bei der Armee.« Sigi blickte Max an. »Hast du noch was anderes zu essen mit?«

»Ich habe einen Apfel.«

Sigi verzog das Gesicht. »Was ist das für eine Auswahl? Sie hielt an einer Ampel. »Aber ich nehme ihn.«

Max gab ihr den Apfel. »Werden noch weitere Leute auf dem Schießplatz sein?«

»Ich glaube schon. L14, so heißt der Schießplatz, ist sehr beliebt, vor allem bei der Polizei und dem Militär.«

»Haben die keine eigenen Plätze?«

»Klar, aber auf diesem Schießplatz werden super Workshops angeboten, die sogar vom LKA unterstützt werden. Da trifft sich die Crème de la Crème. GSG-9-Teams, Sonderkommandos aus verschiedenen Bundesländern, KSK-Soldaten.« Sigi biss in den Apfel. »Auch ausländische Gruppen. EKO Kobra aus Österreich und SWAT-Teams aus den USA.«

»Und die sind morgen auch dort?«

»Keine Ahnung. Vielleicht ein SEK-Team oder Leute vom Hannibal-Netzwerk.« Sigi kurbelte das Fenster herunter und warf den Rest des Apfels heraus. »Ist mir zu süß.« Im nächsten Ort fuhr sie an eine Tankstelle. »Ich hole mir eine Wurst. Willst du auch eine?«

Max schüttelte den Kopf und sah Sigi hinterher. Was ihn wohl auf dem Schießplatz erwartete? Wenn Sigi so schoss, wie sie Auto fuhr, würde es wahrscheinlich gefährlich werden. Er hoffte nur, dass sie dort nicht so viele Leute trafen. Schon gar nicht vom Hannibal-Netzwerk. Was sollte er denen antworten, wenn er angesprochen wurde? Er hatte keine Ahnung von Schusswaffen.

»Träumst du?« Sigi setzte sich ins Auto und gab ihm eine Wurst.

»Ich wollte doch keine.«

»Ich weiß. Aber falls du mal probieren willst, brauche ich dir nichts abzugeben. Und wenn nicht, habe ich zwei.« Sie tunkte die Wurst in den Senf und biss ab. »Ich liebe nämlich Knackwürste.«

Max legte die Wurst aufs Armaturenbrett. »Du kannst zwei essen.«

»Klasse!«, antworte Sigi mit vollem Mund.

»Wie hast du Doris eigentlich kennengelernt?«

»Sie ist meine Tante.«

»Deine Tante?« Max war überrascht.

»Sie ist die Schwester meiner Mutter, die gestorben ist, als ich zehn war. Mein Vater war immer sehr beschäftigt. Er war und ist immer noch Funktionär bei der NPD. Doris hat sich deshalb um mich gekümmert.«

»Hast du bei ihr gewohnt?«

Sigi machte sich über die zweite Wurst her. »Nein, sie hat mich häufiger besucht. Und dafür gesorgt, dass ich die Schule beende.«

»Und wie war Doris so?«

»Streng. Sie hat mir oft und gerne Vorträge gehalten: Wie ich mich benehmen soll, aber auch über den Zustand der Welt.«

»So wie auf der Versammlung?«

»Genau.« Sie schlang das letzte Stück Wurst hinunter und startete den Wagen. »Wir müssen weiter.«

Vierzig Minuten später waren sie vor ihrem Hotel in Güstrow. »Ich habe uns ein Zimmer im Sweet Dream Hostel gebucht.« Sigi zeigte auf eine unscheinbare Eingangstür.

»Ist der Name Programm?«, fragte Max anzüglich.

»Das hängt von uns ab.«

Gespräch 2

Frigga wartete im Konferenzraum. Getränke und Gebäck standen auf dem Tisch. Sie hatte lange wach gelegen. Gewissensbisse plagten sie. War das Treffen hier Verrat an ihrer Familie? Aber was hieß das schon? Sie hatte sich diese Familie nicht ausgesucht. Doch ihre Mutter war ihre Mutter und der Vater ihr Vater. Blutsverwandtschaft und notgedrungen Nähe. Ihre Eltern hatten die Nähe und die Abhängigkeit ihres Nachwuchses jedoch missbraucht für ihre kruden Ansichten. Widerspruch wurde nicht geduldet. Eigene Entwicklung war nicht vorgesehen. Doch da waren auch die schönen Bilder vom Hof. Von einer glücklichen Mutter.

Irgendwann war Frigga eingeschlafen. Und hatte einen Traum. Sie war ein Junge. Kurze Haare, kurze Hose, kakifarbenes Hemd mit einer aufgenähten Odal-Rune. Ihre Mutter war mit ihr hinterm Haus. Sie beobachteten einen kleinen Spatzen. Sie gab ihr einen Stein und sagte: »Schleich dich leise an den Spatzen heran und töte ihn. So lernst du, hart zu werden.« Dann schob sie sie aus der Deckung des Hauses. »Geh los und töte ihn.« Wie befohlen schlich der Junge in ihr sich an den Spatzen, hob den Stein – und Frigga wachte schweißgebadet auf. Was für ein Scheißtraum! Hätte ihre Mutter tatsächlich lieber einen Jungen gehabt?

Larissa betrat den Raum. Setzte sich an den Tisch. »Sie haben gestern von Fleiß und Gehorsam gesprochen. Wie äußerte sich das im Alltag?«

Falten auf der Stirn. »Es galten strenge Regeln beim Essen. Wir Kinder durften bei Tisch nicht reden, weil wir das Essen würdigen sollten, das die Mutter gekocht hatte und uns der deutsche Boden gab. Das galt auch für die zweijährige Solveig. Wenn wir uns daran nicht hielten, mussten wir nach dem Essen eine Stunde still am Tisch sitzen. Sie können sich vorstellen, dass meine Schwester häufiger als ich dort saß.«

»*Haben Sie nie aufbegehrt?*«

»Warum?« Zuckende Schultern. »Wir hatten Regeln, die für die Gemeinschaft gut waren und die uns Orientierung gaben. Das hat mir auch in der Schule geholfen, um mich zurückhaltend und unauffällig zu verhalten.«

»*Wieso haben Ihre Eltern Sie überhaupt in die Regelschule geschickt?*«

»Meine Mutter hat versucht, mich zu Hause zu unterrichten, hat aber keine Genehmigung dafür bekommen. Also hat sie mich und später auch Solveig schweren Herzens in die ›Staatsschule‹ geschickt. Aber wir hatten genaue Anweisungen, wie wir uns zu verhalten hatten. Wir durften nichts Privates von uns erzählen, von unseren Festen oder was wir für Bücher hatten.« Augenzucken. »Freundschaften durften wir auch keine schließen und keine Kinder zu uns nach Hause einladen oder zu denen nach Hause gehen. Meine Eltern hatten Angst, dass wir Dinge kennenlernten, die ihrer Erziehung entgegenliefen, und wir anfingen, Fragen zu stellen. Ich habe mich daran gehalten, meine Schwester später nicht.«

»*Aber haben Sie keine Unterschiede bemerkt?*«

»Klar habe ich gemerkt, dass ich anders war. Die anderen Kinder hatten bunte T-Shirts oder coole Hosen an. Auch kannten sie andere Lieder und durften sich tolle Dinge zu Weihnachten wünschen. Ich bekam immer nur irgendwas Selbstgemachtes oder gebrauchte Klamotten oder ganz selten Spielzeug.« Verlegenes Lachen. »Mein Schulranzen war die Krönung. Der war noch von meiner Mutter, aus Leder, alt und speckig.« Hände krampften sich um Stuhllehnen. »Aber das war mir egal. Die Kinder in der Schule gehörten ja nicht zu unserer Gemeinschaft, sie waren diejenigen, die falsch lebten. Mein Leben war in Ordnung. Für mich war es ganz normal und richtig, auf meine Eltern zu hören. Was immer sie auch erwarteten. Von meiner Mutter bekam ich nur Lob, wenn ich in der Schule meinen Lehrern widersprach.«

»Wie muss ich mir das vorstellen?«

»Als unser Lehrer behauptete, nur die dritte Strophe des Liedes der Deutschen sei die Nationalhymne, habe ich heftig widersprochen. Da war meine Mutter stolz auf mich. Mein Vater war stolz auf meine guten Noten und überredete meine Mutter, mich auf das Gymnasium zu schicken. Ich war sehr froh darüber, denn ich wollte schon damals studieren, weil ich mehr über Völker und Geschichte wissen wollte.«

»Um die Gesinnung Ihrer Eltern zu hinterfragen?«

Kopfschütteln. »Nein, dafür gab es für mich keinen Anlass. Im Gegenteil. Ich habe alles aufgesogen. Die Bildbände meines Vaters über den Zweiten Weltkrieg, später Biografien über Hess, Göring und die Wehrmachtsgeneräle. Manchmal las er mir aus der National-Zeitung vor.«

»Dann war Ihr Vater ein Nazi?«

»Er war fasziniert von bestimmten Leuten und teilte die völkischen Ideen. Doch ein echter Nazi war er nicht.« Gefaltete Hände. »Wenn wir Besuch bekamen, wurde über die letzten tollen Feste wie die Eheleite, also die heidnische Hochzeit befreundeter Paare, aber auch über Besuche bei einer germanischen Glaubensgemeinschaft in Mecklenburg berichtet. Das waren Themen, die meinen Vater interessierten. Wurde begeistert über die Vereinigung deutscher Frauen und die freien Kameradschaften erzählt, wirkte er abwesend. Das war ihm zu radikal. Im Gegensatz zu mir. Ich fand das spannend und habe aufmerksam zugehört.« Zucken im Gesicht. »Meine Schwester allerdings nicht.«

»Was interessierte Ihren Vater sonst noch?«

»Fußball. Er trainierte die Jugend im Dorfverein.«

»Seit wann?«

Kurze Pause. »Ich glaube, wir lebten schon fünf, sechs Jahre auf dem Hof. Eines Abends sagte er beim Essen, dass er einen Job als Jugendtrainer angenommen hätte. Meine Mutter war entsetzt. Und als er noch erzählte, dass er auch bei der freiwilligen Feuerwehr aktiv werden wollte, ist sie wutentbrannt rausgerannt.« Biss in die Lippen.

»*Warum?*«

»Damals dachte ich, sie wäre sauer, weil er sich dann weniger um den Hof kümmern würde. Heute weiß ich, dass ein Streit um die richtige politische Strategie dahintersteckte.«

»*Welcher Art?*«

»Meine Mutter«, Blick an die Decke, »war zu der Zeit schon radikal, fand, man müsste das System offensiv bekämpfen. Mein Vater wollte es unterwandern.«

»*Welche Methode favorisieren Sie?*«

»Damals fand ich meine Mutter überzeugender.«

»*Und heute?*«

»Muss man versuchen, Veränderungen im Rahmen unseres Systems herbeizuführen.«

Nach dem Gespräch stand Larissa am Fenster. Sie sah, wie Frigga im Park spazieren ging. Sie schien das gute Wetter zu genießen.

War sie selbst inzwischen schlauer geworden? Konnte sie jetzt mehr in ihr sehen? Es deutete sich an, dass Frigga in einer zerrissenen deutschen Familie aufgewachsen war. Vater und Mutter waren sich uneins. Nicht immer. Aber anscheinend immer öfter. Auch die Schwester schien anders zu ticken. Vielleicht taten sich doch unterschiedliche Lebensentwürfe für Frigga auf. Doch bisher sah Larissa keine Brüche in Friggas Leben. Nur ein Mal war sie aus der Balance geraten und hatte am Stuhl Halt suchen müssen. Der alte Schulranzen war ihr offenbar peinlich. Zumindest ein bisschen.

10

Lasse hatte die Nacht in seinem VW-Bus übernachtet. Er war Sigi von Hamburg nach Güstrow gefolgt und hatte sich gewundert, als sie Max am Dammtor aufgegabelt hatte. Das war so nicht vorgesehen. Jetzt stand er in der Nähe des Schießplatzes L14. Nachdem Lasse von dem Besitzer nach einer entsprechenden Bezahlung die Erlaubnis erhalten hatte, sich frei auf dem Schießplatz zu bewegen, hatte er seine Tarnkleidung und eine Sturmhaube angezogen. Er hoffte so, Sigi und Max unbemerkt beobachten zu können, zumal noch eine weitere Gruppe ehemaliger Soldaten auf dem Platz trainierte.

Gegen zehn Uhr sah er Sigis Beetle kommen. Sie hielt beim Schlagbaum, sagte etwas in die Sprechanlage und konnte dann weiterfahren. Lasse wartete einen Moment und lief hinterher.

Nach etwa zweihundert Metern versteckte er sich hinter einem Baum, nahm sein Fernglas und beobachtete, wie der Besitzer des Schießplatzes aus seinem Haus kam und Sigi und Max die Hand schüttelte. Dabei übergab Sigi dem Besitzer ihren Autoschlüssel. Dieser drehte sich um und schien jemandem etwas zuzurufen.

Einige Zeit später brachte ein junger Mann einen Rucksack, einen Gewehrkoffer und eine Pistole mit Holster. Er stellte Koffer und Rucksack ab, um Sigi zu umarmen. Anschließend gingen Sigi und Max mit dem Gepäck beladen zu einem Geländewagen und fuhren Richtung Schießstand davon. Nach einem zehnminütigen Dauerlauf entdeckte Lasse endlich den leeren Geländewagen. Er schlich sich heran und sah, dass Sigi und Max auf einem kleinen Schießplatz standen. Sigi hatte ihre Haare zusammengebunden, trug ein kakifarbenes T-Shirt und Jeans mit Camomuster. Max stand vor ihr, mit Blick auf die Zielscheiben. An seinem Gürtel hing ein Pistolenholster, und auf den Ohren hatte er einen Gehörschutz.

»Also«, sagte Sigi laut, »du hebst beide Hände bis zu den Ohren. Dann gebe ich folgende Kommandos. ›Are you ready?‹, ›Stand by‹, und dann macht es piep, weil ich den Zeitmesser starte.«

»Okay.«

»Wenn es piept, ziehst du die Waffe und schießt nacheinander auf die fünf Metallzielscheiben, die am Ende des Schießstandes versetzt stehen.«

»Wie weit sind die von hier entfernt?«

»Unterschiedlich, zwischen sieben und zehn Metern. Jedes Mal, wenn du triffst, macht es pling. Beim fünften Pling drücke ich den Zeitmesser erneut.«

»Und wenn ich danebenschieße?«

»Macht es nicht pling.«

Max hob die Hände und stellte sich in Position. Hörte »Are you ready? – Stand by«, dann zog er die Pistole und schoss fünfmal. Zweimal machte es pling. »Und«, fragte Max aufgeregt, »wie viel Sekunden?«

»Hast du es piepen gehört?«

»Habe ich zu früh geschossen?«

Sigi zog eine Grimasse. »Na ja, das war zur Übung. Und immerhin hast du zweimal getroffen.«

»Noch mal.«

»Ich denke nicht. Die militärische Elementarerziehung ist beendet. Jetzt sind die Großen an der Reihe«, tönte es plötzlich, und sechs bewaffnete Männer mit Sturmhauben und Tarnanzügen stapften auf den Schießplatz.

Sigi blickt zu ihnen und sagte bestimmt. »Wir brauchen noch eine Weile.«

»Der Knabe braucht bis heute Abend, um fünfmal zu treffen«, spottete einer der Männer.

»Jungs, der Schießplatz ist groß genug.« Sigi zeigte auf die Waffen. »Geht ein bisschen Carshooting mit euren MP5 üben.«

Jetzt stellte sich einer der Männer, offenbar ihr Anführer, dicht vor Sigi. »Pass mal auf, du Bitch«, zischte er und nahm sich die Sturmhaube vom Kopf. »Wenn wir hier schießen wollen, dann schießen wir hier auch.«

Max wollte dazwischengehen, doch Sigi hielt ihn mit einem Arm zurück. Dabei ließ sie ihr Gegenüber nicht aus den Augen. »Jetzt pass du mal auf, du Honk. Bevor wir uns streiten, mache ich dir einen Vorschlag. Wir beide machen eine kleine Challenge. Wer gewinnt, bleibt.«

Lasse verfluchte Sigi. Warum konnte sie nicht einfach den Platz räumen. Mit ihrem Verhalten sorgte sie für zu viel Aufmerksamkeit. Vor allem, wenn sie das Wettschießen für sich entscheiden sollte. Er beobachtete die Szenerie mit Spannung und bekam so nicht mit, dass sich ihm zwei vermummte Gestalten näherten. Erst als er hinter sich einen Ast knacken hörte, drehte er sich um.

Doch es war zu spät. Er bekam einen Schlag an die Schläfe und fiel um.

Höhnisches Gelächter schallte Sigi entgegen. »Zippo, zeig ihr, wo der Hammer hängt«, grölte einer der Männer.

Zippo drehte sich grinsend zu seiner Gruppe. »Warum nicht? Einer muss die Bitch ja in ihre Schranken weisen.« Er legte seine Maschinenpistole ab und rückte sein Pistolenholster zurecht. »Vier Durchgänge. Dein Knabe und einer meiner Männer geben abwechselnd die Kommandos.«

»Okay«, sagte Sigi. »Jeder Fehlschuss zählt drei Sekunden. Und am Ende werden alle Durchgänge zusammengezählt.«

Zippo sah Sigi auffordernd an. »Du beginnst, Bitch.«

»Wie du willst, du Honk.« Sigi legte den Holster an und stellte sich in Position. Herbi, einer von Zippos Männern, gab das Kommando. Sigi zog die Pistole und schoss blitzschnell von links nach rechts. Fünfmal traf sie die Metallscheiben.

»Zwei Komma vier Sekunden«, sagte Herbi.

»Das wird nicht reichen«, tönte Zippo großspurig. Dann stellte er sich breitbeinig in Position und blickte Max an. »Also los, gib die Kommandos.«

Etwas verunsichert stellte Max sich hinter ihn. Zippo hob die Hände. »Are you ready? – Stand by« und dann löste er den Piepton aus. Zippo zog gekonnt die Pistole, und es machte fünfmal pling. Max drückte auf die Stoppuhr. »Zwei Komma eins Sekunden.«

Zippo reckte die Faust in den Himmel. Jubel brandete auf. Nach den nächsten beiden Durchgängen führte Zippo immer noch, allerdings war er insgesamt nur noch zwei Zehntelsekunden schneller.

Sigi schien das nicht zu beeindrucken. Sie stellte sich cool vor die Schießscheiben und wartete auf die Kommandos. Beim Piepton zog sie ihre Waffe. Diesmal schoss sie von rechts nach links und beendete ihren letzten Versuch in eins Komma sieben Sekunden.

»Nervös?« Sigi kicherte.

»Leck mich.« Wütend stellte Zippo sich in Position. Max gab das Kommando, und Zippo schoss schnell, aber es machte nur viermal pling. »Scheiße!«, brüllte Zippo.

»Können wir mal die Zeiten vergleichen?«, fragte Sigi unschuldig. Und fuhr sarkastisch fort: »Aber nicht vergessen, die drei Sekunden für den Fehlschuss mitzurechnen.«

»Halt's Maul. Du hast beim Schießen die Richtung geändert. Das war so nicht abgemacht.«

Sigi wollte gerade etwas erwidern, als zwei weitere Männer mit einem dritten Mann, dem die Hände gefesselt worden waren, den Schießstand betraten.

»Ey, Zippo, der Typ hat uns beobachtet.« Dann zwangen sie ihn, sich hinzuknien, und rissen ihm die Sturmhaube vom Kopf.

Max wollte gerade den Mund aufmachen, als er von Sigi einen Stoß in die Rippen bekam. »Klappe«, zischte sie. Zippo blickte zu Max und Sigi, dann nahm er seine MP und ging auf den Mann zu. Als er vor ihm stand, blickte er sich noch einmal um. »Du schießt verdammt gut, Bitch. Aber jetzt verpisst euch. Wir haben hier was zu erledigen.«

Sigi zog Max schweigend vom Ort des Geschehens. Wenig später saßen sie im Geländewagen und entfernten sich langsam von der Steel-Challenge-Anlage.

»Das war Lasse«, sagte Max aufgeregt.

»Habe ich gesehen.«

»Was will der hier?«

»Ich vermute, er beschattet uns.«

»Und wieso?«

Sigi riss das Steuer herum und fuhr einen Hügel hinauf. »Ich glaube, Doris lässt uns überwachen.«

»Wie bescheuert ist das denn?«

Sigi zuckte mit den Schultern. »Sie wird schon ihre Gründe haben.«

»Und was machen die jetzt mit Lasse?«

»Aus ihm herausprügeln, warum er uns beobachtet hat.«

»Müssen wir ihm nicht helfen?«

Sigi fuhr über die Kuppe des Hügels und hielt vor dem Dreihundert-Meter-Schießstand, der zwischen zwei Erdwällen angelegt war. Zur Sicherung waren zusätzlich Geschossfangsysteme angebracht. »Bring schon mal den Waffenkoffer und den Rucksack auf die Schießanlage«, sagte sie zu Max. »Der Einlasscode am Haus ist B2479.«

»Und was machst du?«

»Lasse retten.« Sie stieg aus und zückte ihr Handy.

»Wer bist du?« Zippo baute sich drohend vor Lasse auf.

»Ich darf mich hier aufhalten. Das ist abgesprochen.«

Zippo schlug Lasse mit dem Handrücken ins Gesicht. »Wer du bist, will ich wissen.«

»Ich bin ein Privatdetektiv und soll auf die Bitch aufpassen.«

»Ich glaube, die kann auf sich selbst aufpassen.« Und wieder schlug Zippo Lasse ins Gesicht. Diesmal härter. »Wer bist du?«

»Hab ich doch gesagt. Arne Mischke, Privatdetektiv.«

»Und ich bin Pavarotti, Opernsänger.« Diesmal schlug Zippo mit beiden Handflächen auf die Ohren. Lasse stöhnte auf. Zippo packte ihn am Hemdkragen und riss ihn hoch. »Ich will dir mal sagen, was ich denke, wer du bist«, fauchte er ihn an. »Du bist ein verfickter Bulle vom Verfassungsschutz und sollst uns ausspionieren.« Er spuckte ihm ins Gesicht. »Aber das werden wir schon herausbekommen.«

Zippo wandte sich an seine Leute. »Stellt ihn zwischen die Schießscheiben.«

Max hatte fasziniert Sigis Vorbereitungen beobachtet. Sie hatte eine Matte ausgerollt, Gehörschutz und Munition bereitgelegt sowie einen Monitor eingeschaltet, auf dem die dreihundert Meter entfernte Zielscheibe angezeigt wurde. Anschließend hatte sie das Gewehr zusammengebaut und hielt es jetzt in den Händen.

»Das ist ein Haenel RS9 mit Schalldämpfer«, erklärte Sigi.

»Sieht interessant aus.«

»Das ist ein absolutes Präzisionsgewehr mit langem Lauf. Damit schießt man auch bei der Bundeswehr.«

»Und du kannst damit schießen?«

»Jap.« Sigi setzte das Magazin ein. »Es ist ein Repetiergewehr. Nach jedem Schuss«, sie zeigte auf einen schwarzen Hebel mit einer Kugel am Ende, »betätige ich diesen Hebel zurück und vor, schmeiß damit die leere Patronenhülse raus und lade eine neue Patrone.«

»Ist das nicht umständlich?«

»Kommt darauf an, was ich will. Mit dem Gewehr schießt man auf Ziele in großer Entfernung. Und das sind in der Regel Einzelziele.«

»Menschen?«

»Genau. Genug geredet, jetzt wird geschossen.« Sigi setzte sich den Gehörschutz auf, legte sich auf die Matte und klappte das Zweibeinstativ auf, das sich am Gewehrlauf befand. Dann schob sie den Gewehrschaft an ihre rechte Schulter, ließ den Kopf ein wenig fallen und schaute durch das Zielfernrohr. Es passte perfekt. Sie drehte an zwei Rädchen und nahm so noch ein paar minimale Veränderungen am Zielfernrohr vor. Sigi atmete ein und aus, hielt die Luft an und schoss. Max stand neben dem Monitor.

»Und?«, fragte Sigi.

»Im Kreis mit der Nummer vier.«

»Und wo da genau?«

»Im oberen rechten Viertel.« Max schaute genauer. »Ziemlich in der Mitte.«

Sigi hob den Kopf und blickte zum Monitor. »Zeig mal.«
»Okay.« Sigi legte sich erneut in Position und nahm ein paar Korrekturen am Zielfernrohr vor. Dann konzentrierte sie sich wieder.

Lasse stand zwischen der vierten und fünften Metallzielscheibe. Zippo hatte sich in Position gestellt. »Wir machen das alles ganz korrekt. Herbi gibt wieder das Kommando.« Zippo rülpste. »Wenn es fünfmal pling macht, lebst du noch.« Zippo hob die Hände.
»Are you ready?«
»Hört sofort auf mit dem Scheiß.« Fred kam auf den Schießplatz gelaufen, lief zu Zippo und schubste ihn zur Seite. »Habt ihr nicht alle Tassen im Schrank? Willst du, dass wir unsere Lizenz verlieren?«
»Reg dich ab, bist doch sonst auch nicht so zimperlich.«
Fred ging zu Lasse und zerrte ihn aus dem Schussfeld.
»Seit wann beschützt du die Leute vom Verfassungsschutz?«
»Der Typ ist nicht vom Verfassungsschutz, der ist wegen Sigi hier.«
»Du meinst diese Bitch?«
»Genau, die dich in der Steel-Challenge geschlagen hat«, sagte Fred spöttisch.
»Werd nicht frech, Kleiner. Und woher weißt du –«
»Sigi ist 'ne alte Freundin von mir. Und er sollte sie im Auge behalten, hat sie gesagt.«
»Und warum?«
»Keine Ahnung. Jedenfalls gibt es keinen Grund, ihn kaltzumachen. Und schon gar nicht auf diesem Platz.«

Sigi hatte noch einen Schuss im Magazin. Mit jedem Schuss war sie der Mouche, dem absoluten Zieltreffer, näher gekommen. Die letzten vier waren in der Neun und der Zehn gelandet. Sie justierte noch einmal das Zielfernrohr nach. Dann konzentrierte sie sich und schoss.

»Wahnsinn, Volltreffer.«

»Ich muss mehr üben.« Sigi begann, die Sachen zusammenzupacken. »Zumal ich hier keinen Wind berechnen musste.« Fünfzehn Minuten später gaben sie die Waffen wieder bei Fred und seinem Vater ab.

»Bin gerade noch rechtzeitig gekommen«, sagte Fred. »Außer ein paar Schrammen im Gesicht hat euer Beschatter keine Schäden davongetragen.«

Sigi nahm Fred in den Arm. »Gut gemacht.« Dann gab sie seinem Vater die Hand. Er schaute ihr einen Moment in die Augen. »Gruß von Winfried. Das Paket ist gepackt, Sigi. Pass gut darauf auf.«

Sigi und Max stiegen in den Beetle. Als sie an Lasses VW-Bus vorbeikamen, hielt Sigi an und stieg aus. Sie ging auf Lasse zu, der am Steuer saß, und sah ihn an. »Ich habe dich nicht gesehen.«

»Und ich habe nur dich gesehen.«

»Deal?«

»Deal.«

11

Der Konferenzraum im Keller des Hauses von Elias Hopp war wie immer aufgeräumt, und dank des duftenden Kaffees und des köstlichen Gebäcks von Maja strahlte er eine angenehme Atmosphäre aus.

Zille nahm sich einen Keks, tunkte ihn in den Kaffeebecher und schob ihn sich dann genüsslich in den Mund. »Das japanische Essen ist zwar auch großartig, aber solche in Kaffee getunkten Kekse gibt es dort nicht.«

»Das Land wird mir immer sympathischer«, sagte Elias süffisant.

»Du bist und bleibst ein Banause.« Zille wandte sich an Janne, die ebenfalls gerade einen Keks in den Kaffee tunkte.»Was meinst du, Janne?«

»Zumindest in dieser Angelegenheit muss ich dir recht geben«, erwiderte diese und schlürfte den weichen Teil des Kekses in den Mund.

Zille strahlte übers ganze Gesicht.»Du bist eben auch ein Gourmet.« Dann wurde er ernst.»Ich habe euch ja schon ein paar Infos über den Madonna-Mörder geschickt. Oberstaatsanwalt Dürkopp will euch als Berater bei dem Fall engagieren. Die Bandenkriminalität bindet zurzeit viel Personal, und die Zusammenarbeit hat sich bewährt.«

»Das ist echt ein brutaler Mord«, sagte Janne.»Da muss schon jemand ziemlich krank im Kopf sein.«

»Klar. Das Krankhafte vermute ich in seiner Seele. Da liegt das Böse. Aber er ist sicher nicht verrückt. Dafür wurde der Mord zu überlegt ausgeführt.«

»Wenn wir das Opfer besser kennen, finden wir vielleicht ein Motiv.« Elias bediente die Tastatur auf seinem Laptop, und auf dem Board erschien das Foto des Opfers.»Das ist Berthold Kamanski. Und ich habe interessante Informationen über ihn erhalten. Heute Morgen rief mich nämlich mein Verleger Constantin Mügge an und teilte mir mit, dass mein aktuelles Buch über die Hamburger Kaufmannschaft auf der Spiegel-Bestsellerliste gelandet ist. Platz drei.«

»Krimi oder Sachbuch?«, fragte Zille ironisch.

»Glückwunsch. Aber was hat das jetzt mit Kamanski zu tun?«, wollte Janne wissen.

»Abwarten.« Elias kratzte sich am Kopf.»Im Laufe des Gesprächs kamen wir auf den Mord an Kamanski zu sprechen.«

»Kann ich mir denken«, sagte Zille.»Da er nicht nur Verleger, sondern auch Herausgeber eines Onlinemagazins ist, wittert er bestimmt wieder eine neue Story.«

»Daran ist er immer interessiert«, erwiderte Elias.»Jedenfalls weiß ich jetzt, dass Kamanski der Onkel von Constantin Mügges Pflegevater ist.«

»Unser Investigativmagazinschreiber ist bei Pflegeeltern aufgewachsen?«, fragte Janne erstaunt.

»Ja, von klein auf.«

»Warum haben sie ihn nicht adoptiert?«, wollte Zille wissen.

»Das weiß ich nicht«, sagte Elias.

»Hat zumindest den Vorteil, dass er einen vernünftigen Nachnamen hat.«

»So wie Zillinski?« Elias grinste.

»Nenn mir einen Namen, der sich so prominent abkürzen lässt wie meiner«, sagte Zille und fügte frotzelnd hinzu: »Ich bin schon häufiger gefragt worden, ob ich mit Heinrich Zille verwandt sei.«

»Weil du auch so wunderbar zeichnen kannst«, sagte Elias spöttisch. Dann zeigte er auf das Foto. »Und ich habe noch weitere Details über Kamanski erfahren. Er ist Jahrgang 1932, geboren in Breslau, Anfang 1945 mit der Familie nach Hamburg geflohen. Hat hier Abitur gemacht, anschließend in Kiel Jura studiert und ist nach seinem zweiten juristischen Staatsexamen 1962 in den Postdienst gegangen. Dort hat er sich bis zum Vizepräsidenten der Landespostdirektion hochgearbeitet. 1991 ist er frühverrentet worden.«

»Da war er erst neunundfünfzig«, bemerkte Zille nachdenklich. »Weißt du, weshalb er aufgehört hat?«

»Noch nicht«, antwortete Elias. »1958 hat er geheiratet, und zwei Jahre später kam das einzige Kind zur Welt, das aber einen Monat nach der Geburt verstorben ist.« Elias zeigte ein weiteres Foto, auf dem Kamanski mit seiner Frau zu sehen war.

Zille stöhnte auf. »Auf diesem Familienbild zeigt sich das Rückwärtsgewandte und Konservative dieser Zeit sehr deutlich.«

»Laut Constantin Mügge«, fuhr Elias fort, »war sein Großonkel ein Reaktionär. Er hat seiner Frau verboten, zu arbeiten und den Führerschein zu machen.«

»Wie soll das denn gehen?«, fragte Janne entsetzt.

»Ich zitiere aus dem Bürgerlichen Gesetzbuch.« Elias hob

den Zeigefinger.»›Die Frau ist berechtigt, erwerbstätig zu sein, soweit dies mit ihren Pflichten in Ehe und Familie vereinbar ist.‹«

»Lass mich raten«, sagte Janne, »ob dem so war, hat der Mann entschieden.«

»Genau. Geändert wurde das Gesetz erst 1977.«

»Und das mit dem Führerschein?«

»Den hätte sie auch ohne seine Erlaubnis machen können«, erklärte Zille, »aber nur mit *seinem* Geld.«

»Arschloch.«

»Dann stellt sich jetzt die Frage, wer das Haus erbt?«, warf Zille in die Runde. »Seine Frau ist vor drei Jahren gestorben.«

Elias, der sich gerade ein paar Notizen machte, blickte überrascht auf. »Kamanski gehört das Haus in der Wolfgang-Cohn-Straße?«

Zille nickte. »So ist es.«

»Wer ist der nächste Verwandte, wenn er keine Kinder hat?«, fragte Janne.

»Gute Frage. Vielleicht Mügge.«

Elias schüttelte den Kopf. »Pflegekinder haben kein Erbrecht.«

»Was du alles weißt.«

Elias zuckte mit den Schultern. »Mügge hat mir gesagt, dass er so gut wie keinen Kontakt zu dem Onkel seines Pflegevaters hatte, und auch der hätte ihn nie besucht und höchstens zu Weihnachten mal eine Karte geschrieben.« Elias lehnte sich in seinen Stuhl zurück. »Falls wir ein Familiengeheimnis entdecken, möchte Mügge es dennoch gerne wissen. Sein Pflegevater hat ihm nämlich nichts über seine Familie erzählt.«

»Sag ich ja, er ist immer hinter einer guten Story her.«

»Habt ihr am Tatort vielleicht Hinweise auf ein Geheimnis gefunden, Zille?«, witzelte Janne.

»Wo du jetzt fragst, Janne, fällt es mir ein. Was für mich immer ein Geheimnis bleibt, sind Wohnungen, in denen alles aufgeräumt ist. Kein schmutziges Geschirr in der Küche, geputzte

Fensterscheiben, im Schlafzimmer lag die Kleidung akkurat gefaltet auf dem Stuhl, und auch sonst war alles geordnet.« Zille atmete tief durch. »Leider war nichts dabei, was auf ein Motiv schließen lassen könnte.«

»War er religiös?«, fragte Janne.

»Du meinst wegen der Madonna?«

Janne nickte.

»Wir haben nichts gefunden, was einen solchen Schluss zulassen würde.« Zille kratzte sich am Kinn. »Andererseits haben wir auch nicht nach etwas Speziellem gesucht.«

Elias stand auf und reckte sich. »Janne und ich werden versuchen, mehr über Kamanski herauszufinden. Vielleicht muss da die klassische Recherche helfen.«

»Und das heißt?«, fragte Janne und sah zu ihm hoch.

»Befragungen aller Art.«

12

Max war aufgeregt. Leute aus seiner Kampfsportgruppe hatten ihn zur Vorbereitung der 1.-Mai-Demo eingeladen. »Wir wollen die Antifa aufmischen«, hatten sie ihm gesagt. »Und das muss gut vorbereitet werden.« Endlich konnte er wieder aktiv werden. Und so viele soziale Kontakte wie in den letzten Wochen hatte er seit seiner Zeit in Dortmund nicht mehr gehabt.

Darauf hoffend, dass auch Sigi und Leni an den Vorbereitungen teilnehmen würden, betrat er die Kneipe an der Ecke Wiesendamm und Hufnerstraße und sah zu seiner Freude die beiden Frauen am Tresen sitzen. Sigi winkte ihn zu sich.

»Ist noch Zeit für ein Bier, geht erst in zehn Minuten los.« Sie drückte ihm eine Flasche in die Hand und einen Kuss auf den Mund. »So schmeckt das Bier besser«, sagte sie lachend.

Max stieß mit ihr und Leni an. »Schön, euch zu sehen.« In dem Moment öffnete sich die Kneipentür, und ein junger Typ betrat den Raum. Über den Ohren hatte er jeweils einen mehrere Zentimeter breiten Streifen mit millimeterkurzen Haaren, am Hinterkopf waren seine schwarzen Haare zu einem Pferdeschwanz gebunden. Die Skurrilität seines Äußeren wurde durch einen Nasenring perfektioniert. Er ging am Tresen vorbei und schlug den Weg Richtung Toiletten ein. Leni hakte sich bei Max unter, und gemeinsam mit Sigi folgten sie dem jungen Mann.

Im Keller ging es einen ungefähr zehn Meter langen Flur entlang. Durch eine Tür betraten sie einen Raum. Dort sahen sie zwei grimmig aussehende Kerle, die vor einer weiteren Tür standen. Der Typ mit dem Nasenring ging an ihnen mit einem leichten Nicken vorbei. Als Sigi hinterherwollte, wurde sie angehalten.

»Mit denen sollte man sich besser nicht anlegen«, sagte Leni leise zu Max.

»Habe ich auch nicht vor. Die Frage wäre allerdings, für wen das übler ausgehen würde.«

»Ey, Finger weg, du Honk«, pöbelte Sigi plötzlich los, als einer der Typen sie nach Waffen abtastete. »Meinst du, ich hätte eine Kanone zwischen meinen Beinen?«

»Nee, aber ich«, kam es anzüglich zurück.

»Sigi kann es nicht lassen«, murmelte Leni und befürchtete Schlimmeres. Sie und Max kamen aber unbelästigt durch die Prozedur.

Als Max den Raum betrat, staunte er nicht schlecht. Er stand in einem modernen Seminarraum mit allerlei Technik. Anwesend waren etwa vierzig Leute. Einige kannte er von dem ersten Treffen, das er besucht hatte. Auch drei Mitglieder seiner Spider-Kampfsportgruppe waren dabei.

Ein Typ mit tätowiertem Glatzkopf und Bart ergriff das Wort: »Ist eigentlich, glaube ich, überflüssig zu sagen. Aber weil heute einige Neue unter uns sind, sage ich es trotzdem. Alles, was hier besprochen wird, bleibt auch in diesem Raum. Es herrscht absolute Verschwiegenheit. Dazu gehört auch, dass

wir uns nicht mit Namen ansprechen. Alles klar?« Der Glatzkopf schaute in die Runde und sah allgemeines Nicken.»Dann
kann es ja losgehen.«

Auf der Leinwand erschien ein Kartenausschnitt von Hamburg. Zu sehen waren die Routen von drei Demonstrations-
zügen.»Die Route der Antifa/Rotes Altona bewegt sich ab
sechzehn Uhr von Altona zum Bahnhof Sternschanze«, erläuterte er militärisch präzise.»Von dort startet dann um achtzehn
Uhr die revolutionäre 1.-Mai-Demo, die in der Lenzsiedlung
endet.«

»Gibt es einen Unterschied zwischen den beiden Demos?«,
fragte jemand von den Zuhörern.

»Ja, bei der zweiten laufen zehn Lesben mehr mit«, tönte es
aus dem Saal.

Gelächter erfüllte den Raum.

»Ganz ruhig, Kameraden.« Der Glatzkopf hob die Hände.
»Es ist davon auszugehen, dass sich beide Demonstrationszüge
zusammenschließen. Und dann könnten es an die zweitausend
Chaoten sein.«

»Die machen wir trotzdem platt.«

Max grinste. Das würde ihm Spaß machen.

»Der dritte Demonstrationszug vom DGB startet um elf Uhr
beim Dammtor und endet an der Osterstraße. Mit denen werden wir nichts zu tun haben. Und mittendrin«, der Glatzkopf
verzog sein Gesicht,»wollte Pegida München demonstrieren.
Ursprünglich vor der Roten Flora, dem Heiligtum der Hamburger linken Szene. Ist aber verboten worden.«

Buhrufe und Pfiffe ertönten im Saal.

Der Glatzkopf trank einen Schluck Wasser und fuhr dann
fort.»Und jetzt hört gut zu. Wir werden die beiden linken
Demonstrationszüge aufmischen.«

»Und wie sollen wir das machen?«

»Mit Guerillataktik. Kleine Gruppen. Kleine Nadelstiche.
Mal hier, mal dort.«

Einer von Max' Kampfsportgruppe meldete sich zu Wort.

»Das heißt, wir schnappen uns ein paar von den Burschen, machen sie platt und verschwinden wieder?«

»Genau, wir polieren ihnen die Fresse«, erhielt er johlende Zustimmung.

Max schaute sich um und sah in begeisterte Gesichter. Auch Sigis und Lenis Augen leuchteten. Er beugte sich zu ihnen und wollte gerade etwas sagen, als der Glatzkopf wieder das Wort ergriff: »Etwas mehr Disziplin, wenn ich bitten darf. Wir polieren niemandem die Fresse. Nur wenn wir angegriffen werden. Ist das klar?« Der Glatzkopf kratzte sich am Bart. »Kleine Gruppen von uns mischen sich unter die Demonstranten, und an den Stellen, wo sich Polizeikräfte aufhalten, rufen wir Parolen wie –«

Sofort schallte es im Raum »HooNaRa, HooNaRa«. Max verzog das Gesicht. Diese dämliche Parole hatten einige seiner Kameraden in Dortmund auch gebrüllt, wenn sie Randale gemacht hatten.

»Was soll denn das heißen?«, fragte ihn plötzlich ein junger Mann, der neben ihm stand.

»Hooligans, Nazis, Rassisten«, antwortete er.

»Super.« Und dann skandierte sein Nachbar begeistert mit. Der Glatzkopf hob entnervt die Hände. »Leute, nein. Erstens weiß kein Mensch, was das bedeutet. Und zweitens werden wir so tun, als ob wir Linke wären, und provozieren die Polizei. Deshalb rufen wir so was wie ›SEK und BGS, ihr seid schlimmer als die Pest‹ oder ›Bullenschweine, Bullenschweine, heute machen wir euch Beine‹. Und dann bewerft ihr die Bullen mit Böllern. Es wird nicht lange dauern, bis die Polizei vorrückt und versucht, Leute aus dem Demonstrationszug herauszugreifen. Spätestens dann ist das Chaos perfekt, weil die Linken sich wehren werden. Das ist der Moment, wo ihr verschwinden werdet. Und nach einer halben Stunde reiht ihr euch an einer anderen Stelle wieder ein und beginnt erneut mit dem Spiel.«

»Und was soll das Ziel dieser Aktion sein?«, fragte Max.

Alle Augen waren plötzlich auf ihn gerichtet.

Der Glatzkopf nickte Max aufmunternd zu. »Das ist die richtige Frage, Kamerad. Es geht zum einen darum, die linken Säcke als Gewalttäter darzustellen, und zum anderen darum, Chaos zu verbreiten.«

Gejohle erfüllte den Raum, und der junge Mann mit der speziellen Frisur und dem Nasenring trat nach vorn. »Ich werde jetzt die Gruppen zusammenstellen und euch noch ein paar Anweisungen und wichtige Hinweise geben. Und morgen Abend treffen wir uns hier gegen zwanzig Uhr und feiern.«

Eine halbe Stunde später standen Sigi, Leni und Max vor der Kneipe. Sie überlegten gerade, was sie mit dem restlichen Tag noch anfangen könnten, als auf der gegenüberliegenden Seite ein Auto hupte.

Winfried stieg aus und gab ihnen zu verstehen, dass sie zu ihm kommen sollten. Kaum standen sie vor ihm, pflaumte er sie an: »Musste das sein?«

»Was?«, blaffte Sigi zurück.

»Ihr solltet euch unauffällig verhalten, und der Besuch eines Nazitreffens gehört nicht dazu.«

»Aber das Treffen war doch konspirativ«, bemerkte Max.

Winfried schüttelte den Kopf. »Schon mal was von Spitzeln gehört?«

»Nun übertreib nicht so«, sagte Sigi genervt. »Woher weißt du überhaupt, dass wir hier waren?«

»Vertrauen ist gut, Kontrolle ist besser«, sagte Winfried streng.

»Du beschattest uns?«, fragte Leni empört.

»Seid froh, dass ich zumindest auf einen von euch aufpasse.« Winfried öffnete eine Autotür. »Auf die Mai-Demo geht ihr natürlich nicht. Und jetzt steigt ein. Wir machen eine kleine Erkundungsfahrt.«

13

Janne schaute auf die Uhr. In einer Stunde würde die Antifa-Mai-Demo beginnen. Anna hatte heute Morgen die Wohnung verlassen, um als Beobachterin die Demo vor Ort zu begleiten, weil einige der beteiligten Gruppen als verfassungsfeindlich eingestuft wurden. Sie sollte Fotos machen und auf bestimmte Personen achten, die als Anführer galten. Das war zwar eigentlich nicht ihr Job beim LKA, doch das Landesamt für Verfassungsschutz brauchte Unterstützung. Janne hatte versprochen, Anna beim Einsatz zu unterstützen. Sie zog sich eine Cargohose aus reißfestem Stoff und ein bequemes T-Shirt an. Darüber ihre Lederjacke, anschließend schlüpfte sie in die halbhohen Adidas-Schuhe. Schließlich befestigte sie noch ein Unterschenkelhalfter und steckte ihr Kampfmesser hinein.

Um sechzehn Uhr war Janne in Altona am Startplatz der Antifa-Demo. Sie schätzte, dass sich ungefähr vierhundert bis fünfhundert Leute, meist junge Menschen, versammelt hatten. Ungefähr dreißig von ihnen waren vermummt. Von Anna war nichts zu sehen, aber die Transparente und Plakate versperrten die Sicht auch erheblich. Der Zug setzte sich langsam in Bewegung. An der Spitze fuhr ein großer Pritschenwagen, auf dem eine protzige Lautsprecheranlage montiert war. Zurzeit beschallte gerade ein altes Ton-Steine-Scherben-Lied den Zug: »Keine Macht für niemand«.

Begleitet wurde der Zug von einem Großaufgebot der Polizei. Die einzelnen Polizisten waren mit Helm, Schutzweste mit Metallplatten, klobigen Sicherheitsschuhen, Arm- und Beinprotektoren, Schlagstock, Handschellen und Funkgerät ausgerüstet und sahen martialisch aus. Das waren bestimmt zwanzig Kilogramm, die sie zusätzlich zu ihrem Körpergewicht mit sich herumschleppen mussten. Janne wusste, dass das anstrengend war, musste aber trotzdem lächeln. Sie war bei ihrer Ausbildung bei den Jegertroppen mit einem vierzig Kilogramm schweren Rucksack durch Norwegens Berge getrieben worden. Dann sollten die Uniformierten diese Belastung doch auch meistern.

Inzwischen waren sie auf die Max-Brauer-Allee eingebogen. Abgesehen von ein paar mehr oder weniger intelligenten Parolen wie »Von der Krise zur Enteignung« oder »Kapitalismus – immer noch scheiße«, die abwechselnd skandiert wurden, war aus Sicht von Janne nur das Lied von N.W.A. »Fuck tha police« bemerkenswert. Als der Zug die Holstenstraße überquerte, hörte Janne plötzlich kleinere Explosionen.

Josef und Reiner aus der Kampfsportgruppe Spider sowie Gundi und Bruno, zwei weitere überzeugte Nazis, hatten sich hinter dem Schwarzen Block in den Demonstrationszug eingereiht und näherten sich jetzt der Mumsenstraße. Dort standen im Wendehammer einige Mannschaftswagen der Polizei, und in unmittelbarer Nähe lag der Wohlers Park. Kurz vor der Mumsenstraße zogen sie ihre Halstücher über Mund und Nase. Dann skandierten sie abwechselnd die vereinbarten Parolen. Schnell schallten diese auch aus dem Schwarzen Block. Die Gruppe war jetzt auf Höhe des Wendehammers. Sie holten die Kanonenschläge aus ihren Umhängetaschen, zündeten sie und warfen sie auf die Polizisten.

Es dauerte nicht lange, bis diese sich zu einem Block formierten und von der Seite in den Demonstrationszug stürmten. Dann ging alles sehr schnell. Der sogenannte Schwarze Block stellte sich den Polizisten entgegen. Steine und weitere Böller flogen, Gummiknüppel wurden geschwungen und Pfefferspray eingesetzt.

Die Eckwohnung im dritten Stock eignete sich perfekt, um sowohl den Demonstrationszug auf der Max-Brauer-Allee als auch das Polizeiaufgebot in der Mumsenstraße zu beobachten. Veronica war gespannt, wie die geplanten Provokationen umgesetzt wurden. Leni hatte von den Planungen berichtet, und Doris wollte, dass Veronica sich die Aktionen anschaute. Vom

Fenster aus konnte sie den Schwarzen Block sehen. Dort hatten sich auch die rechten Kameraden untergemischt. Sie nahm ihr Fernglas, konnte sie aber nicht entdecken. Sie mussten tatsächlich aussehen wie Linksradikale.

Der Schwarze Block zog an ihrem Fenster vorbei. Veronica wechselte den Standort. Vom Balkon konnte sie jetzt die Mumsenstraße und den Demonstrationszug sehen. »SEK und BGS, ihr seid schlimmer als die Pest«, hörte sie die Menge skandieren, und dann kam der Schwarze Block in ihr Blickfeld. Vier Gestalten zogen ihre Halstücher über Mund und Nase. Wenig später flogen die ersten Kanonenschläge auf die Polizisten. Jetzt würde es spannend werden. Veronica nahm ihr Handy und filmte den provozierten Polizeieinsatz. Vielleicht würden die Aufnahmen noch einmal nützlich werden.

Janne versuchte, Anna übers Handy zu erreichen, hatte aber keinen Erfolg. Einige hundert Meter vor ihr hatten sich wohl tumultartige Szenen abgespielt, es waren Schreie und Martinshörner zu hören, und die Polizei war dabei, den hinteren Teil der Demonstration aufzulösen. Dabei ging sie nicht besonders zimperlich vor.

Janne verschwand in eine der leeren Seitenstraßen, um sich so unbemerkt zum Bahnhof Sternschanze durchschlagen zu können. Sie hoffte, dort Anna zu treffen. Das war ein zentraler Ort, weil dort beide linken Demonstrationszüge aufeinandertrafen. Sie ging durch die kleinen Straßen des Schanzenviertels, das noch nicht völlig der Gentrifizierung zum Opfer gefallen war. Im Schulterblatt, vor der Roten Flora, standen gefühlt alle Bereitschaftspolizisten der Hansestadt inklusive Wasserwerfer. Es lag eine hektische und aggressive Stimmung in der Luft. Janne erreichte die Cesarstraße. Jetzt musste sie nur noch geradeaus, dann wäre sie in fünf Minuten am Bahnhof Sternschanze. Sie lief auf einen Dönerladen zu, vor dem vier Typen standen, die lautstark rumpöbelten und nach Bier verlangten. Das hört sich nicht gut an, dachte Janne. Sie wechselte die Straßenseite, um sich einen besseren Überblick zu verschaffen. Bei dem Laden handelte es sich um einen türkischen Imbiss, der zur Straße hin einen Verkaufstresen hatte. Dahinter stand eine junge Frau mit Kopftuch. Janne überquerte erneut die Straße und war jetzt nur noch wenige Meter entfernt.

»Wir verkaufen keinen Alkohol«, hörte sie die junge Frau sagen.

»Was ist das für ein Scheißimbiss?«, brüllte ein Typ mit kurzen roten Haaren. »Wenn ich nicht sofort ein Bier kriege, poliere ich dir dein süßes Mäulchen.«

»Ich kann Ihnen einen Döner machen.«

»Hört ihr das? Die alte Schlampe will uns einen Döner anbieten.« Die Männer grölten hämisch. »Aber nur mit Schweinefleisch.« Wieder erschall Gelächter, und dann brüllten sie alle »Schweinefleisch, Schweinefleisch …«

Der Mann mit den roten Haaren beugte sich blitzschnell über den Tresen und griff nach der jungen Frau. Er erwischte sie an ihrem Pulloverkragen, zog sie nach vorn und riss ihr das Kopftuch herunter. »Weißt du was, du kleines Flittchen? Bei uns in Deutschland trägt man kein Kopftuch.«

Ein zweiter Mann griff in ihre Haare. »Und was sollen die blonden Strähnen in deinem Haar? Hast du solche Strähnen auch an deiner Muschi?« Er blickte sich um. »Didi und Helle, geht doch mal in den Laden und schaut nach.«

»Wir müssen hier schnell verschwinden«, brüllte Reiner, »und zieht die Tücher vom Gesicht. Die Vermummten werden als Erste verprügelt.«

»Ich sehe nichts mehr«, war eine weinerliche Stimme zu hören, »dieses Scheiß-Pfefferspray.«

»Gundi, hör auf zu jammern«, sagte Josef, der größere der beiden Kampfsportler. »Los, Reiner, fass mit an, wir schleppen sie mit.«

Bei ihrem Versuch, in den Wohlers Park zu gelangen, verlor Gundi ihren Schal, und ihre Hakenkreuz-Tattoos wurden sichtbar, was auch zwei Vermummten des Schwarzen Blocks nicht entging.

»Ey, guck mal, eine Nazitöle«, riefen sie und stürzten auf Gundi zu. Reiner reagierte sofort und stellte sich den beiden in den Weg.

»Haut ab«, rief er Josef zu. »Mit denen werde ich schon fertig.« Dann wuchtete er dem ersten Angreifer seine Faust mitten ins Gesicht, drehte sich um seine Achse und verabreichte dem zweiten Angreifer einen Tritt in den Unterleib. In weniger als zehn Sekunden lagen beide auf dem Boden, und Reiner eilte seiner Gruppe hinterher. Im Park machten sie eine kleine Pause.

»Saubere Arbeit«, sagte Josef anerkennend.

»Was machen wir mit Gundi?« Bruno sah sie an. »Die Augen sind komplett zugeschwollen.«

»Ich sehe auch nichts«, stöhnte Gundi.

Josef holte eine Wasserflasche aus seiner Tasche. »Halt mal die Hände auf, Gundi. Ich kippe dir jetzt Wasser dahinein, und du wäschst dir die Augen aus.«

»Aber nicht reiben. Das macht es nur schlimmer.« Reiner blickte zu den anderen. »Gebt mir mal eure Halstücher.« Er band Gundi die Tücher um den Hals. »Sonst kriegst du gleich wieder Ärger.«

»Wir schleppen sie bis zur Johanniskirche, dort lassen wir sie liegen«, sagte Josef. Und zu Gundi gewandt: »In einer halben Stunde siehst du wieder was. Dann gehst du zur S-Bahn und lässt dich im Club verarzten. Wir haben noch einen weiteren Auftrag zu erledigen.«

»Das lasst ihr schön bleiben, ihr Arschlöcher.« Janne stand hinter den beiden rumpöbelnden Typen vor dem Imbiss, legte jeweils eine Hand an ihre Köpfe und schlug sie mit aller Kraft zusammen. Benommen torkelten sie ein Stück nach vorn und drehten sich dabei schwankend zu Janne um. Sie nutzte den Überraschungseffekt und trat nacheinander beiden zwischen die Beine.

Die Männer krümmten sich. Einer der beiden wedelte dabei mit den Armen und traf Janne am rechten Auge. Glücklicherweise war der Schlag so unkontrolliert, dass sie kaum aus dem Gleichgewicht geriet und zwei weitere Tritte, diesmal gegen das Kinn der Angreifer, platzieren konnte. Beide fielen nach hinten und behinderten so den Angriff des Rotschopfes und seines Kumpanen.

Janne ging in Kampfstellung und sah, wie die zwei in ihre Jackentaschen griffen und Schlagringe herausholten. Der eine hatte Nieten an der Außenseite, bei dem anderen waren Spitzen angebracht. Jetzt musste es schnell gehen, denn von denen wollte sie keinen Schlag abbekommen. Sie musste also zuschlagen, bevor sie ihre Finger durch den Griff gesteckt hatten. Janne ging auf den Rotschopf zu, riss seinen rechten Arm nach vorn und trat ihm gleichzeitig gegen sein rechtes Knie. Dann bewegte sie sich blitzschnell hinter den rechten Arm und schlug ihm mit voller Wucht eine linke Gerade ins Gesicht. Sie umfasste seinen Kopf, trat ihm in die linke Kniekehle, riss den Oberkörper nach hinten und versetzte ihm mit ihrem Ellbogen einen Schlag auf die Brust.

Die wenigen Sekunden, in denen Janne ihren Angriff setzte, reichten dem zweiten Angreifer, seine Finger in den Schlagring zu bekommen. Er tänzelte ein wenig auf der Stelle, kam dann langsam auf Janne zu und ging in Angriffsstellung. Janne trat einen Schritt zurück, wobei sie die Fäuste und Unterarme vors Gesicht nahm. Dann sah sie die rechte Hand mit dem Schlagring auf sich zukommen. Sie drückte den Schlag mit ihrem linken Arm zur Seite, clinchte ihren Gegner und riss dann seinen Kopf nach unten, gleichzeitig ließ sie ihr rechtes Knie nach oben schnellen. Das anschließende Knacken ging in einem lauten Stiefelgetrampel unter.

Janne ließ ihren Gegner los, der nach unten sackte. Sie blickte sich um und sah, dass sie von mindestens zehn behelmten Polizisten, die ihre Knüppel gezogen hatten, umkreist war.

Josef, Reiner und Bruno waren inzwischen beim Startpunkt der zweiten Antifa-Demo angekommen. Auf dem Weg mussten sie höllisch aufpassen, um in keine Polizeikontrolle zu geraten. An jeder Kreuzung standen die Bullen und fischten alle heraus, die ihnen suspekt vorkamen. Da Bruno sich am besten im Schanzenviertel auskannte, hatte er die Führung übernommen und sie geschickt an jeder Kontrolle vorbeigeschleust.

Jetzt waren sie auf dem Weg nach Eimsbüttel, um sie herum ein paar ältere Demonstranten. Als sie sich ihre Halstücher über Mund und Nase zogen, machten die sie gleich an.

»Jungs, macht bloß keinen Scheiß. Das provoziert bloß die Polizei.«

»Das soll es ja auch«, erwiderte Reiner aggressiv.

Josef hielt dem Demonstranten einen Böller unter die Nase.

»Und mit denen machen wir den Bullen Beine.«

»Das ist doch blinder Aktionismus«, schaltete sich der älteste von ihnen ein. »Das nützt nur dem Kapital.«

»Red doch nicht so einen Mist, Alter«, sagte Bruno genervt. »Du gehst mir auf den Sack.«

Das hielt den Mann aber nicht davon ab, irgendwelche Typen zu zitieren, von denen Bruno noch nie etwas gehört hatte. Inzwischen waren sie am Wehbers Park angekommen. Reiner und Josef hatten ihre Böller gezündet. Bruno war aber durch den Streit mit dem Altlinken so abgelenkt, dass er weder die Böllerattacke noch die anrückende Polizei rechtzeitig bemerkte.

»Bruno, pass auf«, schrie Josef, »die Bullen!«

Aber es war zu spät. Den Schlag mit dem Gummiknüppel sah Bruno noch aus dem Augenwinkel kommen. Automatisch zog er den Alten vor sich, sodass dieser den Schlag abbekam. Dann lief Bruno in den Park.

»Diese Nazischläger haben die Frau hier bedroht«, sagte Janne nun eindringlich.

»Wer hier wohl der Schläger ist!«, höhnte einer der Polizisten.

»Ich habe mich nur gewehrt und der jungen Türkin geholfen.«

Die Polizisten zogen den Kreis enger, Janne hatte kein gutes Gefühl.

»Wir wollten nur ein Bier kaufen«, krächzte es vom Boden. Der Glatzkopf rappelte sich hoch. »Dann kam diese Furie und ist über uns hergefallen.« Er wischte sich das Blut aus dem Gesicht. »Das können alle hier bezeugen.«

»Das ist ja sehr glaubwürdig.« Janne wusste, dass sie gegen diese Übermacht wenig Chancen hatte. Andererseits war ihr auch klar, dass die Polizisten auf jeden Fall auf sie einschlagen würden. Vielleicht sollte sie doch einen Überraschungsangriff wagen.

Sie ging in die Hocke und tastete nach ihrem Messer. Oder sie könnte den Bärtigen als Geisel nehmen, dachte sie. Doch beide Gedanken verwarf sie wieder. Zu hohes Risiko. Sie richtete sich auf.

»Ich bin norwegische Staatsbürgerin. Sollte ich von deutschen Polizisten verletzt werden –«

»Und wir sind alle Chinesen.« Man nahm sie nicht ernst.

In dem Moment schimmerte es blau an den Häuserwänden, und ein Auto war zu hören. Bremsen quietschten, Türen schlugen zu.

»Wer ist hier der Gruppenführer?«

»Wer will das wissen?«

»Engin Kaplan und Anna Radke, LKA.«

Einer der Polizisten drehte sich um und verließ den Kreis. Janne sah durch die Lücke, wie der Polizist auf Anna und ihren Kollegen zuging. Sie zeigten ihre Marken, es gab einen knappen Wortwechsel, dann kamen alle drei gemeinsam zum Tatort.

Anna schaute sich um und sagte dann mit ironischem Unterton zum Gruppenführer. »Warum glaube ich nicht, dass ihr eine Bürgerin vor den Nazis beschützt habt?«

»Die brauchte man nicht zu beschützen, sie ist doch die –«

»Was ist sie?«, fuhr Anna dazwischen.

»Schaut ihr euch eigentlich die Fahndungsfotos an, die in den Revieren aushängen?«, fragte Engin Kaplan.

»Wieso?«, entgegnete der Gruppenführer irritiert.

»Name?«

»Ganzow.«

»Dienstgrad?«

»Polizeihauptmeister.«

»Dienststelle?«

»Ochsenwerder.«

»Das passt.« Kaplan schüttelte den Kopf. »Der Typ mit der Glatze ist Fiete Kiesow, gesucht wegen Drogenhandel und diversen Gewalttaten. Prangt auf zahlreichen Fahndungsplakaten.«

»Ist mir nicht bekannt.«

»Das ist ja das Problem, Ganzow«, zischte Anna. »Jetzt nehmen Sie die Typen fest und bereiten Sie die entsprechenden Schritte vor.«

»Und was ist mit der Schlägerin?«

Anna trat jetzt dicht vor Ganzow. »Diese Schlägerin ist eine Freelancerin des LKA und hat hier einen Angriff auf eine junge Frau verhindert.« Und dann brüllte sie ihn an. »Was eigentlich *Ihre* Aufgabe ist!«

Janne und Anna saßen gemeinsam mit Engin Kaplan in dessen Auto. Der heiße Kaffee war gut gegen die Kälte und der Döner gegen den Hunger.

»Der schmeckt super«, sagte Janne mit vollem Mund.

»Hat meine Schwester Emine auch mit viel Liebe zubereitet. Du hast sie immerhin vor Schlimmerem bewahrt.«

»Und sie mich.«

»Stimmt«, sagte Anna. »Sie hat Engin benachrichtigt, als du die Typen kaltgestellt hast und die Polizei angerückt ist.«

»Wie gut. Die hätten mich echt verprügelt.«

»Tja, es gibt ein paar Kollegen in der Hamburger Polizei, die ihren Job nicht wirklich begriffen haben.« Engin nahm einen

Schluck Kaffee. »Wobei der Hamburger Kessel leider inzwischen zur Polizeistrategie gehört.«

»Aber der ist doch rechtswidrig«, sagte Anna empört.

»Wird in der Praxis aber immer mal wieder angewandt. Der letzte, von dem ich weiß, war im Februar in Stuttgart bei einem Fußballspiel. Da wurden sechshundert Fans eingekesselt.«

»Und wenn die mal pinkeln müssen?«, fragte Janne.

Engin zuckte mit den Schultern. »Dann geht es zum nächsten Gully.«

»Wir müssen die Demo weiter beobachten.« Anna verspeiste den letzten Bissen ihres Döners. »Die ist dieses Jahr gewalttätiger als die Jahre davor.«

»Hab ich mitbekommen«, sagte Janne. »Am Wohlers Park habe ich kleine Explosionen gehört. Und dann wurde der hintere Teil der Demo aufgelöst.«

»Da hat der Schwarze Block Böller auf die Polizei geworfen. Und weiter vorne wurden auch an zwei Stellen Böller geworfen.«

»Nur gab es da keinen Schwarzen Block.« Engin sammelte die Pappbecher ein.

»Aber ich habe Fotos gemacht und Vermummte gesehen«, sagte Anna. »Und jemanden, den ich zu kennen glaube.« Anna verstummte.

Janne sah sie an. »Stimmt was nicht?«

»Der aber gar nicht hier sein dürfte.«

14

»Randale auf der revolutionären 1.-Mai-Demo«; »Böller, Steine und Mollis – Polizei auf der Mai-Demo unter Beschuss«; »Linksradikale und Rechtsradikale Hand in Hand gegen die Staatsmacht«. Die Presse übertrifft sich mal wieder mit ihren Headlines zu den Mai-Demos, dachte Elias Hopp. Er saß im

»Kandinsky« im Alsterpark, einem gemütlichen Frühstückscafé in der Nähe der Musikhochschule. Er war mit Constantin Mügge verabredet, der um dieses Treffen gebeten hatte. Elias wollte gerade sein iPad schließen, rief dann aber doch noch einmal die Seiten von Hamburgs Boulevardzeitungen auf. Und er wurde nicht enttäuscht. »Giftgas-Attacke auf Polizisten« war in der einen zu lesen und »Kriegswaffeneinsatz auf Demo« in der anderen.

»Die wissen, wie man Stimmung macht«, hörte er eine vertraute Stimme in seinem Rücken. Constantin Mügge setzte sich zu ihm an den Tisch. »Es ist unglaublich, wie dreist diese Schmierblätter lügen. Es sind drei illegale Böller gezündet worden, alle der Kategorie F3 und F4. Das ist nicht in Ordnung und völlig inakzeptabel, wenn sie auf Menschen geworfen werden. Aber zum einen ist niemand verletzt worden, und zum anderen sind das natürlich keine Kriegswaffen. Sie enthalten hoch dosierte Netto-Explosivstoffmasse oder Blitzknallersatz und knallen lauter und heftiger. Und es entwickelt sich mehr Qualm.«

»Aber der ist doch gefährlich.«

»Schon, der Qualm enthält tatsächlich viele giftige Partikel, zum Beispiel von Blei, Kupfer, Strontium. Aber von einem Giftgaseinsatz zu sprechen, ist völlig übertrieben.«

»Du hast dich gut informiert.« Elias legte sein iPad zur Seite. Dann gingen die beiden Männer zum Frühstücksbüfett. Mügge kam mit einem üppig gefüllten Teller zurück, auf Elias' Teller lag nur ein Croissant.

»Ist das alles?«

»Hab keinen richtigen Hunger.«

»Aber Kaffee trinkst du?« Und als Elias nickte, bestellte Mügge zwei Milchkaffee.

»Was interessiert dich an der Mai-Demonstration?«, fragte Elias. »Es war doch wie jedes Jahr.«

»Eben nicht.« Constantin Mügge belegte sein Brötchen mit Käse und Schinken. »Eine der Überschriften erzählt nach meinen Informationen zumindest eine Halbwahrheit.« Er biss in sein Brötchen und sprach mit vollem Mund weiter. »Ich denke, dass sich unter die Demonstranten tatsächlich ein paar Nazis gemischt haben.«

»Aber die wären doch sofort von den Linken attackiert worden.«

»Dazu muss man sie aber auch als solche erkennen.«

»Du meinst, die Nazis haben sich unerkannt unter die Demonstranten gemischt und dann Randale gemacht?« Elias verrührte den Zucker in seinem Milchkaffee.

»Ist doch eine Möglichkeit, oder?«

Elias zuckte mit den Schultern. »Anderen die Schuld für Gewaltaktionen in die Schuhe zu schieben, ist keine neue Strategie.«

»Aber sollten sich Rechte getarnt als Linksradikale unter den Schwarzen Block gemischt haben, hätte das eine neue Qualität. Recherchier doch mal für mich. Vielleicht ist das eine gute Story.«

»Okay.« Elias brach sich ein Stück vom Croissant ab. »Ich hätte auch eine Bitte an dich.«

»Ich höre«, sagte Mügge überrascht.

»Du kennst ja das Schicksal meiner Väter.«

»Dein leiblicher Vater ist auf eurer Flucht vor dem Bürgerkrieg im Libanon 1976 durch eine fehlgeleitete Rakete ums Leben gekommen. Da warst du fünf Jahre alt. Deine Mutter und du habt es lebend bis Beirut geschafft. Dort habt ihr den Botschaftsangehörigen Sören Hopp getroffen, der euch mit nach Hamburg genommen, deine Mutter geheiratet und dich adoptiert hat. Ein Jahr später wurde Sören Hopp wieder ins Ausland geschickt und sieben Jahre nach eurer Flucht unter ungeklärten Umständen in Äthiopien bei einem Anschlag 1983 in Mek'ele getötet.«

»Korrekt. Das ist die offizielle Version.«

»Ich würde nach wie vor gerne eine Geschichte über den Mann mit zwei Vätern, die er als Kind verlor, schreiben.«

Elias trank einen Schluck Kaffee. »Erst wenn ich damit abgeschlossen habe.«

»Aber du hast deine Nachforschungen doch schon vor einiger Zeit eingestellt und lebst seitdem mit dem Ungewissen.«

Elias legte das abgebrochene Croissantstück wieder auf den Teller. »Für die Geschichte meines leiblichen Vaters trifft das zu. Ich träume zwar manchmal noch von dem Angriff, bei dem er umkam, aber die ›Therapiesitzungen‹ am Grab meiner Mutter helfen mir dabei, die Geschehnisse zu verarbeiten. Dann griff er in seine Jackentasche und holte einen Brief heraus. »Der lag gestern in meinem Briefkasten.«

Mügge nahm den Brief, stutzte und sah Elias an. »Eine Verschlusssache. Aus den Kellern des BND?«

Elias nickte. »Vermutlich.«

Dann überflog Mügge den Brief. Er blickte Elias an. »Das ist dir auf den Magen geschlagen?«

»Kann man sagen.«

»Wenn dieser Brief als ›geheim‹ eingestuft worden ist, dann erübrigt sich wohl die Frage nach der Echtheit?«

»Ich habe die Schrift mit alten Aufzeichnungen verglichen. Den Brief hat definitiv mein Adoptivvater Sören Hopp geschrieben.«

Constantin Mügge betrachtete den Brief eingehend. »Das Datum ist kaum zu lesen. Schrift verblichen, Papier zerknittert.« Er faltete den Brief wieder zusammen und gab ihn Elias. »Könnte aber ›Mai 1983‹ heißen.«

»Er wäre dann einen Monat nach Sören Hopps angeblichem Tod geschrieben worden.«

»Damit scheint klar zu sein, dass der Brief damals abgefangen und unter Verschluss gekommen ist.«

»Stellt sich die Frage, warum er jetzt plötzlich, über fünfunddreißig Jahre nach dem Anschlag, bei mir im Briefkasten gelandet ist.«

»Und wer hat ihn mit welcher Absicht geleakt?« Mügge köpfte sein Frühstücksei. »Willst du der Spur nachgehen?«

»Frag doch mal vorsichtig bei deinem Verwandten im Auswärtigen Amt nach.«

»Mach ich«, sagte Mügge. Dann bestellte er sich noch einen Milchkaffee.

Janne war auf dem Weg zur »Rote Traube«, einem schönen Weinlokal im Jean-Paul-Weg, nur fünf Minuten von Annas Wohnung entfernt. Dort hatte sie sich mit Anna verabredet. Sie war viel zu früh in dem Lokal, bestellte sich schon mal einen Rotwein und dachte über die gestrige Mai-Demo nach. Ihr war klar, dass die Schlägerei vor dem Dönerladen anders hätte enden können. Sie hatte die Polizisten nicht bemerkt, nur die Nazis im Blick gehabt. Ihr Verhalten war unprofessionell gewesen, und ohne Annas und Engins Eingreifen säße sie jetzt in irgendeiner Arrestzelle mit einer Menge blauer Flecken am ganzen Körper. Bestenfalls.

Sie hatte sich nicht abgesichert und sich auch keinen Fluchtweg überlegt. Sie hatte einfach keine weitere Gefahr einkalkuliert. Dabei war ihnen genau das während der Ausbildung bei den Jegertroppen als Erstes eingetrichtert worden. »In jedem unbekannten Terrain lauert eine Gefahr, die du nicht kennst.« Wie hatte sie nur so naiv sein können, die Polizei, die massenhaft in der weiteren Umgebung postiert war, nicht als potenzielle Gefahr einzuschätzen. Zumal die Stimmung nach den Attacken auf die Polizisten sehr aufgeheizt und aggressiv war.

Janne bestellte sich ein weiteres Glas Wein. Der gestrige Tag war aufregend weitergegangen. Sie war nach der Demonstration in ihre Wohnung auf St. Pauli gefahren und hatte sich dort mit Miro getroffen. Er hatte ihr Fotos von dem bei ihr installierten Überwachungsequipment gezeigt. Es handelte sich eindeutig um professionelle Technik. Außerdem hatten sie die Wohnung gefunden, aus der Janne sehr wahrscheinlich überwacht worden war. Sie lag ihrer Wohnung genau gegenüber, auf der anderen Straßenseite, exakt auf derselben Etage. So war es auch möglich gewesen, sie mit einem Fernglas zu beobachten.

Janne bekam eine Gänsehaut bei dem Gedanken. Sie sollte sich wohl blickdichte Vorhänge zulegen. In der Wohnung selbst hatten sie nur technische Geräte gefunden, aber keine Hinweise auf den Beobachter. Die eigentliche Frage, die Janne sich also stellte: Wer beobachtete sie mit solch hohem Aufwand? Da fiel ihr nur einer ein. Der mutmaßlich verstorbene Malte Sandvik. Die Zweifel an seinem Tod wurden immer größer.

Janne trank einen Schluck Wein und dachte über Miros Vorschlag nach, wieder in sein Safehaus in der Breite Straße zu ziehen. Sie kam aber nicht weit in ihren Gedanken, weil Anna das Lokal betrat.

»Tut mir leid, aber wir hatten noch eine Besprechung.« Anna wirkte abgehetzt.

»Schön, dass du da bist.«

Anna schüttelte ihr langes, lockiges Haar. »Schön, dass du den Tag gestern unverletzt überstanden hast.«

»Das habe ich dir zu verdanken.«

Anna winkte die Bestellung herbei und bestellte sich einen Chablis und Scampis. »Engin ist dein Retter. Er geht immer ans Telefon, wenn seine kleine Schwester anruft.« Anna nahm Jannes Hand. »Er ist dir unendlich dankbar, dass du seine Schwester beschützt hast. Und er war beeindruckt, wie du die vier Nazis erledigt hast.«

Janne trank erneut einen Schluck Wein. »Dumm nur, dass ich die Polizei übersehen habe.«

»Das war schon ein Kunststück, die standen doch überall herum.«

»Dachte, die kümmern sich um die Demonstranten, zumal es ja auch Randale gab.«

»Wahrscheinlich dachten die Deppen, du gehörst zum Schwarzen Block.« Anna schnupperte an ihrem Wein und prostete Janne zu. »Ein Duft von Austernschalen und Zitrusfrüchten.« Sie nippte am Glas und lachte, als sie Jannes überraschten Gesichtsausdruck sah. »Habe ich in der Karte gelesen.«

»Die Hamburger Polizisten sind wohl speziell.«

»Die meisten sind okay, aber es gibt eben ein paar, die über-reagieren.« Anna machte sich über die Scampis her. »Und sie hatten einen bescheuerten Gruppenführer.«

Janne klaute sich eine Scampi von Annas Teller. »Die sind lecker.« Janne leckte sich die Finger ab. »Was ist denn bei der Demo schiefgelaufen?«, fragte sie. »Und wen hast du gesehen?«

»Wir haben die Fotos ausgewertet.« Anna griff in ihre Tasche und holte eine Mappe hervor. »Bei der Attacke, die du auch miterlebt hast, war tatsächlich der Schwarze Block in der Nähe. Ob sie die Böller geworfen haben, wissen wir nicht. Kann schon sein, doch unsere V-Leute haben uns vorher keine konkreten Hinweise auf Gewaltaktionen gegeben.«

Anna wischte sich die Hände an der Serviette ab und öffnete die Mappe. »Bei den weiteren drei Böllerattacken war kein Schwarzer Block zugegen.« Sie legte ein paar Fotos auf den Tisch. »Hier sieht man zwar vermummte schwarz gekleidete Leute, aber es sind immer nur vier oder fünf.« Anna legte ein weiteres Foto dazu. »Auf dieser Vergrößerung siehst du bei einer der Personen ein Tattoo auf der Hand.«

»Sieht aus wie ein Rad.« Janne nahm das Foto in die Hand. »Könnte auch eine Rune sein.«

»Das ist die schwarze Sonne, ein Symbol der SS. Kann als zwölf Sigrunen gesehen werden oder als drei übereinander-gelegte Hakenkreuze.«

»Und was macht so ein Typ bei einer Antifa-Demo?«

Anna sammelte die Fotos wieder ein und legte ein weiteres Foto auf den Tisch. »Hier siehst du den Typen mit der schwarzen Sonne neben einer Frau stehen. Etwas abseits der Demo.« Anna griff wieder in die Tasche und holte diesmal aus ihrem Portemonnaie ein Foto heraus. Es zeigte eine Frau Mitte drei-ßig in einem Café am Meer. Sie legte es ebenfalls auf den Tisch. »Vergleich die beiden Frauen mal.« Anna holte tief Luft. »Und vergiss einfach die Haarfarbe und die Brille.«

Janne betrachtete beide Fotos eingehend. »Da gibt es schon eine gewisse Ähnlichkeit. Zufall?«

»Nein, es ist dieselbe Person.« Anna trank ihren Wein aus.
»Und ich glaube, dass es meine Schwester ist.«

»Sagtest du nicht, sie wäre in Australien?«

»Das dachte ich auch.«

Janne schaute Anna fragend an.

»Sie hat mir Fotos geschickt. Vor der Oper in Sydney, vor Ayers Rock, aus Alice Springs und das, was vor dir liegt.«

»Alles gefaked?«

»Offensichtlich.« Anna bestellte noch einen Wein.

»Gehört sie zu den Rechten?«

Anna zögerte mit der Antwort. »Wir haben uns als Kinder und Jugendliche oft in die Haare gekriegt. Ich war rebellisch.« Anna dachte einen Moment nach. »Sie eher angepasst.«

»Und du bist dir sicher, dass sie das auf diesem Foto ist?«

»Sagen wir mal, zu neunzig Prozent. Sie ist mit neunzehn Jahren zum Studium nach Hamburg gegangen. Und kam dort wohl in Kontakt mit rechten Studentengruppen. Anschließend habe ich lange nichts mehr von ihr gehört.«

Anna schwenkte ihr Weinglas und sah versonnen auf die grüngoldene Farbe ihres Chablis. »Dann stand sie plötzlich vor gut einem Jahr vor meiner Tür, meinte, sie will nach Australien und über ihr Leben nachdenken. Ich könnte so lange ihr Auto haben.«

»Vielleicht wollte sie untertauchen?«

Anna leerte das Weinglas. »Und jetzt läuft sie offensichtlich unterm Radar bei den militanten Rechten mit und will uns glauben machen, dass die Linken für die Randale verantwortlich waren.«

»Wissen die Kollegen vom Verfassungsschutz von deiner Vermutung?«

»Von dem Täuschungsmanöver der Rechten schon, von meiner Schwester nicht.«

15

Das Jungfrauenthal war menschenleer. Das lag wohl an dem ungemütlichen Wetter, bei dem man keinen Hund vor die Tür jagte. Es war kalt und windig. Man musste jederzeit mit einem Regenschauer rechnen. Und das im Mai. Auch wenn er dieses Wetter hasste, es war für sein Vorhaben vorteilhaft. Er konnte sich sicher sein, dass nur wenige Menschen auf den Straßen unterwegs waren, was seine Chancen erhöhte, unbemerkt zu bleiben.

Er war heute Morgen schon hier gewesen und hatte die Wohnung von Heinz Vogelberg und die sehr wohlhabende Gegend inspiziert. Herausgeputzte Jugendstilhäuser und Villen wechselten sich ab. Wer hier wohnte, der hatte es geschafft. Geschäfte gab es in dieser Straße keine, nur Steuerberater- und Anwaltskanzleien sowie ein paar Ärzte.

Heinz Vogelberg wohnte in Haus Nummer 35 im dritten Stock. Im Erdgeschoss gab es eine Arztpraxis, die nur Privatpatienten aufnahm, freitags aber geschlossen hatte. Heute Vormittag hatte er einen Caterer vorfahren sehen, der Stehtische, allerlei Dekozeug und Geschirr ins Haus brachte. Offensichtlich fand hier heute Abend eine Feier statt.

Seit neunzehn Uhr war er jetzt wieder vor Ort. Er war in der Gegend umhergewandert, um sich einen aktuellen Überblick zu verschaffen. Er war zweimal an der Wohnung vorbeigelaufen, einmal Richtung Isestraße, das andere Mal Richtung Hochallee. Von seinem Posten hinter der Litfaßsäule hatte er den Hauseingang im Auge behalten, aber nie länger als fünf, sechs Minuten. Dabei hatte er einmal eine junge Frau gesehen, die das Haus Nummer 35 verlassen hatte, doch hauptsächlich hatte er beobachtet, wie chic gekleidete Menschen das Haus betraten.

Die Feier fand offenbar im ersten Stock statt, von dort war Musik zu hören, und der Balkon war mit Rauchern gefüllt. Jetzt stand er wieder an der Litfaßsäule und nahm zum ersten Mal zur Kenntnis, dass er sich an Scarlett Johansson anlehnte, die auf einem Werbeplakat für den Film »Avengers: Endgame« zu sehen war. Kein übler Anblick.

Er schaute auf die Uhr. Jetzt war es kurz nach zweiundzwanzig Uhr. Bei Vogelberg war seit zehn Minuten das Licht erloschen. In einer guten halben Stunde würde er selbst sich im Vorgarten neben der Haustür verstecken und, wenn Gäste die Feier verließen, unbemerkt in den Hausflur schlüpfen. Er beschloss, sich noch einmal die Füße zu vertreten. Es regnete nicht, und der Wind hatte nachgelassen. Er schulterte seinen Rucksack, in dem er sein Werkzeug und sein wichtigstes Utensil verstaut hatte. Es war Hehlerware, die Herkunft war kaum nachzuverfolgen.

Um zweiundzwanzig Uhr fünfzig, es war jetzt dunkel, stand er erneut vor dem Haus Nummer 35 im Jungfrauenthal und versteckte sich im Garten vor der Arztpraxis. Er setzte wieder seine Zorac-Maske auf und zog sich Handschuhe an. Dann musste er doch noch fast eine Stunde warten, bis die ersten Gäste das Haus verließen. Er hatte beobachtet, dass die Haustür langsam schloss. Also blieb ihm genügend Zeit, um unbemerkt in den Hausflur zu gelangen.

Er orientierte sich. Aus dem ersten Stock war immer noch Musik zu hören, und zum Glück war niemand zu sehen. Er schlich in den dritten Stock, wo er mit Hilfe einer Ziehglocke und eines Schraubendrehers nach dreißig Sekunden die Wohnungstür von Heinz Vogelberg geöffnet hatte. Leise schob er sich in den Flur und schloss die Wohnungstür von innen. Schon bald hatten sich seine Augen an die Dunkelheit gewöhnt, die gar nicht so dunkel war, weil auf einer Kommode das Display irgendeines Messgerätes grün leuchtete.

Bevor er weiterging, zog er sich die mitgebrachten Überschuhe und die Schürze an. In der Mitte des Flures blieb er erneut stehen und lauschte. Kein Schnarchen, dafür ein leichtes Fiepen und Musik von der Party. Er ging ans Ende des Flures und öffnete vorsichtig die Tür, hinter der er das Fiepen vermutete. Leider quietschte sie beim Öffnen. Er hielt die Luft an und blickte auf den schlafenden Vogelberg, den das offensichtlich nicht weiter störte.

Um hineinzugelangen, musste er die Tür noch weiter öffnen, vielleicht zehn Zentimeter. Dann ein Ruck, aber kein Quietschen mehr. Dennoch wurde Vogelberg unruhig. Er hustete und drehte sich von links nach rechts. Ihm stockte der Atem. Sollte Vogelberg die Augen öffnen, müsste er sofort handeln und ihm den Hals umdrehen. Aber nichts geschah.

Sein Herz schlug heftig. Er ging schnell zu Vogelberg ans Bett, drehte ihn gewaltsam auf den Rücken, umfasste seinen Kopf und blickte zwei Sekunden in panisch geöffnete Augen. Dann knackte es zweimal. Er atmete schwer unter der Maske, seine Adern schwollen an, er war jetzt voller Adrenalin. Wieder brannte es auf seiner Brust, die alten Wunden brachen mit voller Wucht auf, das Grauen über ihn herein.

Er schloss die Augen. »Nein, nein, nein«, schrie er, wieder diese Bilder, die ihm im Kopf herumtanzten. Er griff in seinen Rucksack und holte die Madonnenstatue hervor. Er holte aus, wollte zuschlagen, die quälenden Bilder vertreiben, hielt dann aber inne. Zwei Glupschaugen starrten ihn an. Sekunden später explodierten der Hass und die Wut. Er schnaufte und schlug zu, auf die Augen, die Nase, den Mund, immer und immer wieder. Nach einer gefühlten Ewigkeit hielt er inne, legte die Madonna auf Vogelbergs Bauch und die rote Nase dorthin, wo früher Vogelbergs Nase gewesen war.

16

»Bist du wieder beim Frühstück gestört worden?« Zille kam keuchend in der Wohnung von Vogelberg an.

»Stell dir vor, ich war tatsächlich heute Vormittag im Präsidium«, sagte Pöppelmann.

»Jetzt übertreibst du aber.« Zille war immer noch etwas außer Atem.

»Und du solltest mehr Sport treiben.«

»Das ist das Problem.«

Pöppelmann runzelte die Stirn.

»Seit ein paar Wochen betreibe ich neben Fußball eine zweite Sportart«, erklärte Zille.

»Wir haben ja auch sonst nichts zu tun.«

»Nennt sich Slow Jogging und ist das neue Fitnesswunder aus Japan.«

»Was soll das denn sein?«, fragte Pöppelmann.

»Man macht kleine und flache Schritte mit hoher Frequenz, aber kommt nur langsam voran.«

»Und was ist dann das Problem?«

»Die großen vorderen Oberschenkelmuskeln.«

Pöppelmann schüttelte entgeistert den Kopf. Dann zeigte er in die Wohnung. »Unser Madonna-Mörder hat wieder zugeschlagen.«

»War Freya schon da?«

»War sie. Und sie hat nach der ersten Untersuchung bestätigt, dass alles wie beim letzten Mal zu sein scheint.«

Zille ging zum Schlafzimmer und zog diesmal unaufgefordert Überschuhe und Handschuhe an.

»Donnerwetter«, war Pöppelmann zu hören. »Der Kriminalhauptkommissar lernt.«

»Ich habe neue Schuhe.« Zille blieb schnuppernd in der Tür stehen. »Es riecht hier angenehm.« Plötzlich drehte sich eine Kriminaltechnikerin um, die offensichtlich auf der Suche nach Fingerabdrücken war. »Das ist mein Parfüm.«

»Hallo. Sie kenne ich ja noch gar nicht.« Zille hob die Hand. »Ich bin Heiner ...«

»Ich weiß, wer Sie sind«, antwortete sie. »Ich bin Carmen, Carmen Martinez. Ist heute mein erster Tag.«

»Schon was gefunden, Carmen?«

»Nee, alles clean.«

»Bis auf das Bett.« Zille ging zu dem Toten. »Eine schöne Schweinerei.«

Carmen Martinez kam zu Zille. »So etwas habe ich noch nicht gesehen. Hoffentlich kann ich die Bilder wieder aus meinem Kopf vertreiben.«

»Ich empfehle Whisky.«

»Ich bevorzuge Tequila.« Carmen deutete ein Lächeln an.

»Was ich sagen wollte.« Sie zeigte auf die Statue, die auf Vogelbergs Oberkörper lag. »Das ist eine Schwarze Madonna.«

Zille beugte sich über die Statue. »Jetzt sehe ich das geschwärzte Gesicht auch. Kaum zu erkennen bei dem vielen Blut.« Er wandte sich zu Carmen. »Gutes Auge.«

»Ich habe es wegen der Inschrift erkannt. ›Nigra sum sed formosa‹.« Sie deutete auf den Sockel. »Hier, da ist kaum Blut, weil der Täter sie dort umfasst hatte.«

»Sie sollten in unser Team wechseln, Carmen.«

»Und was heißt dieses Nigra sum sowieso.« Pöppelmann hatte ebenfalls das Zimmer betreten.

»Ich bin dunkel, aber schön.«

»Also doch einige Abweichungen zum ersten Mord«, sagte Zille. »Und er hat noch brutaler zugeschlagen.«

»Einbruchspuren gibt es nur an der Wohnungstür«, sagte Carmen. »Ich gehe dann mal zu den Kollegen, die im Flur arbeiten.«

»Überleg dir das mit der Kripo, Carmen«, rief Zille hinterher.

Pöppelmann blickte ihn fragend an.

»Du gehst doch bald in Pension.«

»Dürkopp kommt übrigens vorbei.«

»Himself? Er ist doch jetzt Oberstaatsanwalt.«

»Aber es ist der zweite Fall des Madonna-Mörders«, erwiderte Pöppelmann.

Zille verdrehte die Augen. »Ich schau mir den Raum noch mal an.«

»Und ich halte nach Dürkopp Ausschau.«

Zille blickte sich um. Das Schlafzimmer war recht groß und

wie der Rest der Wohnung teuer eingerichtet. Ein wunderbares Boxspringbett, die Einbauschränke waren eine Spezialanfertigung und die Kommode ein Sammlerstück. Die Kleidung in den Schränken war ausgesucht und exklusiv. Herr Vogelberg war kein armer Mann gewesen.

Zille war sich sicher, dass der Täter, er ging jetzt auch von einem Mann aus, sich nur kurz im Schlafzimmer aufgehalten hatte und von der Tür direkt zum Bett gegangen war. Und diesmal war nicht nur der Mord geplant, sondern auch die brutale Verunstaltung des Gesichts. Es würden weitere folgen, auch dessen war sich Zille sicher. Mehr Erkenntnisse würden die Berichte der Kolleginnen und Kollegen enthalten.

Er verließ das Schlafzimmer und betrat die große Diele, von der alle anderen Zimmer abgingen. Das Zimmer neben dem Schlafzimmer war offensichtlich das Lese- und Musikzimmer. In der Raummitte stand ein bequemer Ohrensessel und bildete ein gleichschenkliges Dreieck mit den großen Lautsprechern. Auf dem Tischen neben dem Sessel lagen eine Fernbedienung und zwei CDs.

Zille nahm eine in die Hand. Richard Wagner »Das Rheingold« mit den Wiener Philharmonikern. Er legte sie kopfschüttelnd wieder zurück. Er ging zur CD-Sammlung. Sie bestand ausschließlich aus klassischer Musik. Über dem halbhohen Regal hing ein Ölgemälde, auf dem ein Wald zu sehen war. Müller-Wischin, entzifferte Zille die Signatur des Malers. Von dem hatte er noch nie gehört.

An der gegenüberliegenden Wand standen Bücherregale, die bis unter die Decke reichten. Vogelberg schien ein belesener Mann gewesen zu sein. Zille lief langsam an der Regalwand entlang. Bücher über den Ersten und Zweiten Weltkrieg, Biografien über Bismarck, Hindenburg und einen Großadmiral Alfred von Tirpiz fielen ihm ins Auge wie auch das Nibelungenlied und Werke über nordische Mythen und Sagen. Zille stützte sich auf die Lehne des Ohrensessels und blickte sich um. Plötzlich roch es muffig in dem Raum, obwohl er blitzsauber war.

Es war wohl der Geist, der in diesem Raum herrschte. Vogelberg hatte im letzten Jahrhundert gelebt, und zwar eher zu dessen Beginn.

Als Zille wieder in die Diele ging, sah er Pöppelmann, der sich mit dem Chef der Kriminaltechnik unterhielt. Er gesellte sich gerade zu ihnen, als Oberstaatsanwalt Dürkopp die Wohnung betrat.

»Das ist ja furchtbar, meine Herren.«

»O-hayō.« Zille legte seine Arme und Hände flach an die Seite seines Körpers und verbeugte sich mit geradem Rücken.

»Nicht allen tut ein langer Urlaub gut«, brummte Dürkopp. »Ist es so schlimm wie beim ersten Mord?« Er ging langsam zum Schlafzimmer, blickte hinein und kam bleich wieder zurück.

»Es deutet alles darauf hin, dass der Tote durch einen Genickbruch starb und ihm anschließend mit einer Madonna das Gesicht zertrümmert wurde«, erläuterte Pöppelmann.

»Wie beim ersten Mord?«

»Ja.«

»Und nein«, ergänzte Zille.

»Wie bitte?«

»Diesmal war es die Schwarze Madonna.«

»Macht das einen Unterschied?«, fragte Dürkopp.

»Ja.«

»Und nein«, warf jetzt Pöppelmann ein.

Dürkopp lief rot an, beherrschte sich aber. »Hat die Kriminaltechnik schon was?«

»Montag.«

»Und die Ärztin?«

»Montag.«

»Arbeitet denn hier keiner mehr?«

Zille schaute ihn süffisant an. »Montag.«

Dürkopp atmete tief ein. »Aber es handelt sich um denselben Täter?«

»Vermutlich«, sagte Pöppelmann. »Und Zille meint, er wird es wieder tun.«

»Vielleicht fassen wir ihn ja, bevor er zum dritten Mal zuschlägt.«

»Wäre zu hoffen, Herr Dürkopp.«

»Ich brauche bis heute Nachmittag was für die Presse.« Dann zeigte er zum Schlafzimmer. »Die Leiche kann …«

»… ins rechtsmedizinische Institut gebracht werden, schon klar«, sagte Pöppelmann.

»Sayōnara, bengoshi-san«, rief Zille Dürkopp hinterher.

Pöppelmann sah Zille fragend an.

»In meiner Zeit in Quantico hatte ich eine Kollegin, die sprach neben Englisch zwölf weitere Sprachen fließend. Mit zehn Jahren hat sie ihre erste Sprache gelernt, Isländisch. Und dann konnte sie noch Spanisch, Französisch, Inuktitut, Norwegisch, Schwedisch, Niederländisch, Hindi, Urdu, Tahitianisch, Mandarin und Japanisch.«

»Aha, und wie lernt man so viele Sprachen?«

»Sie hatte eine Ticker-Tape-Synästhesie. Sie sah die gesprochene Sprache vor ihrem inneren Auge, so als würde jemand in ihrem Kopf sitzen und alles mitschreiben.«

»Und das ist dir in Japan auch so ergangen?«, fragte Pöppelmann mit besorgtem Tonfall.

»Und sie war hochbegabt.«

»Dann funktioniert das bei dir nicht«, sagte Pöppelmann trocken. »Wir sind hier fertig.«

»Dann lass uns etwas essen gehen.« Zille klopfte auf seinen Bauch. »Ich hab Hunger.«

Als die beiden Männer vor die Haustür traten, hörten sie, wie Meier von der Schutzpolizei seinen Leuten Anweisungen zur Befragung der Hausbewohner gab.

Pöppelmann ging zu ihm und klopfte ihm auf die Schulter. »Vergiss nicht die Häuser gegenüber.«

»Und denkt daran, dass hier vornehme Leute wohnen«, sagte Zille.

»Macht ihr auch was?«, fragte Meier genervt.

»Wir machen uns Gedanken über die Pressemitteilung.« Zille

steckte sich beide Hände in die Manteltaschen. »Und das geht am besten beim Essen.«

»Wohin?«, fragte Pöppelmann.

»In der Erikastraße gibt es einen Dönerladen.«

»Seit wann isst du was anderes als Burger?«

»Die haben einen vorzüglichen Dönerburger.«

Dönerburger mit Spezialsoße, Kebabburger mit Fetadip und zwei Cola. Zille und Pöppelmann waren begeistert. Gestärkt machten sie sich Gedanken über eine Pressemitteilung.

»Irgend so ein CDU-Fuzzi wollte doch mal, dass jeder Bürger seine Einkommensteuer auf einem Bierdeckel ausrechnen kann«, sagte Zille. »Dann müssten unsere Stichworte für die Presse doch wohl auf eine Serviette passen.«

»Meinst du den Millionär?«

»Eher den Komödianten.«

Nach zehn Minuten hatten Zille und Pöppelmann alles Wesentliche auf eine Seite der Serviette geschrieben.

»Meinst du, Dürkopp ist damit zufrieden?« Pöppelmann machte ein skeptisches Gesicht.

»Das ist doch schon eine ganze Menge, was wir der Presse erzählen. Zwei Morde, beide Opfer über achtzig, ähnliche Vorgehensweise, vermutlich derselbe Täter, keine sexuellen Übergriffe –«

»An Achtzigjährigen?«

»Gut, streichen wir. Motiv unklar, mehr können wir aus ermittlungstechnischen Gründen nicht sagen.«

Pöppelmann nahm die Serviette an sich. »Bevor ich das Dürkopp gebe –«

»Die Serviette?«

»Bevor ich ihm Bericht erstatte, werde ich mit unserer Pressesprecherin reden.«

»Ist Elif Uslun nicht befördert worden?«

»Jo, ist jetzt Kriminaloberrätin. Und stolz wie Bolle. Tritt nun immer in Uniform auf.«

»Damit man die zwei goldenen Sterne sieht.«
»Bist ja nur neidisch.«

Juni 2016

Gespräch 3

Nach der gestrigen Unterhaltung mit Larissa empfand Frigga den Spaziergang im Park als eine Wohltat. Wärmende Sonne, Vogelgezwitscher und frische Luft ließen sie für einen Moment in einen Zustand der Schwerelosigkeit gleiten. Ein ungewohntes Gefühl, befreiend und beängstigend zugleich. Befreiend, weil es sie für kurze Zeit alles vergessen ließ. Sie war frei von allen Gedanken. Beängstigend, weil sie der Gedankenlosigkeit nicht traute. Und sie hatte recht. Zuerst langsam, dann schneller und am Abend mit voller Wucht kamen sie zurück, die Gedanken, die Bilder, die Zweifel, die Angst. Erst eine Tablette bescherte ihr einen immerhin traumlosen Schlaf.

Unausgeschlafen betrat sie jetzt den Konferenzraum und war überrascht, dass Larissa schon anwesend und in ihre Notizen vertieft war. Sie schien sie nicht zu bemerken.
»Störe ich?«
Larissa blickte auf. »Diesmal keinen Zopf?«
»Doch, nur hochgebunden als Dutt.«
»Das sieht sehr streng aus.«
»Macht mich aber größer.« Trotz in der Stimme.
»Frigga, wenn ich Ihre Schilderungen richtig verstanden habe, waren Sie im Gegensatz zu Ihrer Schwester angetan von den Ideen Ihrer Eltern.«
»Solveig war schon als kleines Kind aufmüpfig, und das mit Leidenschaft und ausdauernd. Sie entsprach genau dem, was meine Mutter in die Bedeutung ihrer Namensrune Eihwaz hin-

eininterpretierte. Nur entwickelte sie sich in eine ganz andere Richtung als ich.« Blick auf die Fingernägel. »Ich war fasziniert von dem völkischen Gedanken der Volksgemeinschaft, dem Überlegenheitsdenken, dem einfachen Leben, unserer Kleidung, der Naturverbundenheit. Meine Schwester fand das nur ätzend, und spätestens als sie in die Schule kam, opponierte sie gegen alles, was meine Eltern ihr sagten und auftrugen. Sie weigerte sich, selbst genähte Kleidung zu tragen, freundete sich mit Kindern in der Schule an und lud sie zu uns ein. Der Gipfel war dann, als sie bei der Schulaufführung eines Singspiels mit einem schwarzen Jungen ein Duett gesungen hat. Meine Mutter erlitt einen Tobsuchtsanfall. Zur Strafe wurde meine Schwester am ganzen Körper abgeschrubbt.« Naserümpfen. »Und musste in den nächsten Ferien mit mir auf ein Zeltlager der Heimattreuen Deutschen Jugend.« Wut in der Stimme. »Da war sie gerade sieben Jahre alt.«

»Fanden Sie das gerechtfertigt?«

»Ja und nein.« Wiegender Oberkörper. »Einerseits hielt sie sich nicht an die Regeln. Andererseits habe ich meine Schwester für ihren Widerstandsgeist bewundert. Das war doch eigentlich etwas Positives. Schließlich leisteten wir in der Gemeinschaft auch Widerstand gegen das kranke politische System. Ich glaube, dass ich zu diesem Zeitpunkt das erste Mal Zweifel an den Erziehungsmethoden meiner Eltern hatte.«

»War das ein Problem für Sie?«

Hände am Dutt, dann baumelte der Zopf. »Besser?«

Larissa nickte.

Frigga trank einen Schluck Wasser. »Ich war noch nicht so weit, um gegen meine Eltern aufzubegehren.«

»Aus Angst?«

»Vielleicht, aber ich hatte keinen Leidensdruck, weil ich das Leben in der Gemeinschaft grundsätzlich in Ordnung fand.«

»Hat Sie der Zwist zwischen Ihren Eltern nicht irritiert?«

»Die Meinungsverschiedenheiten habe ich nicht als Zwist wahrgenommen. Und schon gar nicht als politischen Streit.«

»Aber Sie schildern Ihren Vater als den gemäßigteren Elternteil.«

Süffisantes Lächeln. »Ich habe ihn eher als Pantoffelhelden wahrgenommen.«

Larissa machte sich ein paar Notizen. »Wie liefen diese Zeltlager ab?«

»Ich selbst bin mit acht Jahren das erste Mal auf einem rechtsnationalen Zeltlager gewesen. Zweimal bei der Wiking-Jugend und, nachdem die verboten worden war, zweimal bei der Heimattreuen Deutschen Jugend. Das machte aber keinen Unterschied. Bei allen Zeltlagern ging es darum, uns Kinder an völkisches Brauchtum heranzuführen und uns die nationalsozialistische Weltsicht einzubläuen. Also hatten wir Unterricht in Rassenkunde und sahen Propagandafilme der Nazis. Egal, wie alt wir waren.«

Kopfschütteln. Dann Fingerknacken.

»Im Vordergrund stand jedoch die körperliche Ertüchtigung. Morgens mussten wir in Uniformen antreten und bei jedem Wetter auf lange Märsche gehen, beim Frühsport waren Liegestützen und Kniebeugen bis zum Erbrechen die Regel. Es gab Geländespiele und Orientierungsläufe, Mut- und Messerproben.«

»Auch paramilitärische Übungen?«

»In den Lagern, die ich besucht habe, gab es das nicht. Aber einige ältere Jungs haben davon erzählt. Schießen mit Kleinkalibergewehren. Marschieren mit schwerem Gepäck bei jedem Wetter. Nachts aus den Betten und in Uniform zum Appell antreten. Gräben ausheben. Sie fühlten sich bereit für den Tag X.«

»Das haben sie gesagt?«

»Ja, sie haben furchtbar angegeben und sich als die Elite Deutschlands gefühlt.« Sarkastischer Tonfall. »Einmal sind sie beim Prahlen erwischt worden. Da haben sie richtig Ärger bekommen und mussten in ein Zelt am Rande des Lagers umziehen.«

»*Das heißt, sie wurden isoliert.*«

»Im Bestrafen waren die Lagerführer ganz groß, jedenfalls die Sadisten unter ihnen. Und davon gab es nicht wenige.« Verlegener Blick. »Bei meinem letzten Zeltlager hatten meine Schwester und ich mit einem solchen Typen zu tun. Wir waren in der Lüneburger Heide. In der Einladung stand, dass wir braune lange Röcke und weiße Blusen sowie Volkstanzkleidung mitbringen sollten. Solveig war stocksauer und hat geschworen, dass sie diesen Kram nicht anziehen wird. Ich habe ihre Kleidung mitgenommen, weil ich wusste, was ihr blühen würde, wenn sie sich weigerte. Und so kam es dann auch. Nur viel schlimmer.« Versteinertes Gesicht. »Am zweiten Tag sollten wir in unseren Röcken und Blusen mit schön geflochtenen Zöpfen zum Fahnenappell antreten. Wir standen in Reih und Glied, und meine Schwester hatte weder den Rock noch die Bluse an, und ihre Haare trug sie offen. Der Anführer brüllte sie an, zerrte sie nach vorne und befahl ihr, vierzig Kniebeugen und zwanzig Liegestütze zu machen. Meine Schwester warf sich auf den Boden und blieb einfach liegen.« Blick in die Ferne. »Bevor die Sache eskalierte, trat ich aus der Reihe und bot an, die Strafe für sie zu übernehmen. Glücklicherweise ging der Anführer darauf ein, aber nur unter der Bedingung, dass Solveig vorher die vorgeschriebene Kleidung anzog. Sie ging ins Zelt, kam mit Rock und Bluse heraus, allerdings hatte sie sich keine Zöpfe geflochten, sondern die Haare einfach abgeschnitten. Dieses Zeltlager wurde zur Hölle für uns.«

Husten, Wassertrinken, Durchatmen. »Wir mussten früher aufstehen, Gemeinschaftsräume und Toiletten schrubben und bei jedem Frühsport Extraübungen machen. Beim Speerwerfen der Älteren mussten wir die Speere zurückholen, wir mussten die schwarz-weiß-roten Fahnen durchs Lager tragen und eine Stunde vor dem Zelt mit dem Namen »Führerbunker« stehen. Als wir nach Hause kamen, habe ich tagelang nicht mehr mit meiner Schwester gesprochen und sie wochenlang nicht mit unseren Eltern.«

»*Was haben Ihre Eltern zu diesem Vorfall gesagt?*«
»Nichts, absolut nichts.« Frigga stand auf. Feuchte Augen. Ging zur Tür. Drehte sich um. »Mein Vater hat uns in den Arm genommen.«

Larissa schloss die Augen. Hände vorm Gesicht. Dann schenkte sie sich einen Kaffee ein. Dabei fiel ihr auf, dass Frigga heute das erste Mal während der Unterredung etwas getrunken hatte. Zeichen zunehmender Selbstsicherheit? Auch ihr Tonfall hatte sich teilweise verändert. Hatte sie in den ersten beiden Gesprächen mehr Kindheitserinnerungen geschildert, waren heute mehr Wertungen in ihre Schilderungen eingeflossen. Verachtung. Entsetzen. Schuldgefühle. War es ihr gelungen, Kontakt aufzunehmen? Ihr näherzukommen?

17

Elias ließ die Tageszeitung auf den Tisch fallen. »Die Pressemitteilung der Polizei über die beiden Morde ist wieder ein Meisterwerk.«

Zille nickte. »Wir haben dafür speziell ausgebildete Kräfte.«

»Die von dir inspiriert wurden?«

»Unsere Pressesprecherin ist einfach ein Sprachgenie, das immer die richtigen Worte findet.«

Janne hatte sich inzwischen die Zeitung genommen und den Artikel gelesen. »Wenn ich zitieren darf. ›Innerhalb weniger Tage wurden zwei ältere Männer tot in ihren Wohnungen aufgefunden. Ihr gewaltsam herbeigeführter Tod –‹«

»– nennt man auch Mord«, warf Elias ein.

»›– weist Ähnlichkeiten auf, sodass die Polizei nicht ausschließt, dass es sich um denselben Täter handelt. Die zuständige Staatsanwältin ist zuversichtlich, dass die eingerichtete Sonderkommission bald erste Ergebnisse vorweisen kann. Weitere Details dürfen aus ermittlungstechnischen Gründen nicht bekannt gegeben werden.‹«

Zille hob entschuldigend die Hände. »Mehr Stichworte passten nicht auf die Serviette.«

»Serviette?«, fragte Janne erstaunt und legte die Zeitung zur Seite.

»Und dann hat die Pressesprecherin auch noch einiges weggelassen.« Zille nahm sich einen Keks, tunkte ihn in den Kaffeebecher und schob ihn dann genüsslich in seinen Mund. Dann stutzte er, beugte sich vor und schaute sich Jannes Gesicht genau an. »Hast du dich geprügelt?«

»Wie kommst du denn darauf?«, tat Janne unschuldig.

»Wegen deinem blauen Auge.«

Jetzt schaute auch Elias genauer hin. »Stimmt. Jetzt sehe ich es auch.«

Janne hob verlegen die Schultern. »Ich dachte, ich hätte es überschminkt.«

»Was ist passiert?«, fragte Zille neugierig.

Janne nahm einen Schluck Wasser und erzählte dann von den Vorkommnissen auf der Antifa-Demo.

»Da hast du ja Glück gehabt, dass Anna vorbeigekommen ist.« Zille klang besorgt. »Sonst wärst du nicht mit einem blauen Auge davongekommen.« Er grinste über seine Formulierung.

»Und wir hätten dich aus dem Knast befreien müssen«, sagte Elias lachend. »Aber mal im Ernst. Die beiden Antifa-Demos waren dieses Mal ziemlich gewalttätig.«

»Ich habe auch eine Böllerattacke miterlebt«, erzählte Janne.

»Interessant. Wir sollen nämlich für Constantin Mügge recherchieren, wie es zu den Ausschreitungen gekommen ist.«

Janne wurde hellhörig. »Worum soll es da genau gehen?«

»Zusammenarbeit von Rechten und Linken.«

»Dazu kann ich was sagen.« Die beiden Männer blickten sie gespannt an, und Janne berichtete von Annas Beobachtungen auf der Mai-Demo, ohne die Fotos von Annas Schwester zu erwähnen.

»Interessante Taktik der Rechten«, sagte Elias, als sie ihren Bericht schloss.

»Weiß man, wer dahintersteckt?«, fragte Zille.

Janne schüttelte den Kopf.

»Das waren sicher keine spontanen Aktionen. Die Typen, die so was abziehen, befolgen nur Anweisungen und sind anfällig für eine Wir-gegen-sie-Mentalität.«

»Was es nicht besser macht.« Janne ballte ihre Fäuste. »Ich versteh diese Idioten nicht.«

»Führung und Gefolgschaft.«

»Wir werden dem auf den Grund gehen und hoffentlich die Anführer entlarven. Dann hat Mügge seinen Artikel.« Elias klappte den Laptop wieder auf. »Das hat aber noch Zeit.«

»Sehe ich auch so«, schaltete sich Zille ein. »Ich habe euch Infos zum zweiten Mord geschickt.« Auf dem Smartboard erschien ein Foto von dem toten Vogelberg. »Vogelberg ist genauso zugerichtet worden wie Kamanski.«

»Also wieder so eine brutale Tat«, sagte Janne.

»Und wieder eine Madonna und wieder eine rote Nase als Signatur. Wir müssen also davon ausgehen, dass es sich um ein und denselben Täter handelt. Tatzeit zwischen dreiundzwanzig Uhr und drei Uhr.«

»Noch ein weiterer Mord, und wir haben es wieder mit einem Serienkiller zu tun«, sagte Elias und seufzte.

»So viel Hass«, seufzte Janne. »Kannst du das Foto vom ersten Opfer auch auf das Board projizieren, Elias?«

»Klar, ich habe immer die neuste Technik.«

Janne betrachtete die Fotos der Toten. »Ist ihnen beiden von vorne das Genick gebrochen worden?«, fragte sie.

Zille nickte. »Ja, in der Tat. Freya hat das in ihrem Bericht auch angemerkt. Auch hier wieder keine Hämatome am Hals.«

»Ich frage deshalb, weil es ungewöhnlich ist. Von hinten ist es einfacher.« Janne stand auf. Sie schlang sich ihren linken Arm um den Hals, sodass der Ellbogen nach vorn zeigte. »Wenn ich so in etwa von hinten den Arm um jemanden lege, kann ich den

Hals viel besser fixieren. Und wenn ich dann mit der rechten Hand den Kopf abrupt herumreiße, brechen die Halswirbel schneller.«

»Von vorne funktioniert das nicht?«, fragte Elias.

»Doch, doch, es ist nur schwieriger. Man muss eine sichere Grifftechnik haben. Das Entscheidende ist die schnelle und kraftvolle Impulsgebung.«

»Und wo lernt man so etwas?«

»Verschiedene Kampftechniken kennen solche Griffe. Mixed Martial Arts zum Beispiel.«

»Es gibt in Hamburg sicher einige Vereine oder Clubs, wo man das lernen kann. Da könnten wir uns mal umsehen.« Zille kratzte sich am Kopf. »Doch wir sollten unseren Täter vorher noch besser kennenlernen.«

»Genau«, Elias schenkte sich ein Glas Wasser ein, »denn, um es mit Ludwig Feuerbach zu sagen, je mehr wir wissen, desto mehr Verknüpfungspunkte haben wir.«

»Das hat der so gesagt?« Zille blickte skeptisch.

»So ähnlich«, erwiderte Elias. »Hast du eine Idee zu den Signaturen?«

»Darauf wollte ich gerade zu sprechen kommen.«

Janne und Elias blickten Zille gespannt an.

»Ich glaube, dass die Madonna nur darauf hinweisen soll, dass es sich um denselben Mörder handelt.«

»Also die klassische Funktion einer Signatur.«

»Hätte bei Kamanski eine Micky Maus auf dem Nachtschränkchen gestanden, hätte der Mörder bei Vogelberg auch eine Micky Maus genommen, um sein Gesicht zu zertrümmern.«

»Also reiner Zufall?«, fragte Janne.

Zille nickte. »Davon gehe ich aus.«

»Und die rote Nase?«

»Jetzt wird es interessant.« Zille griff in seine Aktentasche, holte einen Stick heraus und gab ihn Elias. »Öffne mal die Datei ›Serienkiller‹.«

»Nichts lieber als das.« Elias öffnete die Datei, und auf dem Board erschien eine Liste mit den bekanntesten Serienkillern. »Ich dachte, ich erinnere mal an einige davon, bevor ich auf einen im Besonderen zu sprechen komme. Auf dieser Liste stehen nicht nur die bekanntesten, sondern auch die furchtbarsten Killer aller Zeiten.«

Zille band sich seinen Zopf und stellte als ersten Serienkiller Gary Ridgway vor. »Er hat vorwiegend Prostituierte umgebracht, nachdem er Sex mit ihnen hatte. Es waren mindestens neunundvierzig Opfer, können aber auch mehr gewesen sein. Er selbst konnte sich nicht mehr an alle erinnern.« Zille holte Luft. »Das nächste Bild zeigt Luis Garavito. Hat mindesten hundertachtunddreißig Jungen zwischen acht und sechzehn Jahren getötet. Er war ein Sadist und Pädophiler. Und den«, Zille zeigte auf das Foto, das auf dem Board erschien, »kennt ihr womöglich.«

»Ted Bundy«, rief Elias dazwischen.

»Richtig. Einer der schlimmsten Serienkiller aller Zeiten. Von 1974 bis 1978 konnten ihm dreißig Morde nachgewiesen werden, meist an jungen, attraktiven Frauen mit langen Haaren, die er zuvor verschleppt und vergewaltigt hatte. Allerdings hat er wahrscheinlich doppelt so viele Frauen auf dem Gewissen. Er wurde 1989 hingerichtet.«

»Zille«, sagte Janne leise, »langsam wird mir übel.«

Zille nickte Janne aufmunternd zu. »Wir haben es gleich überstanden. Nur noch einer. John Wayne Gacy vergewaltigte und ermordete dreiunddreißig Jungen und junge Männer. Bekannt wurde er als Pogo, der mordende Clown. Nach eigenen Angaben hat Gacy auch im Clownskostüm gemordet.«

»Und du meinst«, sagte Janne, »dass die rote Clownsnase an den Tatorten auf diesen Serienkiller hinweisen soll?«

»Wäre eine Möglichkeit.«

»Allerdings passt das Alter nicht, und es fehlt die sexuelle Komponente«, murmelte Janne.

Zille legte seine Stirn in Falten. »Es gibt ja auch nicht den typischen Serienkiller, sondern statistische Hinweise, Wahrscheinlichkeiten, Häufigkeiten von Bedingungen wie zum Beispiel eine gewalttätige Kindheit. Daraus folgt aber nicht zwangsläufig, dass man zum Serienkiller wird.«

»Aber wir können ja einfach mal spinnen«, schlug Janne vor.

»Unser Täter ist ein Mann ...«

»Dafür spricht die Statistik«, sagte Zille.

»... der Martial Arts beherrscht ...«

»Ein Hinweis wäre die Art und Weise des Tötens«, ergänzte Elias.

»... der als Kind in einer gewalttätigen Umgebung aufgewachsen ist ...«

»Das könnte den Blutrausch erklären«, warf Zille ein.

Janne blickte fragend in die Runde. »Und warum hasst er weißhaarige, alte Männer?«

Elias unterbrach das Schweigen. »Da fällt mir nur Nietzsche ein. ›Leiden-sehn tut wohl, Leiden-machen noch wohler‹.« Er machte eine Pause und fuhr fort. »›Ohne Grausamkeit kein Fest: So lehrt es die älteste, längste Geschichte der Menschen.‹«

»Ich brauch 'ne Pause.« Janne stand auf und verließ den Konferenzraum. Sie musste mit Maja, Elias' Lebensgefährtin, reden.

Die Tür zu Majas Arbeitszimmer stand einen Spalt offen. Janne klopfte an und schaute hinein. »Darf ich dich etwas fragen?«

Maja schaute von ihren Klausuren auf. »Klar, komm rein und setz dich. Meine Studenten können warten.«

Janne setzte sich in einen Sessel. »Ich habe ein Problem.«

»Mit den Männern?«, fragte Maja spöttisch.

»Nein«, stockte Janne. »Oder doch.« Dann erzählte sie von Mügges Auftrag, über die Zusammenarbeit von Linken und Rechten auf der Mai-Demo zu recherchieren, und von den vertraulichen Informationen, die sie von Anna bekommen hatte.

»Eigentlich muss ich den beiden auch berichten, dass Annas Schwester bei den Rechten ist. Aber davon hat Anna dem LKA und dem Verfassungsschutz bisher noch nichts verraten.«

»Und wenn du diese Information jetzt an Elias und Zille weitergibst, hast du das Gefühl, Anna zu hintergehen.«

»Ihr Vertrauen zu missbrauchen.«

Maja setzte ihre Brille ab. »Ich würde es Zille jetzt auch nicht erzählen. Diese Info muss Anna ans LKA und den Verfassungsschutz weitergeben.«

Janne nickte.

»Aber Elias, deinem Kollegen, würde ich schon von Annas Schwester berichten.«

»Dann hintergehe ich aber Zille.« Janne stand auf.

Maja ging zu Janne und nahm sie in den Arm. »Meinst du, Zille erzählt dir alles?« Sie ging mit Janne in die Küche und drückte ihr einen Teller mit Canelés in die Hand. »Komm, mach Zille glücklich.«

Doris Haferkamp saß in ihrem Büro im »Institut für Neues Denken« und öffnete einen unfrankierten Briefumschlag, der heute Morgen im Briefkasten lag. Endlich hatte sie die Gästeliste des diesjährigen Deutsch-Amerikanischen Freundschaftsfestes in der Hand. Und diese Liste las sich wie das Who's who der Hansestadt. Kein Wunder, hatte doch der amerikanische Generalkonsul als Schirmherr der Veranstaltung ins Kleine Weiße Haus an der Außenalster eingeladen.

Haferkamp überflog die über hundertfünfzig Namen. Von wichtigen Vertretern aus Finanzen und Handel über Senatoren und Bürgerschaftsabgeordnete bis hin zu bekannten Kulturschaffenden war alles vertreten, was Rang und Namen hatte. Sogar aus den anderen norddeutschen Bundesländern würden sie anreisen, war es doch eine der letzten Amtshandlungen des Generalkonsuls, der in Kürze aus Hamburg abberufen werden sollte. Haferkamp wollte die Liste gerade zur Seite legen, als ihr Blick auf einen ihr wohlbekannten Namen fiel. Auch Alfred Rabenhorst gehörte zu den geladenen Gästen. Interessant, dachte sie. Zufrieden legte sie die Liste in eine Schreibtischschublade.

Es klopfte an der Tür, und Kröppelin trat ein. »Du guckst so zufrieden. Gibt es etwas zu feiern?«, fragte er neugierig.

»Nein, ich hatte nur einen angenehmen Vormittag.« Sie sah ihn nachdenklich an. »Was willst du?«

»Ich habe eine Nachricht aus München bekommen. Von einem Vermögensverwalter.« Kröppelin legte Haferkamp einen Brief auf den Tisch. »Er soll uns eine beträchtliche Summe aus einem Privatvermögen zukommen lassen, dessen Besitzer vor ein paar Tagen verstorben ist.«

Haferkamp nahm den Brief in die Hand. »Mit ›uns‹ meinst du also das ›Institut‹.«

»Von wem ist das Geld, Doris?«

»Steht das nicht in dem Brief?«

»Nein. Ich dachte, du wüsstest vielleicht mehr.«

»Keine Ahnung, woher denn?« Haferkamp war aufgestanden und lief umher. »Und wahrscheinlich will der Spender auch anonym bleiben.«

»Der Vermögensverwalter schlägt vor, dass jemand vom ›Institut‹ nach München kommt, um die Abwicklung zu besprechen.« Kröppelin räusperte sich. »Ich könnte –«

»Ich fliege.«

Kröppelin nickte. »Mit dem Geld könnten wir doch viele Kameradschaften, völkische Initiativen und Stiftungen unterstützen.« Er räusperte sich. »Ich kann ja schon mal Kontakte knüpfen.« Dann wandte er sich zur Tür.

»Werner!« Haferkamp kochte innerlich vor Wut.

Kröppelin drehte sich um.

»Du öffnest keine Briefe mehr«, sagte Haferkamp kühl und schickte mit scharfem Tom hinterher: »Und du kontaktierst niemanden. Von dem Inhalt des Schreibens wird kein Mensch je erfahren.« Sie holte tief Luft. »Und jetzt schick mir Veronica herein.«

Sie schaute ihm kopfschüttelnd hinterher. Sie ärgerte sich, dass sie ihn nicht längst vor die Tür gesetzt hatte. Ohnehin war er seit Monaten an keiner relevanten Planung mehr beteiligt.

Nur leider hatte sie ihm aus alter Verbundenheit zugestanden, sich um die Finanzen des »Instituts« kümmern zu dürfen. Diese Sentimentalität rächte sich jetzt. Vor allem fragte sie sich, was er sonst noch alles mitbekommen hatte. Er wusste, wer hier ein und aus ging. Und sie wusste, dass er eine Plaudertasche war und sich regelmäßig mit alten Kameraden zum Bier traf. Er wurde langsam zum Sicherheitsrisiko.

Veronica riss sie aus ihren Gedanken. »Du wolltest mich sprechen?«

»Buche mir bitte den nächsten Flug nach München und zwei Übernachtungen.«

Veronica nickte. »Was ist mit Kröppelin? Der sah ziemlich mitgenommen aus.«

»Er braucht Urlaub. Sofort. Schicke ihn in sein Apartment. Er soll sich eine Woche ausruhen. Erst einmal.«

Janne betrat das Konferenzzimmer und präsentierte die Canelés. Zille sprang begeistert auf und nahm ihr den Teller ab. »Wir sollten dich häufiger zu Maja hochschicken.«

Er stellte das Gebäck auf den Tisch. »Die Canelés sehen ja köstlich aus. Außen knusprig karamellisiert.« Er nahm sich eines und biss hinein. »Wahnsinn. Und innen weich und cremig.« Er nahm sich sogleich noch zwei weitere Canelés und legte sie neben seinen Kaffeebecher.

»Ich habe selten einen so verfressenen Kerl gesehen.« Elias nahm sich ebenfalls eines der köstlichen Gebäcke und biss genüsslich hinein. »Dieser Vanille-Rum-Geschmack. Himmlisch.«

»Schön, dass es euch schmeckt, Jungs«, sagte Janne, fuhr sich durch die Haare und setzte sich. Zille hielt ihr generös den Teller mit den Canelés hin. »Nimm dir ruhig auch eins.«

Janne lehnte dankend ab. »Schon gut, lasst es euch schmecken.«

»Den Gefallen können wir dir tun.«

Elias nahm sich auch noch ein Canelé und öffnete dann seinen Laptop. »Wir sollten uns jetzt mal den Opfern zuwenden.

Da gibt es einige Neuigkeiten, die uns vielleicht Hinweise auf ein Motiv geben.« Er ließ ein paar Fotos von Kamanski auf dem Board erscheinen, die ihn als Studenten zeigten. »Opfer Nummer eins. Die Bilder hat Janne aufgetrieben.«

»Der war ja in einer Burschenschaft«, sagte Zille überrascht.

»Genau, und wie man an den Mützen und den Bändern sieht, in einer Farbe tragenden«, erklärte Janne.

»Und wo ist der Schmiss?« Elias legte seine Hände auf die Wangen.

»Hat wohl Glück gehabt bei der Mensur. Kamanski war in der Alemania Silesia.«

»Wie bist du an die Informationen gekommen?«, fragte Zille gespannt.

»Reiner Zufall.« Janne nahm sich jetzt doch ein Canelé und biss hinein. »Lecker.« Dann fuhr sie fort. »Die Univerwaltung in Kiel konnte mir nicht weiterhelfen, die vernichten spätestens nach fünfzig Jahren alle Unterlagen. Dann bin ich einfach ins Archiv gegangen und habe mit einem Mitarbeiter gesprochen. Nachdem ich ihm ein paar Infos über Kamanski gegeben hatte, hat er mir eine Liste von Burschenschaften in Kiel präsentiert.« Die kramte sie nun aus ihrer Tasche. »Er meinte, dass viele Studenten, die aus den ehemaligen Ostgebieten gekommen seien, sich damals in landsmannschaftlichen Burschenschaften organisiert hätten.«

»Und so bist du auf die Alemania Silesia gestoßen«, stellte Elias fest.

Janne nickte. »Die habe ich dann in ihrem Haus –«

»– Korporationshaus«, warf Elias ein.

»– aufgesucht. Ein junger Mann hat mir geöffnet.« Janne schlug die Beine übereinander. »Der fand mich wohl ganz nett, und als ich ihm erzählt habe, ich wäre auf der Suche nach Spuren von meinem Opa, kamen wir ins Plaudern.«

Zille schaute zu Elias. »Mit allen Wassern gewaschen, deine Mitarbeiterin.«

»Um es kurz zu machen. Kamanski war seit Beginn seines

Studiums Mitglied in der Burschenschaft und hat in dem Haus auch gewohnt. Er war dem Lebensbundprinzip treu und bis vor fünf Jahren regelmäßig bei den ›Alten Herren‹ aktiv.« Janne zeigte auf die Fotos. »Unten rechts sieht man Kamanski auf der obligatorischen Alte-Herren-Jahresfeier am Tisch mit zwei AfD-Abgeordneten.«

»Scheinen sich ja gut zu amüsieren«, bemerkte Zille.

»Vielleicht liegt das auch an der Menge Bier, die sie intus hatten, und weniger an der Gesinnung«, entgegnete Elias.

»Wobei alle landsmännisch ausgerichteten Burschenschaften stockkonservativ sind und, wie man auf dem Foto sieht, oft auch Kontakte zur rechten Szene pflegen.«

Elias nickte. »Ich könnte mir schon gut vorstellen, dass Kamanski rechtem Gedankengut gegenüber aufgeschlossen war.« Er tippte auf seinem Laptop herum, dann erschien auf dem Board ein Dokument mit der Aufschrift »Abmahnung«.

»Wie wir wissen, hat Kamanski bei der Post gearbeitet, ist aber frühzeitig in Rente gegangen.«

»Kennst du den Grund?«, fragte Zille.

Elias nickte. »Erzähle ich euch gleich. Bei der Post, also der DHL Group, wie sie heute heißt, bin ich nicht weitergekommen. Also habe ich mir selbst geholfen und mir die Informationen besorgt.«

»Ich bin immer wieder überrascht, Elias, welche kriminelle Energie in dir steckt.«

»Das wundert mich, Zille. Hast du vergessen, wie ich in der vierten Klasse alle beim Tauschen der Panini-Sammelkarten für die Bundesligasaison 1979 beschissen habe?«

»Jetzt, wo du es sagst. Du schuldest mir immer noch die Karte von Horst Hrubesch.«

»Muss ich das jetzt verstehen?«

»Nein, Janne«, sagte Elias amüsiert, »musst du nicht. Zurück zu Kamanski. Er hat, nachdem er 1990 Bereichsleiter des Postdienstes geworden ist, eine Abmahnung wegen rassistischer Äußerungen erhalten.« Als Elias auf das Dokument klickte, erschienen Auszüge aus der Begründung für die Abmahnung. »Konkret ging es darum, dass Kamanski die Einstellung einer Mitarbeiterin wegen ihrer Hautfarbe abgelehnt hatte und sowohl in der Auswahlkommission als auch später in seiner Abteilung behauptete, dunkelhäutige Menschen würden stinken, und sich weigerte, mit ›so jemandem‹ zusammenzuarbeiten.«

»Arschloch«, bemerkte Janne trocken.

»Warum hat man ihm nicht gekündigt?«, fragte Zille. »Mit dieser Äußerung schadete er in seiner Position maßgeblich dem Ansehen seines Arbeitgebers.«

Elias blätterte in seinen Unterlagen, die vor ihm auf dem Tisch lagen. »Hier«, er hob ein Blatt hoch, »ich zitiere: ›Wegen seiner bisherigen Verdienste und‹«, Elias räusperte sich, »»aufgrund der gesundheitlichen Situation des Betroffenen sehen wir von weiter reichenden Maßnahmen ab.‹ Tolle Begründung!«

»Okay.« Zille runzelte die Stirn. »Aber ein Jahr später ist er dann frühverrentet worden.«

»Eine offizielle Begründung habe ich nicht gefunden. Doch ich gehe davon aus, dass schon bei der Abmahnung dieser Deal vereinbart worden ist.«

»Er ist also weich gefallen.«

»Vermutlich. Über seine finanziellen Verhältnisse habe ich nichts weiter gefunden.«

»Da versucht Anna weitere Informationen zu bekommen.«

»Auf jeden Fall scheint Kamanski ein Rassist gewesen zu sein«, schlussfolgerte Janne. »Und im Zusammenhang mit seiner lebenslangen Treue zu einer rechten Burschenschaft kann man ihn schon als rechte Socke bezeichnen.« Janne atmete tief aus. »Vielleicht liegt hier ja ein Motiv für den Mord.«

»Kann schon sein«, meinte Zille. »Vielleicht ist er auch einfach nur aus Mordlust umgebracht worden. Doch ich schlage vor, dass wir uns erst einmal mit dem zweiten Opfer auseinandersetzen.« Er griff in seine Aktentasche und holte den vorläufigen Bericht der Kriminaltechnik heraus. »Den Zugang zu

Vogelbergs Wohnung hat sich der Täter gewaltsam verschafft. Einfach das Schloss aus der Wohnungstür entfernt.«

»Aber das macht doch Lärm«, sagte Janne.

»Schon, aber in dem Haus fand eine Party statt. Keiner der Hausbewohner hat etwas gehört oder gesehen. Auch die Befragung in den gegenüberliegenden Häusern hat nichts ergeben. Aber wir haben Fingerabdrücke, die nicht von Vogelberg sind. Und zwar von zwei unterschiedlichen Personen. In der Küche und in der Bibliothek von der einen sowie in der gesamten Wohnung von der anderen Person.«

»Und?«, fragte Elias.

»Keine Treffer. Und vom Täter sind die mit Sicherheit nicht. So bescheuert kann er nicht sein.« Zille dachte nach. »Carmen, unsere Neue bei der Spusi, ist sich hingegen sicher, dass die Fingerabdrücke von Frauen stammen.«

»Kann sie hellsehen?« Janne war die Skepsis anzuhören.

»Glaube ich nicht. Aber sie sagt, dass die Fingerabdrücke eine hohe Papillarleistendichte haben.« Zille hob die Hände. »Ich weiß auch nicht, was das ist. Aber Frauen hätten, so Carmen, eben eine höhere Dichte von den Dingern. In der Regel jedenfalls.«

»Sehr wissenschaftlich«, bemerkte Elias ironisch.

»Ist ja nur ein Hinweis. Und als ich mich am Tatort umgesehen habe, ist mir aufgefallen, wie sauber es überall war.«

»Du meinst, Vogelberg hatte eine Haushaltshilfe?«

»Selbst hat er bestimmt nicht Staub gewischt.«

»Das lässt sich ja wohl herausfinden, wenn jemand bei ihm geputzt hat«, sagte Janne.

»Ich werde das klären. Und dann sehen wir weiter.«

»Okay«, sagte Elias und zeigte auf das Smartboard, wo jetzt ein Foto von Heinz Vogelberg mit einer Frau zu sehen war. »Jetzt kommen meine Infos. Das Foto habe ich auf der Internetseite einer großen Versicherung gefunden.« Im Hintergrund war die Sagrada Família in Barcelona, der Sühnetempel der Heiligen Familie, zu sehen. »Vogelberg war Versicherungsmakler und ist hier auf einer Incentivereise mit seiner Frau Roswitha abgebildet. Er war wohl sehr erfolgreich in seinem Job, jedenfalls war die Wohnung, in der er ermordet wurde, sein Eigentum.«

»Gibt es bei ihm Erben?«

»Bist du auf Wohnungssuche, Janne?« Zille schlürfte seinen frischen Kaffee.

»Die Gegend ist nicht schlecht.«

»Die Preise auch nicht.«

»Seine Frau ist vor vier Jahren gestorben, also erben die Söhne, Dirk und Frank«, sagte Elias. »Die beide leben übrigens in Hamburg.«

»Ich habe ja keine Vorurteile«, sagte Zille, »aber Versicherungsmakler haben oft Dreck am Stecken. Mir wollte in den USA mal einer eine Hole-in-one-Versicherung aufschwatzen. Und das bei meiner ersten Golfrunde. Der Typ meinte, gerade Anfänger hätten beim Golfen oft das Glück, mit einem Schlag ins Loch zu treffen. Dann müsste ich eine Clubrunde an der Bar schmeißen, und die würde teuer werden. Oder eine Versicherung gegen das Steckenbleiben in Fahrstühlen. Statistisch passiert das jedem Deutschen alle hundertzwei Jahre.«

»Und jetzt sollen wir alle Kunden von Vogelberg überprüfen?« Janne sah Zille fragend an. »Ich habe eine bessere Idee. Wir statten den beiden Söhnen einen Besuch ab.«

»Und dabei könntet ihr ja möglicherweise auch etwas über seine Kunden erfahren«, sagte Zille.

»Wenn ich mal zusammenfassen darf.« Elias kratzte sich an seinem Drei-Tage-Bart. »Es gibt bislang bei Vogelberg nichts Auffälliges, was auf ein Motiv für seinen Tod hinweisen könnte.«

Zille erhob er sich und wanderte hin und her. Er schien nachzudenken. Dann blieb er vor einem großformatigen Kunstdruck stehen. »Ist der neu?«

»Maja meinte, die Stille eines Winterwaldes würde sich positiv auf die Arbeit auswirken«, antwortete Elias.

»Bei Vogelberg hing auch ein Waldbild, das war aber dunkel und wirkte unheilvoll.«

»War bestimmt ein Ölschinken«, vermutete Janne.

Zille nickte.

»Weißt du, wer der Maler war?«, fragte Elias.

Zille fasste sich an die Stirn. »Das war ein Doppelname.« Er schloss die Augen. »Müller-Wischin«, entfuhr es Zille plötzlich.

Elias googelte den Namen. »Anton Müller-Wischin, hab ihn. Porträt- und Blumenmaler.« Er scrollte weiter im Text. »Wie gut, dass es Wikipedia gibt. Jetzt wird es interessant. Hitler hatte auch Bilder von ihm.«

»War der Maler ein Nazi?«, fragte Janne neugierig.

»War kein Mitglied in der NSDAP, ist aber der Reichskammer der bildenden Künste beigetreten. Und er stand auf der Gott-begnadeten-Liste des Reichsministeriums für Volksaufklärung und Propaganda.«

Janne hob eine Augenbraue. »Was ist denn das für ein Schwachsinn?«

»Eine von Goebbels zusammengestellte Liste mit deutschen Künstlern, die den Nazis wichtig waren.«

Zille setzte sich wieder auf den Stuhl. »Wo du gerade am Googeln bist. Er hatte auch Bücher über den Ersten und Zweiten Weltkrieg. Unter anderem eine Biografie von einem adligen General, der hieß, glaube ich, Tipi.«

»Graf Tipi?« Elias schmunzelte.

»Nee, von Tipi.«

»Ich weiß, wen du meinst.« Elias tippte einen Namen ein. »Großadmiral Alfred von Tirpitz. War einer der wichtigsten Generäle unter Kaiser Wilhelm II., dann ein rechter Hardliner bei den ohnehin reaktionären Deutschnationalen.«

»Sind natürlich nur Indizien«, sagte Zille, »doch ich denke, ihr solltet, wenn ihr Vogelbergs Söhnen einen Besuch abstattet, versuchen, etwas über die politische Einstellung ihres Vaters herauszubekommen.«

Janne glitt auf ihrem Stuhl nach vorn. »Dann hätten wir

vielleicht schon zwei Gemeinsamkeiten zwischen den beiden Opfern.«

Zille und Elias blickten Janne überrascht an.

»Es sind weißhaarige Männer über achtzig. Und möglicherweise Nazis.«

»Und das zusammen könnte ein Mordmotiv sein, meinst du?« Elias wirkte unschlüssig.

»Altenhass? Nazihass? Vielleicht«, murmelte Zille. »Wir sollten allen Hinweisen nachgehen.«

Elias schaute auf seine Armbanduhr und sprang auf. »Zille, in einer halben Stunde müssen wir auf dem Fußballplatz stehen.«

18

Zille hatte den Wecker auf fünf Uhr dreißig gestellt und saß trotz des Muskelkaters vom Fußballspielen seit zwei Stunden an seinem Schreibtisch. Er hatte schon einige Tassen Espresso getrunken und las zum dritten Mal die Berichte der Kriminaltechnik und Rechtsmedizin zum Tod der alten Männer.

Die Anhaltspunkte zur Erstellung eines Täterprofils waren diesmal dürftig. Und die beiden Signaturen am Tatort, Madonna und Clownsnase, waren eher verwirrend. Der Madonna maß er inzwischen wenig Bedeutung zu. Die Clownsnase hingegen war eine echte Signatur. Mehr noch. Sie war ein Hinweis. *»Seht her, ich mache es wieder und wieder!«* Diesbezüglich hatte er nach dem zweiten Mord keine Zweifel mehr.

Zille ging in die Küche, machte sich ein French Toast und einen weiteren Espresso. Wieder an seinem Schreibtisch, blickte er auf seine Notizen. Er würde sie noch einmal durchgehen und dann ein wenig meditieren.

Er dachte nach und notierte »Dispositionstäter«. Zudem war Zille aufgefallen, dass beide Tatorte in der Nähe einer U-Bahn-Station lagen. Das wies möglicherweise darauf hin, dass der

Täter öffentliche Verkehrsmittel benutzte. »Überwachungskameras auswerten!« war die nächste Bemerkung, die er an den Rand seiner Notizen schrieb. Zille löste das Gummi aus seinem Zopf. Immerhin hatte er eine wage Idee für den Tätertyp und einen Hinweis bezüglich der Mobilität des Täters. Zille aß das letzte Stück seines French Toasts und griff dann zum Handy.

»Ich habe etwas für dich.«

»Dir auch einen guten Morgen«, war Pöppelmann zu hören.

»Schon im Büro?«

»Nee, liege in einem Hotelbett und lasse mir von fünf Nymphen das Frühstück servieren.«

»Bei dem Täter handelt es sich vielleicht um einen Dispositionstäter.«

»Du meinst, er ist wahnsinnig?«

»Zumindest zeitweise.«

»Und in dieser Phase bringt er die Alten um?«

»Dazu passt, dass er uns seine Signatur hinterlässt.«

»Zwei sogar.«

»Er will nur mit der Clownsnase etwas signalisieren.«

»›Es kann nur einen geben‹«, rutschte Pöppelmann heraus. Zille verdrehte die Augen. »Eher ›Ich mache es wieder‹.«

»Scheiße.«

»Und der Täter fährt mit öffentlichen Verkehrsmitteln zu den Tatorten.«

»Weißt du, wie viele Menschen in Hamburg Bus und Bahn benutzen?«

»Ich glaube, sechzehn Prozent der Einwohner.«

»Und die sollen wir –?«

»Besorge die Überwachungsvideos von den Haltestellen Alsterdorf und Klosterstern vom Tattag.«

»Du meinst, der Mörder ist dort ausgestiegen?«

»Wäre gut möglich.«

»Okay, vielleicht auch noch von den beiden Tagen vorher.« Pöppelmann schwieg einen Moment. »Hast du sonst noch etwas zum Täterprofil?«

»Eventuell Kampfsportler. Achtet also besonders auf sportliche Typen.«

»Und deine Vermutung, dass wir es mit einem Dispositionstäter zu tun haben, könnte das was mit den Mordopfern zu tun
haben?«

»Weil beide alte Menschen waren?«

»Ein Altenhasser.«

»Die Idee hatte Janne auch schon. Vielleicht auch ein Nazihasser.«

»Von den Hinweisen zu rechter Gesinnung bei Kamanski
hast du berichtet. Gibt es die bei Vogelberg auch?«

»Vielleicht. Elias wollte dem nachgehen.«

»Vielleicht ist es auch ein Auftragskiller.«

»Der Spur kannst du ja nachgehen.«

»Und was machst du?«

»Meditieren, Yoga, damit ich entspannt ins Büro kommen
kann.«

Zille beendete das Telefonat und wollte gerade mit seinen
Yoga-Übungen beginnen, als auf seinem Handy eine Nachricht
aufploppte.

»Komme morgen nach Hamburg. Habe Sehnsucht nach dir.
Und beruflich zu tun. Kuss, Britta.«

19

Elias blickte ein letztes Mal auf das Grab seiner Mutter und
verließ dann den Nienstedtener Friedhof. Am Kiosk holte er
sich ein Eis und schlenderte Richtung Jenischpark.

Der Brief von seinem Adoptivvater hatte ihn durcheinan-
dergebracht. Leider hatte er am Grab seiner Mutter auch keine
Ruhe finden können. Was hätte sie ihm geraten, wie er mit dem
Brief umgehen sollte? Weiter nachforschen? Alles auf sich be-
ruhen lassen? Sie war eine kluge Frau gewesen, aber leider viel

zu früh verstorben. Er musste also selbst einen Weg für sich finden.

Bevor er dazu eine Entscheidung traf, würde er die Antwort von Mügges Verwandtem aus dem Auswärtigen Amt abwarten. Beim ersten Lesen des Briefes hatte er einen Moment gedacht, sein Vater könnte noch am Leben sein. Doch hier war der Wunsch Vater des Gedankens, wie Shakespeare es in seinem Drama »König Heinrich IV.« zu seinem Sohn sagen ließ, als der ihn für tot hielt.

Inzwischen hatte Elias den Jenischpark erreicht. In wenigen Minuten wäre er zu Hause.

Maja saß im Wohnzimmer und las die Wochenzeitung. Plötzlich klopfte es an der Zimmertür. »Dürfen wir eintreten?«

Maja blickte auf und erschrak. Dort standen zwei fremde Männer in schwarzen Anzügen. »Wie kommen Sie ins Haus?«, entfuhr es ihr ängstlich. Sie sprang auf und stellte sich hinter den Sessel, in dem sie gesessen hatte.

»Die Tür stand offen, und auf unser Rufen hat niemand geantwortet«, erklärte der Kleinere von den beiden.

»Wer sind Sie?«

»Sie brauchen keine Angst zu haben, wir sind mit Ihrem Mann verabredet.«

»Elias müsste gleich kommen.«

»Dürfen wir hier warten?«

Da Maja nicht den Eindruck hatte, dass die beiden ein Nein akzeptieren würden, nickte sie. »Möchten Sie einen Kaffee?«

»Gerne.«

Sie ging mit den Männern in die Küche und kochte einen Kaffee.

»Nett haben Sie es hier«, versuchte sich einer der Männer im Small Talk. »Die Küche ist sehr rustikal.«

»Sie ist noch von Elias' Mutter.« Maja goss den beiden eine Tasse Kaffee ein, stellte Milch und Kekse auf den Tisch. »Woher kennen Sie Elias?« Sie setzte sich zu ihnen an den Tisch.

»Wir sind alte Bekannte.«

»Vor einiger Zeit haben wir mal zusammengearbeitet.«

In dem Moment betrat Elias die Küche. Maja stand erleichtert auf und ging zu Elias. »Die beiden Herren wollen mit dir sprechen. Sie sagen, sie sind alte Bekannte von dir.«

»Muss lange her sein, meine Herren. Ich kann mich gar nicht an Ihre Namen erinnern«, sagte Elias.

»Das ist Burkhard Meier, und ich bin Lukas Jahn.«

»Lassen Sie uns in mein Büro gehen.«

Die beiden standen auf und verließen gemeinsam mit Elias die Küche. Einer der beiden drehte sich noch einmal in der Tür um. »Vielen Dank für den Kaffee, Frau Gruber.«

Janne saß in ihrem neu lackierten Volvo 245. Sie hatte sich für ein Siebziger-Jahre-Orange entschieden, und das Auto sah wieder wie neu aus, nachdem es bei einer Verfolgungsjagd einige Kratzer im Lack davongetragen hatte. Sie war auf dem Weg zu Elias, da sie bei der letzten Besprechung keine Gelegenheit gehabt hatte, mit ihm allein zu reden. Am Vormittag hatte sie sich bereits mit Anna über den Fall ausgetauscht. Dass sie jetzt mit Anna zusammenwohnte und sie beide am selben Fall arbeiteten, war einerseits praktisch, andererseits bestand die Gefahr, dass sie nur noch über die Arbeit redeten. Sie hatten auch über Miros Ratschlag diskutiert, dass Janne wieder in sein Safehaus in der Breite Straße zog, weil sie seiner Meinung nach dort sicherer war als bei Anna. Dort könnten seine Leute besser auf sie aufpassen, bis die Gefahr, hoffentlich bald, gebannt sei. Aber trotz der Nachteile taten Janne und Anna sich beide schwer mit der Entscheidung, da sie das gemeinsame Wohnen als sehr angenehm empfanden.

Janne machte eine Vollbremsung. Sie war so in Gedanken, dass sie fast eine rote Ampel überfahren hätte. Da die Elbchaussee gesperrt war, musste sie durch Hamburg-Ottensen fahren, und das hieß Tempo dreißig. Eine Viertelstunde später war sie schließlich im Albertiweg angekommen. Sie parkte, ging zu Elias' Haus und wollte gerade die Klingel drücken, als Maja ihr schon die Haustür öffnete und sie schnell in die Küche zog.

»Gut, dass du gekommen bist.«

»Was ist los, Maja? Du bist ganz blass.«

Maja erzählte Janne von den beiden Männern, die plötzlich im Wohnzimmer vor ihr gestanden hatten und jetzt mit Elias im Keller verschwunden waren. »Das waren unangenehme Typen, und ich bin mir sicher, dass sie keine Bekannten von Elias sind.«

»Weißt du, was die von ihm wollen?«

»Keine Ahnung.«

»Dann werde ich sie einfach mal fragen.« Janne dachte kurz daran, ein Messer aus der Küche mitzunehmen, entschied sich aber dagegen. Sie musste ja nicht immer mit dem Schlimmsten rechnen. Dann ging sie in den Keller und horchte an Elias' Bürotür.

»Dann sind wir uns also einig?«, hörte sie eine unbekannte Stimme fragen.

Bevor Elias antworten konnte, öffnete Janne die Tür.

»Ich hoffe, ich störe nicht«, sagte sie laut.

Elias saß mit zwei Männern am Konferenztisch. Es sah auf den ersten Blick nach einer normalen Unterhaltung aus, doch aus Elias' Gesicht sprach eine andere Wahrheit.

»Wir wollten gerade gehen.« Die beiden Fremden standen auf.

»Dann begleite ich Sie mal zur Haustür«, sagte Janne.

Als Janne, diesmal in Begleitung von Maja, wieder zu Elias ins Büro zurückkam, hatte Elias eine Flasche Brandy und drei Gläser auf den Tisch gestellt. Sie setzten sich zu ihm.

»Du bist gerade rechtzeitig gekommen, Janne.« Elias schenkte allen einen Brandy ein. »Die Typen haben mir doch einen ziemlichen Schreck eingejagt.« Dann trank er seinen Brandy in einem Zug.

»Was wollten die denn von dir?« Janne nippte an dem Brandy.

»Das würde ich auch gerne wissen, Elias«, sagte Maja fordernd.

Elias schenkte sich noch einen Brandy ein und erzählte von dem Brief seines Adoptivvaters. »Ich vermute, dass der Besuch der beiden Herren mit der Anfrage von Constantin Mügge im Auswärtigen Amt zu tun hat.« Als er die fragenden Blicke der beiden Frauen sah, schob er hinterher: »Ich hatte ihn gebeten, bei seinem Cousin nachzufragen. Der ist Chef der Politischen Abteilung, die unter anderem für die Beziehungen mit Afrika zuständig ist.«

»Und weil der Brief vom BND abgefangen und als geheim eingestuft, dir jetzt aber zugespielt wurde, ist jemand nervös geworden, als Mügges Verwandter im Auswärtigen Amt nachgeforscht hat«, schlussfolgerte Janne.

»Wenn ich das Datum auf dem Brief richtig entziffert habe, wurde er von meinem Vater ein paar Wochen nach seinem mir offiziell mitgeteilten Todestag geschrieben.«

»Das ist wirklich merkwürdig.«

»Und was steht nun in dem Brief?«, wollte Maja wissen.

»Er ist nur eine halbe Seite lang.« Elias klappte seinen Laptop auf. »Ich habe ihn in meiner Cloud gespeichert«, sagte er und öffnete die Datei.

»Ich lese ihn euch vor: ›Liebe Rebekka, lieber Elias. Mir geht es so weit gut, und ich bin nicht, wie man euch wahrscheinlich erzählt hat, bei dem Anschlag in Me'kele umgekommen. Vertraut niemandem. Vor allem nicht dem BND, die haben nämlich einiges zu verbergen. Ich weiß nicht, ob dieser Brief jemals bei euch ankommt. Aber meine Freunde werden es versuchen.‹«

Elias hielt inne und las dann mit belegter Stimme weiter vor. »›Ich habe euch lieb und werde alles tun, um bald wieder bei euch zu sein.‹«

»Das heißt, die Typen waren vom BND?«, fragte Janne.

»Und was sollte dann dieser Auftritt bei uns zu Hause?«, fragte Maja besorgt.

»Sie haben mir gedroht. Ich sollte keine weiteren Nachforschungen anstellen, sonst würden sie wiederkommen und es nicht nur beim Reden belassen. Außerdem sollte ich an die Gesundheit meiner Frau denken.« Elias räusperte sich. »Und dann fügten sie spöttisch hinzu, dass sie heute ja schon einmal unbemerkt ins Haus eingedrungen wären.«

»Schweine«, fluchte Janne, stand auf und lief im Raum hin und her.

Maja nahm Elias' Hand. »Dieser Brief reißt bei dir wieder alle Wunden auf, die in den letzten Jahren so mühsam verheilt sind. Das tut mir so leid.«

»Nicht alle. Ich habe es akzeptiert und glaube es nach wie vor, gerade auch nach Erhalt dieses Briefes und dem Besuch der beiden Typen, dass mein Adoptivvater schon seit Jahren tot ist. Nur«, Elias hielt einen Moment inne, »würde ich gerne in Erfahrung bringen –«

»– unter welchen Umständen er umgekommen ist.« Maja sah Elias in die Augen. »Dann musst du es herausfinden.«

»Wahrscheinlich war Sören Hopp doch mehr als ein einfacher Botschaftsangehöriger. Ich vermute, dass er vielmehr als Agent für den BND tätig war und seine offizielle Tätigkeit nur als Tarnung diente.«

Janne blieb vor Elias und Maja stehen. »Ihr braucht ab sofort Personenschutz.«

»Muss das sein?«, fragte Elias.

»Vielleicht keine schlechte Idee«, pflichtete Maja Janne bei. »Schließlich wird Janne uns nicht jedes Mal retten können.«

»Wieso bist du überhaupt gekommen?« Elias sah Janne an.

»Ich wollte dir etwas erzählen, ohne dass Zille dabei ist. Doch bevor ich das tue, benachrichtige ich noch Miroslav Eschenbrosch, damit er seine Personenschützer vorbeischicken kann.« Janne zückte ihr Handy. »Und die Fotos, die ich von den beiden gemacht habe, schicke ich ihm auch zu.«

20

Zille hatte sich freigenommen und stand auf der Terrasse seiner Wohnung im Steenwisch. Er betrachtete seinen kleinen Garten und überlegte, wie er dieses Stück Erde mit asiatischem Flair versehen könnte. Er wusste, dass Wasser, formschöne Steine und geharkte Kiesflächen von Bedeutung waren. Auch konnte er sich eine rote Holzbrücke gut vorstellen, die sich bogenförmig über einen kleinen Bach spannte. Nur, ihm fehlte der Platz. Also hatte er sich für einen kleinen Kies-und-Felsen-Garten mit ein paar Azaleen, Ziergräsern und Pfingstrosen entschieden. Die Vorarbeiten hatte er schon erledigt. Das war auch der einfachste Teil der Aktion gewesen, schließlich musste er nur die paar Pflanzen, die sein Vorgänger angelegt hatte, entfernen und die Fläche plan machen. Kies und Steine hatte er letzte Woche besorgt, die Pflanzen standen bereit, ebenso das entsprechende Werkzeug.

Zille schaute auf seine Skizze. Irgendetwas stimmt da nicht, dachte er. Wahrscheinlich die Proportionen. Er legte sie beiseite und entschied sich, seiner Intuition zu folgen. Er wollte vor Brittas Ankunft fertig sein. Leider wusste er aber nicht genau, wann sie kommen würde.

»Herr Zillinski, was haben Sie denn vor?« Frau Kohl, seine Vermieterin, stand im Garten.

»Ich gestalte den Garten neu, das hatte ich Ihnen doch erzählt.«

»Ja, ich erinnere mich dunkel, irgendetwas mit Wasserspielen.«

»So ähnlich. Allerdings wird das Wasser durch geharkte Kiesflächen symbolisiert.«

»Aber dann können Sie sich ja nicht darin erfrischen.«

Zille versuchte, ernst zu bleiben. »Nein, aber entspannen.«

»Ich entspanne mich am besten vor dem Fernseher. Ich habe da neulich einen Film mit Marika Rökk gesehen. Den sollten Sie sich unbedingt auch mal anschauen.«

»Später, Frau Kohl, ich muss jetzt erst mal weitermachen.«

»Aber Sie haben ja noch gar nicht angefangen.«

»Eben, und ich will fertig sein, bevor Britta kommt.«

»Ach, wie schön, dass Ihre bezaubernde Frau wieder einmal hier ist. Grüßen Sie sie.«

Zwei Stunden später hatte Zille den Kies in der Mitte des Grundstücks verteilt und Wellen hineingeharkt. Am hinteren Rand des Kiesbetts waren die Azaleen gepflanzt, am Grundstücksrand standen Ziergräser und Bambus, die Pfingstrosen säumten die Terrasse. Drei unterschiedlich große Steine hatte er auf einem kleinen Rasengrün aufgestellt.

Er holte sich ein Bier, setzte sich auf einen Gartenstuhl und ließ sein Werk auf sich wirken. Er hatte das Bier noch nicht ausgetrunken, als ein Taxi vorfuhr und vor dem Haus hielt. Wenige Minuten später stand Britta mit einem Koffer vor dem Gartentor. Hinter ihr der Taxifahrer, der ein größeres, mit einem Tuch verdecktes Etwas trug, mit dessen Last er sichtbar zu kämpfen hatte.

»Zille, das sieht gut aus. Nur eine Sache fehlt noch.« Britta wandte sich an den Taxifahrer. »Stellen Sie das Mitbringsel mal in die Mitte des Kiesbetts.«

»Aber passen Sie auf, dass Sie nicht ertrinken.«

Der Taxifahrer schaute Zille verwundert an.

»War nur ein Scherz.«

Nachdem das verhüllte Etwas im Kiesbett stand und der Taxifahrer, ausgestattet mit einem üppigen Trinkgeld, gegangen war, kam Britta auf Zille zu, hauchte ihm einen Kuss auf den Mund, ging zur Mitte des Kiesbettes und hob mit Schwung das Tuch empor.

»Voilà, der Ruhepol deines Gartens.«

»Das ist ja ein Buddha Shakyamuni.«

»Er wehrt alle Gefahren ab und erfüllt deine Bitten und Wünsche.« Britta strahlte Zille an und strich ihre blonden Haare nach hinten.

»Wenn das so ist, meine Liebe, machen wir gleich mal einen

Test.« Zille stand auf, ging in die Wohnung und verschwand in seinem Schlafzimmer. Zwei Minuten später lag Britta nackt neben ihm im Bett.

»Der Buddha hat den Test bestanden«, flüsterte Zille ihr ins Ohr und streichelte ihre Brüste.

»Sonst hätte ich ihn auch nicht ausgesucht.«

»Wie lange hast du Ausgang beim BKA?«

»Halt jetzt die Klappe.« Britta küsste ihn leidenschaftlich, dann richtete sie sich auf und ließ ihr Becken so treffsicher auf ihn herabsinken, dass er aufstöhnte und sich zusammenreißen musste, nicht augenblicklich sein Pulver zu verschießen. Nachdem das geschafft war, begann der genüssliche Teil, der ihn den Fall ebenso vergessen ließ wie seinen Ziergarten.

Kaum hatte Zille seine Augen geöffnet, schaute er auf die Uhr. »Scheiße«, murmelte er. Neben ihm lag Britta in ihrer ganzen Pracht und schlief. Er würde sie schlafen lassen, dann wäre er bei den Vorbereitungen nicht so abgelenkt. In drei Stunden würden Elias und Maja, Janne und Anna vor der Tür stehen. Pöppelmann und Freya hatten abgesagt, sie hatten Karten für das Musical »König der Löwen«. Er wollte ein japanisches Essen für alle zubereiten, doch in Anbetracht der verbleibenden Zeit müsste er allerdings Zauberkräfte entwickeln, um rechtzeitig fertig zu werden.

Er sprang aus dem Bett und wollte sich gerade anziehen, da hörte er ein leises, doch sehr deutliches »Bleib hier«. Zille blickte zu Britta, die ihn mit ihren großen Augen anschmachtete und die Hände nach ihm ausstreckte.

»Ich muss loskochen, sonst schaffe ich es nicht rechtzeitig.«

»Wir bestellen im Ono.«

»Die liefern aber nicht.«

»Zillinski, komm jetzt endlich.«

Damit war die Diskussion beendet, und Zille landete wieder im Bett.

Britta schmiegte sich eng an ihn und biss ihn in sein Ohrläppchen. »Ich bin mir nicht sicher, ob ich deine empfänglichsten erogenen Zonen kenne«, flüsterte sie.

»Dann musst du dich wohl auf die Suche begeben.« Und so gab sich Zille genussvoll Brittas Suche der besonderen Art hin, die nach gut einer Stunde durch ein Klopfen an der Wohnungstür beendet wurde.

»Frau Timmermann, ich habe Ihren Koffer vor die Tür gestellt, es beginnt nämlich zu regnen.«

»Stimmt«, sagte Britta leise, »den habe im Garten stehen lassen.« Sie gab Zille einen Kuss, sprang aus dem Bett und zog sich Hose und Pullover über. »Ich komme, Frau Kohl.«

Zille richtete sich auf und griff zum Telefon. Nachdem er die halbe Speisekarte bei Hamburgs bestem und teuerstem japanischen Restaurant bestellt hatte, rief er bei Taxi Kurt an. Dort erledigte man Aufträge aller Art, auch Lieferdienste, unkompliziert und schnell. Zumindest für ihn. Die Gäste konnten kommen.

Er setzte sich zu Britta an den Küchentisch und öffnete eine Flasche Prosecco. »Erzähl doch mal, warum du neben deiner unbändigen Sehnsucht nach mir nach Hamburg gekommen bist.«

»Wir sind schon länger einer rechtsradikalen Gruppe auf der Spur und konnten vor Kurzem deren verschlüsselte Kommunikation hacken. Einer der Hintermänner sitzt auf einem Gut in Ostholstein. Bei deren Plänen spielt ein Institut aus Hamburg offensichtlich eine wichtige Rolle.« Sie prostete Zille zu, nahm einen Schluck von dem Schaumwein und verzog das Gesicht. »Ganz schön trocken.«

Zille stand auf und holte aus dem Küchenschrank eine Schachtel. »Damit wird es gehen.«

Britta strahlte und griff in die Schachtel. »Ich liebe Schokoladentrüffel«, sagte sie mit vollem Mund.

»Um welches Institut handelt es sich denn?«, fragte Zille.

»Es nennt sich ›Institut für Neues Denken‹ und wird von einer Dr. Doris Haferkamp geleitet. Nach außen geben sie sich moderat, verstehen sich als rechte intellektuelle Denker, die das Wort und den Diskurs als Waffe sehen.«

»Es gibt rechte Denker?«, fragte Zille ironisch.

»Wölfe in Schafspelzen, und Haferkamp ist eine von der üblen Sorte.«

»Und was treiben die so?«

»Veranstalten Seminare, drehen und veröffentlichen Videos, schreiben Positionspapiere und geben eine Zeitschrift heraus.«

Zille schenkte sich noch Prosecco nach. »Das ist inhaltlich sicher alles ganz krude, aber nicht unbedingt verboten.«

»Stimmt. Und das Landesamt für Verfassungsschutz und der Hamburger Staatsschutz sahen das bislang auch so. Doch ich habe sie heute Morgen darüber informiert, dass Haferkamp seit Monaten etwas im Verborgenen plant. Möglicherweise einen Anschlag. Und sie pflegt enge Kontakte zu dem erwähnten Hintermann in Ostholstein.«

»Hat der einen Namen?«

»Es handelt sich um Alfred Rabenhorst, einen deutschen Industriellen. Und der ist in allen gesellschaftlichen Bereichen gut vernetzt. Kann sein, dass er die Gruppe leitet. Aber wir wissen weder, wer dieser Gruppe angehört, noch, wie sie organisiert ist. Deshalb gehen wir auch weiter sehr vorsichtig vor.«

»Und woher wisst ihr, was die Hamburger nicht wussten?«

»Weil wir besser sind.« Britta schob sich den nächsten Schokoladentrüffel in den Mund und nahm noch einen Schluck Prosecco. »So schmeckt auch der Schaumwein ganz köstlich.«

»Wenn es so geheim ist«, schmunzelte Zille, »dann habt ihr bestimmt einen Spitzel im sogenannten ›Institut‹.«

21

Janne und Elias hatten sich mit Dirk und Frank Vogelberg, den beiden Söhnen des zweiten Opfers, in der Wohnung von

Dirk Vogelberg verabredet. Elias machte einen ebenso unausgeschlafenen Eindruck wie sie selbst. Dafür war aber bei ihnen beiden nicht der leckere Reiswein verantwortlich, den Zille aufgetischt hatte. Elias wusste auch nach den vielen Ratschlägen seiner Freunde nicht, wie tief er in seine Nachforschungen eintauchen sollte, ohne sich und Maja noch mehr in Gefahr zu bringen. Und sie war von Brittas Äußerung, dass Sandviks Tod nicht definitiv bestätigt werden könne, am Schlafen gehindert worden. Es fehlte einfach die Leiche. Jannes Gefühl sagte ihr, dass sie Miros Rat besser befolgen sollte. Das war ihr in dieser Nacht klar geworden. Heute Abend würde sie mit Anna über einen Umzug in Miros Safehouse sprechen.

Jetzt standen sie in der Himmelstraße vor dem Haus, in dem Dirk Vogelberg wohnte. Janne ließ ihren Blick an der Häuserfassade emporschweifen. »Es gibt viele schöne Wohngegenden in Hamburg.«

»Die Lage zwischen Stadtpark und Alster ist nicht schlecht«, stimmte Elias zu.

Die Wohnung von Dirk Vogelberg lag im zweiten Stock, im Treppenhaus gab es sogar einen Fahrstuhl, der offensichtlich aber bei jeder Sanierungsphase dem Spardiktat zum Opfer gefallen war. Dennoch wollte Elias gerade den Fahrstuhl betreten. Janne zog ihn allerdings noch rechtzeitig ins Treppenhaus zurück. »Du hast bestimmt keine Versicherung gegen das Steckenbleiben in Aufzügen abgeschlossen, außerdem macht jeder Gang schlank.« Lachend lief Janne die Treppen hinauf, und Elias hastete hinterher.

Kurz nachdem Janne den prunkvollen Löwentürklopfer betätigt hatte, während Elias neben ihr noch ganz außer Atem war, öffnete ein Teenager die Tür. »Die meisten klingeln«, sagte er statt einer Begrüßung.

»Du hast ja trotzdem geöffnet«, erwiderte Janne lächelnd.

»Ich bin Sandra. Mein Vater und mein Onkel warten schon auf Sie.«

Janne und Elias betraten die Wohnung. Sie standen in einer

großen Diele, von der die Küche, ein großes Wohnzimmer und ein langer Flur abgingen. Sandra führte Elias und Janne in eines der hinteren Zimmer, das offensichtlich als Bibliothek genutzt wurde. Dort saßen die beiden Brüder und blickten auf einen Computerbildschirm.

»Euer Besuch«, sagte Sandra.

Dirk Vogelberg stand auf. »Wir haben Sie gar nicht klingeln gehört.«

»Haben sie auch nicht. Sie haben geklopft«, sagte Sandra, bevor sie verschwand.

Jetzt war auch Frank Vogelberg aufgestanden. »Setzen Sie sich doch«, sagte er und zeigte auf eine Couch.

Elias und Janne nahmen Platz.

»Kaffee?«

»Gerne«, erwiderte Elias freundlich. »Mit Milch bitte.«

Janne lehnte dankend ab.

»Erst einmal unser Beileid zum Tod Ihres Vaters. Frau Bakken«, Elias zeigte auf Janne, »und ich sind, wie ich Ihnen am Telefon schon sagte, Privatmittler, die für einen Verwandten des ersten Opfers in dieser Mordserie ermitteln, aber auch eng mit der Polizei zusammenarbeiten.«

Dirk Vogelberg machte ein betroffenes Gesicht. »Ja, wir haben auch vom ersten Mord gehört. Das ist ganz furchtbar, was in dieser Stadt so alles geschieht.«

»Die Polizei hat uns auch schon kontaktiert, aber wir konnten nichts zur Aufklärung der Morde beitragen.«

Frank Vogelberg klang kühl, emotionslos. Janne entwickelte spontan eine Antipathie gegen ihn. »Manchmal ist es gut, wenn Fragen auch aus einer anderen Perspektive gestellt werden«, sagte sie. »Deshalb sind wir hier.«

Elias nahm einen Schluck Kaffee. »Ihr Vater war selbstständiger Versicherungsmakler. Wie lange hat er die Tätigkeit ausgeübt?«

Dirk Vogelberg sah seinen Bruder an, bevor er antwortete.

»Unser Vater war auch im hohen Alter noch geistig ziemlich

fit. Wir können uns vorstellen, dass er noch bis vor Kurzem Versicherungen verkauft hat.«

»Wir wissen es aber nicht«, ergänzte Frank Vogelberg. »Er hat nicht viel mit uns geredet.«

»Wir haben ihn allerdings auch sehr selten gesehen in den letzten Jahren.«

Janne schaute die Brüder an. »Das heißt?«

»Seit dem Tod unserer Mutter haben wir ihn auf der Beerdigung und dann noch einmal bei Sandras sechzehntem Geburtstag gesehen«, antwortete Dirk Vogelberg.

»In seiner Wohnung waren wir seit über zehn Jahren nicht mehr«, ergänzte sein Bruder.

»Also haben Sie ihn in den letzten vier Jahren nur zweimal gesehen«, stellte Janne überrascht fest.

Elias hatte inzwischen einen Stift und einen Block aus seiner Tasche geholt. »Meinen Sie, dass der Mord etwas mit seiner Tätigkeit zu tun haben könnte?«

»Er war immer schon ein Schlitzohr.«

»Das ist aber eine sehr harmlose Bezeichnung, Frank.«

»Wie meinen Sie das?«, fragte Janne.

»Ich glaube, dass er seine Kunden übers Ohr gehauen und ihnen unseriöse Verträge untergejubelt hat.« Dirk Vogelberg stand auf und schenkte sich ein Glas Wasser ein. »Sie sollten sich einfach mal seine Unterlagen ansehen.«

Frank Vogelberg schüttelte den Kopf. »Nun übertreib mal nicht. So schlimm war er nun auch nicht.«

»Du hast bei Vater immer weggesehen. Auch bei seinen zweifelhaften Freunden.« Dirk setzte sich wieder und sah Elias an. »Um auf Ihre Frage zurückzukommen. Er hat garantiert eine Menge Leute übers Ohr gehauen. Aber dass ihn deshalb jemand umgebracht hat, kann ich mir nicht vorstellen.«

»Es gibt genügend Versicherungen, die einfach nicht zahlen, weil sie ausreichend finanzielle Möglichkeiten besitzen, um lange Gerichtsprozesse zu führen«, entgegnete Janne.

»Dafür ist dann aber nicht der Versicherungsmakler verantwortlich.« Es war wieder Frank, der seinen Vater in Schutz nahm.

»Das weiß aber der Versicherungsnehmer nicht unbedingt.« Elias zog die Augenbrauen hoch. Dann richtete er sich wieder an Dirk Vogelberg. »Sie sagten eben, Ihr Vater hätte zweifelhafte Freunde gehabt. Was meinen Sie mit ›zweifelhaft‹?«

Die beiden Brüder schauten sich an und schwiegen eine Weile.

Janne unterbrach die peinliche Stille. »Darf ich mal Ihre Toilette benutzen?«

»Ja, sicher«, Dirk Vogelberg nickte, »vorne neben dem Eingang.«

Janne verließ den Raum. Sie hörte noch, wie Elias das Gespräch wieder in Gang brachte. Auf dem Weg zur Toilette kam sie an Sandras Zimmer vorbei. Die Tür war einen Spalt geöffnet, und es roch nach Rauch. Janne klopfte an, öffnete aber gleichzeitig die Tür. »Darf ich reinkommen?«

»Sie sind ja schon drin.« Sandra stand am geöffneten Fenster und drückte die Zigarette aus. »Das Klopfen scheint Ihnen im Blut zu liegen«, sagte Sandra frech.

»Eine Klingel habe ich nicht gefunden.«

»Und, streiten sich die beiden?«

»Sollten sie?«

»Tun sie meistens.«

Janne setzte sich auf den Hocker, der vor dem Klavier stand. »Sie scheinen beide ihren Großvater nicht besonders gemocht zu haben.«

»Sie haben ihn gehasst.« Sandra schloss das Fenster.

»Warum das?«

»Weil er ihnen kein Geld gegeben hat.«

»Und woher weißt du das?«

»Weil ich im Gegensatz zu den beiden Holzköpfen Kontakt zu meinem Großvater hatte.«

»Du mochtest ihn?«

Sandra nickte zögerlich. »Ja und nein.«

»Wie darf ich das verstehen?«

»Er war halt mein Großvater und in den letzten Jahren sehr einsam. Er hat mir leidgetan.« Sandra überlegte. »Und zu mir war er immer nett.« Sie lachte auf. »Auch wenn er mein Engagement für Fridays for Future nicht gut fand.«

Janne zeigte auf ein Plakat, das an der Wand hing. »Wir sind hier, wir sind laut, weil ihr unsre Zukunft klaut«, las sie vor. »Warst du auf der Demo?«

»Ja, klar. Und jeden Freitag Schulstreik fürs Klima.«

»Und dein Großvater meinte, du solltest lieber in die Schule gehen.«

»Genau.« Sandra setzte sich auf ihr Bett. »Und er hielt alle Klimaaktivisten für Radikale, die mich manipulieren würden.«

»Er war also sehr konservativ?«

»Auf jeden Fall. Aber wir haben meistens über die Schule geredet, und ich habe ihm etwas auf dem Klavier vorgespielt.«

»Wann hast du deinen Großvater das letzte Mal gesehen?«

»Ich habe ihn an dem Tag, an dem er umgebracht wurde, noch besucht. Ich bin nachmittags bei ihm vorbeigegangen und bis zum frühen Abend geblieben. Habe ich regelmäßig gemacht.«

»Und ist dir etwas aufgefallen?«

»Den Mörder habe ich nicht gesehen.«

»Das meinte ich nicht. War dein Großvater anders als sonst?«

»Nee, war wie immer. Und sogar eher gut gelaunt. Hat mich nach der Schule gefragt und mir Geld in die Hand gedrückt.«

In diesem Moment schaute Elias in das Zimmer. »Wollen wir gehen?«

Janne stand auf, während sie Sandra anlächelte. »War nett mit dir.« Sie gab der jungen Frau eine Visitenkarte. »Wenn dir noch etwas einfällt –«

»– melde ich mich.«

22

Britta stieg an der Bahnstation Landungsbrücken aus der S-Bahn. Sie war schon oft in Hamburg gewesen, doch für Hamburgs Sehenswürdigkeiten hatte sie kaum Zeit gehabt. Und die St.-Pauli-Landungsbrücken mit dem nördlichen Eingang des Alten Elbtunnels waren sicherlich ein Sightseeing-Highlight. Zeit hatte sie jetzt auch nicht, dennoch blieb sie ein paar Minuten auf der Fußgängerbrücke stehen, die zu den Fähranlegern führte. Ihr Blick schweifte über den imposanten Gebäudekomplex mit seinen Kuppeln, Türmen, zahlreichen Durchgängen und Brücken zu den Schiffsanlegern. Östlich der Landungsbrücken lag der Dreimaster Rickmer Rickmers, ein Museumsschiff. Sie schaute auf ihre Uhr. In drei Minuten wollte sie dort jemanden treffen.

Britta betrat das Museumsschiff aber erst zehn Minuten später. Zu dienstlichen Verabredungen kam sie bewusst immer zu spät. Sie war überzeugt, dass sie das in eine bessere Gesprächsposition brachte. Ihre Gesprächspartner kamen in der Regel zu früh und wurden nervös, wenn sie zum verabredeten Zeitpunkt nicht auftauchte. Außerdem bestimmte sie so den Beginn der Unterredung.

Sie bezahlte am Kassenhaus, drehte eine Runde um den Großmast und machte sich dann auf den Weg zum Achterdeck. Am Steuerrad blieb sie stehen. »Es ist schon erstaunlich, dass auf dem Oberdeck so viel Holz verbaut wurde.«

»Die Rickmers-Werft war bekannt für ihre Holzschiffe«, antwortete die Frau, die auf der Bank vor dem Steuer saß.

»Ich wusste gar nicht, dass Sie sich für die Schifffahrt interessieren.«

»Tue ich auch nicht. Ich habe nur die Informationstafeln gelesen.«

Britta ging zur Reling, blickte auf das südliche Elbufer und wartete, bis die Frau neben ihr stand.

»Dann wissen Sie vielleicht auch, dass Sie eine Gemeinsamkeit mit der Rickmer Rickmers haben.«

»Ich verstehe nicht.« Die Frau blickte Britta irritiert an.

»Max, Flores, Sagres und Santo André – dieses Schiff hatte viele Namen.«

»Und doch ist es immer dasselbe Schiff geblieben.« Ein wenig Trotz lag in der Stimme.

»Mit welchem Namen soll ich Sie heute anreden?«

»Denken Sie sich einen aus.«

»Ich finde Flores sehr schön.«

»Einverstanden.«

»Wir sollten zum Bug laufen«, sagte Britta und setzte sich in Bewegung. »Wie geht es Ihnen, Flores?«

»Die letzten Monate empfand ich als schwierig, weil ich viele illegale Sachen decken und einige auch selbst durchführen musste.«

»Es ist für eine gute Sache. Sie müssen perspektivisch denken.« Die beiden Frauen gingen Richtung Bug.

»Das sagt sich so einfach. Ich schlafe schlecht und habe Angst vor einer Enttarnung. Manchmal habe ich den Eindruck, Haferkamp ahnt etwas.«

»Sie müssen sich keine Sorgen machen. Ich schütze Sie.«

»Ich habe oft das Gefühl, dass meine Tätigkeit für Sie nutzlos ist.«

»Ihre Berichte waren und sind der Anlass, dass wir das ›Institut‹ weiter unter Beobachtung und es als Verdachtsfall eingestuft haben.« Britta blieb an den Wanten des Hauptmastes stehen und ließ eine Besuchergruppe passieren. Sie blickte Flores an. »Und jetzt scheint sich ja tatsächlich etwas zu tun.«

»Haferkamp plant etwas. Sie hat Leute mit speziellen Fähigkeiten um sich versammelt. Es sind drei neue Männer dabei, zwei von ihnen habe ich vorher noch nie gesehen. Scheinen aber wichtig zu sein. Alle sollen untertauchen, im Dunkeln leben und sich bereithalten.«

»Was plant sie?« Britta wurde hellhörig.

»Ich weiß es nicht.« Flores blickte auf das Wasser, dann wandte sie sich wieder Britta zu. »Das macht mich ja so nervös. Jeder kennt nur den Teil, der für seinen jeweiligen Auftrag wichtig ist.«

»Also weiß niemand, worum es im Ganzen geht?«

Flores nickte.»Genau. Aber es muss etwas Großes, Spektakuläres sein.«

»Hier in Hamburg?«

»Das vermute ich.«

»Werden Sie offensiver. Durchsuchen Sie Schreibtische, hacken Sie Computer, belauschen Sie Besprechungen. Was auch immer.« Britta klang ungehalten.»Warten Sie nicht, bis etwas geschieht. Dann ist es meistens zu spät.«

Flores griff in ihre Jackentasche und gab Britta ein Handy. »Hier sind Fotos und Informationen gespeichert.« Dann wandte sie sich zum Gehen.»Ich melde mich wieder. Codename Flores.«

23

Sie wartete vor dem Haupteingang des Jenisch-Hauses, einer prächtigen Villa, die heute ein Museum beheimatete. Doris Haferkamp blickte sich im Park um, als sich plötzlich eine Hand auf ihre Schulter legte.»Hallo, ich stehe hinter Ihnen.«

Sie drehte sich überrascht um.»Ich hatte nicht damit gerechnet, dass Sie aus dem Museum kommen.« Vor ihr stand ein stattlicher Mann mit sehr kurzen Haaren und wie verabredet mit einem Löwenkopf-Pin am linken Revers seines Sakkos.

»Kommen Sie, wir drehen eine Runde durch den Park«, sagte er mit sonorer Stimme.»Ich bin Brunner.«

»Tatsächlich?«

Brunner deutete ein Lächeln an.

Sie gingen eine Weile schweigend nebeneinander. Als sie an einer großen Eiche vorbeikamen, blieb Haferkamp stehen.»Wie laufen die Ermittlungen zu den Morden an den beiden Alten?«

»Sie gehen aufgrund der Brutalität und der Signaturen von einem durchgeknallten Psychopathen aus, der möglicherweise weitere Morde an weißhaarigen Alten begehen wird.«

»Vermuten sie diesbezüglich ein Motiv?«

»Ich denke schon.«

»Und haben sie einen konkreten Verdacht?«

»Nein.«

Doris war erleichtert. Dann setzten die beiden ihren Weg fort.

»Wie sieht es mit Ihren Untersuchungen aus?«, fragte Brunner.

»Ich habe alle Mitarbeiter noch einmal überprüfen lassen, einige lasse ich beschatten«, antwortete sie. »Bis jetzt hat sich kein Verdacht ergeben.«

»Seien Sie weiter auf der Hut. Es ist eine BKA-Mitarbeiterin nach Hamburg gekommen. Offiziell geht es um den allgemeinen Austausch zur Bekämpfung des Rechtsextremismus.« Brunner zog seine Augenbrauen hoch. »Doch ich denke, es geht um mehr.«

»Gibt es dafür Anhaltspunkte?«

Brunner strich sich mit einer Hand über seine Haare. »Sie hat sich mit LKA-Chef Schepanski, Staatsschutzchefin Wiese und Kuhle, dem Chef des Hamburger Verfassungsschutzes, getroffen.«

Sie waren inzwischen beim Kiosk angekommen. »Ich hole uns zwei Kaffee«, sagte Brunner.

Haferkamp nahm an einem der Tische Platz. Was bedeuteten Brunners Bemerkungen? Gab es eine reale Gefahr für das Projekt?

Brunner kam mit zwei dampfenden Bechern Kaffee zurück. »Milch?«

Sie schüttelte den Kopf und nippte an ihrem Kaffee. »Was war so ungewöhnlich an dem Treffen?«, fragte sie.

Brunner hielt den heißen Becher mit beiden Händen. »Es war keine Fachabteilung dabei.«

»Das heißt?« Sie wurde langsam ungeduldig, weil sie ihm alles aus der Nase ziehen musste.

»Dass das BKA möglicherweise Erkenntnisse über eine Gefahrenlage hat, die dem Staatsschutz Hamburg unbekannt sind.« Jetzt nahm Brunner einen Schluck Kaffee. »Aber es ist nur ein Bauchgefühl.«

»Ich bin vorsichtig.«

»Das müssen wir alle sein. Aber ich kann Sie zumindest dahin gehend beruhigen, dass das ›Institut‹ nach wie vor kein Verdachtsfall für den Hamburger Staatsschutz ist.« Er griff in seine Manteltasche und holte eine Schachtel Mentholbonbons heraus. »Der Kaffee schmeckt abscheulich. Wollen Sie auch einen?« Doris lehnte dankend ab, und Brunner steckte sich ein Bonbon in den Mund. Dann sah er sie nachdenklich an. »Vertrauen Sie niemandem. Die Gefahr lauert überall, vor allem dort, wo man sie nicht vermutet.«

»Wovor und vor wem warnen Sie mich?« Sie war irritiert.

Er griff erneut in seine Manteltasche und gab ihr einen Briefumschlag. »Lesen Sie ihn, wenn Sie unbeobachtet sind.« Dann stand er auf und ging wortlos.

Doris sah ihm verwirrt hinterher. Wusste er mehr als sie? Sie trank ihren inzwischen kalten Kaffee aus, dabei merkte sie, wie es in ihr arbeitete. Sie drängte die aufkommenden Zweifel beiseite und konzentrierte sich auf den ersten Teil von Brunners Ausführungen. Auch wenn sie es für vergeudete Zeit hielt, würde sie weiter wachsam sein und die Beschattungen auch auf Veronica ausdehnen. Und sie würde sich zeitnah von einem Sicherheitsrisiko befreien.

Leni war seit drei Tagen auf dem Hof ihres Großvaters im Naturschutzgebiet Moorgürtel im Hamburger Süden. Hier hatte sie früher ihre Ferien verbracht und in den letzten Jahren den Großvater immer mal wieder besucht. Inzwischen lebte er allein und war froh, dass Leni die nächsten zwei Wochen bei ihm verbringen wollte, um, wie sie ihm erzählt hatte, einen Film zu schneiden. Sie hatte sich in der kleinen Kate, die etwas abseits vom Haupthaus lag, einquartiert und eingerichtet. Seit heute Morgen saß sie vor ihren Bildschirmen und informierte sich über Flugdrohnen und deren Eigenschaften. Vor allem interessierte sie die Switchblade 300, dieses kleine, zweieinhalb Kilo schwere tragbare Fluggerät. Dabei handelte es sich um ein kampffähiges Luftfahrzeug, das von einer amerikanischen Firma für das amerikanische Militär entwickelt worden war. Switchblade 300 hatte eine Reichweite von zehn Kilometern und konnte zehn Minuten über einem Ziel kreisen, um dann mit ungefähr hundert Kilometern pro Stunde ins Ziel zu stürzen. Und wenn man das Gerät mit einem Gefechtskopf bestückte, machte es »bum!«.

Das Besondere an dieser Kamikazedrohne war, dass sie keine Startbahn brauchte, sondern aus einem Transportcontainer gestartet werden konnte. Auf den Videos hatte sie gesehen, wie die Drohne unmittelbar nach dem Start ihre Flügel ausfuhr und sich mit einer tragbaren kleinen Bodenstation steuern ließ. Alle wichtigen Daten des Flugs und ein Videobild wurden übertragen. Das war ähnlich wie bei ihrer Kameradrohne, mit der sie seit zwei Jahren arbeitete. Aber schon am 3-D-Simulator mit vorgegebenen Szenarien wurde der Unterschied beim Steuern von Switchblade deutlich.

Einmal war sie in die Straße von Hormuz abgestürzt, ein anderes Mal hatte ihr ein Berg in Afghanistan im Weg gestanden. Und beim Nachtflug war sie in die falsche Richtung geflogen. Steuern und Navigieren waren ohnehin nicht einfach. Doch mit jedem neuen Versuch wurde sie besser. Und sie hatte noch Zeit. Die würde sie nutzen, ihr eigenes Szenario mit den entsprechenden geospezifischen Daten zu basteln.

Max versuchte den Iveco-Eurocargo-Laster, einen Zwölftonner, in den Kreisverkehr auf dem Übungsplatz der Hamburger Verkehrswacht einzufädeln. Neben ihm saß Winfried, dessen Bart bei Max' Fahrkünsten schon um einige Grade grauer geworden war.

»Hast du überhaupt schon einmal in einem Auto gesessen?«, fragte er entsetzt, als Max den Lkw nach zehn Sekunden im Kreisverkehr in die Reifenabsperrung am Straßenrand gelenkt hatte und den Wagen nur knapp vor einem dahinterstehenden Pkw stoppen konnte.

»Nur auf dem Beifahrersitz.«

»Du willst damit sagen, dass du keinen Führerschein hast?«

»Richtig.« Max legte den Rückwärtsgang ein und nutzte die 250 PS, um wieder in den Kreisverkehr zu kommen. Dieses Manöver wurde allerdings von einem wilden Gehupe begleitet. Max hatte vergessen, in den Rückspiegel zu schauen.

Winfried bekam Schnappatmung. »Jetzt fährst du ganz langsam aus dem Kreisverkehr wieder heraus, und zwar die nächste Ausfahrt rechts auf den Sonderübungsplatz.«

»Alles klar.« Max beschleunigte, legte den nächsthöheren Gang ein und fuhr ein paar Kilometer zu schnell in die Rechtskurve. Glücklicherweise wurde die Straße von einer breiten Rasenfläche gesäumt, sodass er den Lkw nach einigen Metern wieder auf die Fahrbahn lenken konnte. Kurz danach fuhr Max dann langsam auf den Übungsplatz.

Winfried wischte sich den Schweiß von der Stirn. »Jetzt fährst du geradeaus über den Platz und hältst am Ende vor dem weißen Strich.« Er atmete tief durch. »Und gib ruhig ein bisschen Gas.«

»Wenn du meinst.« Max fummelte am Schaltknüppel herum, und als er den richtigen Gang gefunden hatte, drückte er das Gaspedal durch, schaltete in den nächsten Gang und beschleunigte weiter. Sechzig Meter von den hundert hatte er schon zurückgelegt.

»Die Geschwindigkeit reicht jetzt«, rief Winfried.

Max schaute zu ihm. »Das macht Spaß«, rief er.

»Max, trete auf die Bremse!«

»Okay«, sagte Max, aber es geschah nichts.

»Bremsen!«, brüllte Winfried.

»Mach ich doch.« Auch Max' Stimme klang jetzt angespannt.

»Richtig drauftreten. Volle Pulle.«

Und dann blockierten alle Reifen. Max legte eine klassische Vollbremsung hin und würgte den Motor ab. »Puh«, entfuhr es ihm. »Geschafft.«

Winfried schwieg. Er war blass, soweit man das bei dem Vollbart beurteilen konnte. Er griff in seine Jackeninnentasche, holte einen Flachmann heraus und nahm einen Schluck. »Du auch?«, fragte er erleichtert.

Max nickte, nahm den Flachmann und trank. Dann klingelte sein Handy. »Ja?« Max nickte dreimal. »Alles klar.« Dann war das Telefonat beendet. »Das war Doris. Ich soll in zwei Stunden im Elysée sein.«

»Dann bringen wir den Wagen zurück. Morgen geht es weiter.«

Max blickte sich um. »Und wo soll ich langfahren?«

»Nach vorne.«

»Durch diese Kurven?«, fragte Max ungläubig.

»Das ist der einzige Weg.«

Juni 2016

Gespräch 4

Frigga stand am Fenster des Konferenzraumes und blickte auf die Blütenpracht des Gartens. Die letzte Unterhaltung hatte sie aufgewühlt. Sie hatte schlecht geschlafen, weil sie immer wieder die Bilder vom letzten Zeltlager vor Augen hatte. Und damit auch das Leid ihrer Schwester. Ja, sie hatte ihre Schwester unterstützt, aber ihr hinterher die Schuld an dem furchtbaren Aufenthalt im Zeltlager gegeben. Dabei war ihre Schwester nur mutig gewesen. Und ihre Eltern völlig gefühlskalt. Wie hatte sie das nur übersehen können?

»*Wie kam es zum Bruch in Ihrem Elternhaus und zu welchem Zeitpunkt?*«

Frigga erschrak, sie hatte Larissa nicht kommen gehört. Sie eilte an den Tisch. »Ich vermute, dass der Riss nach dem Zeltlager-Desaster entstand und mit der Zeit immer größer geworden ist. Meine Mutter hatte von diesem Zeitpunkt an Solveig abgeschrieben, sie nicht mehr als ihr Kind betrachtet. Sie fand keinen Zugang mehr zu ihr und hat mich in allem bevorzugt.« Achselzucken.

»*Haben Sie Ihrer Schwester geholfen?*«

»Das habe ich versucht. Auch mein Vater hat versucht, so was wie ein Familienleben aufrechtzuerhalten. Aber meine Mutter hat das torpediert. Und wir Kinder haben das schnell gemerkt.« Brüchige Stimme. »Solveig hat irgendwann gesagt, wir sollten sie alle in Ruhe lassen, und hat dann ihr eigenes Leben gelebt. Die Stimmung wurde aber nicht besser, und meine Eltern haben sich nur noch angegiftet. Mein Vater war zudem zunehmend abwesend, sowohl körperlich als auch geistig. Er gab seine Graswurzelaktivitäten auf und wurde immer esoterischer, schwebte zwischen den Welten. Während meine Mutter in ihrem völkischen Denken immer radikaler wurde. Sie war inzwischen NPD-Mitglied.«

»*Wie lange dauerte dieser Zustand an?*«

»Ich würde mal sagen, so etwa drei, vier Jahre.« Schweigen. Abwesender Blick. »Eines Abends beim Abendbrot eröffnete uns meine Mutter, dass sich meine Eltern scheiden lassen würden und mein Vater in ein anderes Dorf umziehe. Sie hätte ihm vorgeschlagen, Solveig könnte bei ihm leben, ich bei ihr. Und wenn wir wollten, könnten wir uns gegenseitig besuchen. Mein Vater hatte bis zu diesem Zeitpunkt nichts gesagt. Er schaute uns an, dann nickte er und biss in sein Brot. Es war so still, dass man sein Kauen hörte.« Pause. Dann mit lauter Stimme: »Plötzlich sprang Solveig auf und blickte unsere Eltern mit hasserfülltem Blick an. Mit leiser, zischender Stimme sagte sie, sie würde niemals mehr bei einem von ihnen leben wollen.«

»Und wie kamen Sie mit der Situation klar? Immerhin waren Sie schon fünfzehn.«

»Ich fand die Scheidung meiner Eltern längst überfällig, es konnte nur besser werden. Die Hoffnung hatte meine Schwester aber nicht. Es gab keine Bindung mehr zwischen ihr und den Eltern.« Leise Stimme, verhuschter Blick. »Und letztlich auch nicht zu mir. Sie musste sich immer schon wie ein Fremdkörper in dieser Familie gefühlt haben. Und so kam die elfjährige Solveig in eine Pflegefamilie. Ich blieb bei meiner Mutter. Meinen Vater besuchte ich manchmal an Wochenenden, jedoch nur, wenn seine neue Frau«, verächtliches Lachen, »die sich für eine Nachfolgerin der germanischen Seherin Veleda hielt, nicht da war. Meine Schwester habe ich nur an Weihnachten bei ihrer Pflegefamilie besucht.«

Larissa schüttelte den Kopf. »Wie passte die Scheidung, also die Auflösung Ihrer Familie, in das Weltbild der Gemeinschaft?«

»Sippenangehörige werden in erster Linie in der Gemeinschaft betreut. Wenn in einer Familie ein Familienmitglied Zweifel an den Grundsätzen der Gemeinschaft hat, dann wird erwartet, dass diese Familienmitglieder wieder eingefangen werden. Wenn sich das aber als schwierig erweist –«

»– so wie bei Ihrer Schwester und Ihrem Vater –«

»– dann muss man sie loswerden. Dafür hat meine Mutter gesorgt. Und umso mehr hat sie sich um mich gekümmert. So geriet ich noch stärker unter ihren Einfluss und fand über sie den Weg zu einer ›freien Kameradschaft‹.«

Larissa blickte Frigga lange an. »Hat Sie die ganze Situation nicht belastet? Und waren Sie nicht wütend auf Ihre Mutter?«

»Mir war schon klar, dass sie nicht unschuldig an der Entwicklung war, schon allein dadurch, dass sie überhaupt nicht darunter zu leiden schien.« Den Zopf in den Händen. »Im Gegenteil, sie blühte auf und war viel unterwegs. Dadurch hatte ich mehr Freiheiten.« Schweigen. Verachtung. »Ich habe völlig verdrängt, dass sie eine furchtbare Mutter gewesen ist. Eine Mutter, der wir nicht am Herzen lagen wie andere Kinder ihren Müttern. Ihr lag nur daran, dass wir wertvolle Mitglieder der Gemeinschaft wurden.«

Larissa überlegte, wie sie sich wohl in solch einer Familie verhalten hätte. Diese Mischung aus Gemeinschaftsdenken, Grund- und Bodenideologie sowie Rechtsradikalismus war schon ein krudes Konstrukt. Sich dem zu entziehen, war sicher nicht einfach. Doch der Weg, den Frigga bislang beschrieb, schien ihr nachvollziehbar. Das Auseinanderleben der Eltern, die fanatische Mutter, der abgedrehte, schwache Vater und die Missachtung der Individualität der Kinder zerstörten jede Harmonie und Bindung. Das hatte Frigga schnell gespürt, dennoch, so viel war Larissa klar, brauchte es für einen vollständigen Bruch, und damit den Weg zunächst in die Orientierungslosigkeit, mehr.

Sie war gespannt, wie Frigga den weiteren Weg beschreiben würde.

24

Trotz des Personenschutzes schlief Elias nicht besonders gut. Was war mit seinem Vater geschehen, dass es bis heute geheim gehalten werden musste? Was hatte der BND zu verbergen? Nach so langer Zeit. Und die alles entscheidenden Fragen: Wer hatte ihm den Brief zukommen lassen und warum? All dies ging ihm nachts durch den Kopf. Er war gestern wie jede Woche am Grab seiner Mutter gewesen. Er hatte lange mit ihr gesprochen. Ihr von dem Brief erzählt. Von dem Überfall. Seiner Rettung. Und ihr seine vielen Fragen gestellt. Wusste sie etwas über die eigentliche Tätigkeit ihres zweiten Mannes? Hatte sie nach seinem angeblichen Tod noch einmal Kontakt mit ihm gehabt? Musste es geheim bleiben? Wurde sie auch bedroht? Wollte sie ihn, Elias, schützen? Gab es Hinweise im Haus?

Natürlich hatte er keine Antworten erhalten, und so war er unverrichteter Dinge wieder nach Hause gegangen. Vor seinem Haus stand jetzt immer ein unauffälliger Dacia Minivan mit Miros Leuten, die regelmäßig Kontrollgänge machten. Auch wenn er es unangenehm fand, musste er zugeben, dass ihm das ein Gefühl der Sicherheit vermittelte.

Ein Telefon klingelte. Es war das abhörsichere Handy, das sie seit dem letzten Fall benutzten.

Miroslav Eschenbrosch meldete sich. »Hallo, gut, dass du dich für den Personenschutz entschieden hast. Ich habe die Fotos der beiden Typen, die dich aufgesucht haben, gecheckt.«

»Und was hast du erfahren?«

»Es sind Freelancer, die ihren Auftraggeber mit Sicherheit nicht kennen. Ich gehe davon aus, dass ihr Auftrag war, dich einzuschüchtern, damit du nicht weiter in der Sache mit deinem Stiefvater nachforschst. Warum und weshalb, werden sie nicht wissen.« Eschenbrosch machte eine Pause. »Ich weiß aber, dass die beiden Typen schon lange im Geschäft sind und zur üblen Sorte gehören.«

»Das heißt?«

»Sie schrecken vor nichts zurück. Wenn du weitere Nachforschungen anstellst, Elias, kann es gefährlich werden.«

»Mag sein. Aber wie Goethe schon schrieb: ›Wie wir eben Menschen sind, wir schlafen sämtlich auf Vulkanen‹.«

Elias verabschiedete sich quasi im selben Atemzug und ging nachdenklich durch das Haus. Alle Schlösser waren ausgetauscht, auch eine Alarmanlage war eingebaut worden. Er fühlte sich wie in Fort Knox. In Sicherheit, aber eingeschlossen. In seinem Büro angekommen, klappte er den Laptop auf und sah, dass Anna ihm eine E-Mail geschickt hatte. Er las sie leise.

Kamanski hat noch drei weitere Mietshäuser, und er besitzt ein Konto bei der Privatbank Munkel & Co mit Sitz in München. Die eröffnen ein Konto erst ab anderthalb

Millionen Euro. Auskünfte hat die Bank mit dem Hinweis verweigert, dass kein konkreter Verdacht einer Gefahr für die öffentliche Sicherheit oder Ordnung besteht. Ähnlich hat auch das Finanzamt argumentiert. Allerdings habe ich dem Mitarbeiter beim Finanzamt die inoffizielle Info entlockt, dass Kamanski Geld mit der T-Aktie gemacht hat. Bei der Börse bin ich nicht weitergekommen. Das muss alles hochoffiziell laufen. Kann dauern. Ich weiß also nicht, wie viel Geld Kamanski insgesamt hatte und wo es ist. Vielleicht hast du ja andere Möglichkeiten, um an Informationen zu gelangen. Gruß Anna.

Elias machte sich ein paar Notizen. Er hatte viel zu recherchieren. Sowohl für die Mordfälle als auch für seinen persönlichen Fall.

25

Die LKA-Datenbank erwies sich als gut gesichert. Keine Chance, etwas über Anna Radke zu erfahren. Erst mit einer Bilderkennungssoftware war Sandvik ihr auf die Spur gekommen. Sie war Mitglied im Budocentrum des Polizeisportvereins, und es gab ein paar nette Wettkampffotos von ihr. An die Daten des Vereins heranzukommen, war unproblematisch gewesen. Die Website hätte ein zwölfjähriger Nerd hacken können. Anna Radke wohnte Semperplatz 2, dritter Stock und würde in drei Monaten ihren dreißigsten Geburtstag feiern.

Eher nicht, dachte Sandvik. Ihr Pech, dass sie Janne Bakken bei sich wohnen ließ. Er schaute in den Rückspiegel seines Autos und nickte anerkennend. Er erkannte sich selbst kaum wieder. Die Visagistin beherrschte ihr Handwerk. Leider war es ihr letzter Job gewesen. Er konnte sich keine Mitwisserin leisten.

Seit heute Morgen stand er mit einem Auto vor der Apotheke am Semperplatz. Er hatte beobachtet, wie Anna Radke und Janne Bakken die Wohnung verlassen hatten. Seitdem war er mindestens zehnmal um den Platz herumgelaufen und hatte sich ausgemalt, was er mit Janne Bakken anstellen würde. Diesmal würde sie ihm nicht entkommen. Er hatte mehrere Szenarien durchgespielt, je nachdem, wer von den beiden zuerst zurückkehren würde. Das Ergebnis war immer das gleiche. Sandviks Gesichtszüge nahmen teuflische Züge an. Er würde Janne Bakken vierteilen. Er reckte sich, dass es in seinem Rücken knackte. Das Sitzen in dem kleinen Auto war einfach schrecklich unbequem. Plötzlich sah er eine junge Frau auf den Semperplatz einbiegen. Er holte sein Fernglas heraus. Das war Anna Radke. Ihre langen schwarzen Haare hatte sie zu einem Zopf gebunden. Sie war allein. Also Plan A. Er würde noch eine Viertelstunde warten und ihr dann einen Besuch abstatten.

Nach dem Besuch bei den Brüdern Vogelberg hatte Janne mit zweien der »zweifelhaften Freunde« von Heinz Vogelberg Kontakt aufgenommen und einen Termin vereinbart. Die beiden anderen, von denen die Brüder wussten, hatte sie bisher nicht ausfindig machen können. Elias wollte sich mit Vogelbergs Kunden und seinen Finanzen beschäftigen.

Heute hatte sie sich einen freien Tag gegönnt. Erst war sie shoppen und dann war sie zum WingTsun-Training gegangen. Jetzt war sie auf dem Weg zu Anna, um mit ihr über ihren Umzug in die Breite Straße zu sprechen. Sie hatte einen Umweg gemacht und zwei Sandwiches mit der türkischen Knoblauchwurst, die sie so gern mochte, gekauft. Sie hoffte, dass Anna nicht schon zu viele Lakritzschnecken verspeist hatte. Sie betrat die Wohnung und wurde freudig von Blacky begrüßt. »Na, Kleine, wie wär's mit uns beiden.«

»In einem anderen Leben, Blacky«, machte Janne dem Papagei Hoffnung. »Aber vielleicht kriegst du ein Stück Sucuk ab.« Sie ging in die Küche und ließ die Sandwiches fallen. Am Tisch saß Anna, die Hände hinter dem Rücken gefesselt und den Mund mit Gaffa-Tape verklebt. Daneben ein blöd grinsender Typ, der nicht nur eine Pistole auf Janne richtete, sondern dem auch eine Lakritzschnecke aus dem Mund hing.

»Beim letzten Mal, als wir uns über den Weg gelaufen sind, hast du schon scheiße ausgesehen, aber jetzt siehst du aus wie Quasimodo«, sagte sie verächtlich.

»Wenn du mich gleich erkennst«, knurrte Sandvik auf Norwegisch, »hat die Visagistin ihren Tod ja verdient.« Mit der Pistole zeigte er auf einen Stuhl auf der anderen Seite des Küchentisches. »Setz dich, du Schlampe. Und die Hände schön auf den Tisch.« Dann warf er ihr einen Kabelbinder zu. »Und jetzt dein rechtes Bein auf den Tisch, und das bindest du mit deiner linken Hand zusammen.«

»Lass Anna laufen, sie hat damit nichts zu tun.«

»Das hatte die Visagistin auch nicht.«

»Du bist so ein Arschloch, Sandvik.« Janne blickte ihn provozierend an. »Du glaubst doch nicht wirklich, dass du lebend aus der Küche rauskommst.«

»Jetzt hältst du mal die Fresse. Und dein Bein auf den Tisch!«, brüllte Sandvik. Dabei fiel ihm die Lakritzschnecke aus dem Mund.

Janne sah ihn weiter ruhig an. Er würde sie nicht erschießen, das war ihm zu einfach. Sie musste Zeit gewinnen. »Kann es auch das linke sein? Im rechten habe ich Schmerzen.«

Wütend sprang Sandvik auf. Er stellte sich hinter Anna, die ängstlich zu Janne blickte. Dann griff er in ihre Haare, riss ihren Kopf hoch und zielte mit der Pistole auf ihre linke Schläfe. »Wenn du nicht sofort dein Bein auf den Tisch legst, dann ist gleich ein Loch in diesem schönen Kopf.«

»Wenn du das machst, bist du tot. Aber vorher stopfe ich dir die angeknabberte Lakritzschnecke ins rechte Nasenloch.« Janne hob langsam den rechten Fuß, als es hinter ihr rumorte. Blacky war auf das Türblatt geflogen. Sie schlug wild mit den

Flügeln und kreischte. Sandvik schaute irritiert zu dem Papagei hoch und riss weiter an Annas Haaren, die laut aufstöhnte. Als hätte Blacky auf dieses Zeichen gewartet, flog sie gezielt in Sandviks Gesicht und hackte mit dem Schnabel zu. Er schrie auf und ließ Anna los, die sich mit dem Stuhl zur Seite fallen ließ. Janne rammte im selben Moment mit ihrem Fuß den Tisch mit voller Kraft in Sandviks Bauch. Er taumelte nach hinten, verlor das Gleichgewicht und knallte mit dem Hinterkopf auf die Kante der Spüle. Dabei löste sich ein Schuss aus der Pistole. Janne war sofort bei Sandvik, doch der lag regungslos auf dem Boden und blutete. Dann sprang sie zu Anna und befreite sie von den Fesseln. »Bist du verletzt?«

Anna riss sich das Gaffa-Tape vom Mund. »Nein, aber Blacky.« Sie stieg über Sandvik, kniete sich auf den Boden und nahm Blacky in die Hände. »Die Kugel hat sie getroffen«, sagte sie leise und blickte zu Janne, die neben Sandvik kniete. »Sie ist tot.«

»Wie Sandvik«, antwortete Janne. »Um den ist es aber nicht schade.« Sie ging zu Anna und nahm sie in den Arm. »Blacky hat uns das Leben gerettet.«

»Sie ist eine Heldin.« Anna kullerten ein paar Tränen über das Gesicht. Sie stand auf und legte Blacky auf die Anrichte. »Ich habe eine schöne Holzkiste. Da lege ich Blacky hinein und vergrab sie dann im Innenhof.« Sie zeigte auf Sandvik. »In welche Holzkiste kommt der?«

Janne stieß Sandvik mit dem Fuß an. »Das Arschloch übergeben wir an das BKA. Dann haben sie ihre Leiche.«

»Und du hast endlich deine Ruhe.«

Janne nickte. »Diese frohe Kunde muss ich meiner norwegischen Freundin Liv sofort mitteilen.« Sie zückte ihr Handy. »Es wird sie freuen, dass der Typ nun endgültig im Jenseits gelandet ist.«

26

Er stand vor dem Hotel Fürst Pückler, einem großen weißen fünfstöckigen Jugendstilhaus. Hier, am Steindamm 1, lebte sein nächstes Opfer in einem Hotelapartment. Er hatte ihn schon einige Male gesehen, und immer hatte er dieses mörderische Verlangen gespürt, ohne ihm je nachgegeben zu haben. Doch jetzt hatte er einen Auftrag. Ein gewisses Unbehagen erfasste ihn, die Umstände waren anders als bei den ersten beiden Morden. Er musste auf jeden Fall einen Blick ins Hotel werfen, um heute Nacht ein wenig Orientierung zu haben. Das war ihm gestern nicht gelungen.

Heute hatte er Glück. Gerade steuerte eine Gruppe Japaner auf den Hoteleingang zu. Er schloss sich ihnen an und hoffte, unbemerkt den Eingangsbereich inspizieren zu können. Er kam aber nicht weit, weil die zehn Japaner alle vor der Rezeption stehen blieben und damit den kompletten Raum blockierten. Das Hotel hatte keine Lobby.

Er drängelte sich durch die Gruppe, den Kopf immer nach unten geneigt. Von dem kleinen Rezeptionsbereich gelangte er über zwei Stufen in einen weiteren schmalen Flur. Von dort ging es in den Frühstücksraum und ins Treppenhaus. Er überlegte, ob er einen Blick in die oberen Stockwerke werfen sollte, entschied sich aber dagegen. Dafür entdeckte er auf einem Tisch einen Flucht- und Rettungsplan, der für alle Stockwerke galt, und steckte ihn ein. Dann zwängte er sich erneut durch die Gruppe der Japaner, die alle gleichzeitig auf die Frau an der Rezeption einzureden schienen, und so gelangte er unbehelligt auf die Straße.

Er würde wiederkommen, wenn es dunkel war. Das bedeutete jedoch nicht, dass es ruhiger wurde. Auf dem Steindamm war immer etwas los, schließlich waren der Hansaplatz und der Hauptbahnhof in der Nähe. Kioske, Handyläden, Dönerbuden, Spielhallen, alle hatten bis spätabends geöffnet. Er musste sich also noch einige Stunden die Zeit vertreiben. Er schlenderte gerade an einem Handyshop vorbei, als aus ihm laute, aggressive

Stimmen zu hören waren. Zwei Jugendliche liefen heraus, ebenso ein Pärchen, das sich hektisch umdrehte. Er lief weiter, weil er nicht in einen Streit verwickelt werden wollte.

Nach einigen Metern kam er an einem leer stehenden Laden vorbei. Im Eingang lagen zwei Obdachlose, die sich offensichtlich um den besten Schlafplatz stritten. Es folgte ein arabisches Lebensmittelgeschäft, ein gut besetzter Friseurladen, und dann sah er endlich ein türkisches Restaurant. Es duftete so gut, dass ihm das Wasser im Mund zusammenlief.

Er betrat den Laden, bestellte sich einen Köfteteller mit Pommes, eine Cola und setzte sich an einen Fensterplatz. Er nahm den Fluchtplan aus seinem Rucksack.

Er wusste, welches Apartment er suchen musste. Nummer 342, es lag am Ende des Gangs. Von dort war es nicht weit zum zweiten Treppenhaus, das auf den Steintorweg führte. Das war sein Fluchtweg, über den er nach dem Mord verschwinden würde. Er schaute auf die Straße vor dem Restaurant und beobachtete drei Spatzen, die um ein paar Brotkrümel konkurrierten.

Dann machte er sich Gedanken, wie er in das Hotel kommen konnte, was ihn vom Treiben der Spatzen ablenkte. Die Rezeption war Tag und Nacht besetzt. Er konnte also jederzeit ins Hotel, er musste nur unbemerkt am Rezeptionisten vorbei. Aber wie? Er geriet ins Grübeln.

»Ich würde die Finger von ihr lassen, Bro.«

Er schreckte zusammen. Er hatte nicht mitbekommen, dass sein Essen gebracht wurde. »Was meinst du?«

Der junge Mann zeigte auf die Straße. Dort stand eine Frau mit kurzem Rock und hohen Stiefeln. Sie lächelte verführerisch.

»Erstens würdest du den besten Köfteteller der Stadt verpassen und zweitens gegen das Kontaktverbot verstoßen. Außerdem ist St. Georg sowieso Sperrgebiet.«

»Ich darf also nicht mit ihr –?«

»Prostitution ist hier ebenso verboten wie das Ansprechen von Prostituierten. Der Freier, der erwischt wird, muss fünftausend Mäuse zahlen.«

»Der Köfteteller sieht super aus.«

»Und ist günstiger. Lass es dir schmecken.«

Zwei Stunden später und hundert Euro reicher stand er wieder auf dem Steintorplatz, fünfzig Meter entfernt vom Hotel Fürst Pückler. Die halbe Stunde Wartezeit im Automatencasino war erfolgreich gewesen, und er hielt das für ein gutes Omen im Hinblick auf sein Vorhaben, zumal ihm beim Daddeln an der Slotmachine eine Idee gekommen war, wie er den Nachtportier aus dem Hotel locken konnte.

Von seinem Standort aus beobachtete er, wie ein Jugendlicher gegen ein Auto auf dem einzigen Mitarbeiterparkplatz des Hotels »Fürst Pückler« trat. Nach wenigen Sekunden ging die Alarmanlage des Wagens los.

Er rief sofort im Hotel an. »Auf Ihrem Parkplatz wird gerade ein Auto demoliert, die Alarmanlage ist schon angesprungen. Da das Fahrzeug auf dem Mitarbeiterparkplatz steht, nehme ich an, es ist Ihres.« Er beendete seinen Anruf, zog die Kapuze seines Pullovers tiefer ins Gesicht und ging Richtung Hotel. Dem Jugendlichen gab er ein Zeichen, dass er verschwinden sollte.

Er sah, wie der Portier herausstürmte, zu dem Wagen lief und ihn von allen Seiten inspizierte. Er hatte also richtiggelegen mit seiner Vermutung. Und die hundert Euro waren gut investiert gewesen. Der Weg war frei.

Er rannte zum Eingang, setzte sich seine Maske auf und betrat das Hotel. Es war dreiundzwanzig Uhr, und weit und breit war niemand zu sehen. Er ging hinter die Rezeption und nahm den gekennzeichneten Generalschlüssel vom Bord. Glück gehabt, dachte er. Dann verschwand er im Treppenhaus. Unbemerkt erreichte er den dritten Stock und das Apartment 342. Nichts war zu hören. Leise öffnete er die Tür. Er betrat den Flur des Apartments und bekam einen Schreck. Er hörte ein Husten aus dem Bad.

»Mist«, fluchte er leise. Er schloss für den Bruchteil einer Sekunde die Augen. Dann eilte er zum Badezimmer, stieß die

Tür auf und blickte in das erstaunte Gesicht eines alten Mannes mit schlohweißem Haar, der auf der Toilette saß. Er nahm die Maske ab, legte sie ins Waschbecken und grinste diabolisch. »Du?«, stammelte der Alte. Mehr brachte er nicht heraus, bevor Max ihm mit zwei schnellen Bewegungen das Genick gebrochen hatte.

Bevor er von der Toilette fiel, fing Max ihn auf und legte ihn in die Badewanne. Dann setzte er sich auf den Wannenrand und blickte den Alten verächtlich an. Je länger er ihn ansah, umso mehr verschwamm das Gesicht vor seinen Augen. Wieder brannte es lichterloh in seiner Brust, die Narbe glühte, die Flammen nahmen ihn gänzlich in Besitz, er spürte den Schmerz, die Bilder waren gnadenlos, und je mehr er litt, umso deutlicher sah er das diabolische Gesicht seines Großvaters. Er verkrampfte innerlich. Sollte er wieder …? Aber die Frage beantwortete sich von selbst. Er drohte zu verglühen, er musste ihn endlich besiegen. Er wischte sich den Schweiß von der Stirn, öffnete seinen Rucksack, dann holte er die Madonnenfigur und eine rote Clownsnase heraus.

27

Zille stand mit Britta auf dem Steintorplatz. Pöppelmann hatte ihn über den offensichtlichen dritten Mord des Madonna-Mörders informiert und ihm ein Foto geschickt. Viel war nicht mehr von dem Opfer zu erkennen. Es reichte jedoch, um Brittas Aufmerksamkeit zu wecken. Sie zeigte ihm die Fotos, die sie auf dem Handy ihrer Informantin gefunden hatte. Der alte weißhaarige Mann, der dort zu sehen war, hatte eine große Ähnlichkeit mit dem Opfer. Auf dem Weg zum Tatort hatte Britta Zille im Schnelldurchgang über den Stand ihrer Ermittlungen gegen das »Institut für Neues Denken« in Kenntnis gesetzt und ihm die Fotos geschickt.

Zille ließ seinen Blick über den weiträumig abgesperrten Platz schweifen. »Merkwürdig«, sagte er mehr zu sich selbst. »Einen belebteren Ort, auch nachts, als diesen gibt es in Hamburg kaum.«Die ersten beiden Morde fanden in sehr ruhigen Gegenden statt. Hier ist die Gefahr, beobachtet und entdeckt zu werden, extrem hoch.«

»Vielleicht hatte er eine Tarnkappe auf.«

»Ich wusste gar nicht, dass das BKA jetzt nach dem Hitchcock-Motto ›Wahrscheinlichkeiten interessieren nicht‹ arbeitet.

»Willst du dir nicht den Tatort ansehen?«

Wenige Minuten später betraten Zille und Britta den dritten Stock des Hotels und gingen auf das Apartment 342 zu. Sie sahen, wie Dürkopp auf Pöppelmann einredete.

»Tut mir leid«, sagte Zille, »wenn ich die tiefgreifende Analyse der Geschehnisse unterbrechen muss, aber ich habe eine wichtige Informantin mitgebracht.«

»Nicht schon wieder«, stöhnte Dürkopp auf.

»Ich freue mich auch, Sie zu sehen, Herr Oberstaatsanwalt.« Britta reichte Dürkopp die Hand.

»Unsere letzte Zusammenarbeit war doch sehr erfolgreich.« Pöppelmann blickte freundlich zu Britta. »Hast du wieder etwas für uns?«

»Britta wird euch ein Foto zeigen.« Zille zwängte sich durch die beiden Männer hindurch ins Apartment. »Ich schau mich mal um.« Im Flur traf er Kriminaltechnikerin Carmen Martinez. »Hallo, Carmen, hat der Tequila gewirkt?«

»Ist immer eine Frage der Menge, Herr …«

»Zille. Bitte.«

»Nach dem zweiten Glas ging es ganz gut.« Carmen atmete tief aus. »Dieses Mal werde ich mindestens drei brauchen.«

»Ist es so schlimm?«

In dem Moment kam die Rechtsmedizinerin Freya Jensen aus dem Bad. »Der Tathergang ist den ersten beiden Morden zwar ähnlich. Doch der Ablauf war anders, und die Szenerie ist besonders bizarr.«

Zille legte seine Stirn in Falten und sah Freya fragend an.
»Ich bin mir sicher, dass dem Opfer der Genickbruch nicht
in der Badewanne zugefügt worden ist.« Freya zog ihre Hand-
schuhe aus. »Dort wurde ihm nur das Gesicht zertrümmert.
Beim Genickbruch hat er mit ziemlicher Sicherheit gesessen.
Wieder keine Hämatome, also wahrscheinlich auch diesmal von
vorne. Vor zwölf bis vierzehn Stunden, also zwischen dreiund-
zwanzig und ein Uhr. Den ersten Bericht bekommt ihr heute
Nachmittag.« Dann machte sie sich auf den Weg. An der Tür
drehte Freya sich noch einmal um. »Ach ja, Madonna und rote
Nase liegen auch wieder auf dem Opfer. Und Zille, lass dir einen
Schutzanzug geben.«

»Das erledige ich«, sagte Carmen, kramte in ihrer Tasche
und zog einen weißen Overall heraus. »Soll ich dir reinhelfen,
Zille?«, fragte sie und schürzte dann die Lippen.

»Das mache ich schon«, tönte es von der Tür. Britta nahm
Carmen den Overall aus der Hand. »Und wenn Sie noch einen
zweiten hätten, wäre das sehr freundlich.«

»Wäre es, habe ich aber nicht«, kam es schnippisch zurück.
»Ich mache mich dann mal wieder an die Arbeit.«

Zille blickte Carmen verwundert hinterher, nahm Britta den
Overall aus der Hand und zog ihn an. »Geht auch alleine.« Er
betrat das Badezimmer. Der Anblick war in der Tat bizarr. Ein
Toter in der Badewanne mit schief sitzendem Kopf, auf dem
zertrümmerten Gesicht die Clownsnase und auf dem Bauch
eine blutverschmierte Madonna. Dazu waren im gesamten Bad
Blutspritzer verteilt. Im kaltweißen Neonlicht sah der Raum
aus wie der Schauplatz eines Splattermovies.

»Hier hat ein exzessiver Gewaltausbruch stattgefunden.
Noch emotionaler und hasserfüllter als bei den ersten beiden
Morden.«

»Eine Idee, weshalb?«, fragte Britta, die hinter ihm stand.

Zille rieb sich das Kinn. »Der Akt des Tötens ist identisch.
Erst der Genickbruch, dann das Einschlagen auf das Gesicht
mit der Madonnenfigur.«

Britta nickte. »Und die rote Nase?«

»Lag bei den beiden anderen Leichen auch auf dem Gesicht.«

»John Wayne Gacy?«

Zille nickte. »Sehe ich auch so.«

Britta holte das Handy ihrer Informantin hervor und verglich das Foto mit dem Toten. »Viel erkennt man nicht mehr, aber es ist eindeutig Werner Kröppelin.« Sie verharrte einen Moment. »Ich habe genug gesehen. Ich muss mit dem LKA-Chef telefonieren.«

»Mit Schepanski?

Britta nickte. »Ich warte dann unten.«

Zille schaute sich noch einmal im Badezimmer um. Es war klein und eng. Dennoch war neben Toilette, Waschbecken und Badewanne noch eine Dusche hinter die Tür gequetscht worden. Dort waren keine Blutspritzer zu sehen. Er wandte sich an Carmen. »Habt ihr irgendetwas gefunden?«

»Im Flur nichts«, rief Carmen, »auch die Eingangstür zum Apartment ist unbeschädigt. Der Täter hatte wohl einen Schlüssel. Aber«, Carmen kam jetzt ins Badezimmer, »er hat auf dem Klo gesessen, als der Täter kam.« Carmen öffnete den Toilettendeckel. »Hier sieht man noch einige Exkrementenreste, und hinter der Kloschüssel liegt Toilettenpapier ebenfalls mit Resten. Die sind noch nicht so alt.«

»Und du meinst, das Opfer hat noch die Spülung betätigt, bevor er umgebracht wurde?«

»Vielleicht der Täter, nachdem er ihn umgebracht hat.«

»Beides falsch«, tönte Pöppelmann aus dem Flur. Hinter ihm stand ein älterer Mann mit aschfahlem Gesicht. »Herr Braun ist der Nachtportier und hat den Toten gefunden.«

»Herr Kröppelin wohnt seit zwei Jahren bei uns«, sagte er mit brüchiger Stimme. »Wir wecken ihn jeden Morgen gegen sechs Uhr dreißig. Er hat das Telefon nicht abgenommen, und deshalb wollte ich mich persönlich in seinem Apartment davon überzeugen, dass alles in Ordnung ist. Es hat aber eine Weile gedauert, weil ich den Generalschlüssel gesucht habe. Der war weg.«

»Damit hätten wir geklärt, wie der Täter ins Zimmer gelangt ist«, stellte Pöppelmann fest.

»Das muss in der Zeit passiert sein, als ich –«

»Okay«, unterbrach Zille ihn ungeduldig. »Sie haben sich den Ersatzschlüssel besorgt. Was dann? Zeigen Sie es uns.«

»Muss das sein?« Er verzog sein Gesicht. »Dann wird mir wieder schlecht.«

»Das schaffen Sie schon.«

»Na gut.« Herr Braun stöhnte leise auf. »Wenn es sein muss. Ich hab mehrmals an die Tür geklopft und sie schließlich geöffnet. Mir schlug ein furchtbarer Gestank entgegen. Ich habe nach Herrn Kröppelin gerufen, aber keine Antwort erhalten.«

»Machen Sie alles genau so wie heute Morgen.«

Herr Braun rief nach Herrn Kröppelin, ging ins Wohn-Schlafzimmer, kam wieder in den Flur und ging dann langsam Richtung Badezimmer. »Der Gestank wurde immer schlimmer, obwohl die Tür geschlossen war.«

Carmen schloss die Badezimmertür und erhielt einen anerkennenden Blick von Zille.

Braun klopfte an die Tür, ein zweites Mal, dann öffnete er sie. Er blieb stehen und würgte, nahm sich aber zusammen. »Ich sah zuerst das viele Blut und schließlich Herrn Kröppelin in der Wanne liegen.« Braun stockte einen Moment. »Dann«, Schweiß trat ihm auf die Stirn, »habe ich den Toilettendeckel geschlossen und die Spülung betätigt und bin aus dem Apartment gelaufen.« Kaum hatte er geendet, fing er wieder an zu würgen, hielt sich beide Hände vor den Mund und verließ in Windeseile den Tatort.

»Der arme Kerl«, sagte Carmen, »jetzt musste er das alles noch einmal durchleben.«

»Wieso taucht der erst jetzt auf?«, fragte Zille.

»Ich konnte ihn mit Mühe und Not vom Arzt loseisen«, erwiderte Pöppelmann.

»Wie gut für ihn«, sagte Carmen. »Denn jetzt kann ich seine Fingerabdrücke einordnen.«

»Stimmt.« Zille schälte sich aus dem Overall. »Und er hat deine Theorie bestätigt. Das Opfer saß auf dem Klo, als der Täter ins Badezimmer kam.«

»Und dort hat er ihm das Genick gebrochen«, ergänzte Pöppelmann.

»Anschließend wurde er in die Wanne gelegt und weiterbearbeitet.«

»Dürkopp will morgen eine Pressekonferenz abhalten.«

»Deshalb hat er vorhin so auf dich eingeredet«, brummte Zille.

»Bis dahin brauchen wir erste Ergebnisse.« Pöppelmann wandte sich an Carmen. »Bekommen wir bis heute Nachmittag den Bericht von der Spusi?«

»Ich sage meinem Chef Bescheid.«

»Ich sagte nicht übermorgen.«

Carmen zuckte mit den Schultern.

»Ich würde vorschlagen, dass du den Bericht schreibst.«

Carmen verdrehte die Augen. »Wenn es sein muss.«

Zille war zwischenzeitlich noch einmal ins Badezimmer gegangen. Er stand ganz ruhig, die Hände hinter seinem Hals verschränkt. Er wollte die Szenerie in sich aufnehmen.

Schließlich drehte er sich um und schaute nachdenklich zu Carmen und Pöppelmann. »Wir hatten in den USA mal einen ähnlichen Fall. Die Leiche lag auch in einem Hotel in der Badewanne, die groß wie ein Pool war. Das ganze Badezimmer war riesig. Dennoch überall Blut. Die Wanne voller Blut, die Kacheln, auf dem Boden, sogar an der Decke. Nur nicht in der Dusche. Wie hier. Als der Hotelmanager kam und sich die Schweinerei ansah, sagte er: ›Wie gut, dass der Mord in der Badewanne und nicht in der Dusche geschehen ist.‹ Ich schaute ihn verwundert und fragend an. ›Na ja‹, sagte er, ›die Leute duschen halt lieber.‹«

Zille und Pöppelmann standen auf dem Steintorplatz und hielten Ausschau nach Britta. Von der war aber nirgendwo etwas zu sehen.

»Vielleicht hat sie dir eine Nachricht geschrieben?« Zille zückte sein Handy. »Hat sie. Vier Worte: ›Bin dann mal weg‹.«

»Dann lass uns ins Präsidium fahren. Mein Auto steht auf dem Parkplatz.«

Die beiden gingen zu Pöppelmanns VW Käfer, der umringt war von vier fotografierenden Polizisten.

»Was soll das?«, fragte Pöppelmann überrascht. »Stimmt irgendwas nicht?«

»An diesem Auto stimmt überhaupt nichts.« Einer der Polizisten kam auf Pöppelmann zu. »Sind Sie der Halter?«

»Nein.«

»Was geht Sie dann das Auto an?«

»Ich will damit zur Arbeit fahren.«

»Also sind Sie doch der Besitzer des Wagens oder besser gesagt dieser Schrottkarre.«

Pöppelmann strich sich über die Glatze. Er überlegte. Eigentlich machten die Kollegen alles richtig. Er griff vorsichtig in seine Jackentasche und hielt dem Polizisten seinen LKA-Ausweis unter die Nase. »Das Auto ist beschlagnahmt.« Er zeigte auf Zille. »Es gehört ihm, und wir müssen eine Rekonstruktionsfahrt mit dem Wagen machen.«

»Ja«, schaltete Zille sich ein. »Ich soll meine Unschuld beweisen.«

Pöppelmann ging an den perplexen Kollegen vorbei, öffnete die Fahrertür, setzte sich und löste beide Haken eines Spanngummis von der Handbremse, das um den Haltegriff der Beifahrertür gewickelt war. »Du kannst jetzt einsteigen, Zille.«

Zille öffnete die Tür, stieg ein und zog sie mit Schwung zu.

»Du musst das Spanngummi wieder an der Handbremse befestigen, sonst geht die Tür während der Fahrt auf.«

»Das ist nicht dein Ernst.«

Pöppelmann tat überrascht. »Die Handbremse funktioniert sowieso nicht. Und so hat sie wenigstens noch eine Funktion.« Er startete den VW Käfer und fuhr mit zwei Fehlzündungen vom Parkplatz.

28

Auf Rat des Vermögensverwalters in München hatte Doris Haferkamp den größten Teil des Geldes und der Edelmetalle aus der Erbschaft in einem bankenunabhängigen Schließfach deponiert. Dort lag es sicher und vor allem anonym. Nur sie wusste davon und hatte Zugang. Eine erkleckliche Summe an Bargeld hatte sie im Safe ihres Büros gelagert, um jederzeit flüssig zu sein. Sie hoffte, dass bald weiteres Geld fließen würde.

Sie blickte aus dem Fenster. Eigentlich konnte sie zufrieden sein. Alles lief nach Plan. Wenn da nicht der Brief gewesen wäre, den Brunner ihr zugesteckt hatte. Offensichtlich hatte Brunner ein Dossier im Büro seiner Chefin gefunden und dessen Inhalt zusammengefasst. Was sie dort gelesen hatte, betrafen das ›Institut‹ und sie nicht unmittelbar, aber die Erkenntnisse, die den Behörden bislang vorlagen, konnten früher oder später auch gefährlich werden. Was sie aber weitaus mehr beunruhigte, waren Anmerkungen, die Brunner aus anderen Quellen zu haben schien. Und die betrafen sie direkt. Sie grübelte seit Tagen darüber, welche Konsequenzen sie daraus ziehen musste. Heute Morgen hatte sie einen Plan gefasst. Veronica hatte ihr gestern mitgeteilt, dass Rabenhorst heute Nachmittag im ›Institut‹ auftauchen wollte. Sie würde die Gelegenheit nutzen, ihn von ihrem modifizierten Plan zu überzeugen.

»Schicke Räumlichkeiten haben Sie hier, Doris.« Rabenhorst nippte an seinem Kaffee. »Und das in einem historisch so bedeutsamen Gebäude.«

Doris blickte Rabenhorst in die Augen. Er ließ sich seine Enttäuschung darüber, dass sie bei der letzten Begegnung sein Angebot ausgeschlagen und ihn zurückgewiesen hatte, nicht anmerken. Er wirkte freundlich, allerdings mit einer gewissen Distanz.

»Die meisten Hamburger wissen nicht, dass die Stadthöfe das Gestapo-Hauptquartier beherbergten.« Doris Haferkamp trug ihr Haar offen, es fiel ihr locker über ihre Schultern. Lässig strich sie sich eine Haarsträhne aus dem Gesicht. »Es weist ja auch nicht mehr viel auf diese Vergangenheit hin.«

»Selbst damit tun die Sozis sich schwer«, sagte Rabenhorst und fuhr voller Ironie fort: »Mahnmale sind aber auch Gift für das Geschäft. Und nicht alles, was die Gestapo gemacht hat, war schlecht.« Er machte eine kleine Pause. »Ist aber kein Modell für die Zukunft.«

»Sicher nicht.« Doris Haferkamp schenkte sich ein Glas Wasser ein, trank einen Schluck und lächelte ihn an.

»Sie bereiten die Aktion mit den zwei Anschlagszielen ja schon seit langer Zeit vor.« Rabenhorst blickte auf den Anhänger an ihrer Kette, räusperte sich dann und erläuterte umständlich die taktischen Überlegungen, die sie im Rat geführt hatten, ohne ihr wirklich etwas Neues mitzuteilen. Doch schließlich kam er zum Punkt. »Können sie bereits vor den Europawahlen Ende Mai zuschlagen?«

»Kein Problem«, sagte Haferkamp und blickte Rabenhorst an. »Der Termin steht.« Sie bekräftigte ihre Worte mit einer ausladenden Handbewegung und stieß dabei ihr Wasserglas um. Das Wasser floss in ihre Stiftablage aus Nussbaum. »Ach, wie ungeschickt von mir.« Sie nahm die Ablage und deponierte sie kurzerhand samt Inhalt in den Papierkorb. Dann holte sie eine Papierrolle aus einer Schreibtischschublade und trocknete damit die nassen Stellen auf dem Schreibtisch. Sie kicherte verlegen. »Manchmal bin ich zu enthusiastisch.«

»Sie brennen eben für die Sache«, sagte Rabenhorst verständnisvoll.

»Ja, das tue ich.« Doris stand auf. »Der Termin. Er ist perfekt.« Sie ging um den Schreibtisch herum und holte sich einen Stuhl. Dann setzte sie sich vor Rabenhorst, schlug die Beine übereinander und beugte sich leicht vor. »Alfred.« Ihre Stimme wurde eindringlich. »Es ist der 21. Mai, und Sie haben eine Aufgabe.«

Alfred Rabenhorst blickte irritiert zu Doris. »Ich verstehe nicht?«

»An diesem Tag findet das Deutsch-Amerikanische Freundschaftsfest statt. Sie sind dort eingeladen.«

»Woher wissen Sie das?«

»Sie sind ein wichtiger Mann in der Region«, schmeichelte sie ihm. Und dann erläuterte sie ihren Plan und schloss mit den Worten: »Wenn wir dort gezielt jemanden töten wollen, geht das nur mit Ihrer Hilfe.«

»Und an wen denken Sie dabei? – Doch nicht etwa an den amerikanischen Konsul?«, murmelte Rabenhorst. »Und gleichzeitig der große Knall im …« Er schwieg einen Moment. »Herrlich. Ich kann es schon vor mir sehen.« Seine Augen leuchteten. »Das ist ein großartiges Fanal.« Dann blickte er Haferkamp an. »Ich vertraue Ihnen, liebe Doris. Führen Sie den Anschlag erfolgreich durch. Bei den weiteren Planungen werden Sie eine wichtige Rolle spielen.« Rabenhorst zögerte einen Moment. »Weitere Mitwisser sind allerdings immer ein Risiko.«

Doris Haferkamp brachte Rabenhorst zur Tür. »Keine Sorge, Alfred. Es wird keine weiteren Mitwisser geben.« Sie hauchte ihm einen Kuss auf die Wange. »Ich werde Sie rechtzeitig über die weiteren Entwicklungen unterrichten und alles Nötige erledigen.«

Rabenhorst verließ das Stadthaus und schlenderte den Neuen Wall hinunter. Helmut, sein Bodyguard mit Butlerqualitäten, ging in einigem Abstand hinter ihm und beobachtete, ob ihnen jemand folgte. Alfred Rabenhorst blieb vor einem skandinavischen Bekleidungsgeschäft stehen und schaute in die

Schaufensterauslage. Er betrat das Geschäft und kleidete sich komplett neu ein, um sein Outfit zu verändern. Dann verließ er das Geschäft und bog an der Adolphsbrücke ab, überquerte das Alsterfleet und setzte seinen Weg über den Mönkedamm fort. Am Ende der Straße betrat er einen Friseursalon, ließ sich gegen entsprechende Entlohnung die Haare spontan schneiden und verließ über den Hinterausgang den Laden. Er ging weiter über die Altenwallbrücke und die Graskellerbrücke und bog schließlich wieder in den Neuen Wall ein.

Helmut folgte die ganze Zeit in gebührlichem Abstand und wechselte immer wieder die Straßenseite. Nach hundert Metern blieb Rabenhorst stehen, drehte sich um und sah ein leichtes Kopfnicken von Helmut. Dann lief er noch ein paar Schritte und bog zwischen einer Bank und einem Möbelgeschäft in einen Durchgang ein, von dem aus er das Hinterhaus betreten konnte, das er vor ein paar Jahren gekauft hatte. Eine Concierge öffnete ihm die Tür.

»Im Laufe des Tages sind alle eingetroffen und auf ihre Zimmer gegangen.«

»Sind sie gut versorgt worden?«

»Selbstverständlich.«

»Dann rufen Sie sie zusammen. Ich mache mich noch eben frisch.«

Zehn Minuten später saß der aus sechs Männern bestehende Rat in einem fensterlosen Zimmer um einen runden Tisch.

»Ist dieser Aufwand nötig?«, schallte es Rabenhorst von Karl, dem Ältesten unter ihnen, entgegen.

»Ich habe neue Informationen. Der Anschlagstag ist der 21. Mai, also ein paar Tage vor der Europawahl«, sagte Rabenhorst leise und langsam. »Wir sollten also Vorsicht walten lassen. Insbesondere wenn das BKA in der Stadt herumstochert.« Dann wandte er sich einem großen Mann mit kurzen Haaren zu. »Brunner, bitte.«

Und Brunner berichtete ausführlich von den aktuellen Vorfällen in der Stadt, den Verdachtsmomenten und Spekulationen, die in den für Terrorismus zuständigen Abteilungen diskutiert wurden.

Dann ergriff Rabenhorst wieder das Wort. »Sie tappen im Dunkeln, aber sie suchen. Und wenn wir nicht aufpassen«, er schnäuzte sich die Nase, »dann könnten sie auch etwas finden.«

»Ist dann von den beiden Anschlagszielen, von denen du berichtet hast, nicht eines zu viel?«, fragte Heinrich mit skeptischer Miene.

»Im Gegenteil. Ich habe das mit unserem Militärexperten –«

»Wo ist der überhaupt?«, unterbrach Werner ungehalten.

Rabenhorst zog die Augenbrauen hoch. »Verhindert. Was ich sagen wollte, er hält die Idee für brillant. Das wäre wie ein Angriff von zwei Seiten gleichzeitig und würde maximale Verwirrung stiften.«

»Und warum soll dann Dr. Haferkamp eliminiert werden?«

»Gibt es was Schöneres, als für das Vaterland zu sterben, Franz-Josef?«, antwortete Rabenhorst sarkastisch und beschloss im selben Moment, nichts von den kleinen Planänderungen zu erzählen, die Haferkamp vorgeschlagen hatte. »Da jetzt alle Neuigkeiten auf dem Tisch sind, sollten wir zum eigentlichen Anlass des Treffens kommen. Das Fanal, das vom Anschlagstag ausgeht, wird groß und mächtig sein und unsere stillen Unterstützer, auch die unentschlossenen, überzeugen, an unserer Seite zu stehen, wenn es so weit ist. Wir müssen heute die konkreten Abläufe planen, die nach dem Anschlagstag vonnöten sind, um den Tag X zu bestimmen, jenen Tag, an dem wir die Führung in diesem Land übernehmen werden. Bis dahin müssen alle Vorbereitungen abgeschlossen und alle Einheiten bereit sein. Nur so können wir koordiniert deutschlandweit vorgehen. Die militärische Unterstützung wird der Oberst organisieren. Wir haben dafür maximal zwei Wochen Zeit.«

Rabenhorst legte seine Goldrandbrille auf den Tisch, tupfte sich mit einem Taschentuch den Schweiß von der Stirn und schenkte sich ein Glas Wasser ein, das er in einem Zug austrank. »Nebenan steht ein Büfett, machen wir eine kleine Pause.«

Nach einigen Stunden lebhafter Besprechung, in denen immer wieder einmal ein Disput mit Rabenhorst aufbrach, war das Treffen beendet. Der Tag X wurde auf den 2. Juni gelegt.

Rabenhorst ließ sich von Helmut zurück auf das Gut Groß-Bockenfurt fahren, die anderen blieben bis zum nächsten Tag in der Stadt. Nach einigen Flaschen Wein schlug Karl vor, sich noch einmal in den abhörsicheren Raum zurückzuziehen. Es brauchte nicht viele Worte, und sie waren sich alle einig, dass ihnen Rabenhorst zu dominant wurde, weil er sich immer mehr als ihr Anführer aufspielte. Dem wollten sie ein Ende setzen.

Brunner hatte die ganze Zeit geschwiegen. Als Ruhe einkehrte, sagte er: »Ich habe schon vor einiger Zeit entsprechende Maßnahmen in die Wege geleitet. Ich bin mir sicher, dass sie bald zum Ziel führen werden.« Dann verließ er den Raum.

29

Es handelte sich aufgrund der Podiumsbesetzung um eine ungewöhnliche Pressekonferenz im Sitzungssaal des Polizeipräsidiums am Bruno-Georges-Platz, in dem auch das LKA Hamburg seinen Sitz hatte. Pöppelmann als Soko-Leiter und Schepanski als LKA-Chef waren gesetzt, auch der Oberstaatsanwalt ließ sich hin und wieder blicken. Aber ein Fallanalytiker? Das war eine Premiere.

Zille blickte in den gefüllten Saal. Brutale Verbrechen und politische Skandale waren offensichtlich die liebsten Themen der Pressevertreter, dachte er. Kein Wunder bei der großen Sensationslust der breiten Masse. Oder entstand die Sensationslust erst durch die Berichterstattung? Zille wurde durch die wohlklingende Stimme von Dr. Elif Uslun, der Pressesprecherin des LKA, in seinen Gedanken unterbrochen.

»Meine Damen und Herren, ich begrüße Sie alle zur heutigen Pressekonferenz des Landeskriminalamtes Hamburg. Sie werden zunächst über den aktuellen Stand der Ermittlungen des Mordes im Hotel ›Fürst Pückler‹ informiert. Anschließend werden wir Ihnen unsere Erkenntnisse über einen wahrscheinlichen Zusammenhang mit den zwei Morden an älteren Männern Ende April und Anfang Mai erläutern. Abschließend«, Elif Uslun blickte zu Zille, »wird Fallanalytiker Heiner Zillinski Ihnen mögliche Motive darlegen.« Und mit energischer Stimme fuhr sie fort: »Und dann können Sie Fragen stellen.«

Elif Uslun nahm neben Zille Platz. Er nickte ihr freundlich zu und blickte sie an. Sie erinnerte ihn heute an Audrey Hepburn in »Charade«, diesem seiner Meinung nach besten Hitchcock-Film, der nicht von dem Meister selbst stammte. Es war die Frisur. Ein kurzer Pony und den Rest der Haare zu einem Dutt hochgesteckt. Und die Rehaugen. Sie sah umwerfend aus.

Da hörte er plötzlich seinen Namen und bekam gerade noch mit, wie LKA Chef Schepanski auf seine Erfahrungen als Fallanalytiker hinwies. Hatte er auch seine Zeit in Quantico erwähnt? Er wusste es nicht und wollte jetzt aufmerksamer sein.

»Wie ich schon sagte, wir arbeiten mit Hochdruck an der Aufklärung aller Morde«, führte Schepanski weiter aus. »Und es gibt auch vielversprechende Spuren und erste Hinweise. Dazu wird sich jetzt Kriminalhauptkommissar Pöppelmann äußern.«

Pöppelmann räusperte sich und trank einen Schluck Wasser. »Bei den drei Morden innerhalb der letzten zehn Tage gibt es einige Ähnlichkeiten bezüglich der Tötungsart und der Opfer. Alle drei sind Männer über achtzig Jahre. Damit –«

»Handelt es sich um –?«, rief jemand aus der ersten Reihe, doch Pöppelmann ließ sich nicht dazwischenreden.

Er hob seine linke Hand, spreizte seine Finger und sprach den Zwischenrufer direkt an. »Wenn Sie mich ausreden lassen würden«, sagte er mit einem süffisanten Unterton, »wird Ihre Frage aller Wahrscheinlichkeit nach überflüssig sein.«

Pöppelmann zog seine Augenbrauen hoch und fuhr fort. »Damit enden auch schon die Übereinstimmungen. Nach den bisherigen Erkenntnissen kannten die Opfer einander nicht. Die ersten beiden waren unbescholtene Bürger dieser Stadt, der letzte Tote war ein bekannter Altnazi. Hier ermitteln wir auch in den entsprechenden Milieus. Wobei, und das sage ich mit aller Deutlichkeit, es momentan keine Anhaltspunkte für eine politisch motivierte Tat gibt. Wahrscheinlicher ist, dass die Opfer zufällig ausgewählt wurden. Und dass wir es mit einem Serientäter zu tun haben, lässt sich weder belegen noch ausschließen.«

Pöppelmann strich sich über seine Glatze, während er einen Moment innehielt, damit alle das Gesagte verarbeiten konnten. Dann sprach er weiter. »Zurzeit werten wir diverse Aufzeichnungen von Videokameras an den U- und S-Bahn-Stationen in unmittelbarer Nähe der Tatorte sowie weitere Kameras am Steintorplatz aus. Da das Eindringen in die Örtlichkeiten der Tatorte körperliche Geschicklichkeit und die Ermordung mit bloßen Händen eine gewisse Kraftanstrengung voraussetzte, legen wir dabei unser besonderes Augenmerk auf jüngere, sportliche und kräftigere Personen.«

Pöppelmann blickte zu Elif Uslun, und als die nickte, sagte er: »So, und jetzt können Sie mir ein paar Fragen stellen.«

Anna Radke saß seit den frühen Morgenstunden vor ihrem Rechner. Sie hatte auf die Teilnahme an der Pressekonferenz verzichtet, auch wenn sie Zille gern live erlebt hätte. Sie hatte aber die Zeit genutzt, um Informationen über ihre Schwester herauszufinden. Als IT-Forensikerin hatte Anna Zugang zu den meisten Datenbanken des LKA, zumal sie in der abteilungsübergreifenden Arbeitsgruppe zur Zusammenführung der Datenbank-Wikis mitarbeitete. In den letzten Monaten hatten sie eine digitale Musterakte entwickelt, die dann in die »Betrugs-Wiki« übergehen sollte.

Jetzt durchforstete sie die Crime-Datenbanken. Sie interessierte insbesondere VIDEMO, angelegt nach dem G20-Gipfel in Hamburg. Dort wurden Videos und Fotos von allen möglichen gewalttätigen Aktionen und potenziellen Gewalttätern gespeichert. Auch die Datenbank AURELIA war für sie von Interesse. Sie war nach den Anschlägen in Solingen und Mölln zunächst als Datei gegen Rechtsradikalismus eingerichtet und vor fünf Jahre um den Bereich des Linksradikalismus erweitert worden. Formell diente sie der Bekämpfung extremistisch politisch motivierter Kriminalität.

Anna rieb sich die Augen und trank ihren fünften Becher Kaffee. Gefunden hatte sie noch nichts. Sie stand auf, machte zehn Kniebeugen, einige Dehnübungen und setzte sich wieder an den Rechner, um sich in der SKB-Datenbank, in der hauptsächlich auffällige Fußballfans und Kontaktpersonen gespeichert waren, umzusehen. Sie glaubte zwar nicht, dass sie dort einen Treffer landen würde – ihre Schwester hatte sich nie für Fußball interessiert –, aber was wusste sie schon von ihr?

Und so machte sie sich an die Arbeit. Nach zwei Stunden gab sie auf. Wieder nichts. Anna schaute auf die Uhr. Es war jetzt zwölf, die Pressekonferenz würde sicherlich bald beendet sein. Und da sie keine Lust auf Small Talk und außerdem Hunger hatte, verließ sie schnell das LKA-Gebäude. Sie schickte Pöppelmann eine Nachricht, dass sie einer Spur nachgehe und am späten Nachmittag wieder im Büro sei.

Vor der Tür empfing sie ein warmer Maitag. Sie beschloss, zu ihrem Lieblingsitaliener in der Michaelisstraße zu fahren.

Pöppelmann hatte alle Fragen zu weiteren Details der Morde souverän umschifft und gab der Pressesprecherin ein Zeichen, dass er die Fragerunde beenden wollte. Elif Uslun räusperte sich und ergriff wieder das Wort. »Ich weiß, meine Damen und Herren, dass Sie noch viele Fragen haben. Ich schlage vor, Sie notieren sich Ihre Fragen und hören erst einmal den Ausführungen des Fallanalytikers Zillinski zu.«

Zille kratzte sich an seinem Drei-Tage-Bart. Ihm war klar, dass er sich genau überlegen musste, was er sagte. Pöppelmann hatte vieles offengelassen. Aber was war der entscheidende Punkt? Er holte tief Luft. »Sie fragen sich sicher, was macht ein Fallanalytiker bei dieser Pressekonferenz? Das ist eine gute Frage, die ich Ihnen aber nicht beantworten kann. Was ich Ihnen aber sagen kann, ist, warum ich bei den drei Mordfällen die Sonderkommission unterstütze.«

Zille machte eine Pause und blickte sich im Saal um. Es war ruhig. »Meine Aufgabe besteht darin, Vermutungen anzustellen, Spuren, Hinweise zu interpretieren. Also warum bringt jemand einen alten wehrlosen Menschen um? Und möglicherweise warum zweimal oder sogar dreimal? Was könnte die Motivlage sein? Ich sehe mir daraufhin die Ergebnisse der Kriminaltechnik an, blicke aus einer anderen Perspektive auf die Ergebnisse und frage mich, ob es einander widersprechende Spuren gibt. Und wenn ja, was bedeutet das? Lässt sich aus dem Tathergang und all den anderen Spuren ein Täterprofil erstellen? Letztendlich geht es darum, Empfehlungen für die weiteren Ermittlungen zu erarbeiten.«

Zille spürte die aufkommende Unruhe und blickte zu Elif Uslun.

»Erzähle ihnen irgendwas Konkretes«, flüsterte sie. »Bist doch sonst nicht auf den Mund gefallen.«

Nur was? Auf keinen Fall durften die Brutalität der Morde oder die Signaturen publik werden. Da fielen ihm Jannes Überlegungen zum Thema Altenhass ein.

Zille räusperte sich, warf einen Blick zu Elif Uslun und legte los. »Das auffälligste Merkmal bei den Morden ist die Tatsache, dass es sich um ältere Herren mit weißem Haar handelt. Ich vermute, dass der Täter die Auswahl nicht nur vom Alter abhängig gemacht hat, sondern sie mussten auch weißhaarig sein. Weiße Haare können für Weise oder für Greise stehen.«

Zille schmunzelte über sein Wortspiel. Dann wurde seine Miene wieder ernst. »Letzteres ist in unserem Kontext interessanter. Es ist nämlich in letzter Zeit ein gewisser Hass auf alte Menschen zu beobachten. Das begann nach dem Brexit-Referendum, bei dem hauptsächlich über Sechzigjährige für den Austritt gestimmt haben. Die TAZ titelte damals ›Die Alten machen uns fertig‹, und in der ZEIT war nach dem Referendum zu lesen: ›Alte-Säcke-Politik diktiert die Agenda. Wir Jungen müssen uns organisieren.‹«

In dem Moment bekam Zille einen Tritt von Elif Uslun gegen sein Schienbein. »Was ich damit sagen will«, Zille räusperte sich, »hinter den Morden könnte ein allgemeiner Altenhass stecken, der in der Gesellschaft insgesamt zugenommen hat und damit möglicherweise junge Menschen, die auch privat schlechte bis grausame Erfahrungen mit alten Menschen, wie zum Beispiel Großvätern, gemacht haben, in ihrem Hass befeuert. Wenn das Böse mit am Tisch sitzt«, sagte er eindringlich, »kann man schon zum ›Greisenfresser‹ werden.«

Zille machte eine Pause. »Deshalb habe ich den Kollegen empfohlen, auch in diese Richtung zu ermitteln.« Zille lehnte sich an die Stuhllehne und signalisierte damit das Ende seiner Ausführungen.

Während auf dem Podium verständnislose Blicke auf ihn gerichtet wurden, ging durch den Saal ein ungläubiges Raunen. Auch Pressesprecherin Uslun schien irritiert, aber schon nach einem kurzen Moment hatte sie sich gefasst und ergriff das Wort. »Vielen Dank, Herr Zillinski, für die interessanten Ausführungen.« Dann wandte sie sich an die Presse. »Wie Sie gehört haben, meine Damen und Herren, ermittelt die Sonderkommission in viele Richtungen und verfolgt eine Vielzahl von Spuren. Gerade mit dem letzten Mord an Werner Kröppelin sind neue Fragen aufgetreten, denen erst noch intensiv nachgegangen werden muss.«

Die folgende Fragerunde konzentrierte sich zunächst auf Zilles Ausführungen, und es galt erst einmal, das Missverständnis zu klären, von einem Reporter der Boulevardpresse ins Spiel gebracht, dass es sich nicht um alte weiße Männer, sondern um alte Männer mit weißen Haaren handelte und dass deren Bedeutung noch im Spekulativen angesiedelt war. Bald ebbte das Interesse daran aber ab, und die Presse versuchte, weitere Details über die Morde zu erfahren, die aber aus ermittlungstaktischen Gründen nicht preisgegeben wurden. Und so beendete Elif Uslun die Pressekonferenz ohne weitere Zwischenfälle.

Zille wandte sich zufrieden an die Pressesprecherin. »Kaum sitze ich auf dem Podium, läuft die PK ohne Probleme.«

»Ob allerdings dein nächstes Gespräch ohne Probleme abläuft«, sie zeigte auf den LKA-Chef und den Oberstaatsanwalt, die beide mit einem wütenden Gesichtsausdruck auf Zille zukamen, »bin ich mir nicht sicher.« Sie blickte ihn spöttisch an. »Aber ich kann es ja moderieren.«

Anna Radtke saß inzwischen an einem der Holztische mit ihren unbequemen Bierbänken, die an die Hauswand gestellt waren. Sie blickte auf den Kleinen Michel, die katholische Kirche St. Ansgar und St. Bernhard. Architektonisch war sie nicht mit dem Michel, der barocken Hauptkirche St. Michaelis, zu vergleichen, aber es verband sie eine historische Gemeinsamkeit. Nach dem Brand der St. Michaelis Mitte des 18. Jahrhunderts diente der Kleine Michel als Notkirche.

Anna war noch ganz vertieft in den Anblick, als plötzlich Luigi, der Besitzer des Restaurants, neben ihr stand. »Lange nicht mehr hier gewesen, Anna.«

»Zu viel zu tun.«

»Glaube ich. Hamburg wird immer krimineller.«

Anna runzelte die Stirn. »Eigentlich nicht. Die Gewaltkriminalität ist im Vergleich zum letzten Jahr um sechs Prozent zurückgegangen.«

»Tatsächlich? Davon merke ich nichts. Ich habe das Gefühl, dass mich inzwischen alle meine Lieferanten übers Ohr hauen.«

»Diese Vorgänge gehen wahrscheinlich nicht in unsere Statistik ein«, erwiderte Anna lachend. »Was empfiehlst du mir heute?«

»Die Pizza Parma ist *molto bene*.«

»Gut, die nehme ich. Und dazu eine Weißweinschorle.« Luigi wurde bleich. »Unmöglich. Ich habe einen phantastischen Chiaretto. Den musst du probieren.«

»Von deinen kriminellen Lieferanten?«, fragte Anna ironisch.

»Nein, der ist in Ordnung.«

»Okay«, sagte Anna. »Dann aber bitte nur ein kleines Glas.«

»Verstehe, du bist im Dienst.«

Anna schaute Luigi amüsiert hinterher. Dann klappte sie ihren Laptop auf. Sie hatte noch nicht die sozialen Netzwerke nach ihrer Schwester durchforstet. Diese hatte ihr mit Photoshop bearbeitete Fotos zugeschickt und schien sich mit digitalen Medien auszukennen. Vielleicht wurde sie bei Instagram und anderen Social-Media-Plattformen fündig.

Sie fand tatsächlich mehrere Profile mit dem Namen ihrer Schwester. Dabei handelte es sich um mindestens zwölf verschiedene Personen, die bei Instagram, Facebook, Twitter und sogar TikTok aktiv waren, aber keine davon war ihre Schwester. Vielleicht hatte sie einen anderen Namen angenommen. Hier kam sie auch nicht weiter. Als Luigi ihr die Pizza und den Wein brachte, klappte sie den Laptop zu.

»Vergiss mal für einen Moment die Arbeit und genieße dein Essen.« Er klopfte ihr väterlich auf die Schulter. »*Buon appetito, mia cara amica.*«

Anna hob das Glas und prostete ihm zu. »Du hast recht.« Sie nahm einen kleinen Schluck und begann, die Pizza zu essen. Sie hatte fast die Hälfte verspeist, als auf der gegenüberliegenden Straßenseite laute Stimmen zu hören waren. Anna sah, wie sich ein älteres Paar wild gestikulierend anschrie. In dem Moment kam eine jüngere Frau aus der S-Bahn-Station Stadthausbrücke und eilte kopfschüttelnd an den beiden vorbei.

Anna blieb fast ein Stück Pizza im Hals stecken. Das konnte doch nicht sein. Die junge Frau war ihre Schwester. Jedenfalls war es die Frau, die sie auf den Fotos der Demo gesehen hatte und die sie für ihre Schwester hielt. Sie schob sich noch ein

Stück Pizza in den Mund, packte schnell ihre Sachen, legte einen Zwanzig-Euro-Schein auf den Tisch und folgte der Frau.

30

Britta rekelte sich im Bett, tastete mit der rechten Hand nach Zille und merkte, dass niemand an ihrer Seite lag. Sie sprang aus dem Bett und machte sich auf die Suche nach ihm, fand aber nur einen gedeckten Frühstückstisch mit einer Nachricht. »Bin zur PK, bis heute Abend. Kuss. Z«, entzifferte Britta mühsam das Gekritzel. Sie setzte sich an den Frühstückstisch, schenkte sich einen Kaffee ein, aß ein halbes Brötchen mit Erdnussmus und plante ihren Tag.

Zuerst musste sie den roten Fiesta mit seiner toten Fracht, den Janne ihr gestern in den Hof gestellt hatte, loswerden. Netterweise hatte sie den Schlüssel auf einen der hinteren Reifen gelegt. Sandvik war offiziell für tot erklärt, also brauchte man seine Leiche nicht mehr. Am besten wäre es also, sie einfach verschwinden zu lassen. Glücklicherweise war ihr Kollege Rolf nach Hamburg unterwegs. Das war der richtige Mann für diese Aufgabe. Er müsste eigentlich bald ankommen und könnte die Aufgabe heute noch erledigen.

Sie trank einen Schluck Kaffee und nahm ihr Handy. Da sah sie, dass sie eine SMS erhalten hatte. »Codename Flores. Alter Elbtunnel, Osttunnel, 13:30 Uhr.« Sie schrieb eine Nachricht mit den notwendigen Informationen an Rolf. Britta feixte sich einen. Er würde sich bestimmt über den Auftrag freuen. Dann machte sie sich auf den Weg.

Britta stand vor dem Nordeingang des Alten Elbtunnels und bestaunte den Kuppelbau. Dort befand sich allerlei Technik, unter anderem die vier großen Fahrkörbe, mit denen Menschen und Fahrzeuge in vierundzwanzig Meter Tiefe gebracht wurden. Dann ging es unter der Elbe durch zwei vierhundert Meter lange Röhren auf die andere Elbeseite. In Steinwerder konnte man dann wieder das Tageslicht erblicken. Britta hoffte allerdings, dass sie nicht so weit laufen musste, um ihre Informantin zu treffen. Tunnel, die unter Wasser verliefen, waren ihr nicht geheuer. Je weniger Zeit sie dort verbrachte, umso weniger Beklemmungen würde sie haben.

Um dreizehn Uhr fünfundvierzig betrat sie einen der Fahrkörbe und ließ sich in die Oströhre bringen. Unten angekommen, lief sie mit anderen Besuchern durch die Röhre und achtete dabei auf die Leute, die an der Seite vor einem Keramikrelief stehen geblieben waren. Nach etwa hundert Metern entdeckte sie ihre Informantin. Sie stand vor einem weiteren Relief, das Ratten darstellte, die an einem Stiefel knabberten.

»Ratten sind schlaue und gefährliche Tiere, Flores.«

»Wahre Überlebenskünstler.«

»Weil sie so anpassungsfähig sind.«

»Und weil sie sich so schnell vermehren.«

»Aber nur, wenn man sie nicht rechtzeitig bekämpft.« Britta blickte ihre Informantin an. »Wie so vieles, was schädlich ist.«

»Gestern war Alfred Rabenhorst im ›Institut‹.«

»Auch eine Ratte«, warf Britta verächtlich ein. »Eine besonders schlaue und gefährliche.«

»Ich habe das Gespräch zwischen ihm und Haferkamp aufgezeichnet.« Die Informantin stockte einen Moment. »Zumindest fast. Die letzten paar Minuten hat das Mikro versagt.« Sie hielt einen kleinen USB-Stick in der Hand. »Ist trotzdem interessant. Ich bin mir sicher, dass war der Startschuss für den Tag X. Der Countdown läuft!«

»Gut gemacht.« Britta nahm den Stick. »Was machen die anderen Typen, die auf den Handyfotos abgebildet waren?«

»Sie sollen sich unauffällig verhalten und ihrem normalen Tagesablauf nachgehen. Wie Schatten leben und keinen Kontakt untereinander aufnehmen.« Sie strich mit einer Hand über das Relief. »Ihre Handys mussten sie abgeben. Ich bin die Kontaktfrau, die alles koordiniert.«

»Was sollen Sie denn koordinieren?«

»Einzeltermine mit Haferkamp vereinbaren. Dort bekommen sie dann ihre persönlichen Anweisungen.«

»Wo treffen sie sich?«

»Gestern nach dem Besuch von Rabenhorst sollte ich die beiden Frauen für morgen mit einer Stunde Abstand ins ›Institut‹ bestellen. Die erste soll um siebzehn Uhr kommen.«

»Und die anderen?«

»Mit Max trifft sie sich heute um halb zwei in Planten un Blomen beim Apothekergarten.«

Britta schaute auf ihre Uhr. »Scheiße. Dann können sie jetzt überall sein.« Sie überlegte einen Moment. »Haben Sie Informationen über die Leute? Stärken, Schwächen?«

»Wenige, und die sind auf dem Stick. Von den Neuen habe ich nichts. Es gibt auch keinen Treffpunkt.«

»Ich mache mir Sorgen um Sie.«

Ihre Informantin blickte sie fragend an.

Britta fuhr fort. »Kröppelin ist ermordet worden.«

»Was? Von wem? Und wo?«

»Eine Idee?«

»Er hatte in der letzten Zeit oft Differenzen mit Haferkamp. Und vor Kurzem hat sie ihn sogar rausgeschmissen. Ich musste ihn ins Hotel bringen. Aber ihn deshalb –«

»Ins ›Fürst Pückler‹, vermute ich. Da ist er auch tot aufgefunden worden. Ich glaube nicht an Zufälle. Vielleicht räumt da jemand hinter sich auf.« Britta dachte nach und zog die Augenbrauen hoch. »Sie könnten die Nächste sein. Ich frage mich, wie wichtig Sie noch sind für Haferkamp.«

»Sie verunsichern mich und machen mir Angst.« Flores stockte. »Aber ich hatte in letzter Zeit tatsächlich schon häufiger ein mulmiges Gefühl.«

»Passen Sie auf sich auf.« Britta wandte sich zum Gehen, drehte sich dann noch einmal um. »Gehen Sie zum Ausgang Steinwerder. Und melden Sie sich, wenn es brenzlig wird.«

Anna eilte ihrer vermeintlichen Schwester hinterher, die sehr schnell ging. Sie lief an der Kirche vorbei, über den Parkplatz und stand dann vor der sechsspurigen Ludwig-Erhardt-Straße, einer der meistbefahrenen Straßen Hamburgs. Hundert Meter entfernt gab es eine Fußgängerunterführung, die schien ihr aber zu weit entfernt zu sein. In einer Kamikazeaktion überquerte ihre Schwester die Straße, nutzte jede kleine Lücke zwischen den Autos, zwang einige zum Abbremsen und wäre fast auf der letzten Spur von einem Lastwagen überfahren worden. Nur wenige Sekunden später lief ein bärtiger Mann ebenfalls lebensmüde über die Straße, offenbar folgte er ihrer Schwester.

Ein drittes Mal würde das nicht gut gehen, und so rannte Anna zur Fußgängerunterführung und kam auf der anderen Seite bei der Zitronenjette wieder heraus. Doch von ihrer Schwester und ihrem Verfolger war nichts mehr zu sehen. Anna rannte auf gut Glück an den Kramer-Witwen-Wohnungen vorbei, überquerte die Michelwiese und landete schließlich im Portugiesenviertel. Vor der Taparia Mar Salgado blieb sie außer Atem stehen. Sie stützte sich mit den Händen auf die Knie, atmete tief ein und aus. Sie richtete sich wieder auf und schaute sich verzweifelt um. »Scheiße!«, fluchte sie laut.

»Kann ich dir helfen?« Neben ihr stand ein etwa zehnjähriges Mädchen.

»Glaub ich kaum«, sagte Anna. »Ich suche einen Mann mit Vollbart.«

»Ist das dein Freund?«

»Nein, ich wollte ihn nur etwas fragen.« Anna lächelte. »Wie heißt du?«

»Inessa. Und du?«

»Anna.«

»Also einen Mann mit Bart habe ich gesehen«, sagte Inessa. »Der sah echt gruselig aus.«

»Und wo ist der hingegangen?«

»Nicht gegangen. Gelaufen. Da«, Inessa zeigte in Richtung

Landungsbrücken, »ist er hingeflitzt und wäre beim Kiosk fast hingefallen.«

»Vielen Dank, Inessa.« Anna gab ihr fünf Euro. »Kauf dir ein großes Eis. Superdetektive müssen belohnt werden.« Dann lief sie die Straße bis zur Elbpromenade hinunter. Aber es war kein bärtiger Mann mehr zu sehen. Und ihre Schwester leider auch nicht.

Enttäuscht beschloss Anna, wieder ins LKA zu fahren, und ging über die Fußgängerbrücke zur S-Bahn-Station Landungsbrücken. Und da sah sie den Bärtigen am Geländer stehen. Er hielt wohl Ausschau nach ihrer Schwester, die aber nirgendwo zu sehen war. Stattdessen entdeckte Anna Britta Timmermann vom BKA, die gerade das Hard Rock Cafe betrat.

31

Max wartete seit zehn Minuten am Fähranleger in Oevelgönne. Planten un Blomen hätte er besser gefunden, doch Haferkamp hatte Zeit und Ort des Treffens spontan geändert. Er blickte sich um, konnte Doris Haferkamp aber nicht entdecken.

Wenige Minuten später legte die Fähre nach Finkenwerder an, und es stiegen mehrere Leute aus, die Max nicht weiter beachtete.

»Hallo, Max.«

Max drehte sich überrascht um. »Ich habe dich nicht bemerkt.« Vor ihm stand Doris Haferkamp, sommerlich gekleidet und mit offenen Haaren.

»Du hast ja auch nicht damit gerechnet, dass ich mit dem Schiff komme«, sagte sie mit weicher Stimme und hakte sich bei ihm unter. »Komm, wir machen einen Elbspaziergang.«

Eine Weile gingen sie schweigend nebeneinanderher. Als sie am Oevelgönner Labyrinth vorbeikamen, blieb Haferkamp stehen und blickte ihm in die Augen. »Du hast alle meine Aufträge ausgeführt, und das war nicht einfach. Vor allem in dem Hotel unerkannt zu bleiben, erforderte viel Geschick.«

»Ich –« Max wollte sie unterbrechen und sein Ausrasten erklären, doch sie legte ihm ihren Zeigefinger auf den Mund.

»Ich weiß, wie du die Männer zugerichtet hast. Das war sicher in der Brutalität nicht nötig, andererseits«, und jetzt änderte Haferkamp ihre Stimmlage, »war das gut so, denn jetzt geht das LKA von einem Serienmörder aus und sieht in Kröppelins Gesinnung kein Motiv für den Mord. In deiner Wut hast du dich intuitiv richtig verhalten. Niemand sieht einen Zusammenhang mit uns. Da ist mein Informant beim LKA sich sicher.« Sie machte eine Kunstpause. »Nur ab jetzt musst du deine Wut unter Kontrolle halten, Max, damit unser Projekt nicht gefährdet wird.« Sie hakte sich wieder unter, und sie gingen weiter oberhalb des Strandes auf dem Oevelgönner Wanderweg Richtung Strandrestaurant Strandperle.

»Ich habe einfach einen Hass auf all die alten weißhaarigen Männer. Und bei den Morden hat sich dieser Hass in einen unbändigen Zorn entladen. Den kann ich nicht kontrollieren.«

»Doch, kannst du.« Doris Haferkamp strich ihm über die Haare. »Du musst an eine große Sache glauben. Etwas, für das du brennst.«

»Für dein Projekt?«

Doris schüttelte den Kopf. »Für *unser* Projekt. Du wirst gebraucht. Dein Mut, deine Tatkraft, dein Geschick. Wir werden in wenigen Tagen zuschlagen. Es gilt nur noch, einige Details zu klären. Bis dahin musst du dich absolut unauffällig verhalten und dein Lkw-Training weiter absolvieren.«

Bei der Strandperle gingen sie den Schulberg hinauf zur Elbchaussee. Oben angekommen, blieb Haferkamp stehen. Sie holte einen Zettel aus ihrer Handtasche und gab ihn Max. »Geh noch heute zu dieser Adresse. Dort bleibst du und wartest, bis die Aktion beginnt. Lasse wird dich empfangen und dir weitere Instruktionen geben.« Sie nahm ihn in den Arm und flüsterte ihm ins Ohr. »Wenn alles vorbei ist, machen wir uns ein schönes Leben.« Sie gab ihm einen Kuss auf die Wange. »In zweihundert Metern kommt eine Bushaltestelle. Fahr bis Hammerbrook-Nord. Von dort ist es nicht mehr weit bis zu der Adresse. Ich nehme mir ein Taxi.«

Max nickte. »Ich bin ein Schatten.« Dann ging er los.

Haferkamp schaute ihm hinterher und winkte sich ein Taxi herbei.

Auf der Fahrt in ihr Hotel gingen ihr viele Gedanken durch den Kopf. Sie wusste, dass sie mit dem Feuer spielte. Aber sie hatte nun einmal diesen Weg beschritten und würde sich durch nichts und niemanden aufhalten lassen. Und sie wusste auch, dass das »Institut« beobachtet wurde. Aber dass ein Spitzel bei ihr eingeschleust worden war, konnte sie sich nicht vorstellen. Sie hatten alle überprüft. Und Lasse und Winfried hatten noch einmal alle am Projekt Beteiligten gecheckt. Sie waren sauber.

Nur bei Veronica gab es noch keine Entwarnung. Aus diesem Grund hatte sie auch die Treffen verlegt, auch mit Sigi und Leni. Sie würden nicht wie ursprünglich geplant im »Institut« stattfinden. Das Risiko wollte sie lieber nicht eingehen.

Juni 2016

Gespräch 5

Wieder hatte Frigga eine schlechte Nacht gehabt. Sie konnte lange nicht einschlafen, und als sie dann endlich schlief, quälten sie aufwühlende Träume. Der Verlauf der Befragungen strengte sie ungemein an. Larissa ließ sie erzählen, griff wenig ein und wertete nicht. Und sie kehrte ihr Inneres nach außen. Dabei wurden Dinge in ihr aufgewühlt, die sie lange verdrängt hatte. Sie hatte ein schlechtes Gewissen ihrer Schwester gegenüber.

Sie hatte sie für diese Scheißideologie im Stich gelassen. Aber sie fühlte sich auch ein wenig befreit.

Sie öffnete die Augen, erschrockenes Gesicht. »Wie lange sitzen Sie schon da und beobachten mich?«

»*Ein paar Minuten* –«

»Sie hätten mich doch –«

»*Warum? Sie sahen so entspannt aus.*« *Larissa schaute in ihre Augen.* »*Was bisher noch nicht oft vorkam.*«

»Ich hatte Angst vor diesen Treffen.«

»*Und haben Sie die immer noch, Frigga?*«

»Sie ist weniger geworden.«

»*Das ist gut. Wenn Sie mir jetzt etwas über die ›freie Kameradschaft‹ erzählen, brauchen Sie sich nicht zurückzuhalten, auch wenn es sich um Straftaten handelt.*« *Larissa schmunzelte.* »*Ich werde Sie nicht verpfeifen.*«

»Wir waren sieben Leute, trafen uns einmal die Woche auf einem benachbarten Hof, alle kamen aus der Gemeinschaft. Wir haben uns gegenseitig in unserer Abneigung gegen alle die bestärkt, die nicht so dachten wie wir. Doch hauptsächlich wurde gesoffen und dummes Zeug geredet, was mir oft auf die Nerven ging. Aber wenn wir genug gesoffen hatten, spielte das keine Rolle mehr. Wir fuhren dann manchmal nach Uelzen und haben Randale gemacht. Fensterscheiben von Politikern eingeschmissen, Parolen auf Häuserwände gesprayt und Ausländern Angst eingejagt.«

»*Wie?*«

»Wir haben sie beschimpft, manchmal sind wir ihnen auch einfach gefolgt.« Entschuldigender Blick. »Völlig daneben, ich weiß. Aber damals fanden wir das witzig und haben uns über die Angst der anderen gefreut.« Hastiger Schluck Wasser. »Unsere größte Aktion war eine unangemeldete Demo mit zwei weiteren ›freien Kameradschaften‹. Das war meine Idee. Wir haben uns mit fratzenhaften Masken maskiert, um so gegen einen ›Volkstod‹ zu demonstrieren, für den wir die Demokratie verantwortlich machten. Allerdings glaube ich, dass die meisten nicht verstanden haben, worum es dabei ging. Es waren einfach zu viele Dummköpfe dabei.«

»*Gab es weitere Kontakte zu anderen Gruppierungen?*«

»Nicht dass ich wüsste.« Kratzen am Kopf. Nachdenken. »Einmal ist ein prominenter Vertreter der NPD bei uns aufgetaucht, wahrscheinlich hatte ihn meine Mutter vorbeigeschickt. Der wollte uns für die Jungen Nationaldemokraten werben. Wir lehnten aber ab, weil wir uns nicht in Parteipolitik einspannen lassen wollten. Stattdessen wollten einige in der Kameradschaft mit anderen ›freien Kameradschaften‹ fusionieren, um schlagkräftiger zu werden. Sie wurden immer radikaler, prügelten sich zunehmend mit Antifa-Leuten und Punks, nahmen Rechtsverstöße nicht nur in Kauf, sondern provozierten sie.« Entrüstete Stimme. »Irgendwann ging es hauptsächlich nur noch gegen Asylbewerber, und sie entwarfen den Plan, ein Asylheim in Brand zu stecken.«

»*Hat Sie die zunehmende Gewaltbereitschaft auch im Rahmen Ihrer Gemeinschaft nicht stutzig gemacht?*«

»Ich habe das zu dem Zeitpunkt noch nicht in Zusammenhang gebracht. Ich dachte, das sind Idioten, die sich und der Welt was beweisen wollen. Ich habe da jedenfalls nicht mehr mitgemacht. Ich fand zwar auch, dass wir zu viele Asylanten hatten, aber deshalb kann man keine Menschen in Todesgefahr bringen. Also bin ich aus der Kameradschaft raus.«

»*Ist Ihnen das schwergefallen?*«

»Nein, gar nicht. Sie haben es mir auch leicht gemacht, weil sie mich zunehmend wegen meiner Abitur- und Studienpläne mobbten. Stattdessen nervte mich meine Mutter.« Achselzucken. »Sie wollte, dass ich in die Jugendorganisation der NPD eintreten sollte, da könnte ich Karriere machen. Das interessierte mich aber nicht. Ich hatte inzwischen zu viele Treffen mit NPD-Kadern bei uns zu Hause erlebt. Es waren meistens alte und feiste Männer, die auf meine Brüste starrten und mir an den Hintern fassten, was ich ziemlich eklig fand.« Entgleiten der Gesichtszüge. »Meine Mutter hielt das für Anstellerei, was mich ziemlich empörte. Mit der Zeit entfremdete ich mich immer mehr von ihr. Sie war nur noch für die NPD unterwegs, wollte sogar für den Kreistag kandidieren. Gleichzeitig hatte ich ein paar Freundinnen in der Schule gefunden. Und so entfernte ich mich zunehmend von den germanisch-vorchristlichen Glaubensvorstellungen und diesem ganzen Brauchtum. Es war plötzlich einfach uncool, und ich wollte weg von zu Hause.« Freudiges Lächeln. »Über meine neue Freundesclique fand ich auch eine Wohngemeinschaft in der Nähe von Lüchow.«

»Und so sind Sie mit siebzehn Jahren ausgezogen. Hat Ihnen Ihre Mutter keine Steine in den Weg gelegt?«

»Nein, sie hat mich sogar finanziell unterstützt. Sie wollte mich loswerden.«

»Weil Sie zu einer Belastung für sie und die Gemeinschaft geworden waren, hat Ihre Mutter Sie also auch für die Gemeinschaft geopfert?«

»Genau. Sie hat mir keine Träne nachgeweint und mich auch nie besucht.«

Larissa hatte die halbe Nacht, ausgerüstet mit einer Flasche Rotwein, über die Wandlungen von Frigga nachgedacht. War das alles glaubwürdig? Einerseits war sie emotional an ihre Mutter und die völkische Idee gebunden, andererseits hatte sie auch viele Kränkungen und Verluste erfahren. Aber es war auch keine völlige Loslösung vom rechten Gedankengut, sondern nur ein erster Schritt. Jedoch ein großer, weil sie offensichtlich durch die zunehmende Gewaltbereitschaft ihres Umfelds abgeschreckt worden war und sich aus den Fängen der Gemeinschaft und ihrer Mutter befreit hatte.

Mit diesen Erkenntnissen ging Larissa schließlich gegen drei Uhr ins Bett.

32

Der Konferenztisch im Besprechungsraum von Elias sah aus, als hätten sie eine Konditorei überfallen und würden nun die Beute aufteilen: Franzbrötchen, Schokoladencroissants, Muffins und Eclairs. Zille hatte auf dem Weg zu Elias noch schnell etwas Leckeres besorgt. Maja war wieder in Wien an der Uni, weshalb Zille befürchtet hatte, dass Elias nichts Essbares im Haus haben würde.

»Ich war mir sicher«, sagte Elias trocken, »dass du noch einkaufen gehst.« Also habe ich mich auf Kaffee und Wasser beschränkt.«

»Schön, dass ihr euch so gut ergänzt«, sagte Janne ironisch, »sonst wäre ich verhungert.« Sie griff in ihren Rucksack und holte eine Tüte Lakritzschnecken heraus. »Das wäre meine Notfallfallration gewesen«, sagte sie und fuhr dann mit ein wenig Wehmut in der Stimme fort: »Anna isst keine Lakritzschnecken mehr.«

Zille und Elias sahen sie fragend an.

»Ich hatte euch ja erzählt, dass Sandvik tatsächlich sein Bad in der Ostsee überlebt hat und er vor drei Tagen in Annas Wohnung aufgetaucht ist.«

»Was er nicht überlebt hat«, bemerkte Zille.

»Zu verdanken haben wir das Annas Papagei Blacky.« Dann berichtete Janne von Sandviks Versuch, sie und Anna zu töten, und von Blackys heldenhaftem Einsatz.

Am Ende des Berichts war es still im Konferenzraum. Jeder hing seinen eigenen Gedanken nach.

Zille war der Erste, der das Schweigen brach. »Papageien, vor allem Graupapageien, sind kluge Tiere. Während meiner Zeit in Quantico konnte ich häufig bei Mordfällen die Arbeit der Kolleginnen und Kollegen beobachten. Ein Fall war besonders interessant. Ein Mann Mitte vierzig war mit einem Kopfschuss in seinem Haus getötet worden. Seine Frau wurde ebenfalls mit einem Kopfschuss aufgefunden, überlebte aber schwer verletzt. Dem ermittelnden Officer schien die Sache von Anfang an klar. Die beiden waren einem Überfall zum Opfer gefallen, vermutlich ein Junkie, der Geld für Drogen gesucht hatte. Die Durchsuchung des Hauses brachte allerdings keinerlei Hinweise oder gar Indizien für diese Behauptung. Das einzige Ungewöhnliche, was man bei dieser Durchsuchung fand, war ein Graupapagei. Der wurde zur Ex-Frau des Mannes gebracht. Nach ein paar Wochen meldete sich die Ex-Frau bei der Polizei und berichtete, dass der Papagei die Stimme seines ehemaligen Besitzers imitierte und dabei immer wieder den Satz sagte ›Don't fucking shoot me‹. Sie vermutete, dass der Papagei die letzten Minuten eines Streits mit tödlichem Ausgang miterlebt habe.«

Zille trank einen Schluck Wasser und fuhr fort. »Der Papagei wurde zwar nicht als Zeuge vor Gericht zugelassen, aber die Ehefrau des Opfers war nun die Tatverdächtige und konnte tatsächlich überführt werden.«

»Der Papagei hat also quasi den Mord aufgeklärt«, sagte Janne.

»Und Blacky hat einen verhindert.« Elias kratzte sich am Ohr. »Genau genommen zwei. Und das alles aus Eifersucht.«

»Eigentlich ein klassisches Motiv für einen Mord«, bemerkte Zille.

»Blacky würde dir nicht widersprechen. Sie hat vermutlich Sandviks Verhalten als sehr engen Kontakt zu Anna interpretiert.«

»Und deshalb ist sie dann ausgeflippt?«, fragte Janne.

»Davon gehe ich aus. Sie hat bestimmt vorher laut geschrien und auf sich aufmerksam gemacht, damit Anna den Kontakt unterbricht.«

»Was sie nicht konnte.«

»Und deshalb ist Blacky dann zur Mittäterin geworden?«, fragte Zille und biss in ein Eclair.

»Genau. Sie ist aus Eifersucht auf Sandvik losgegangen, nicht wegen der Lakritzschnecke.«

»Woher weißt du das eigentlich alles?« Zille blickte überrascht zu Elias.

»›Wenn die Neugier sich auf ernsthafte Dinge richtet, dann nennt man sie Wissensdrang.‹ Ein kluger Satz von Marie von Ebner-Eschenbach, einer bedeutenden deutschsprachigen Schriftstellerin des 19. Jahrhunderts.«

»Gut, dann hätten wir das auch geklärt.« Zille wandte sich an Janne. »Und wo habt ihr Sandviks Leiche gelassen?«

»Die haben wir dem BKA zur Verfügung gestellt.«

Zille machte zunächst ein verwundertes Gesicht. Dann schlug er sich mit der Hand vor die Stirn. »Der rote Fiesta in meinem Hof.«

Janne machte ein unschuldiges Gesicht. »Ich habe Britta Mittwochmorgen eine Nachricht geschickt.«

»Jetzt weiß ich, warum sie vorm ›Fürst Pückler‹ nicht gewartet hat«, murmelte Zille in sich hinein.

»Jedenfalls bin ich jetzt sicherer auf dieser Welt, und die Menschheit hat ein Arschloch weniger.«

»Das ist ein gutes Resümee, Janne.« Elias schenkte allen eine Tasse Kaffee ein. »Ich hingegen lebe mit einer Gefahr mehr auf dieser Welt.«

»Der Personenschutz minimiert das Risiko auf jeden Fall«, versuchte Zille Elias zu beruhigen. »Die haben sogar uns gecheckt, bevor wir das Haus betreten haben.«

»Ist trotzdem kein gutes Gefühl, zumal Maja meinte, sie bräuchte in Wien keinen Personenschützer.«

»Dort ist sie aus der Schusslinie. Die wollen dich nur einschüchtern«, versuchte Janne Elias zu beschwichtigen.

»Vielleicht solltest du dich aber in nächster Zeit etwas zurückhalten«, schlug Zille vor. »Vor allem, wenn Miroslav Eschenbrosch sagt, dass die Freelancer, die dich bedroht haben, fiese Jungs sind.«

Elias trank seinen Kaffee. »Ich möchte schon gerne wissen, was der BND im Fall meines Vaters Sören Hopp zu vertuschen hat.«

»Das kann ich gut verstehen«, sagte Zille. »Britta hat natürlich auch ihre Kontakte beim BND und wollte sich vorsichtig erkundigen. Wenn sie etwas erfährt, können wir die nächsten Schritte planen.« Zille knuffte Elias an der Schulter. »Bis dahin musst du die Füße stillhalten.«

»Fällt mir schwer.«

»Wir haben auch so genug zu tun.« Zille stand auf und streckte sich. »Ich muss mir mal die Beine vertreten.«

33

Leni war auf dem Weg nach Hamburg. Sie hasste die Einöde auf dem Land, aber der Aufenthalt dort war ihrer Faulheit geschuldet – sie mochte sich keine Wohnung in Hamburg suchen. Stattdessen hatte sie sich ein Gästezimmer im ›Institut‹ genommen und sich als Dauergast bei Sigi einquartiert. Nach den neusten Anweisungen von Doris Haferkamp war das nun keine Option mehr. Andererseits konnte sie sich auf dem Hof ihres Opas in Ruhe auf ihre Aufgabe vorbereiten.

Die Computersimulation mit der Switchblade beherrschte sie inzwischen ziemlich gut, vor allem seitdem sie ein echtes Umgebungsszenario hatte. Theoretisch benötigte die Drohne ungefähr fünf Minuten bis zum Ziel. Es hing davon ab, wie hoch sie flog. Leni hoffte, dass sie noch ein paar weitere Tage zum Üben hatte. Heute würde sie neue Instruktionen erhalten. Haferkamp hatte ihr Treffen allerdings verlegt. Aus Sicherheitsgründen. Was immer das auch zu bedeuten hatte.

Leni warf eine CD von Blutige Asche ein und gab Gas. Sie musste in dreißig Minuten am Treffpunkt sein.

Glücklicherweise ergatterte sie einen der wenigen Parkplätze gegenüber dem Dammtor-Bahnhof. Das war gut so, denn sie war schon ein paar Minuten zu spät. Sie sollte zum Eingang des Grand Elysée kommen. Als sie dort abgehetzt eintraf, war keine

Doris Haferkamp zu sehen. »Mist«, fluchte Leni, »dann hätte ich doch noch ein Eis an der Tankstelle kaufen können.« Sie setzte sich auf eine Bank und wartete. Zu ihrer Überraschung kam Haferkamp wenige Minuten später gemeinsam mit Sigi aus dem Hoteleingang. Sigi trug ein rotes Sommerkleid aus Seidengemisch mit Blumenmuster und Flügelärmeln. Ihre schwarzen lockigen Haare waren jetzt kurz, sie war dezent geschminkt, nur ihre Lippen waren wie immer knallrot.

Leni nahm Sigi in den Arm. »Damit habe ich nicht gerechnet.«

»Überraschungen versüßen das Leben«, sagte Haferkamp.

Leni schaute Sigi von oben bis unten an. »Du bist nicht wiederzuerkennen.«

Sigi stellte sich in Pose. »Gefalle ich dir?«, fragte sie kokett.

»Mega«, sagte Leni begeistert.

»Das ist jetzt mein neuer Style.« Sie fuhr sich durch ihre Haare. »Mit Pixie-Cut. Wie Zoë Kravitz.«

»Es ist so schönes Wetter, lasst uns einen Spaziergang über die Moorweide machen«, sagte Haferkamp gut gelaunt. Die drei Frauen überquerten die Testorpstraße und gingen Richtung Zombeck-Turm.

»In diesem Turm waren Sigi und ich schon einmal.« Leni zeigte auf das Dach.

»Da gibt es nämlich eine coole Bar.« Sigi zwinkerte.

»Wusstet ihr, dass das früher ein Rundbunker war?«, fragte Haferkamp.

Leni blickte sie überrascht an. »Sieht aus wie ein Burgturm.«

»Das ist vom Architekten auch so beabsichtigt. Der Turm besteht komplett aus Beton, ist zur Tarnung aber verklinkert, und das kegelförmige Dach ist mit Dachpfannen verkleidet. So sollte der Turm bei Angriffen weniger auffallen.«

»Und hat er bei den Luftangriffen tatsächlich gehalten?«, fragte Sigi.

»Von elf Türmen in Hamburg stehen noch neun.«

Sie standen jetzt vor dem Turm, Sigi und Leni gingen einmal um ihn herum. »Ich denke, heute würde man ihn locker zerstören können«, sagte Leni, als sie mit Sigi wieder bei Haferkamp ankam. Dann gingen sie weiter Richtung Kastanienallee.

Nachdem sie eine Weile schweigend durch die Allee geschlendert waren, sagte Haferkamp unvermittelt: »Die Aktion wird am Dienstag durchgeführt. Lenis Paket wird am Sonntag in den Morgenstunden auf den Hof geliefert.«

»Es ist alles vorbereitet.«

»Das habe ich auch nicht anders erwartet. Haferkamp blickte Sigi an. »Wie weit bist du mit deinen Transporten?«

»Ich fahre im Anschluss an unser Treffen zu meinem Paket«, antwortete sie. »Das erste Teil ist schon am Ziel.«

»Gut, dann kannst du heute das nächste Teil mitnehmen.« Sigi nickte.

Sie waren inzwischen bei der Skulptur »Reclining Figure: Hand« des Bildhauers Henry Moore angekommen. Haferkamp blieb stehen. »Mit dir, Sigi, ist alles besprochen. Mit dir, Leni, muss ich noch weitere Details besprechen.«

»Okay«, sagte Sigi. »Hier trennen sich unsere Wege.«

»In ein paar Wochen sehen wir uns wieder.«

Leni nahm Sigi in den Arm. »Pass auf dich auf.«

Sigi hob den Daumen, drehte sich um und ging Richtung Mittelweg.

Haferkamp ging mit Leni weiter und ließ sich von ihr ihre Vorbereitungen schildern. Leni ließ es sich nicht nehmen, dies exakt und detailreich zu erledigen.

Haferkamp nickte anerkennend. »Ich bin beeindruckt. Es gibt allerdings eine kleine Planänderung. Es wird zwei Zielkoordinaten geben. Schaffst du das, Leni?«

»Wenn ich genug Zeit zum Üben habe.«

»Du bekommst die Koordinaten mit der Lieferung des Pakets.«

»Sollte reichen«, sagte Leni selbstbewusst.

»Wir bleiben über die abhörsicheren Handys in Kontakt.«

»Alles klar, dann gehe ich jetzt ein Eis essen.«

Haferkamp blickte Leni hinterher. »Macht's gut, ihr beiden«, sagte sie leise und mit einer gewissen Wehmut. Dann klingelte ihr Handy. Es war Winfried. »Veronica verlässt jetzt das ›Institut‹. Ich werde ihr folgen.«

»Hat sie ihre grüne Jacke an?«

»Ja, falls sie mit jemandem redet, werde ich erfahren, worüber sie reden.«

Sie saßen seit neunzig Minuten in ihrem Dienstwagen gegenüber dem »Institut für Neues Denken« und beobachteten abwechselnd den Eingang und die Fotos von zwei jungen Frauen. Die erste Frau sollte um siebzehn Uhr auftauchen, die zweite eine Stunde später. Der Hinweis kam von BKA-Mitarbeiterin Britta Timmermann, und Pöppelmann hatte seine Stellvertreterin Laura Sentrup und Anna mit der Observation der beiden Frauen betraut. Jetzt war es halb sechs, und keine der Zielpersonen war aufgetaucht.

»Und wenn niemand kommt?« Anna klang enttäuscht.

»Wir warten«, erwiderte Laura Sentrup.

»Auf wen warten wir eigentlich?«, fragte Anna.

»Soweit ich informiert bin, handelt es sich bei den beiden Frauen um Mitarbeiterinnen des ›Instituts‹, das wiederum möglicherweise einen Terroranschlag plant«, erwiderte Laura Sentrup.

»Warum nehmen wir dieses sogenannte ›Institut‹ samt Mitarbeiter nicht einfach hoch?«

»Das BKA will an die Hintermänner.«

»Und an die kommen wir, wenn wir den beiden Frauen folgen?« Anna war die Skepsis anzuhören.

»Nach den Informationen, die Pöppelmann vom BKA hat –«

»Also von Zilles Freundin.«

»– sind die Anschlagspläne durchaus konkret. Fünf Mitarbeiter sind angeblich schon in Bereitschaft und untergetaucht. Nur der Zeitpunkt und die Ziele für den Anschlag stehen noch nicht fest.« Laura schaute Anna an. »Wenn jetzt zwei der Zielpersonen hier auftauchen, dann scheint es ernst zu werden.«

»Und wenn die beiden wieder aus dem ›Institut‹ herauskommen, folgen wir ihnen und wissen dann mehr.«

Laura nickte. »Das ist die Hoffnung.«

»Dazu müssten sie allerdings auch auftauchen.«

»Wäre gut.«

Anna wollte gerade etwas erwidern, als eine Person aus dem Haus trat. Laura nahm die Fotokamera und machte ein paar Fotos. »Das ist keine der erwarteten Personen.«

»Lass mich mal gucken.« Anna nahm Laura die Kamera aus der Hand und blickte durch den Sucher. »Scheiße«, murmelte sie, »das ist sie.«

»Wer?«

»Ich muss ihr folgen.« Anna wollte aus dem Auto stürzen, doch Laura hielt sie fest. »Unser Auftrag«, sagte sie mit fester Stimme.

»Es kommt doch niemand mehr. Und wenn, ist es nur eine Person. Und der kannst du alleine folgen.« Anna schaute Laura flehend an. »Es ist meine Schwester.«

Laura ließ Anna los. »Mach keinen Scheiß.«

Doch das hörte Anna kaum noch. Sie blieb auf ihrer Straßenseite und folgte der Frau.

Laura blickte Anna genervt hinterher. Plötzlich löste sich ein Schatten aus dem Bogen neben der Buchhandlung und folgte ebenfalls der Frau, die gerade aus dem Eingang des »Instituts« gekommen war. Geistesgegenwärtig fotografierte Laura den bärtigen Mann.

34

Zille betrat den Konferenzraum wieder und hielt sein Handy in der Hand. »Das war Britta. Sie beobachtet Alfred Rabenhorst mit ihrem Kollegen Rolf. Er soll Teil eines rechtsradikalen Netzwerkes sein und etwas mit dem ›Institut für Neues Denken‹ zu tun haben.« Dann berichtete Zille von den Informationen, die das BKA gesammelt hatte. Er setzte sich und legte das Handy auf den Tisch. »Nach dem Mord an Kröppelin rückt dieses ›Institut‹ auch in den Fokus unserer Mordermittlung.«

»Und wir arbeiten wieder an einem gemeinsamen Fall«, sagte Janne.

»So sieht es aus.«

»Kommen wir zum dritten Tatort«, sagte Elias, als Zille verstummte. Auf dem Smartboard waren Fotos vom Tatort im Hotel Fürst Pückler zu sehen.

»Das war selbst für mich heftig.« Zille nahm sich eine Lakritzschnecke. »Wie isst man die?«

»Den Anfang mit den Zähnen packen und dann langsam und genussvoll abrollen«, erklärte Janne. »So hat Anna das jedenfalls immer gemacht.«

»Aha.« Zille betrachtete die Schnecke und steckte sie dann komplett in seinen Mund. »Geht auch so.«

»Kannst du was zu dem Tatort sagen?«, fragte Elias.

»Na ja«, Zille schluckte die Schnecke runter, »wie schon gesagt, es war wirklich unappetitlich. Das komplette Badezimmer war, bis auf die Dusche, voller Blut.«

»Und war es wieder derselbe Mörder?«, wollte Janne wissen.

»Davon ist auszugehen.« Zille verzog den Mund. »Sag mal, Elias, hast du Zahnstocher?«

Elias warf Zille einen genervten Blick zu.

»Es sind überall Reste von dieser blöden Schnecke zwischen meinen Zähnen.«

»Hättest sie abrollen sollen«, sagte Janne. »Puhl sie mit der Zunge heraus«, schlug sie dann vor. »Das funktioniert.«

Nachdem Zille ein paar Versuche unternommen hatte, fuhr er fort. »Laut des Berichts von Freya entsprach der Tötungsakt sowie die Zerstörung des Gesichts den beiden vorherigen Morden –«

»Und dass das Opfer alt ist und weißhaarig«, ergänzte Janne.

»Aber es gibt eine wichtige Abweichung. Freya hat auf der Clownsnase winzige Speicheltropfen gefunden und damit die DNA sequenzieren können.«

»Die aber in keiner Datenbank gespeichert ist, oder?«, fragte Janne.

Zille schüttelte den Kopf. »Sie ist auch nicht vom Opfer. Aber sollten wir einen Verdächtigen haben, könnten wir ihn damit überführen.«

»Wieso hat der Täter diesmal eine Spur hinterlassen?« Elias kratze sich am Kinn. »War er diesmal unachtsam in seiner Wut?«

»Ich habe eine Theorie.«

Janne und Elias schauten Zille fragend an.

»Zeig uns mal die Fotos, die ich dir zugeschickt habe, Elias.«

Auf dem Smartboard erschienen Fotos verschiedener Ausschnitte von einer vermummten Person. »Das sind Standbilder von Überwachungskameras vom Steintorplatz. Leider alle von der Seite.«

»Ist das der Täter?«, fragte Janne.

»Davon gehen wir aus. Sein Gesicht ist nicht zu erkennen, weil er eine Kapuze tief ins Gesicht gezogen hat.« Das nächste Standbild der Überwachungskamera aus dem Hotel erschien. »Auch hier ist er nicht zu erkennen. Jetzt trägt er eine Maske.«

»So etwas tragen einige Kämpfer beim Wrestling«, sagte Elias.

»Oder bei Martial-Arts-Kämpfen.« Janne legte ihre beiden Hände an ihren Hals und deutete eine Links-rechts-Bewegung an. »Ihr erinnert euch. Der Griff beim Genickbruch wird beim Martial-Arts-Sport trainiert.«

Zille griff den Faden auf. »Damit bekommen wir langsam ein vernünftiges Täterprofil. Kräftige, sportliche Statur, ungefähr dreißig Jahre sowie ein Mann mit großem Aggressionspotenzial.«

»Das stimmt mit der Aussage der Enkelin von Vogelberg überein.« Janne fuhr sich durchs Haar. »Sie war ja an dem Tag, als ihr Großvater umgebracht wurde, bei ihm zu Besuch. Sie hat mich gestern angerufen. Ihr ist eingefallen, dass sie beim Verlassen der Wohnung, so gegen neunzehn Uhr, einen höchstens dreißigjährigen, kräftigen Mann mit lockigen Haaren gesehen hat, der an der Litfaßsäule in der Nähe des Hauses stand.«

»Wieso ist ihr das erst jetzt eingefallen?«, fragte Zille misstrauisch.

»Weil sie gerade ins Kino eingeladen wurde, und zwar zu dem Film, der an der Litfaßsäule plakatiert war. ›Avengers: Endgame‹.«

»Ah«, Zille bekam glänzende Augen. »Mit Scarlett Johannsen.«

»Haarfarbe?«, fragte Elias.

»War sie sich unsicher, aber eher hell als dunkel.«

Elias nickte anerkennend. »Die Beschreibung ist doch für ein Phantombild brauchbar.«

»Ich kümmere mich darum.« Zille machte sich eine Notiz. »Jetzt zu meiner Theorie zum Tatablauf in dem Apartment.« Zille biss in den letzten Muffin. »Der Täter öffnete mit der Generalkarte die Zimmertür, merkte schnell, dass sein Opfer sich nicht im Bett, sondern im Bad aufhielt. Er ging rein, sah ihn auf dem Klo sitzen, nahm die Maske ab, legte sie zur Seite, wahrscheinlich ins Waschbecken, und brachte ihn dann um.«

»Aber warum hat er die Maske abgenommen?« Janne verschränkte die Hände hinterm Kopf und lehnte sich zurück.

»Das Opfer sollte sehen, wer ihn umbringt.«

»Er kannte ihn«, wirft Elias in den Raum.

»Sowohl als auch«, sagte Janne.

»Sehr gut möglich«, sagte Zille. »Jedenfalls hatte er nun seine Maske nicht mehr auf. Legte das Opfer in die Badewanne, zertrümmerte dort sein Gesicht und legte anschließend Madonna und Nase auf das Opfer. Dabei wird etwas Speichel auf die Nase getropft sein.«

»Was lassen sich daraus für Schlüsse ziehen?«, fragte Elias.

»Wir konnten ja dank Britta das Opfer schnell identifizieren.

Werner Kröppelin, achtzig Jahre, bekannter Altnazi. Lebte seit zwei Jahren in einem Hotelapartment und arbeitete im ›Institut für Neues Denken‹«, erklärte Zille.

»Vielleicht ist er dort auch seinem Mörder begegnet«, sagte Elias. »Wir sollten dem ›Institut‹ einen Besuch abstatten.«

»Gute Idee«, pflichtete Janne ihm bei. »Zille hat uns doch die Fotos von Brittas Informantin weitergeleitet.« Janne hielt den beiden ihr Handy hin und zeigte ihnen ein Foto. »Vielleicht finden wir ja auch diesen jungen Mann dort. Hat doch zumindest von der Statur, möglicherweise Haarfarbe und Alter Ähnlichkeit mit unserem Mörder.«

»Bevor wir ein Phantombild machen lassen, zeigen wir der Zeugin dieses Foto«, sagte Zille.

»Darum kümmere ich mich«, sagte Janne.

35

Ihre Schwester ging Richtung Große Bleichen und bog an der Sparkassenfiliale rechts ab. Anna beschleunigte ihre Schritte und konnte gerade noch sehen, wie jene das Parkhaus betrat. Im sicheren Abstand folgte ihr wie kürzlich in der Neustadt der bärtige Mann. Sie lief den beiden ins Parkhaus hinterher und sah ihre Schwester im Treppenhaus verschwinden. Von dem Mann mit dem Bart war nichts mehr zu sehen. Anna öffnete die rote Tür, stürmte ins Treppenhaus und nahm zwei Stufen auf einmal. Im dritten Stockwerk hatte sie ihre Schwester erreicht. »Veronica, warte.«

Die Frau mit den roten Haaren und der schwarzen Brille blieb stehen. Dann drehte sie sich um. »Anna?«, fragte sie ungläubig.

Anna nickte und ging auf sie zu. Sollte sie ihre Schwester in den Arm nehmen? Sie wusste es nicht und blieb vor ihr stehen.

Veronica sah sie an. Dann erhellte ein Lächeln ihr Gesicht.

»Kleine Schwester.« Sie strich ihr über den Kopf. »Wie hast du mich gefunden?«

»Auf der Mai-Demo habe ich dich entdeckt. Ich dachte, du bist immer noch bei den Rechten.«

»Ja und nein.« Veronica sah sich um. »Ich erkläre es dir später.«

Eine Tür im Treppenhaus schlug zu.

»Du wirst übrigens verfolgt.«

»Komm, wir gehen schnell zu meinem Auto.« Die beiden Frauen betraten das Parkdeck.

Veronica kramte ihren Autoschlüssel aus ihrer Handtasche, dann stiegen sie und Anna in einen Fiat 500 und fuhren zügig los.

»Ich hatte auch schon das Gefühl, dass ich seit einiger Zeit beschattet werde.« Veronica kurvte auf dem Parkdeck herum und fuhr in die spiralförmige Ausfahrt.

Anna hielt sich am Haltegriff fest. »Kann ich bestätigen. Ich habe dich zufällig schon einmal gesehen, bin dir gefolgt und habe dabei einen Mann mit Vollbart bemerkt, der dir jetzt ebenfalls gefolgt ist.«

»Ich bin seit einiger Zeit eine Informantin des BKA.«

»Was?«, rief Anna erschrocken. »Etwa bei diesem ›Institut für Neues Denken‹?«

»Woher kennst du das ›Institut‹?«

»Wir beobachten euch.«

Veronica war im zweiten Stockwerk angekommen und musste abbremsen, weil die Wand bedrohlich nahe gekommen war. »Möglicherweise bin ich heute endgültig enttarnt worden.« Veronica schaute in den Rückspiegel. »Shit.«

Ein SUV fuhr plötzlich von hinten auf den Fiat auf. Das Auto kam ins Schlittern, und Veronica hatte alle Mühe, nicht die Kontrolle über ihr Auto zu verlieren.

»Fahr auf das nächste Parkdeck«, schrie Anna, »unten an der Schranke erwischt er uns.«

Veronica riss das Steuer herum und fuhr über die Ausfahrt

auf das Parkdeck eins. In dem Moment sah Anna den SUV von hinten auf sie zukommen. »Scheiße, ich –«

Der Rest wurde von einem lauten Knall übertönt. Der SUV hatte den Fiat am Heck gerammt. Der Wagen geriet aus der Spur und knallte gegen einen Pfeiler. Anna und Veronica wurden mit voller Wucht zur Seite und nach vorn geschleudert, die Airbags bliesen sich blitzschnell auf und verhinderten Schlimmeres.

Veronica griff unter Schmerzen in ihre Jackentasche und hielt Anna einen Stick hin. »Kleine Schwester«, hörte Anna Veronica noch flüstern. »Ist wichtig.« Dann verlor sie das Bewusstsein. Anna hörte, wie jemand versuchte, die Autotür aufzureißen. Sie überlegte nicht lange und verschluckte den Stick.

36

Der Kaffee war dem Bier gewichen und die süßen Gebäcke den Chips. Elias hatte Fotos der drei Opfer nebeneinander auf das Smartboard projiziert.

»Hier seht ihr den Club der alten Nazis«, sagte er spöttisch. »Von Kamanskis rechter Vergangenheit wussten wir ja schon. Er war auch nach seiner Studienzeit bis ins hohe Alter in der Burschenschaft als ›Alter Herr‹ aktiv. Kröppelin war ein altbekannter Nazi, ehemaliges NPD-Mitglied und Funktionär. Vogelberg hatte seine Nazivergangenheit gut versteckt. Doch nicht gut genug.«

»Ich habe einige seiner alten Freunde ausfindig gemacht, von denen zwei tatsächlich geplaudert haben«, sagte Janne. »Vogelberg war mit ihnen als Jugendlicher in der Wiking-Jugend und später dort als Funktionär aktiv. Als sie 1994 verboten wurde, hat er die Nachfolgeorganisation ›Heimattreue Deutsche Jugend‹ mit Geld unterstützt. Wahrscheinlich bis zum Verbot 2009.«

Zille hatte bisher schweigend zugehört und sich ausgiebig

an den Chips bedient. »Dass die drei Toten Altnazis sind, kann kein Zufall sein und ist möglicherweise ein Motiv.« Er griff zu seiner Bierflasche und betrachtete sie einen Moment. »Die Frage ist nur, ob es der Racheakt eines durchgeknallten linken Nazihassers war oder etwas ganz anderes dahintersteckt.« Dann leerte er sie in einem Zug.

»Ich glaube nicht an einen linken Nazihasser«, sagte Elias bedächtig.

»Vielleicht doch Altenhass?« Janne leckte ihre salzigen Finger ab. »Das Zeug macht süchtig.«

»Stimmt.« Zille schob sich einen weiteren Paprikachip in den Mund, ehe er darauf knuspernd weitersprach: »Fest steht auf jeden Fall, dass wir es mit einem Serienmörder zu tun haben. Wir haben auch eine ungefähre Vorstellung davon, um was für einen Typ es sich handelt. Doch zumindest der dritte Mord passt nicht zum Verhalten eines typischen Serienmörders. Der wird üblicherweise mit jedem Mord cleverer.« Zille stockte und schüttelte den Kopf. »Doch der letzte Mord war viel zu riskant. Ein Mord in einem der belebtesten Straßen Hamburgs. Und dann noch in einem Hotel.«

»›Die Regel verstehen ist das Erste, sie ausüben lernen ist das Zweite‹, hat Schopenhauer mal gesagt.« Elias zog seine Augenbrauen hoch. »Was ich damit sagen will –«

»Der Täter wird gelenkt.«

»Und sucht sich die Opfer nicht selbst aus.«

»Wie schlau ihr doch seid.« Elias hob seine Bierflasche und prostete Zille und Janne zu.

»Nur nach welchem Muster?«, fragte Janne.

»Vielleicht hilft uns ein Blick auf die Vermögensverhältnisse der Opfer weiter. Ich habe alles, was wir wissen, mal zusammengefasst.« Auf dem Smartboard erschien eine Tabelle. »Anna hat über Kamanski schon einiges herausgefunden. Er besitzt vier Häuser und mindestens anderthalb Millionen Euro. Davon ist auszugehen, weil er ein Konto bei einer Privatbank hat, die erst ab dieser Summe überhaupt ein Konto eröffnet.«

»Wie kommt ein Beamter an so viel Geld?«, fragte Janne überrascht.

»Er hat mit Aktien gehandelt und Glück gehabt. Mehr weiß ich auch nicht.« Elias räusperte sich. »Von Vogelbergs Söhnen haben wir erfahren, dass ihr Vater vermögend war. Seine Söhne erhalten aber nur ihren Pflichtteil, die Wohnung im Frauenthal hat er vor Jahren schon seiner Enkelin überschrieben.«

Janne sah ihn fragend an.

»Weiß ich von seinem Notar. Wo das restliche Geld hinfließt, wollte er mir nicht verraten – obwohl er mir noch einen Gefallen schuldet.«

Jetzt sah Zille ihn fragend an. Doch Elias zuckte nur mit den Schultern. »Und auch Kröppelin muss Geld haben«, sagte er dann, »schließlich leistete er sich zum Wohnen ein Apartment in einem Hotel.«

»Eine komfortable Form des Pflegeheims«, merkte Janne sarkastisch an.

»Wir sind ja immer noch auf Motivsuche.« Zille lehnte sich in seinem Stuhl zurück. »Alle Opfer sind vermögende Altnazis. Wenn die Chance besteht, durch deren Tod an das Geld zu kommen, ist es in der Tat ein starkes Motiv für die Morde.«

»Und zumindest bei Kamanski gibt es einen Hinweis, dass die Spur des Geldes zum ›Institut‹ führt«, fuhr Elias fort.

»Vogelberg hat sein Geld schon zu Lebzeiten an rechte Organisationen verteilt«, sagte Janne. »Daher wird er das in seinem Testament sicher auch veranlasst haben.«

»Also, warum dann nicht an diesen rechtsradikalen Thinktank?« Zille öffnete sich ein weiteres Bier. »Und Kröppelin wird seine Kohle mit Sicherheit auch diesem ›Institut‹ vermacht haben.«

»Und warum benötigt das ›Institut‹ so viel Geld?«, fragte Janne rhetorisch und blickte Zille und Elias an. »Um einen Anschlag zu planen und durchzuführen.«

Elias nickte. »Nur schade, dass wir keine Beweise haben.«

»Wir sollten offensiver werden«, sagte Janne energisch. »Die

Indizien, die wir haben, weisen doch eindeutig auf Haferkamp und Co hin. Wir sollten denen einfach einen Besuch abstatten – unangemeldet.«

Elias zog die Stirn kraus und verdrehte die Augen. Offenbar hielt er nichts von diesem Vorschlag.

Zille rieb sich die Hände. »In den USA haben wir bei Einsätzen oft viel Zeit mit Warten verbracht. Meistens haben die Kollegen und ich dann gepokert.«

»Um Geld?«, fragte Janne neugierig.

»Es waren kleine Einsätze, die in eine gemeinsame Kasse gingen. Mit der Zeit kamen einige Dollars zusammen. Eines Tages waren wir für eine große Observation in Annapolis, in der Nähe von Baltimore, eingeteilt. Wir hatten gerade eine Zwölf-Stunden-Schicht hinter uns, und zum Ausklang der Nacht pokerten wir noch eine Runde. Nachdem wir ein paar Spiele hinter uns hatten, fragte einer der Kollegen, was wir eigentlich mit dem Geld anfangen sollten. Ich sagte spontan: ›Pizza essen im Mia Bella in Cleveland‹. Zustimmendes Gemurmel war die Antwort. Als wir im Morgengrauen unsere Spiele endgültig beendeten, es waren noch ein paar Dollar mehr in die Kasse gekommen, standen meine drei Mitspieler auf. Ich schaute sie verwirrt an. Einer nahm die Pokerkasse, ein anderer warf mir den Autoschlüssel zu. Und der Dritte sagte: ›Pizza essen in Cleveland‹.«

»Und?«, fragte Elias amüsiert.

»Nach vierzehn Stunden waren wir wieder zurück. Manchmal muss man Dinge einfach machen.«

Janne wollte gerade das Wort ergreifen, als Zilles Handy klingelte. Der schaute auf das Display und nahm den Anruf an. »Liegst du noch nicht auf der Couch?«, fragte er spöttisch. Doch dann wurde Zilles Gesichtsausdruck ernst. Nach wenigen Minuten war das Telefonat beendet.

Zille blickte zu Janne und dann zu Elias. »Das war Pöppelmann. Anna ist verschwunden. Sie hat mit Laura das ›Institut‹ beobachtet und ist dann unabgesprochen einer Frau gefolgt, die das ›Institut‹ verlassen hat. Anna sagt, dass die Frau ihre Schwester ist.«

»Und was ist dann geschehen?«, fragte Janne angespannt.

»In einem Parkhaus in der Nähe wurde ein demoliertes Auto gefunden. Zwei Airbags sind aufgegangen, die Insassen sind verschwunden.«

»Gibt es schon eine Spur?« Elias rutschte nervös auf seinem Stuhl hin und her.

»Es gibt einen Verdächtigen. Laura hat ein Foto von ihm gemacht. Die Fahndung ist bereits eingeleitet.«

»Dann hat Anna ihre Schwester also tatsächlich gefunden«, sagte Janne nachdenklich.

»Habe ich irgendwas verpasst?«, fragte Zille irritiert.

37

Lasse hatte sich für die Nachtschicht einteilen lassen und um zweiundzwanzig Uhr mit der Arbeit begonnen. Auch wenn auf dem Containerterminal vierundzwanzig Stunden an sieben Tagen in der Woche gearbeitet wurde, war die Mitarbeiterzahl im Servicecenter nachts deutlich geringer. So fiel es nicht auf, wenn er länger als üblich für seinen Rundgang über das Gelände brauchte. Das war notwendig geworden, weil er persönlich einen Hardware-Keylogger an einen Computer im Büro der Logistikabteilung installieren musste. Der Versuch, einen Trojaner über den Computer einer Mitarbeiterin ins System einzuschleusen, war misslungen. Nun musste er in das Büro der Kollegin einbrechen.

Glücklicherweise kannte er die meisten Sicherheitsleute auf dem Gelände, und so hatte er ungehindert ins Bürogebäude eindringen können. Die Bürotür stellte auch kein großes Hindernis dar. Der Keylogger war schnell zwischen USB-Tastatur und USB-Anschluss am PC-Tower angebracht. In dem Moment, in dem sich die Kollegin am Montag in ihren Computer und dann ins System einloggte, würde er die Passwörter haben. Dann konnte er von der Wohnung in Hammerbrook die am Autohof Altenwerder bereitstehenden Lkw mit dem entsprechenden Fuhrencode ins System einpflegen. Beladen waren sie offiziell mit Fahrzeugersatzteilen. Um auf das Terminal zu gelangen, musste er noch ein Zeitfenster für Dienstag buchen. Auch das sollte kein Problem sein. Winfried und Max würden so ungehindert auf das Terminalgelände fahren können. Sie brauchten nur den Code am OCR-Gate einzugeben.

Inzwischen war es morgens, und Lasse saß wieder an seinem Schreibtisch und wartete auf seinen Dienstschluss. Er schaute auf sein Handy. Gleich neun Uhr. Wenige Sekunden später wurde der Eingang einer Nachricht angezeigt. Sie war von Doris. »W. ist zur Fahndung ausgeschrieben. Er muss sofort verschwinden.« Lasse schloss die Augen. Was für ein Mist, dachte er. Aber wie man es auch betrachtete, Winfried war ein Sicherheitsrisiko. Klar, er könnte bis Dienstag untertauchen, und wahrscheinlich war er es auch schon. Doch sobald er auf das Terminal einfahren wollte, bestand die Gefahr, dass er erkannt würde. Auch wenn fast alles elektronisch ablief, hin und wieder stand halt doch ein Mitarbeiter am Gate. Und spätestens am Interchance, wo das Zollsiegel geprüft wurde, musste er sein Gesicht zeigen.

Lasse packte seine Sachen zusammen und verließ das Werksgelände. Er wollte erst einmal zum Trucker Treff und frühstücken.

Das Beste am Frühstück dort war der Kaffee, der war so stark, dass selbst Tote wiedererwachten. Wer es weniger bitter haben wollte, musste sich zusätzlich eine Kanne heißes Wasser bestellen oder den Zuckerstreuer leeren. Die frischen Rundstücke waren mit Butter am leckersten, und so verzichtete Lasse immer auf den Belag. Heute bediente ihn Monika, eine Mittvierzigerin mit viel Lebenserfahrung. Angeblich hatte sie über zwanzig Länder bereist.

Als sie Lasse den zweiten Becher Kaffee brachte, hatte er eine

Idee. »Du bist doch viel herumgekommen in der Welt und hast so einiges erlebt.«

»Was weißt du denn, was ich erlebt habe?«, blaffte Monika ihn an.

»Is' ja nur so 'n Spruch.«

»Was willst du, Lasse?«

»Wenn du jemanden verstecken musst, wie würdest du das machen?«

Monika setzte sich zu ihm an den Tisch. »Was hast du angestellt?«

»Nichts, ich habe da eine Wette laufen.«

»Wieder eine große Klappe gehabt.« Sie schüttelte den Kopf. »Dass ihr jungen Kerle euch immer was beweisen müsst.«

Lasse sah sie flehend an.

»Jetzt mach keinen auf Mitleid, kannste nicht mit an meinen Mutterinstinkt appellieren. Bin ich regelrecht allergisch gegen.« Dann rückte sie näher an ihn heran. »Also ich habe mal in Schanghai jemanden verstecken müssen. Netter Kerl. Blond, volles Haar und ordentlich Muckis. Das war aber auch sein Problem. Er hatte sich nämlich mit einer Chinesengang angelegt. Als Erstes habe ich ihm die Haare geschnitten und schwarz gefärbt und ihm eine Brille verpasst. Eigentlich wollte ich ihm auch noch die Lippen aufspritzen, wollte der Kerl aber nicht.« Monika gluckste. »Hätte auch nicht zu ihm gepasst.«

»Und wo hast du ihn versteckt?«

»Schanghai hat einen großen Hafen. Da gibt es viele brachliegende Flächen.«

Lasse nickte. »Und wie lange hast du ihn versteckt?«

»Zwei Jahre.« Monika bekam einen verträumten Blick. »Hatte ihn ganz für mich allein.«

Lasse trank seinen Kaffee aus, legte zwanzig Euro auf den Tisch und stand auf. »Du hast mir sehr geholfen, die Wette gewinne ich.« Er gab ihr einen Kuss auf die Wange und ging.

Aus dem Auto heraus rief er bei Doris Haferkamp an und erzählte ihr von seinem Plan.

»Wenn wir Winfried jetzt ausschalten, steht nur ein Lkw auf dem Terminal. Das ist zu wenig.«

»Sehe ich auch so.«

»Wir müssen sein Aussehen verändern und ihn bis Dienstag gut verstecken.«

»Okay.«

38

Anna schlug langsam die Augen auf. Sie lag auf dem Rücken. Und ihr war kalt. Um sie herum war es dunkel. Sie drehte ihren Kopf leicht zur Seite und spürte sofort einen stechenden Schmerz im Nacken. Sie hielt in der Bewegung inne, atmete tief ein, und nun schmerzte ihr ganzer Brustkorb. Ganz vorsichtig ließ sie die Luft wieder entweichen. Vorsichtig bewegte sie ihre Finger. Das ging immerhin ohne Schmerzen. Inzwischen hatten sich ihre Augen an die Dunkelheit gewöhnt, und sie konnte eine grau gestrichene Decke über sich erkennen.

Sie bewegte ihre Augen nach links, dann nach rechts, nicht ohne ein Stechen im Kopf zu spüren. Sie musste in einem kleinen Raum liegen, weil sie die Wände sehen konnte. An einer Wand standen wohl Regale. Plötzlich hörte sie ein unregelmäßiges Atmen, begleitet von einem leisen Fiepen. Sie war nicht allein. Da fiel ihr wieder ein, dass sie ihre Schwester getroffen hatte und mit ihr in eine Verfolgungsjagd verwickelt gewesen war. Sie erinnerte sich nur noch an einen verschluckten Stick und einen lauten Knall. Entweder hatten sie einen Unfall gehabt, oder das andere Auto hatte sie absichtlich gerammt.

Sie richtete ihren Oberkörper unter höllischen Schmerzen ein wenig auf. Ihre Beine konnte sie glücklicherweise bewegen, wenn auch nur sehr mühsam. Vermutlich hatte sie sich bei dem Crash hauptsächlich im Bereich des Nackens und Thorax verletzt. Ob die Schmerzen von Brüchen oder Stauchungen stammten, wusste sie nicht. Sie wusste nur, dass ihr alles oberhalb des Beckens verdammt wehtat.

»Veronica«, flüsterte Anna. Ihre Schwester lag nur einen Meter von ihr entfernt, ebenfalls auf dem nackten Steinboden. Ihr Gesicht war voller Blut. »Scheiße«, fluchte Anna und versuchte, näher an sie heranzukommen. Sie biss die Zähne zusammen, drehte sich langsam auf die Seite und robbte unter lautem Stöhnen auf sie zu.

Jetzt konnte sie Veronicas Verletzungen im Gesicht genauer sehen. Sie hatte Wunden auf der Stirn und unter dem linken Auge. Aus beiden trat kein Blut mehr aus. Die Wunde unterm Auge war kleiner, dafür tiefer als die auf der Stirn. Aber es hatten sich schon Krusten gebildet. Ob ihre Schwester weitere Verletzungen hatte, konnte sie nicht sagen. Doch vermutlich ging es Veronica nicht anders als ihr. Sie fasste vorsichtig an ihre rechte Schulter und übte ein wenig Druck aus. Als keine Reaktion kam, schüttelte sie sie leicht.

»Aaaah«, stöhnte Veronica laut auf und versuchte, die Augen zu öffnen, was aber nur mit einem Auge gelang. Das linke Auge war zugeschwollen.

»Ich bin es, Anna.«

Veronica verzog das Gesicht. »Sind wir im Himmel oder in der Hölle?«, fragte sie leise.

»Weiß nicht. Auf jeden Fall leben wir.«

Veronica versuchte, ihren Oberkörper aufzurichten, und schrie auf. »Mir tut alles weh.« Sie wollte sich wieder auf den Boden fallen lassen. Anna vergaß ihre Schmerzen und legte schnell ihre Hand um ihren Hinterkopf, damit sie nicht auf den Steinboden knallte.

»Nicht noch eine Wunde am Hinterkopf, Veronica.«

Anna blickte sich um. »Wir müssen uns an die Wand lehnen und etwas unter unsere Hintern legen. Der Boden ist zu kalt.«

»Ich hätte gerne eine Luftmatratze«, krächzte Veronica.

»Du musst wohl mit den dreckigen Decken vorliebnehmen, die dort im Regal liegen.« Das Sprechen fiel ihr schwer.

»Und einen Whisky hätte ich auch gerne.«

Nach einer gefühlten Viertelstunde hatten sich die beiden Schwestern an die Wand gelehnt und saßen auf den Decken. Anna hatte vor Schmerzen Tränen in den Augen, und Veronica war vor Erschöpfung wieder eingeschlafen.

Nachdem Anna sich ein wenig ausgeruht hatte, wobei sie nicht sagen konnte, ob sie für einige Zeit weggedöst war, nahm sie wieder all ihre Kraft zusammen und kroch erneut auf den Knien zum Wandregal. Der Schmerz ließ sie immer wieder innehalten, doch schließlich kniete sie vor dem Regal. Dort hatte sie vorhin Tetra-Pak-Kartons gesehen, ohne darauf zu achten, was sie beinhalteten. Jetzt sah sie, dass sie nur Wein enthielten.

»Mist«, murmelte sie. Sie nahm zwei Packungen aus dem Regal und schob sie auf dem Rückweg vor sich her. Bei Veronica wieder angekommen, lehnte sie sich völlig erschöpft neben sie an die Wand. Sie fühlte sich wie in der Hölle und schlief ein.

Veronica weckte sie. »Ich kann meine Arme nicht bewegen«, sagte sie leise und blickte sehnsüchtig auf die Tetra Paks. Anna griff vorsichtig nach einer Packung. »Ist zwar kein Whisky, aber immerhin Alkohol. Ein ›fruchtig, lieblicher Dornfelder‹.« Mit den Zähnen riss sie eine Ecke der Packung auf. Wieder musste sie eine Pause machen. Dann hielt sie Veronica die Packung vors Gesicht. Diese öffnete den Mund, spuckte aber die Hälfte des Weins wieder aus. »Schmeckt ja abartig.«

»Rettet uns aber vor dem Austrocknen.« Anna nahm einen großen Schluck. »Wo sind wir hier eigentlich?«

Veronica zuckte mit den Schultern, was sie gleich wieder bereute. »Selbst das schmerzt.« Sie lehnte sich wieder an die Wand. »Ich vermute, wir sind in einem Keller des ›Instituts‹. Ich war einmal hier unten, um ein paar Akten zu suchen.« Sie hob das Kinn und blickte auf die Tür. »Das ist der einzige Keller mit Stahltür.«

»Und was hast du sonst hier gemacht?«

»Im ›Institut‹?«

Anna wollte nicken, besann sich aber eines Besseren und sagte: »Ja.«

»Gib mir noch was von dem Fusel.« Veronica trank gierig, dabei lief der Wein über ihr Gesicht. »Vielleicht lassen die Schmerzen nach, wenn wir alle Tetra Paks austrinken.«

Und dann erzählte Veronica ihrer Schwester, wie sie von einer Mitarbeiterin des BKA angeworben wurde, welche Skrupel sie zunächst gehabt hatte und wie ihre Informantentätigkeit aussah. Sie redete langsam, immer wieder von Pausen unterbrochen. Anna hörte ihr zu, ohne sie ein einziges Mal zu unterbrechen.

Als sie am Ende angelangt war, gab Anna ihrer Schwester noch einen Schluck Wein. »Wir müssen hier unbedingt rauskommen, um das LKA zu warnen.«

»Dafür war der Datenstick gedacht, den ich dir gegeben habe.« Veronica betastete ihre Wunde unterm Auge und fragte dann: »Hast du ihn noch?«

Anna zeigte auf ihren Bauch. »Richtig gut versteckt.«

»Dann müssen wir nur einen Weg finden, wie wir dieses Loch verlassen können.«

»Vorher sollten wir etwas essen.«

»Was willst du kochen?«

»Im Regal steht eine Dose mit leckeren dicken Bohnen.«

»Danke, ich muss abnehmen.« Und dann spuckte Veronica Wein und Blut aus und wollte gar nicht mehr aufhören. Schließlich verlor sie das Bewusstsein.

39

»Nec aspera terrent.« Der große Mann mit dem Oberlippenbart und der Prinz-Heinrich-Mütze auf dem Kopf schüttelte Rabenhorst die Hand und klopfte ihm mit der anderen auf die Schulter. Die beiden Männer hatten gerade an dem Bootssteg

angelegt und waren aus einem schnittigen Boot mit Außenbordmotor gestiegen. Sie waren zwei Stunden auf der Mitte des Plöner Sees herumgedümpelt und dann langsam ans Ufer getuckert. Britta und Rolf, die beiden BKA-Beamten, hatten Rabenhorst seit heute Morgen beobachtet und waren ihm von Gut Groß-Bockenfurt gefolgt. An der Anlegestelle hatte er sich mit dem groß gewachsenen Mann getroffen.

»Das Warten hat sich gelohnt«, flüsterte Britta zufrieden. »Nun wissen wir, dass zu Rabenhorsts ›Rat‹ auch ein Oberst der Bundeswehr gehört.«

»Woher kennst du seinen Dienstgrad?«

»Ich habe vor einigen Wochen ein Interview mit ihm im Hardthöhenkurier gelesen. Da war auch ein Foto von ihm abgebildet.«

»Die Fotos, die ich gemacht habe, werden ihm nicht gefallen.« Rolf packte seine Kamera in den Rucksack. »Es wird Zeit, dass wir den Zugriff vorbereiten und die Kollegen in Hamburg und Schleswig-Holstein informieren.«

»Wir sollten noch warten«, entgegnete Britta. »Wir müssen alle Hintermänner kriegen. Das ›Institut‹ ist nur ausführendes Organ.«

Rolf schnürte den Rucksack zu. »Da bin ich mir nicht so sicher. Und wir können nicht riskieren, dass sie den Anschlag durchführen.«

»Wir haben bisher nur Indizien und Vermutungen. Keine Beweise.«

»Britta, das ist doch scheißegal.« Rolf war sein Ärger anzuhören. »Hauptsache, die Arschlöcher gehen in den Knast.«

»Rolf, ich habe dich nach Hamburg geholt, um mich zu unterstützen, nicht, um mich zu belehren. Ohne stichfeste Beweise gerade für einen Umsturz sind die nach ein paar Tagen wieder auf freiem Fuß. Und dann fangen wir wieder von vorne an.«

Rolf und Britta nahmen ihre Sachen und gingen vorsichtig durch den Wald zu ihrem Auto. Als Rolf den Wagen starten wollte, legte Britta ihm ihre Hand auf den Arm. »Ich bereite diesen Schlag gegen das rechtsradikale Netzwerk, das sich ›Rat‹ nennt, seit 2016 vor. Ich habe eine Informantin in das von Rabenhorst gegründete ›Institut für Neues Denken‹ eingeschleust und ernte jetzt endlich die Früchte. Gleichzeitig haben wir seit Anfang des Jahres von der Zunahme der Aktivitäten erfahren –«

»– weil wir das Handy von diesem adligen Reichsbürger abgehört haben.«

»Genau. Aber erst nachdem dieser eitle Fatzke überall herumposaunt hat, dass er jetzt zur Crème der neuen Bewegung gehört, weil er eine Einladung zu einem wichtigen Treffen bekommen hat.« Britta schüttelte den Kopf und rieb sich an der Nase. »Und nach dem Treffen hatte er nichts Besseres zu tun, als sofort sein Handy zu zücken und seinen Gesinnungsgenossen von diesem Strategietreffen auf Gut Groß-Bockenfurt zu erzählen. Und im April konnten wir dann eine Nachricht von Rabenhorsts Handy abfangen, bevor diese verschlüsselt wurde. Leider die erste und letzte. Sie war knapp, aber aufschlussreich: ›Vorbereitungen fast abgeschlossen. Termin in Kürze. Rat muss sich treffen.‹ Seitdem observieren wir Rabenhorst.«

»Nicht immer mit Erfolg«, sagte Rolf mürrisch.

»Nein, wann und wo der ›Rat‹ sich getroffen hat, haben wir nicht mitbekommen. Deshalb wissen wir immer noch nicht, wer diesem Kreis angehört.«

»Bis auf den Oberst.« Rolf drehte den Zündschlüssel. »Dann wollen wir hoffen, dass diese Aktion am Ende zum Erfolg führt.«

Sie fuhren schon eine Weile, als Rolf im Rückspiegel einen Land Rover sah. »Wir werden verfolgt.«

»Fahr in den nächsten Waldweg und halte an der kleinen Schneise«, sagte Britta sofort. Rolf bog ab und hielt nach zwanzig Metern.

»Stell den Motor aus.« Britta zog Jacke und T-Shirt aus und setzte sich wie eine Reiterin auf einen irritierten Rolf. »Nun küss mich und zieh mir den BH aus.«

Wenig später klopfte es an das Fahrerfenster. Britta blickte zur Seite, kreischte auf, setzte sich schnell auf den Beifahrersitz und hielt sich verschämt das T-Shirt vor die nackte Brust. Rolf öffnete das Fenster und sah in zwei grinsende Gesichter.

»Wir stören ja nur ungern«, sagte der eine Mann, »aber Sie befinden sich hier auf Privatgelände.«

»Oh, das, äh«, stammelte Rolf, »haben wir nicht gewusst. Tut uns leid.«

»Schon gut. Aber seien sie das nächste Mal aufmerksamer und«, fügte der Mann dann verschwörerisch hinzu, »denken Sie nicht nur an das eine.«

Sie fuhren inzwischen auf der Landstraße Richtung Eutin. Beide hingen ihren Gedanken nach. Dann sagte Rolf unvermittelt. »Danke.«

»Bild dir bloß nichts ein.«

»Das meine ich nicht. Hast du die Waffen gesehen? Du hast uns das Leben gerettet.«

»*Nec aspera terrent*«, antwortete Britta.

»Und das heißt?«

»Auch Schwierigkeiten schrecken uns nicht.«

»Das hat doch der Oberst zu Rabenhorst beim Abschied gesagt.«

»Er hat das Motto der 1. Panzerdivision der Bundeswehr zitiert.«

40

Sigi saß in der Lobby des »Le Maribel« in einem der bequemen Cocktailsessel und trank einen Martini. Neben ihr stand eine Gucci-Sporttasche aus beigefarbenem Canvas mit braunem Lederversatz. Die Lederjacke im Bikerstil war von einem französischen Label, dessen Namen sie sich nicht merken konnte. Die Jacke aus superweichem Lammleder war, wenn sie sich recht erinnerte, doppelt so teuer wie die Sporttasche gewesen. Wenn man allerdings den Inhalt, den sie die letzten Tage in der Tasche transportiert hatte, dazurechnete, war die Jacke ein Schnäppchen. Jetzt war die einklappbare Schulterstütze ihres Gewehrs in der Tasche, eingewickelt in Jogginghose und Sportshirt. Sigi beobachtete, wie gerade eine Gruppe Briten an die Rezeption eilten. Sie trank ihren Martini aus und ging zum Aufzug.

In ihrer Suite angekommen, legte sie die Schulterstütze in ihren großen Koffer, wo auch die anderen Teile des Gewehrs verstaut waren. Es fehlten nur noch das Steiner-Military-Zielfernrohr und das Zweibein. Beides würde sie morgen Vormittag abholen, und dann hatte sie alle Teile des Haenel RS9 beisammen. Sie würde das Gewehr in aller Ruhe zusammenbauen und eine Funktionsprüfung mit einer Exerzierpatrone durchführen. Anschließend würde sie das Gewehr wieder auseinandernehmen und gut verstauen. Man konnte nie wissen, was die Zimmermädchen so alles trieben.

Jetzt stand sie vor ihrem Kleiderschrank. Doris Haferkamp hatte ihr geraten, sich teuer einzukleiden und die Jetsetterin zu spielen, die für ein paar Tage in Hamburg weilte. Damit würde sie in dem Hotel nicht auffallen, und es würde ihr bestimmt auch Spaß machen. Und damit hatte sie recht.

Sigi sah ihre Klamotten durch. Sommerkleider, schicke Blusen und elegante Röcke. Verschiedene Pumps und Chucks und drei Paar Stiefeletten. Und dazu noch ein paar tolle und teure Accessoires. Handtaschen, Sporttaschen und Schmuck. Wahrscheinlich hatte sie übertrieben, aber mit der Kreditkarte, die Doris ihr gegeben hatte, ließ sich einfach gut einkaufen. Nur schade, dass sie das meiste zurücklassen musste. Aber sie würde sich das schönste Outfit für Dienstag aussuchen und hoffen, dass das warme Sonnenwetter auch in den nächsten Tagen anhielt.

Sie ging auf die Galerie ihrer Suite und setzte sich auf einen der Sessel. Von hier hatte sie einen wunderbaren Blick auf die Außenalster. Sie nahm ein Fernglas, das auf dem kleinen Beistelltisch lag, und beobachtete die Segelboote auf der Alster. Dann schwenkte sie nach links und visierte das Kleine Weiße Haus, wie das amerikanische Konsulat auf der gegenüberliegenden Seite der Alster genannt wurde, an. Von hier und vom Wohnzimmer, das unterhalb der Galerie lag, hatte sie einen freien Blick auf das Konsulat. Es lag 808,37 Meter entfernt. Vielleicht ein bisschen weniger, sie würde vom Wohnzimmerfenster aus schießen.

Sigi stand auf und reckte sich. In fünf Minuten würde ein Kommunikationstest mit Doris stattfinden. Anschließend war Entspannung im »Emotion Spa« des Hotels angesagt. Erst im Fitnesscenter ein bisschen Krafttraining, dann in der Sauna abhängen und zum Abschluss eine Runde schwimmen. Zum Essen und zum Barbesuch würde sie sich umziehen. Ab morgen würden ihre Tage anders aussehen. Da ging es nur noch um die konzentrierte Vorbereitung auf ihre Aufgabe.

Juni 2016

Gespräch 6

Frigga hatte gut geschlafen. War früh aufgestanden und hatte sich gestylt. Plötzlich war ihr danach gewesen. Statt der biederen Kleidung ohne Accessoires trug sie nun eine lässige hellblaue 7/8-Hose mit Stickereien, ein dunkelblaues Top und einen passenden Schal. Und sie hatte auf das Haareflechten verzichtet. Die offenen Haare gefielen ihr heute Morgen besser. Und so fühlte sie sich auch. Sie betrat den Konferenzraum.

»War die Zeit für das Zopfflechten zu knapp heute Morgen?«, fragte Larissa in süffisantem Ton. Und ohne eine Antwort abzuwarten. »Sie sehen heute Morgen jedenfalls wesentlich besser aus als ich, Frigga.«

»Veronica.«
Larissa schaute sie überrascht an.
»Der Name passt jetzt besser zu mir.«
»Okay.« *Larissa trank einen Schluck Kaffee. Da scheint sich jemand zu öffnen, dachte sie zufrieden.* »Erzählen Sie mir von Ihrer WG.«
»Ich habe mit vier anderen Leuten zusammengewohnt, mit zwei Frauen und zwei Männern. Je eine Frau und ein Mann hatten Jobs, die anderen beiden studierten. Die haben mir dann bei den Abiturvorbereitungen geholfen. Das war super, weil ich dadurch ein gutes Abitur machen konnte.« Gerader Oberkörper, Beine übereinandergeschlagen. »Die beiden Studenten waren auch politisch aktiv, und von denen habe ich das erste Mal etwas von der ›Neuen Rechten‹ gehört. Sie schmissen mit Begriffen herum wie ›Ethnopluralismus‹, ›nationale Identität‹ und ›nationales Selbstwertgefühl‹ und redeten vom dekadenten, westlich-liberalen Lebensstil, der den Individualismus verherrlicht.« Dampfende Kaffeetasse in der Hand. »Ich hab dann mal bei einem Treffen mit anderen Studenten in der WG zugehört. Einerseits fanden sie auch wie die ›freien Kameradschaften‹, dass unsere Gesellschaft im Verfall begriffen sei und die Demokratie die Menschen verweichlichen würde. Aber sie waren viel moderner und schlauer.«
»*Inwiefern?*«
»Sie waren weder technikfeindlich, noch pflegten sie ein Brauchtum. Sie lehnten die Verherrlichung des Nationalsozialismus ab und hatten auch kein Problem mit dem Islam. Er sollte sich eben nur nicht in Europa breitmachen. Ich fand das alles sehr interessant, habe mich zu dem Zeitpunkt allerdings nicht weiter damit beschäftigt. Die Schule hat meine Aufmerksamkeit voll und ganz beansprucht. Aber das Treffen bestärkte mich in meinem Wunsch, Ethnologie zu studieren, und dann wollte ich mich auch mit den Ideen der ›Neuen Rechten‹ auseinandersetzen.« Lächeln.
»*Was meinen Sie, warum Sie das getriggert hat?*«

»In die völkische Gemeinschaft bin ich quasi hineingeboren, ich wurde nicht gefragt, ob ich das alles gut fand. Ich kannte eben nichts anderes, also war es gut und richtig. In der WG wurde diskutiert und gestritten, nach Begründungen gesucht. Nach dem richtigen Weg. Das hat mich fasziniert. Und deshalb habe ich mich 2004 an der Universität Hamburg für Ethnologie eingeschrieben.« Klare Stimme. »Nach einem Semester lernte ich auch andere Studenten kennen, die nationalkonservativ ausgerichtet waren und mich in einen Studienkreis der Deutschen Studiengesellschaft mitgenommen haben. Da habe ich mehr Zeit verbracht als an der Uni selbst. Mich faszinierte die Idee einer rechten Kulturrevolution, also über kulturellen und intellektuellen Einfluss Macht zu gewinnen.«

»Sie wissen schon, dass auch diese Leute demokratiefeindlich eingestellt sind?«

»Das hat mich zu dieser Zeit nicht abgeschreckt. Schließlich wollten sie sich an Debatten beteiligen, Bücher und Zeitschriften herausbringen, Organisationen und Denkfabriken gründen. Bei alldem wollten sie auch die Geschichte umdeuten, damit die Menschen stolz auf ihre deutschnationale Identität sein könnten und mehrheitlich bereit für eine Systemüberwindung wären.«

»Aber dieses Ziel hat doch auch die völkische Szene.«

»Sie sind aber rückwärtsgewandt und haben auch kein Problem damit, Gewalt anzuwenden.«

»Das will die ›Neue Rechte‹ nicht?«

»Das dachte ich lange, und ich habe viele Menschen kennengelernt, die das so gesehen haben. Verleger und Publizisten. Für die habe ich schon während des Studiums gearbeitet. Nach dem Studium habe ich weiter für verschiedene Verlage gearbeitet und Ende 2011 eine feste Stelle bei der ›Edition Hymir‹ erhalten.«

»Da haben Sie dann auch den Verleger Peter Baluscheck kennengelernt.«

»Den kannte ich schon vorher von einigen Veranstaltungen und Versammlungen. Dort trat er als der große Versöhner der verschiedenen Lager der ›Neuen Rechten‹ auf und wollte Nationalrevolutionäre, Jungkonservative und völkische Nationale vereinen. Er betonte immer ihre Gemeinsamkeiten, ihren Antiamerikanismus, ihre Fundamentalkritik an den demokratischliberalen Werten und ihr gemeinsames Ziel, die Überwindung des verfaulten Systems der BRD.« Hochgezogene Augenbrauen. »Doch in letzter Zeit entwickelte er zunehmend Sympathien für die Nationalrevolutionäre und träumte von einer geistigen Totalerneuerung der Menschen.«

»Was in seinen Augen nur in einem faschistischen Staat möglich wäre.«

»Bislang hatte er immer vertreten, dass man sich aus der Politik zurückziehen und um die kulturelle Hoheit für die Ideen der ›Neuen Rechten‹ kämpfen sollte.« Ein wenig Trotz in der Stimme.

»Was ja nicht zwangsläufig dem Ziel eines autoritären Staates widerspricht.«

»Da haben Sie wohl recht.« Schultern sacken herunter. »Ich habe vor ein paar Wochen einen Artikelentwurf auf seinem Schreibtisch gefunden, in dem er radikalere Maßnahmen zur Umgestaltung der Gesellschaft forderte, den konsequenten Rückzug aus dem System und die Hinwendung zur aktiven Zerstörung des Staates.«

»Also bewaffneter Kampf und Terror.«

»Und in diesem Zusammenhang hat er auch noch die furchtbaren und brutalen Morde des Nationalsozialistischen Untergrunds als Beispiel genannt. Hat die Logistik als großartig und durchdacht gelobt.« Nachdenkliches Gesicht. »Ich war nach Aufdeckung des rechtsterroristischen NSU 2011 schon kurz davor, mich ganz aus der Szene zurückzuziehen, aber dann habe ich mir gedacht, dass man sich jetzt erst recht für die Ideen der ›Neuen Rechten‹ einsetzen müsste. Und Baluscheck mit seinem Verlag schien mir seinerzeit das richtige Umfeld dafür zu sein.«

»Hat er sich damals vom NSU distanziert?« Larissa musste Veronica auf den Zahn fühlen. War sie wirklich so naiv gewesen

zu glauben, in einem rechten Verlag könnte man gegen Rechts-radikale arbeiten?

»Ja, er zeigte sich erschüttert, äußerte sogar sein Bedauern für die Opfer. Er wies aber immer auch auf die dubiose Rolle des Verfassungsschutzes hin, der seiner Meinung nach in die Mordserie involviert war.«

»Er hat also die Taten relativiert?«

»Aus heutiger Sicht würde ich sagen, ja.« Kopfnicken.

»Was hat Sie letztendlich bezüglich der ›Neuen Rechten‹ ins Grübeln gebracht?«

»Die ersten zwei Jahre im Verlag haben wir tatsächlich einige Bücher über die Grundlagen der ›Neuen Rechten‹ he-rausgebracht, die die Ideen der konservativen Revolution der Weimarer Republik zum Inhalt hatten. Bücher vom Staats-rechtler Carl Schmitt und dem Kulturphilosophen Oswald Spengler.«

»Antirepublikanische Denker«, warf Larissa ein.

»Auch über den Marxisten Antonio Gramsci.«

»Ja«, sagte Larissa spöttisch, »dessen Ansatz von den Denkern der ›Neuen Rechten‹ völlig verdreht wurde.«

»Das schon, aber es hat auch eine intellektuelle Auseinan-dersetzung stattgefunden für eine gewaltfreie Systemüberwin-dung.« Fährt mit der rechten Hand durch das offene Haar. »Dachte ich jedenfalls. Doch mit der Zeit sind mir zunehmend Zweifel gekommen, weil sich niemand ernsthaft von der stei-genden Zahl rechter Gewaltdelikte distanziert hat.« Energische Stimme. »Stellen Sie sich vor, 2015 gab es über tausend Körper-verletzungen und fast hundert Brandanschläge.«

»Mir bekannt.«

»Und mit einer Veröffentlichung von Baluschecks Arti-kelentwurf wären solche Taten bestärkt worden. Wie die, die letztes Jahr von der ›Gruppe Freital‹ verübt wurden.« Stimme überschlägt sich. »Bei einem ihrer Anschläge ist mein Kinder-gartenfreund aus Sri Lanka verletzt worden. Schnittwunden und schwere Verbrennungen.«

»Es hat nicht viel gefehlt, und er wäre Ihnen diesmal endgültig genommen worden.«

»Und was mich am meisten schockiert hat«, Wut und Entsetzen, »dass auch im Umfeld der ›Neuen Rechten‹ eine klammheimliche Freude über diese Taten herrschte.«

»Taten, bei denen die Tötung von Menschen billigend in Kauf genommen wurde.«

»Baluscheck hat im Verlag die Taten bagatellisiert und als Dumme-Jungen-Streiche abgetan. In einem Telefonat, das ich belauscht habe, hat er hingegen seine Hochachtung für die ›Gruppe Freital‹ ausgesprochen. Das sei der richtige Weg, nur noch radikaler. Da hätte ich kotzen können.« Hand auf der Brust. »Ich kann diesen Ideen nichts mehr abgewinnen. Man muss ihre Verbreitung verhindern. Sie bekämpfen.«

»Weil Sie sich rächen wollen?«

»Ja, vielleicht auch das. Aber in erster Linie, weil ich etwas gutzumachen habe.«

»Dabei könnte ich Ihnen behilflich sein.«

41

Leni hatte den Wecker auf vier Uhr dreißig gestellt. Sie hatte sich extra zusätzlich einen Doppelglockenwecker gekauft. Diese Art Wecker seien auch für Hörgeschädigte geeignet, hatte ihr der Verkäufer das Monster angepriesen. Bei dem Wecksignal würde jeder sofort wach werden. Und er hatte mit seiner Prophezeiung recht gehabt. Kaum begann der kleine Hammer sich zwischen den beiden Glocken hin- und herzubewegen, saß sie senkrecht im Bett. Vorsichtshalber hatte sie den Wecker auf die drei Meter entfernte Kommode gestellt, sodass sie aufstehen musste, um ihn auszustellen. Das war eine bescheuerte Idee gewesen, aber sie war wach geworden.

In einer halben Stunde sollte die Lieferung kommen. Leni

machte eine Katzenwäsche und kochte sich einen Kaffee. Langsam wuchs ihre Aufregung. Sie war gespannt auf diese Drohnen, mit denen sie Teile des Hafens in Schutt und Asche legen sollte. Um fünf vor fünf hörte sie ein Auto kommen. Sie schaute aus dem Fenster und sah einen kleinen Van. Sie ging vor die Tür und war überrascht, Lasse zu sehen.

»Wo ist Winfried?«

»Der musste untertauchen, damit er vor Dienstag nicht erwischt wird.«

»Muss ich das verstehen?«

»Nee.« Lasse schloss die Autotür leise. »Wohnt in dem Haus nebenan jemand?«

»Mein Großvater.« Leni hob beschwichtigend die Hände. »Der ist aber bei seiner Schwester in Wewelsfleet und kommt erst am Mittwoch zurück.«

Lasse nickte erleichtert. »Krieg ich einen Kaffee?«

»Klar, ist schon fertig.« Leni wollte zum Haus gehen, doch Lasse hielt sie zurück.

»Wir nehmen die vier Rucksäcke, die im Kofferraum liegen, mit ins Haus.«

Mit je zwei Rucksäcken beladen gingen sie hinein und stellten das Gepäck in der Küche ab. Dort standen eine Thermoskanne und zwei Tassen auf dem Tisch.

»Ich muss noch etwas aus dem Auto holen.« Lasse lief aus dem Haus und kam kurze Zeit später mit seinem Rucksack zurück. Er setzte sich zu Leni an den Tisch. Sie schenkte Lasse und sich Kaffee ein. »Milch?«

Lasse schüttelte den Kopf und nahm einen Schluck von dem heißen Kaffee. »Winfried hat Veronica verfolgt. Weil sie verwanzt war, hat er mitgekriegt, dass sie eine LKA-Tussi getroffen hat. Der hat sie erzählt, dass sie ein BKA-Spitzel ist.«

»Scheiße!«

»Winfried ist Veronicas Auto gefolgt, hat sie bei einer Verfolgungsjagd gecrasht und beide unschädlich gemacht. Informationen konnte Veronica nicht mehr weitergeben.«

»Hat er beide –« Leni zog ihren Daumen über den Hals.

»Nee. Er hat die schwer verletzten Frauen weggesperrt.« Dann fügte Lasse hinzu: »Bei der Aktion ist er leider fotografiert worden und wurde zur Fahndung ausgeschrieben.«

»Shit.«

»Ich habe ihn versteckt und ein paar Veränderungen an ihm vorgenommen. Du würdest ihn nicht wiedererkennen«, sagte Lasse stolz. »Er wird Dienstag bereitstehen und mit Max die Lkw aufs Terminal fahren.«

Leni runzelte die Stirn. »Meinst du, Veronica hat in den letzten Monaten viele Informationen über unser ›Projekt‹ weitergegeben?«

»Sie wusste ja nichts Genaues. Doris geht davon aus, dass die Polizei höchstens einen vagen Verdacht hat.«

»Was macht sie so sicher?«

»Wir haben«, sagte Lasse voller Häme, »einen Spitzel beim LKA.«

»Wie gut, dass wir bald zuschlagen.«

»Trotzdem müssen wir sehr vorsichtig und bis zum Anschlagstag unsichtbar bleiben.«

Lasse trank seinen Kaffee aus, und Leni wärmte sich die Hände an ihrer Kaffeetasse. Sie schaute zu den Rucksäcken. »Sollten es nicht fünf sein?«, fragte sie.

Lasse zuckte mit den Schultern. »Es wurden nur vier geliefert. Dafür sind alle mit einem Pulver bestückt, das ein schönes Feuerchen entfacht, vor allem wenn die Drohnen auf brennbare oder explosive Stoffe treffen.«

Leni stand auf und ging zu den Rucksäcken. Ich mach mal einen auf.«

»Nur zu, das ist dein Spielzeug.«

Leni holte zunächst die Drohne heraus, deren Flügel an der Seite heruntergeklappt waren. »Echt klein, ungefähr sechzig Zentimeter, würde ich sagen.« Sie betrachtete die kleine Drohne von allen Seiten. »Hier vorne sind Kamera und GPS-Sensoren für die Zielerkennung.« Dann entnahm sie die restlichen Bestandteile: die Startröhre, den Controller mit dem dazugehörigen Sonnenschutz und zum Schluss die Funkantenne. »Krass«, sagte Leni ungläubig, »und dieses kleine Teil hat so eine große Wirkung.«

»Kannst du damit umgehen?«

»Ich habe es geübt, in der Simulation.«

»Und wie startest du das Ding?«

»Mit diesem Startgerät.« Leni hielt die sieben Zentimeter breite Röhre hoch. »Die Drohne kommt da rein und wird aus der Röhre in die Luft katapultiert. Das Ziel wird vorher einprogrammiert, und wenn sie ankommt, bekämpft sie das Ziel selbstständig, sobald sie es identifiziert hat. Aber ich kann immer eingreifen und der Drohne ein neues Ziel zuweisen.«

Lasse stand auf und gab Leni zwei unterschiedliche Zettel. »Die Zielkoordinaten auf dem blauen Zettel sind für das Eurogate-Terminal. Da schickst du zwei Drohnen kurz hintereinander hin, die müssen nichts Exaktes treffen.«

»Mit den programmierten Koordinaten kommen sie automatisch an ihr Ziel.«

»So ist es. Auf dem grünen Zettel stehen die Zielkoordinaten für das zweite Anschlagsziel. Die beiden Drohnen müssen exakt die beiden Lkw mit den roten Containern treffen, die Lasse und Winfried dort abgestellt haben. Aber weil wir nicht hundertprozentig wissen, ob alles so klappt wie geplant, musst du den Drohnenflug kontrollieren und gegebenenfalls die Einschlagstellen nachjustieren.«

Leni begann, die Drohne wieder in den Rucksack zu packen. »Kein Problem. Ich kann sie über dem Zielgebiet kreisen lassen, auf das genaue Ziel einstellen und dann dafür sorgen, dass sie mit hundert Stundenkilometern auf die Laster stürzen.«

»Und dann macht es wumm.« Lasse ballte die Fäuste.

»Was ist mit Max und Winfried?«

»Die sind längst in Sicherheit, wenn der Angriff erfolgt«, erwiderte Lasse zu ihrer Beruhigung.

»In welchem Abstand soll ich die Drohnen abfeuern?«

»Wenn du die ersten beiden abgefeuert hast, machst du eine kleine Pause. Nach ungefähr fünf Minuten feuerst du die nächsten im Abstand von einer Minute auf das zweite Ziel.« Lasse trank seinen Kaffee aus. »Wie kommst du hier weg?«

»Ich habe ein Motorrad im Schuppen stehen. Den Rest des Drohnenequipments packe ich wieder in die Rucksäcke, und auf dem Weg nach Wischhafen schmeiße ich das Zeug in die Elbe. Anschließend setze ich mit der Fähre über und bin erst mal weg.«

»Guter Plan«, sagte Lasse. Dann stand er auf. »Ich muss wieder los.« Er ging mit Leni zum Auto. »Viel Glück.« Er setzte sich ins Auto und wollte gerade starten, als er innehielt. »Ich habe meinen Rucksack vergessen.«

»Ich hole ihn dir«, sagte Leni.

Lasse stieg aus. »Lass mal, ich will auch noch mal zur Toilette.« Nach fünf Minuten kam er wieder zurück. »Hat ein bisschen gedauert«, sagte er verlegen.

»Schon okay.«

42

Elias setzte sich zu Janne ins Auto. Als sie gerade losfahren wollten, klopfte der Personenschützer ans Beifahrerfenster. Elias kurbelte das Fenster herunter.

»Ich folge euch mit dem Dacia.« Er zeigte auf ein grünes Auto.

»Das wird nicht nötig sein, Robert«, sagte Elias. »Ich habe ja eine Elitesoldatin bei mir.«

»Wir haben in den letzten Tagen einige Auffälligkeiten hier in der Straße bemerkt.«

»Danke für den Hinweis«, schaltete Janne sich ein. »Ich passe auf.«

»Anordnung von Miroslav Eschenbrosch.« Robert ließ nicht mit sich reden. »Und du kennst ihn ja, Janne.«

»Okay, dann wissen wir Bescheid.«

Zwanzig Minuten später standen Janne und Elias vor der Stadthausbrücke 8. Robert hatte auf der gegenüberliegenden Straßenseite geparkt und beobachtete die beiden.

»Hier muss das ›Institut für Neues Denken‹ sein«, sagte Elias.

»Ganz schöner Prachtbau.« Janne blickte staunend die Fassade hoch. »Bin gespannt, ob jemand da ist.«

»Die Wahrscheinlichkeit ist an einem Sonntag nicht besonders hoch«, erwiderte Elias.

»Dann können wir uns wenigstens in Ruhe umsehen«, brummelte Janne.

Bald darauf waren sie im Treppenhaus und fuhren mit dem Fahrstuhl in die dritte Etage. Sie standen vor der Tür des ›Instituts‹, die von zwei Frostglaselementen eingerahmt war. Elias betätigte die Klingel einmal, zweimal und ein drittes Mal. »Scheint niemand zu arbeiten«, sagte er.

»Mmmh«, murmelte Janne. »Sieht so aus.« Sie zog Elias einige Meter von der Tür weg. »Warte hier«, sagte sie zu ihm und erntete einen fragenden Blick. Janne öffnete ihren Rucksack und holte ein Spray heraus. Dann zog sie sich die Kapuze ihrer Sweatjacke auf den Kopf und sprang auf den Ziegenbock aus Bronze, der unter einer Überwachungskamera stand, und besprayte das Objektiv der Kamera mit schwarzer Farbe. »Jetzt sieht uns keiner mehr«, sagte sie und sprang vom Ziegenbock herunter.

»Du weißt, dass du gerade auf einem Kunstwerk eines niederbayrischen Künstlers standest?«

Janne blickt zu der Skulptur. »Hübsch, aber vor allem praktisch.«

»Und nun?«

»Brechen wir ein.«

»Wir können auch morgen wiederkommen.« Elias war die Skepsis über Jannes Vorhaben anzuhören.

»Ich habe das Gefühl, dass die Zeit drängt.«

»Und wenn die Tür mit einer Alarmanlage gesichert ist?«

»Wer sagt, dass ich durch die Tür hineinwill?« Janne holte Klebeband aus ihrem Rucksack und begann, eine der bodentiefen Scheiben möglichst dicht abzukleben. Nur an den Rändern ließ sie einen kleinen Streifen frei. Dann formte sie aus dem Klebeband eine Schlaufe, die sie im oberen Teil der Scheibe mit mehreren Klebestreifen befestigte.

Elias sah erstaunt zu. »Wie soll das funktionieren?«

»Abwarten.« Janne blickte sich um und ging zielstrebig zur Ziegenbockskulptur. Sie befühlte die Hörner. »Könnte klappen.« Dann brach sie dem Bock ein Horn ab. Als sie Elias' entsetzten Blick sah, sagte sie entschuldigend: »Es ist ein Notfall.« Wieder an der Scheibe, bearbeitete sie das Glas mit dem Horn am rechten und linken Rand und zum Schluss am oberen. Sie umfasste die Schlaufe mit beiden Händen, und mit einem Ruck riss sie die halbe Scheibe heraus.

»Hast du das bei den Jegertroppen gelernt?«, fragte Elias anerkennend.

»Den Trick habe ich von Miro.« Janne betrachtete ihr Werk.

»War doch ziemlich leise, oder?« Ohne eine Antwort abzuwarten, nahm sie Anlauf und hechtete über die untere Scheibenhälfte ins »Institut«.

»Scheiße«, hörte Elias sie fluchen, lief zur Scheibe und blickte in den Raum. »Alles okay?«

»Der Boden war hart.« Janne rappelte sich auf. »Geh mal zur Seite. Den Rest der Scheibe trete ich ein. Sonst musst du auch reinspringen.«

Nachdem Elias das »Institut« weniger schmerzhaft betreten hatte, verschafften er und Janne sich zunächst einen Überblick über die Räumlichkeiten. Schnell hatten sie ihren Rundgang beendet. »Es gibt vier Räume. Keiner ist aufgeräumt.« Elias kratzte sich am Drei-Tage-Bart. »Hier hat jemand fluchtartig das Weite gesucht.«

»Wir sollten uns aufteilen«, schlug Janne vor.

»Nach was genau suchen wir eigentlich?«

»Vielleicht finden wir Hinweise darauf, was hier geplant wurde. Oder Unterlagen über die Finanzen.«

»Okay, ich gehe in die Büros und du in die Konferenzräume«, sagte Elias. »Hast du Handschuhe mit?«

Janne schloss die Augen und fluchte. »Nee, habe ich vergessen.«

»Links oder rechts?«, fragte Elias und hielt Janne zwei Handschuhe hin.

»Ich nehme links.«

Elias zog den rechten Handschuh an und machte sich auf den Weg in das erste Büro. Der Größe und Einrichtung nach musste es das Büro von Doris Haferkamp sein. Kaffeetasse und Wasserglas standen auf dem kleinen Tisch in der Sitzecke. Auf dem Wasserglas waren Lippenstiftspuren zu sehen. In einem Zeitungsständer entdeckte Elias Zeitschriften der »Neuen Rechten« wie Cato und das AfD-Sprachrohr Compact, aber auch das rechtsextrem Schmierenblatt Umwelt & Aktiv. Hier wurde klar, wes Geistes Kind in diesen Räumen ein und aus ging. Auf dem Schreibtisch lagen einige beschriebene Zettel herum.

Einer dieser Zettel las sich wie eine Einsatzeinteilung: »Kom: D mit L, D mit S / M+W, D+L« und ähnliche kryptische Zeichen. Elias zückte sein Handy und fotografierte den Zettel ab. Dann machte er sich auf den Weg in das zweite, kleinere Büro, als er Janne rufen hörte.

»Elias, das musst du dir ansehen.« Janne war im Konferenzzimmer und hatte einen Karton mit Handys auf der Fensterbank gefunden.

»Fünf verschiedene Handys, abgelegt –«

»– und versteckt«, ergänzte Janne. »Hinterm Vorhang. Wie dämlich.«

»Ich denke, die sind eingesammelt und gegen abhörsichere Geräte eingetauscht worden«, sagte Elias.

»Das wiederum war clever.« Janne fuhr sich durch die Haare. »Ich würde zu gerne wissen, was dort alles gespeichert ist.«

»Erstens müssten wir die Passwörter knacken, und zweitens sollte das das LKA machen.«

»Nur dass eine Spezialistin von ihnen verschwunden ist«, schnaubte Janne wütend und trat gegen den Papierkorb, der neben ihr stand. Er flog gegen die Wand und fiel um.

»Janne«, sagte Elias mit strengem Ton und ging zum Papierkorb, »das bringt auch nichts.« Er bückte sich und stutzte. Mit der rechten Hand hob er eine Minitüte mit einer Lakritzschnecke hoch. »Isst Anna die nicht mit Vorliebe?«

»Eigentlich wollte sie den Lakritzschnecken nach Blackys Tod abschwören, aber ich glaube nicht, dass sie das geschafft hat.« Janne kniete jetzt neben Elias. »Und was liegt dort unter dem Papier?«

Elias ließ die Minitüte fallen, schob das Papier beiseite, und eine dunkle Hornbrille mit nur einem Bügel und einem zersplitterten Glas kam zum Vorschein.

Janne nahm die Brille und hielt sie gegen das Licht. »Siehst du das Haar, das im Bügel eingeklemmt ist?«

Elias nickte.

»Welche Farbe hat es?«

»Rot, eindeutig rot«, sagte Elias mit Überzeugung.

»Seh ich auch so.« Janne legte die Brille wieder zurück. »Annas Schwester trägt so eine Brille und hat rote Haare. Das habe ich auf einem Foto gesehen, das Anna auf der 1.-Mai-Demo gemacht hat.«

Janne und Elias setzten sich erst einmal auf zwei Stühle.

»Was hat das zu bedeuten?« Janne lehnte sich im Stuhl zurück. »Waren die beiden hier?«

»Glaube ich nicht. Ich vermute, dass Brille und Lakritzschneckentüte von jemandem hier entsorgt wurden.« Elias zeigte auf die demolierte Brille. »Und zwar nach dem Crash im Parkhaus.«

Janne sprang auf. »Dann sind die beiden vielleicht hier in der Nähe einsperrt oder …« Janne raufte sich die Haare.

Elias war aufgestanden, legte seine Stirn in Falten und ging hin und her. »Wir sind hier im Stadthaus, der ehemaligen Gestapozentrale. Die hatten im Keller Verhörzellen oder, besser gesagt, Folterzellen.«

»Dann lass uns dort nachsehen.« Janne war schon auf dem Weg zum Ausgang.

»Janne.« Elias ging ihr hinterher und holte sie ein. »Ich kann deine Aufregung verstehen.« Er legte ihr die Hand auf die Schulter und schaute ihr in die Augen. »Aber schalte jetzt in den Modus der Elitesoldatin.«

Janne atmete tief ein und aus. »Du hast recht. Wir müssen nachdenken.« Elias sah, wie sich ihr Körper spannte und ihre Mimik von Sorge und Wut in Klarheit und Härte wechselte. »Wir brauchen Unterstützung.«

»Ich rufe Zille an.«

Elias' Personenschützer Robert telefonierte gerade, als Janne und Elias aus dem Stadthaus kamen. Er stieg aus und überquerte die Straße. »Ich habe gerade mit Eschenbrosch gesprochen – deswegen.« Er holte einen Zettel aus seiner Hosentasche und gab ihn Elias.

Der faltete ihn auseinander und wurde blass, als er las, was dort geschrieben stand. »Vergiss unsere Warnung nicht, Elias Hopp. Sonst statten wir der Barichgasse in Wien einen Hausbesuch ab.«

»Wohnt Maja in der –«, fragte Janne leise.

»Ja.« Elias nickte und fragte Robert: »Woher hast du den Zettel?«

»Ich habe einem Mann geholfen, der auf der Brücke gestürzt war. Als ich zum Auto zurückkam, lag der Zettel auf dem Fahrersitz.«

»Scheiße!«, fluchte Janne. »Die meinen es ernst, Elias.«

»Sieht so aus. Hast du etwas bemerkt?«, fragte Elias Robert.

»Nichts, weder bevor ich aus dem Auto stieg, noch, als ich zurückkam.« Der Personenschützer schlug wütend auf das Autodach. »Das hätte mir nicht passieren dürfen. Der Sturz des Alten war mit Sicherheit inszeniert.«

»Was hat Miro gesagt?«

»Er schickt zwei Leute nach Wien. Und dein Schutz wird verstärkt.« Robert zeigte auf Jannes Hand. »Du blutest.«

Janne hob die Schultern. »Ist passiert, als ich eine Scheibe eingeschlagen habe.«

»Habt ihr etwas entdeckt?«

»Vielleicht. Wir vermuten zwei Gefangene im Keller.«

»Und jetzt warten wir auf Verstärkung, um den Keller zu durchsuchen«, ergänzte Elias.

Sekunden später bremste Zille mit seinem Wildtrack vor dem Stadthaus. Britta und er sprangen heraus. »Das SEK kommt gleich«, rief Zille. Dann warf er Janne und Elias eine Schutzweste zu. »Falls ihr mitkommen wollt.«

»Hört ihr die Schüsse?«, fragte Robert aufgeregt.

Zille winkte ab. »Das sind Fehlzündungen von Pöppelmanns Auto.« In dem Moment fuhr von der gegenüberliegenden Straßenseite ein Auto auf das Stadthaus zu und blieb auf dem Bürgersteig stehen. Pöppelmann stieg aus und fluchte. »Scheißbremsen!«

Dann ging es Schlag auf Schlag. Zunächst kam ein Mannschaftswagen, dann weitere Polizeiwagen mit Einsatzkräften, die den Verkehr umleiteten und die Straße weiträumig absperrten. Ein Krankenwagen und ein Notarzt trafen fast gleichzeitig ein. Dann kam die SEK-Einheit. Innerhalb weniger Minuten wimmelte es von Polizisten vor dem Stadthaus. Pöppelmann ging zum SEK-Kommandoleiter.

»Wir vermuten in einem der Kellerräume zwei Gefangene, wahrscheinlich beide verletzt. Eine von ihnen ist eine Kollegin.«

»Sind weitere Personen im Keller?«

»Das ist uns nicht bekannt, aber möglich. Deshalb seid ihr hier.«

»Wie viele Räume hat der Keller?«

»Nach telefonischer Auskunft der Hausmeisterfirma befinden sich im Keller von Haus 8 mindestens sechs Räume. Einer von ihnen hat eine Stahltür.«

»Gut.« Der Kommandoleiter ging zu seinen Leuten und setzte sie in Kenntnis. Dann begann der Einsatz. Zwei der SEK-Beamten trugen eine Ramme. Vermummt und schwer bewaffnet betraten sie das Treppenhaus. Sie liefen die Treppen hinunter und brachen den Zugang zum Keller auf. Anschließend sicherten sie den Kellergang.

Anna wachte von dumpfen Schlägen auf. Zunächst befürchtete sie, dass diese Schläge in ihrem Kopf waren, doch dann hörte sie Rufe. »Gesichert.« Wenige Sekunden später den nächsten Schlag. »Gesichert.« Sie versuchte, sich aufzurichten, aber die unerträglichen Schmerzen, die bei dem Versuch entstanden, verhinderten jede weitere Bewegung. Auch der folgende Hilferuf hörte sich kläglich an. Anna konnte nur hoffen, dass sie bald gefunden wurden.

Der Kommandoleiter begutachtete die Stahltür. »Die sieht ein bisschen stabiler aus.« Er tastete die Ränder ab. »Die Zarge ist der Schwachpunkt«, sagte er und trat zur Seite. »Also Männer, haut sie raus.«

Anna starrte gebannt auf die Tür. Gleich würden sie gerettet werden. Dann begannen die Schläge: bum, bum, bum. Regelmäßig ertönte das Geräusch, doch die Tür gab sich nicht so schnell geschlagen.
»Geht auf die andere Seite«, hörte sie jemanden brüllen.
Und dann wieder: bum, bum, bum. Ein erstes Knirschen, dann ein zweites. Licht drang durch einen Spalt. Anna biss sich vor Anspannung auf die Lippen.
»Weiter, Jungs.« Und die Jungs legten sich ins Zeug. Ein Stein sprang aus der Mauer, dann ein zweiter, und schließlich sprang die Tür zehn Zentimeter auf. Beim nächsten Schlag brach die obere Türangel aus der Mauer, und die Tür wurde aufgeschoben, ohne dass sie in den Raum fiel. Grelle Taschenlampen leuchteten herein, und zwei vermummte Gestalten mit Maschinenpistolen

im Anschlag betraten den Raum. »Gesichert. Zwei Personen gefunden. Offenbar verletzt.«

Dann verlor Anna das Bewusstsein.

Als sie die Augen wieder öffnete, sah sie in Jannes Gesicht.

»Anna, erkennst du mich?«, flüsterte Janne.

Anna blinzelte mit den Lidern. Dann spürte sie Jannes Hand auf ihrer Wange.

»Ve… Ve…roni«, stammelte Anna.

»Sie lebt. Ist schon auf dem Weg ins Krankenhaus. Da musst du jetzt auch hin.«

»Kk… Kack…ke.«

Janne nahm Annas Hand. »Die flicken dich schon wieder zusammen.«

»Kkk…kk…kack.« Anna versuchte noch mehr zu sagen. »Äh … ähh …«

Da legte sich eine Hand auf Jannes Schulter. »Wir müssen sie jetzt schnellstens ins Krankenhaus bringen.« Anna blickte in das besorgte Gesicht des Notfallmediziners.

43

Pöppelmann hatte eine große Thermoskanne Kaffee besorgt und den Konferenzraum im Präsidium reserviert. Bis auf Anna war die Soko vollständig vertreten. Zusätzlich saßen Britta, Janne und Elias mit am Tisch.

»Wir haben einiges zu besprechen«, ergriff Pöppelmann das Wort. »Zunächst einmal die Situation von Anna und ihrer Schwester. Janne, du kommst gerade aus dem Krankenhaus. Was kannst du uns erzählen?«

»Beide sind nicht ansprechbar und haben starke Beruhigungs- und Schmerzmittel bekommen.« Janne trank einen Schluck Kaffee. »Veronica hat diverse Knochenbrüche und innere Verletzungen. Anna hat nur eine Rippenserienfraktur, der Brustkorb ist instabil. Zum Glück ist das Atmen nicht zusätzlich beeinträchtigt.«

»Wann sind sie wieder ansprechbar?«, fragte Laura, Pöppelmanns Stellvertreterin.

»Habe ich die Ärzte auch gefragt.« Janne zuckte mit den Schultern. »Sie wissen es nicht. Dann habe ich sie eindringlich gebeten, Annas Beruhigungsmittel zu reduzieren.«

»Und? Machen sie es?«, fragte Pöppelmann.

»Zunächst hat die Oberärztin kategorisch abgelehnt, aber als ich ihr den Ernst der Situation ansatzweise erläutert habe, hat sie zugestimmt. Aber sie will die Dosis erst verringern, wenn sich Annas Vitalwerte stabilisiert haben.«

»Wir müssen erst mal alle Informationen, die zugänglich sind, zusammentragen und alle neuen Hinweise der Kriminaltechnik auswerten«, sagte Zille. »Veronicas und eventuell Annas Informationen stehen uns also bis auf Weiteres nicht zur Verfügung.«

»Wir brauchen deren Infos aber.« Britta klang verzweifelt. Zille schaute sie an. »Am besten fängst du an.«

Britta holte eine Akte aus ihrer Tasche und schlug sie auf. »Ich habe Veronica vor drei Jahren als Informantin angeworben. Sie wollte aus der rechten Szene aussteigen, und ich konnte sie überzeugen, dass sie sich und der Gesellschaft etwas Gutes tun würde, wenn sie für mich verdeckt arbeiten würde.« Britta schenkte sich ein Glas Wasser ein. »Vor eineinhalb Jahren habe ich sie dann ins ›Institut für Neues Denken‹ eingeschleust.«

»Hattest du einen konkreten Verdacht?«, fragte Janne.

»Wir haben Alfred Rabenhorst, einen reichen Unternehmer aus Schleswig-Holstein mit rechter Gesinnung, seit Längerem unter Beobachtung.« Britta nippte an ihrem Wasserglas. »Wir vermuteten, dass er Kontakte zum rechten deutschen Geldadel pflegt. Und das bereitete uns Sorge. Außerdem lädt er regelmäßig die deutsche rechte Szene zum Gedankenaustausch auf sein Gut ein.«

»Und welche Rolle spielt das ›Institut für Neues Denken‹ dabei?«

»Rabenhorst hat das ›Institut‹ gegründet und vor zweieinhalb Jahren Dr. Doris Haferkamp als Geschäftsführerin berufen, nachdem er Kröppelin –«

»– unser drittes Mordopfer«, warf Pöppelmann ein.

»– abgesetzt hat. Angeblich aus Altersgründen.«

»Was du aber nicht glaubst«, sagte Zille.

»Nee. Haferkamp wird bei uns als ›relevante Person‹ geführt.

»Das heißt?«, fragte Laura.

»Sie nimmt unserer Einschätzung nach innerhalb des rechten Spektrums die Rolle einer Führungsperson beziehungsweise Logistikerin ein.«

»Und diese Gemengelage machte es für dich erforderlich, eine Informantin einzuschleusen«, brachte es Zille auf den Punkt.«

»Veronica hat vor einigen Wochen außerplanmäßig mit mir Kontakt aufgenommen, weil sie vermutete, dass ein Anschlag vorbereitet wird.«

»Wusstest du«, fragte Janne, »dass Anna Veronicas Schwester ist?«

»Ich wusste, dass Veronica eine Schwester hat, aber nicht, wer sie ist. Ihre Schwester Solveig ist bei einer Pflegefamilie aufgewachsen und hat offenbar deren Namen angenommen. Dass das Anna ist«, Britta zuckte mit den Schultern und schüttelte den Kopf, »habe ich nicht geahnt.«

Elias, der sich bisher zurückgehalten hatte, ergriff nun das Wort. »Wir gehen inzwischen davon aus, dass die drei Morde an den alten Männern, alles Nazis, von einem Mitarbeiter des ›Instituts‹ verübt worden sind. Und zwar aus reiner Profitgier. Sie hatten offenbar verfügt, dass nach ihrem Tod Teile ihres Vermögens an das ›Institut‹ gehen sollten. Das trifft zumindest für die ersten beiden Opfer zu. Bei Kröppelin ist das nur eine Vermutung, aber schließlich war er mal Chef des ›Instituts‹.«

»Und mit diesem Geld wollen sie den Anschlag finanzieren?«, fragte Britta verwundert.

»Davon gehen wir bislang aus.«

»Wobei ich mir die Frage stelle, warum Rabenhorst den Anschlag nicht selbst finanziert?«, sinnierte Pöppelmann.

»Die Frage ist berechtigt.« Zille kratzte sich am Kinn. »Vielleicht wollte er Haferkamp testen, sie auf die Probe stellen?«

»Sie sollte sich beweisen«, griff Britta den Gedanken auf. »Für etwas Größeres.«

»Möglicherweise ist Rabenhorst auch pleite.« Alle Augen richteten sich erstaunt auf Pöppelmann. »Was? Ich will damit sagen, dass eure Überlegungen reine Spekulationen sind.«

Es klopfte an der Tür, im nächsten Moment kam Rechtsmedizinerin Freya Jensen herein und setzte sich neben Zille. »Ich muss euch in der trauten Runde stören.«

»Freya, du bist immer willkommen«, flötete Zille.

Freya zog ihn an seinem Zopf und legte einen Untersuchungsbericht auf den Tisch. »Eure Kriminaltechnik hat tatsächlich schnell gearbeitet. Carmen Martinez hat mir gestern ein paar Haare vorbeigebracht, die im ›Institut für Neues Denken‹ gefunden wurden. Dabei waren auch diese«, sie hielt ein Tütchen hoch, »blonden Haare. Die meisten glücklicherweise mit Haarwurzel. Das machte die DNA-Analyse einfacher.« Freya räusperte sich. »Ich will es kurz machen. Die DNA von diesen blonden Haaren aus dem ›Institut‹ stimmt mit hoher Wahrscheinlichkeit überein mit der DNA von den Speicheltropfen auf der roten Clownsnase eures Täters, die auf Kröppelins Leiche gefunden wurde.«

Britta blickte Freya verwundert an. »Woher wusstest du, dass es einen Zusammenhang –«

»Von Kriminalhauptkommissar Pöppelmann.«

»Auf dem Handy, das du von deiner Informantin bekommen hast, Britta, sind einige Fotos von Leuten aus dem ›Institut‹ zu sehen. Aber nur ein Foto zeigt einen blonden jungen Mann«, ergänzte Zille.

»Und dieses Foto habe ich der Enkelin von Vogelberg gezeigt, die noch am Todestag ihren Großvater besucht hat.« Janne strich sich eine Haarsträhne aus der Stirn und fuhr fort: »Als sie seine Wohnung verließ, hat sie auf der Straße einen jungen Mann gesehen. Sie ist sich ziemlich sicher, dass er der Mann auf dem Foto war.«

»Freya«, sagte Pöppelmann strahlend, »mit deiner Analyse hast du aus den Indizien Beweise gemacht. Nun können wir den blonden Todesengel zur Fahndung ausschreiben.«

»Leider kennen wir nur seinen Vornamen«, sagte Laura Sentrup.

Pöppelmann blickte fragend zu Britta.

Doch die winkte ab. »Meiner Informantin sind auch nur die Vornamen bekannt. Von Haferkamp und Kröppelin mal abgesehen.«

»Macht nichts«, sagte Pöppelmann. »Wir haben immerhin ein Foto von Max.«

Freya klopfte mit einem Finger auf den Tisch. »Du weißt schon, dass das eine erste Analyse ist.«

»Schon klar, aber in der Regel irrst du dich nicht.«

»Dann will ich euch nicht länger stören.« Freya stand auf und zeigte auf die Papiere. »Das ist der vorläufige Bericht.«

In der Tür kam ihr eine übernächtigt aussehende Carmen Martinez entgegen. »Ich habe auch etwas für euch.« Sie setzte sich auf den frei gewordenen Stuhl neben Zille.

»Zu viel Tequila?«

»Sehr witzig, Zille, ich habe die ganze Nacht die Handys vom Einsatzort ausgewertet.« Sie hielt ein paar Zettel hoch. »Details könnt ihr selbst nachlesen. Interessant sind aus meiner Sicht folgende Dinge. Die Handys sind seit dem 21. April nicht mehr benutzt worden.«

»Das ist der Zeitpunkt, an dem sie vermutlich auf abhörsichere Handys umgestiegen sind«, sagte Britta.

»Die Handys gehören einer Bella Blocksberg und Lale Riefenstahl, einem Lucky Luck, Alfred Schwarz und Gustav Ratlos.« Carmen lachte auf. »Natürlich alles Fakenamen.«

»Ich lasse sie trotzdem überprüfen«, sagte Laura und verließ den Raum.

240

»Was hast du sonst noch herausgefunden?«, fragte Britta ungeduldig.

»So manches«, erwiderte Carmen selbstbewusst. »Die beiden Frauen haben regelmäßig über Instagram und WhatsApp kommuniziert, seit dem 18. April auch mit Lucky Luck beziehungsweise mit einem Max. Der scheint also erst später zu der Gruppe dazugestoßen zu sein.«

»Das ist sicher der blonde Lockenkopf«, warf Pöppelmann ein. »Oder Max Mustermann. Oder Mad Max.«

»Die anderen beiden Männer haben keine Social-Media-Plattformen benutzt und hatten überhaupt nur wenige telefonische Kontakte.«

»Gibt es aus deiner Sicht etwas Interessantes, was die Frauen und Max sich mitgeteilt haben?«

»Die Kommunikation *mit* diesem Max war völlig belanglos. Hingegen finde ich die Kommunikation *über* den jungen Mann sehr aufschlussreich.« Carmen blätterte in ihren Unterlagen. »Hier:

›Der Typ hat echt heftige Träume.‹

›Und wurde in seiner Kindheit von seinem Großvater misshandelt.‹

›Voll der alte Honk.‹«

Carmen blickte auf. »Keine Ahnung, wer oder was das ist.«

»Das ist Jugendsprache und bedeutet ›Dummkopf, Idiot‹«, erklärte Janne.

»Die Antworten darauf:

›Die Narbe von Max ist echt krass.‹

›Aber er ist echt süß.‹

›Und eine Kanone im Bett.‹«

»Das gibt zumindest einen ersten guten Einblick in die Psyche des jungen Mannes«, sagte Zille und orakelte weiter, »und könnte die Brutalität der Morde erklären. Als er seinen toten Opfern ins Gesicht blickte, sah er seinen Großvater vor sich, der ihn misshandelt und damit völlig entwürdigt hatte.«

»Und dann ist er ausgerastet«, bemerkte Janne.

»In einer anderen Unterhaltung fragen sich die beiden Frauen«, Carmen gähnte, »wie Max die Rede von Doris –«

»Damit ist Haferkamp gemeint«, warf Pöppelmann ein.

»– wohl fand und ob er ihren Vorschlag, mit militanten Aktionen gegen den Staat vorzugehen, wohl unterstützen würde.«

»Gibt es konkretere Informationen?« Britta drehte nervös ihre Haare um die Finger.

»Vielleicht. Die beiden Frauen gelangen in dem Chat zu dem Schluss, dass Max bei der großen Aktion im Mai bestimmt dabei sein würde.« Carmen rieb sich die Augen. »Weiterhin wird aus dem Chat der beiden Frauen deutlich, dass sie beide seit Jahren in der rechten Szene aktiv sind.« Carmen hob die Hände und sagte: »Ansonsten kann ich nur noch einen Brief bieten, den mein Chef mir mitgegeben hat. Haben wir im Safe des ›Instituts‹ gefunden. Von einem Münchner Vermögensverwalter.«

»Im Mai also, immerhin etwas«, murmelte Britta und fragte dann in die Runde: »Findet im Mai ein besonderes Event in Hamburg statt?«

»Keine Ahnung.« Pöppelmann nahm einen Stift. »Ich mache mir eine Notiz, dass wir das nach der Besprechung sofort recherchieren.«

»Und ich würde mir gerne den Brief von dem Vermögensverwalter anschauen«, sagte Elias.

»Super Arbeit«, lobte Zille Carmen. »Jetzt solltest du vielleicht mal eine Runde schlafen.«

»Schlafen kann ich, wenn ich tot bin.« Carmen stand auf. »Ihr wollt doch sicher noch weitere Infos von der Kriminaltechnik haben, oder?«

Alle schauten ihr verwundert hinterher. »Das war das Motto von Rainer Werner Fassbinder.« Elias schüttelte den Kopf. »Er war genial und ist aber schon mit siebenunddreißig Jahren gestorben.«

»Wollen wir eine Pause machen?«, fragte Pöppelmann.

»Super Idee«, sagte Zille.

Dreißig Minuten später betrat Zille als Letzter wieder den Konferenzraum. Er legte zwei große Tüten auf den Tisch. »Meine Sorte Zigarillos gab es erst in Massachusetts«, sagte er entschuldigend.

»Du rauchst doch gar nicht«, sagte Pöppelmann verwundert. Zille ignorierte die Bemerkung. »Ratet mal, was ich mitgebracht habe?« Er schaute erwartungsvoll in die Runde.

»Zigarillos«, knurrte Pöppelmann.

»Ich rauche nicht«, erwiderte Zille bierernst.

»Hamburger«, tippte Elias.

»Das würde man riechen«, bemerkte Britta.

»Vielleicht sind die vegan«, legte Pöppelmann nach.

»Genau, Veggieburger«, beteiligte sich Janne an der Raterunde.

»Hier gibt es einen Chinaimbiss in der Nähe«, versuchte Pöppelmann es erneut. »Ich tippe auf Krupuk.«

»Sind wir hier bei ›Genial daneben‹?«, fragte Elias.

»Dann würde sich die Frage stellen, wer von uns Bernhard Hoëcker ist«, bemerkte Zille und riss lachend die Tüten auf. »Überraschung: Franzbrötchen.« Und aus seiner Jackentasche zauberte er auch noch Servietten.

»Hoffentlich bekommen wir mit dem süßen Gebäck einen Energieschub«, sagte Britta, nahm sich ein Franzbrötchen, biss hinein und fuhr mit vollem Mund fort: »Ich habe mit Rolf telefoniert, der Rabenhorst beschattet. Er ist immer noch in seinem Gutshaus und führt auch keine Telefonate.« Dann berichtete sie von Rabenhorsts Treffen mit dem Oberst. »Ich befürchte, das ist die Ruhe vor dem Sturm.«

»Meinst du, der Oberst ist in ein rechtsradikales Komplott verwickelt?«, fragte Janne überrascht.

»Nicht auszuschließen. Nach den Informationen von Veronica sowie den Infos aus der Chatkommunikation der beiden Frauen steht ein Anschlag unmittelbar bevor. Wir glauben, dass Rabenhorst damit zu tun hat und deshalb das Treffen mit dem Oberst zu diesem Zeitpunkt kein Zufall war.«

»Und was versprecht ihr euch von der Beschattung?« Pöppelmann leckte sich seine klebrigen Finger ab.

»Einen Hinweis auf den Zeitpunkt des Anschlags.«

Zille verspeiste gerade sein zweites Franzbrötchen und spülte den letzten Bissen mit einen Schluck Kaffee herunter. »Wir wissen jetzt, wer der Mörder der drei Toten ist. Er ist Mitglied einer Gruppe beim ›Institut für Neues Denken‹, die mit hoher Wahrscheinlichkeit in nächster Zeit einen Anschlag verüben wird.«

»Wenn ich dich ergänzen darf«, sagte Elias. »Er hat mit den Morden die Kriegskasse des ›Instituts‹ gefüllt. Ich habe mir in der Pause die Papiere angesehen, die die Spusi gefunden hat. Dort teilte eine Münchner Vermögensverwaltung dem ›Institut‹ mit, dass sie ihm eine kürzlich erhaltene große Summe Geld zukommen lassen wird. Auch dieser Zeitpunkt dürfte kein Zufall sein.«

»Das ist ein starkes Indiz für den Zusammenhang der Morde mit den Anschlagsvorbereitungen«, schlussfolgerte Zille.

»Gibt es etwas Neues von Anna?«, fragte Pöppelmann.

»Nicht von ihr persönlich«, sagte Janne, die in der Pause im Krankenhaus angerufen hatte. »Doch nach Auskunft der Ärztin haben sich ihre Vitalwerte ein wenig stabilisiert, sodass sie heute Mittag die Medikamente reduzieren wollen, aber zurzeit ist sie nach wie vor nicht ansprechbar. Veronicas Zustand ist unverändert.«

»Scheiße!«, fluchte Britta. »Die beiden sind die Einzigen, die eventuell den genauen Anschlagstermin wissen.«

Pöppelmanns Handy klingelte. Sein Gesicht hellte sich nach kurzer Zeit auf, dann beendete er das Telefonat. »Das war Carmen von der Kriminaltechnik. Sie haben einen Treffer bei den Fingerabdrücken aus dem ›Institut‹. Zwei konnten Winfried Brause, Ex-Soldat, zugeordnet werden.«

Laura betrat den Konferenzraum. »Wenigstens haben wir einen echten vollständigen Namen. Die von den Handys sind, wie Carmen schon sagte, alles Fakenamen. Ich hatte aber gehofft, trotzdem Hinweise zu Gruppen, Chats oder Ähnliches zu finden. Leider Fehlanzeige.«

Pöppelmann blickte auf sein Handydisplay. »Ich habe auch ein Foto aus seiner Militärzeit. Zwar ohne Bart, aber es ist eindeutig der Typ, den wir zur Fahndung ausgeschrieben haben.«

»Wir sollten jetzt alle Personen, deren Fotos wir haben, inklusive Doris Haferkamp, zur Fahndung ausschreiben«, schlug Zille vor.

»Ich gehe zu Dürkopp«, sagte Pöppelmann. »Wobei ich bezweifle, dass wir bei Doris Haferkamp einen richterlichen Beschluss zur Öffentlichkeitsfahndung bekommen.«

»Der Oberstaatsanwalt soll sich einfach ins Zeug legen«, sagte Britta. »Und er soll dafür sorgen, dass mindestens zwei SEK-Einheiten in Bereitschaft stehen.«

»Das kläre ich LKA-intern.« Pöppelmann stand auf. Bevor er mit Laura den Raum verließ, drehte er sich noch einmal um. »Können wir uns auf folgende Sprachregelung verständigen: Wir gehen davon aus, dass das ›Institut‹ einen unmittelbar bevorstehenden Anschlag plant, Ort und Zeitpunkt erfahren wir in Kürze?«

Zille nickte. »Die Hoffnung stirbt zuletzt. Du solltest Dürkopp auch auf jeden Fall sagen, dass wir die Mordserie aufgeklärt haben und den Mörder jagen wollen.«

»Hatte ich vor.« Pöppelmann hob den Daumen und verließ endgültig den Raum.

Elias, Janne und Zille wollten sich anschließen, als Britta sie bat, noch zu bleiben. »Ich habe meine Kontakte im BND bezüglich des Auftauchens des Briefes von Elias' Vater angesprochen, sagte Britta. »Doch alle bis auf einen von denen, die ich gefragt habe, haben gleich abgewunken. Britta runzelte die Stirn. »Entweder wissen sie tatsächlich nichts oder wollen nichts wissen.«

»Und was hat dein verbliebener Kontakt gesagt?«, fragte Elias.

»Er erkundigt sich noch.« Britta räusperte sich. »Er hat allerdings darauf hingewiesen, dass eine an die Öffentlichkeit geratene geheime Verschlusssache eine ernste Angelegenheit ist, weil dadurch die Sicherheit der Bundesrepublik Deutschland gefährdet sein könnte.«

»Der Inhalt des Briefes selbst ist ja wohl kaum staatsgefährdend«, warf Zille ein.

»Das ist korrekt«, stimmte Britta zu, »aber offensichtlich die Geschichte, die dahintersteckt.«

»Die jedoch erst ans Licht kommen würde, sollte Elias weiter nachbohren.« Janne dachte nach. »Wir verstärken die Sicherheitsvorkehrungen für ihn.«

Elias machte große Augen. »Wie das?«

»Ich ziehe bei dir ein.«

»Sie kann aber nicht so gut kochen wie Maja«, sagte Zille schmunzelnd.

»Dafür schießt sie besser«, betonte Britta.

Elias nickte seufzend. »Bin einverstanden.«

44

Max saß seit vier Tagen gemeinsam mit Doris und Lasse in einer konspirativen Wohnung in der Gotenstraße in Hammerbrook. Freitag hatte er noch eine letzte Übungseinheit auf dem Verkehrsübungsplatz absolviert. Für die paar Meter, die er den Lkw aufs Terminal steuern musste, würden seine Fahrkünste ausreichen. Seit dem Wochenende hatten er und Doris die Wohnung aus Sicherheitsgründen nicht mehr verlassen. Nur Lasse war noch unterwegs gewesen, um letzte Erledigungen und Vorbereitungen zu treffen. Dazu gehörte vor allem, Leni die Drohnen zu liefern.

Doris Haferkamp hatte die Zeit damit verbracht, Max, Lasse und sich ein neues Äußeres zu verschaffen. »Wenn nach Winfried gefahndet wird, dann müssen wir damit rechnen, dass wir die Nächsten sind, die die Fahndungsplakate zieren«, war sie überzeugt. Er musste seine blonden Locken opfern und hatte jetzt sehr kurze, dunkle Haare. Lasses Lippen waren mit Hyaluron aufgespritzt. Mit der blonden Perücke, die er seit heute Morgen trug, sah er grauenhaft aus, daran konnte auch der Drei-Tage-Bart nichts ändern. Doris hatte sich ebenfalls die Haare abgeschnitten und ihnen einen rötlichen Schimmer gegeben. Jetzt war sie dabei, sich Sommersprossen rund um die Nase und auf die Wangen zu schminken. Sie war die Einzige, bei der sich die Veränderungen nicht nachteilig auswirkten. Aber darum ging es ja nicht.

Max saß in der Küche und trank seinen vierten Kaffee. Er langweilte sich zu Tode, vor allem vermisste er Sigi. Besonders dann, wenn Doris und Lasse die ganze Nacht durchvögelten.

»Mist«, hörte er Doris Haferkamp fluchen. Sie kam in die Küche. »Mein Kontakt beim LKA hat mich gerade darüber informiert, dass sie jetzt tatsächlich öffentlich nach uns fahnden wollen.« Sie setzte sich zu Max. »Wo ist Lasse?«

»Kacken.«

»Du bist manchmal sehr vulgär«, sagte Doris genervt.

Max zuckte mit den Schultern. »Willst du auch einen Kaffee?«, fragte er.

45

Janne saß am Bett von Anna. Die Beruhigungsmedikation war seit einer Stunde reduziert worden, und jetzt hoffte sie, dass Anna bald aufwachen und ansprechbar sein würde. Die Situation war unerträglich. Sie wussten, dass ein Anschlag bevorstand, waren aber dringend auf weitere Informationen angewiesen, um diesen verhindern zu können. Und diese Informationen lagen vor ihr, doch sie konnte nichts anderes tun als warten. Das war noch nie ihre Stärke gewesen. Janne stand auf und holte sich einen Kaffee. Am Automaten traf sie eine Pflegerin. »Wie lange kann es dauern, bis Anna Radke aufwacht?«

»Wir haben heute Mittag auf Anweisung der Oberärztin die Medikation reduziert«, antwortete die Pflegerin. »Da Frau Radke aber seit ihrer Einlieferung eine sehr starke Mischmedikation aus Schmerz- und Beruhigungsmitteln bekommen hat, ist der Zeitpunkt, wann sie wieder ansprechbar sein wird, schwer vorhersehbar.«

Genervt ging Janne wieder zurück in Annas Zimmer, auch wenn sie mit einer solchen Antwort gerechnet hatte. Sie nahm Annas Hand und machte es sich, soweit das möglich war, im Stuhl bequem. Bald sackte ihr Kopf herunter, und sie schlief ein.

Plötzlich schreckte sie hoch. Janne wusste nicht, wie lange sie geschlafen hatte, doch draußen hatte schon die Abenddämmerung eingesetzt. Dann spürte sie einen leichten Druck an der Hand. Genau, davon war sie aufgewacht. Sie richtete sich im Stuhl auf und sah, dass Anna die Augen geöffnet hatte.

»Mensch, Anna.« Janne erwiderte den Händedruck und beugte sich über sie. »Wie schön, dass du wieder unter den Lebenden weilst.« Mit der anderen Hand strich sie ihr über die Stirn. »Verstehst du mich?«

Anna nickte und bewegte ihre Lippen.

Janne beugte sich weiter herunter, bis ihr Ohr ganz dicht an Annas Mund war.

»Hallo, Janne«, hörte sie Anna flüstern.

Janne sah ihre Freundin an. »Dir geht es schon wieder viel besser, und Veronica ist auch stabil. Sie liegt im Zimmer nebenan.«

Ein leichtes Lächeln umspielte Annas Lippen. Sie schloss die Augen.

»Lassen Sie ihr Zeit«, sagte eine Stimme. Janne drehte sich um. Hinter ihr stand die Oberärztin. »Das Sprechen strengt sie an. Sie braucht Pausen.«

Janne nickte und wandte sich Anna zu, die gerade wieder die Augen öffnete. Anna nahm Jannes Hand und legte sie auf ihren Bauch. »Kacke«, formten ihre Lippen.

Janne war irritiert. »Musst du aufs Klo?«, fragte sie.

Anna schüttelte den Kopf und winkte Janne zu sich herunter, sodass diese wieder ihr Ohr ganz dicht vor Annas Gesicht hatte. »Ich, ich habe einen Stick im Bauch.«

Die letzten Worte konnte Janne kaum verstehen. »Einen Stick?«, wiederholte sie deshalb.

»Ja«, hauchte Anna und schloss wieder die Augen.

»Einen Stick mit Informationen zum Anschlag?«

Doch Anna antwortete nicht mehr.

»Scheiße!«, fluchte Janne.

Die Oberärztin legte ihr eine Hand auf die Schulter. »Ich denke, das reicht für heute. Sie braucht ihre Ruhe.«

Janne richtete sich wieder auf.

»Konnte Frau Radke Ihnen helfen?«

»Vielleicht.« Janne überlegte einen Moment. »Sie hat mir gesagt, dass sie einen Stick mit Informationen in ihrem Bauch hat.«

Mit ungläubigem Blick schaute die Oberärztin Janne an. »Wieso das denn?«

»Damit der Angreifer, der den Crash provoziert hat, ihn ihr nicht abnehmen konnte, schätze ich.«

Die Oberärztin raufte sich ihre Haare. »Und ich soll den jetzt herausholen?«

Janne lächelte sie zuckersüß an.

»Kommen Sie morgen früh wieder. Ich gebe ihr jetzt ein Abführmittel.«

»Wenn er früher herauskommt, rufen Sie mich bitte sofort an.« Janne gab der Ärztin ihre Visitenkarte.

Janne verließ das Krankenhaus und fuhr direkt zu Elias, bei dem sie von heute an Quartier beziehen würde. Zu ihrer Überraschung traf sie dort Zille, der mit Elias in der Küche saß. Beide in Sportklamotten und mit einer Flasche Bier vor sich.

»Bist du jetzt auch hier eingezogen?«

»Hatte ich mir tatsächlich überlegt«, antwortete Zille, »aber

Elias meinte, zwei keksetunkende Mitbewohner gleichzeitig erträgt er nicht.«

Janne lachte und ging zum Kühlschrank. Mit einem Bier in der Hand setzte sie sich zu den beiden Männern. »Wollt ihr noch Sport machen?«

»Haben wir schon«, sagte Zille und zeigte auf seine Turnschuhe.

»Wir kommen vom Fußballspielen«, Elias griff zur Bierflasche, »und müssen uns jetzt ausruhen.«

»Ganz altersgemäß«, sagte Janne lachend. Sie prostete Elias und Zille zu und berichtete von ihrem Krankenhausbesuch. »Meint ihr, dass man die Daten auf dem Stick noch lesen kann?«

»Hängt wahrscheinlich von Annas Magensäure ab«, bemerkte Elias.

»Ich habe mal eine Forscherin kennengelernt, die am neuseeländischen Institut für Ozeanforschung gearbeitet hat. Während ihrer Zeit dort haben sie im Kot eines Seeleoparden einen USB-Stick gefunden.« Zille nahm einen weiteren Schluck aus der Bierflasche. »Der war noch in einem erstaunlich guten Zustand, obwohl er den gesamten Weg durch den Verdauungstrakt dieser Riesenrobbe zurückgelegt hatte. Jedenfalls haben die Forscher den Stick getrocknet, in einen Rechner gesteckt und Foto- und Videoaufnahmen von Seelöwen gefunden.«

»Die wahrscheinlich der Seeleopard selbst gemacht hat«, sagte Janne spöttisch.

»Es gab nur einen kleinen Hinweis auf die mögliche Herkunft der Bilder, wie die Forscherin mir berichtete. Auf einer der Aufnahmen war der Teil eines Kajaks zu sehen.«

»Ich gehe mal davon aus, dass Annas Verdauungstrakt zum einen kleiner ist als bei dieser Riesenrobbe und zum anderen der Magensaft weniger aggressiv.«

»Zumal sie wahrscheinlich weder Pinguine noch kleine Robben verspeist hat.« Elias stellte seine Bierflasche auf den Tisch. »Die Chance, dass die Daten gerettet werden können, ist also recht groß.«

»Ich soll morgen früh in die Klinik kommen«, sagte Janne. »Sollte der Stick vorher verfügbar sein, rufen sie mich an.«

Zille hob die Bierflasche. »Trinken wir darauf.«

Als sie ihre Bierflaschen wieder abgesetzt hatten, griff Elias in seine Tasche, die neben ihm stand, und holte einen Laptop heraus. »Ich habe Zille hergebeten, weil ich ihm etwas zeigen wollte.« Er klappte den Laptop auf.

»Hast du einen neuen Rechner?«, fragte Janne.

»Das ist ein Spezialrechner, der eine vollständige Festplattenverschlüsselung hat und ein abgeschottetes Arbeiten mit Hilfe von virtuellen Maschinen ermöglicht.« Elias startete den Laptop mit einem Kryptostick. »Es ist ein sogenanntes Hochsicherheits-Notebook.«

»Und wozu benötigst du das Teil?«, fragte Zille.

»Seitdem ich es mit dem BND zu tun habe, halte ich das für eine möglicherweise lebensrettende Maßnahme.« Elias tippte ein paar Befehle ein. »Ich habe etwas herausgefunden, als ich im Bundesarchiv ein wenig herumgestöbert habe.«

»Legal?« Janne kratzte sich am Kopf.

»›Natürlich achte ich das Recht. Aber auch mit dem Recht darf man nicht so pingelig sein.‹ Hat Adenauer mal gesagt.«

»Selbst ein Konservativer sagt mal was Kluges.« Zille stand auf, holte noch drei Flaschen Bier und stellte sie auf den Tisch.

»Ich konnte bislang nur oberflächlich suchen«, sagte Elias. »aber ich habe herausgefunden, dass mein Adoptivvater Sören Hopp mit einem gewissen Rainer Dachhuhn zur selben Zeit in Äthiopien aktiv war.«

»Und was haben die dort getrieben?«, fragte Janne.

»Man muss wissen, dass in den achtziger Jahren Bürgerkrieg in Äthiopien herrschte, die DDR dort sehr aktiv war und die kommunistische Zentralregierung unterstützt hat.«

»Wie auch viele andere afrikanische Staaten«, merkte Zille an.

»Genau. Und das gefiel der Bundesrepublik nicht, weil die DDR durch die militärische und wirtschaftliche Unterstützung an Ansehen gewonnen hatte und viele afrikanische Staaten sie eben auch offiziell anerkannt haben.«

»Was die Bundesrepublik verhindern wollte?«, fragte Janne.

»Ja, weil es in den Augen der Bundesrepublik nur *einen* deutschen Staat geben konnte«, erklärte Elias. »Aber das weiter auszuführen, würde längere Zeit in Anspruch nehmen.« Elias räusperte sich. »Um zu deiner Frage zurückzukommen, Janne. Mein Vater und dieser Dachhuhn waren im Auftrag des Geheimdienstes dort.«

»Also als Agenten.« Zille stützte sich mit den beiden Ellbogen auf den Tisch. »Und Agenten spionieren, werben ab, säen Zwietracht, und manchmal liquidieren sie auch.«

»Oder organisieren Attentate.« Elias rief eine Datei im Rechner auf. »1983 wurde in Mek'ele, das liegt weit im Norden von Äthiopien, ein großer Anschlag auf ein Hotel verübt, wo der damalige Botschafter der DDR übernachten sollte. Es gab nach offiziellen Angaben mehr als hundert Tote. Der Botschafter war nicht darunter, weil er nämlich nicht mehr im Hotel war.«

»Aber angeblich dein Vater«, sagte Janne.

»Das will der BND mich glauben machen.« Elias zog die Augenbrauen zusammen. »Aber mit dem Brief, den ich von meinem Vater bekommen habe, wird das widerlegt.« Elias klappte den Laptop zu. »Ich habe hier einige Dokumente gespeichert, die mich zu folgender Vermutung kommen lassen. Der Anschlag in Mek'ele wurde vom BND organisiert, vielleicht sogar durchgeführt, um den Botschafter der DDR zu töten. Das hätte zu erheblichen diplomatischen Verwerfungen zwischen der DDR und Äthiopien geführt, was für die DDR, der es wirtschaftlich zu der damaligen Zeit schlecht ging, eine Katastrophe gewesen wäre. Da sie ihr eigentliches Ziel nicht erreicht hatten, wurde die Eritreische Volksbefreiungsfront für den Anschlag verantwortlich gemacht.«

»Was eine gewisse Plausibilität hatte«, sagte Zille. »Was aber haben Dachhuhn und dein Vater damit zu tun?«

»Mein Verdacht: Dachhuhn war verantwortlich für den Anschlag, und mein Vater scheint davon gewusst zu haben und wollte es öffentlich machen.«

»Und deshalb musste er verschwinden.«

»Und Dachhuhn?«, fragte Janne.

Elias rieb sich über den Nasenrücken. »Ist nach wie vor beim BND und sitzt inzwischen in der Abteilung SI, zuständig für zentrale Aufgaben.

46

»Gibt es schon Fahndungsergebnisse?«, war Pöppelmanns erste Frage an Kriminaloberkommissarin Laura Sentrup, als er am Dienstagmorgen sein Büro im Landeskriminalamt betrat.

»Nichts dabei, was von Interesse wäre.«

»Wann sind die Fahndungsaufrufe denn in den Medien erschienen?«

»Der zuständige Richter hat sich bei Doris Haferkamp schwergetan, die öffentliche Fahndung zu genehmigen.« Laura legte ihren Stift zur Seite. »Dürkopp hat sich dann wohl mit ihm angelegt, und so kamen alle Personenfahndungen zumindest in die Abendnachrichten.«

Pöppelmann hatte sich inzwischen einen Kaffee genommen und schmiss Hamburgs Revolverblatt auf seinen Schreibtisch. »Die hatten ihre Titelseite schon fertig.« Er setzte sich und nahm einen Schluck aus dem Kaffeebecher. »Aber auf Seite drei ist immerhin die Fotogalerie zu sehen.«

»Ich habe euch allen eine Übersicht über die Veranstaltungen im Mai zugemailt. Viel los ist nicht in Hamburg, und schon gar nicht in den letzten zehn Tagen des Monats. Abgesehen von der Europawahl am 26. Mai, gibt es keinen interessanten Termin.«

»Das würde ich nicht sagen.« Zille betrat das Büro. »Du hältst wohl das Kirschblütenfeuerwerk am 31. Mai für unwichtig?«

»Ehrlich gesagt ja.« Laura stand auf. »Zumindest im Hinblick auf potenzielle Anschlagsziele.« Ungehalten verließ sie Pöppelmanns Büro.

»Anlässlich des Feuerwerks gibt es einen Empfang der japanischen Generalkonsulin mit hochrangigen Gästen aus der Stadt, sogar Senatorinnen und Senatoren werden anwesend sein. Und es ist prachtvoll anzusehen.«

Pöppelmann reckte sich. »Gehst du auch hin?«

»Ich sagte doch, es sind hochrangige Gäste eingeladen.« Zille holte sich einen Stuhl und setzte sich vor Pöppelmanns Schreibtisch.

»Sollen wir den Empfang lieber absagen?«, fragte Pöppelmann.

»Welchen Empfang?«

»Den Kirschblütenempfang.«

»Nein, ich will das Feuerwerk sehen.« Zille schlug die Beine übereinander. »Und ich muss Laura in diesem Fall recht geben, dass dieses Event uninteressant für die Rechten ist.«

»Außerdem bist du vor Ort und kannst aufpassen.«

»Gibt es was Neues von Anna?«

Pöppelmann schüttelte den Kopf. »Und auch die Fahndungsaufrufe haben bislang nichts Neues gebracht.«

Zille schaute auf seine Armbanduhr. »Wenn Anna gestern Abend ein Abführmittel bekommen hat, müsste sie doch langsam mal Dünnschiss kriegen.«

»Jeder so, wie er kann.« Pöppelmann beugte sich vor. »Meinst du, dass der Anschlag etwas mit der Europawahl zu tun haben könnte?«

»Als Anschlagsziel sicher nicht, was soll da angegriffen werden?« Zille räusperte sich. »Aber ich kann mir schon vorstellen, dass ein Termin vor der Europawahl mit Bedacht gewählt worden sein könnte. Und dazu ein spektakuläres Anschlagsziel.«

»Der Michel, die Elphi, das Rathaus?« Pöppelmann überlegte laut. »Aber es ist wirklich schwer, sich in die Knallköpfe dieser radikalen Idioten hineinzuversetzen.«

»Genau. Deshalb sollten wir uns mal genauer mit Haferkamp

beschäftigen. Die ist nämlich keine Idiotin.« Zille holte eine Akte aus seiner Tasche. »Die habe ich von Britta. Sie hat seit Jahren ein Dossier von ihr angelegt.«

»Hast du es schon gelesen?«, fragte Pöppelmann.

»Habe es erst seit gestern Abend.« Zille zeigte auf das Dossier. »Und es sind ja mehr als zwei Seiten.«

»Du hast doch mal einen Kurs im Schnelllesen besucht.«

»Hatte die Nacht etwas anderes zu tun«, knurrte Zille.

»Die ganze Nacht?«

»Nein, ich habe auch geschlafen.« Zille legte seinen Kopf nach hinten und drehte ihn dann zur Seite, sodass es laut knackte.

»Was war das?«, fragte Pöppelmann besorgt.

»Hab nur meine Verspannungen gelöst.« Zille nahm ein paar handschriftlich beschriebene Blätter aus der Akte. »Ich habe heute Morgen ungefähr die Hälfte gelesen, den Rest überflogen und mir Folgendes notiert.« Zille las zunächst Haferkamps Werdegang vor. »In ihrer Biografie sind keine typischen Hinweise zu finden, warum sie einem rechtsradikalen Gedankengut anhängt. Keine gewalttätigen Eltern, kein Heimkind. Sie ist auch nicht in einem rechten Umfeld aufgewachsen.« Zille blätterte in den Unterlagen. »Katholisches Elternhaus«, murmelte er.

»Das kann auch manchmal schwierig sein«, warf Pöppelmann ein.

»Sie hat einen Doktortitel in Politikwissenschaften gemacht und ihre Dissertation mit summa cum laude abgeschlossen.«

»Die Note gab es bei mir in der Schule nicht.«

»Hier wird es interessant. Ihr Doktorvater war Professor Dr. Ulf Schuster, der sich zu den ›Nationalrevolutionären‹ zählte.«

»Wer sind die denn?«

»Eine Strömung der ›Neuen Rechten‹.«

»Und das hat Haferkamp inspiriert.«

»So scheint es.«

»Und was reden die so?«

»Was sich in allen ihren Publikationen wiederfindet, die

Haferkamps ›Institut‹ herausgebracht hat, ist, dass die Selbstverwirklichung des Volkes nur in einem modernen Nationalismus möglich sei.«

Pöppelmann hatte es sich inzwischen auf seinem Schreibtischstuhl bequem gemacht und die Füße auf den Tisch gelegt. »Den Nonsens habe ich ja noch nie gehört«, sagte er.

»Sie bedienen sich linker Inhalte. Moderner Nationalismus sei nur zu etablieren, wenn das kapitalistische System, das die Menschen ausbeutet, zerstört wird. Und wie macht man das?« Pöppelmann hob die Hände. »Bin ich allwissend?«

»Indem man die Globalisierung bekämpft, die nur eine Spielwiese für die reichen Eliten, das Establishment, ist.«

»Wenn ich das richtig verstehe, dann sind die Kapitalisten die Bösen?«

»Vor allem die globalen Konzerne in Allianz mit Intellektuellen und der Wissenschaft, die eine Welt voller Vorschriften und ihnen genehmen Regeln einführen wollen. In den Augen der ›Neuen Rechten‹ sind auch sie für die Überfremdung und die zunehmende Verarmung der deutschen Familien verantwortlich.«

»Und Haferkamp nutzt diese krude Kombination, um Leute zu mobilisieren?«

»Nach Veronicas Beschreibungen gegenüber Britta ist sie eine großartige Manipulatorin. Sie kann überzeugen, begeistern, nett und gnadenlos zugleich sein.«

»Das erklärt aber nicht, warum sie, und davon gehe ich mal aus, den Auftrag gegeben hat, drei alte Männer umbringen zu lassen.« Pöppelmann strich sich über seine Glatze und fuhr fort: »Und einen Anschlag plant, bei dem möglicherweise viele Menschen sterben werden.«

»Wer zur Zerstörung aufruft, nimmt Kollateralschäden in Kauf. Sie fühlt sich zur geistigen Elite zugehörig, die eine neue Volksgemeinschaft anführen möchte.«

»Zur Zerstörung aufrufen ist das eine, sie umzusetzen etwas anderes«, bemerkte Pöppelmann.

Zille stand auf und ging zur Kaffeemaschine. »Willst du auch einen?« Pöppelmann winkte ab. »Mordphantasien haben viele Menschen. Zum Glück folgt dem Wunsch meistens nicht die Tat. In unserem Sozialgefüge hat man zu viel zu verlieren, es wäre sozialer Suizid.«

»Und für Haferkamp gilt das nicht?«

»Nein, sie ist überzeugt, dass sie das Richtige für das deutsche Volk tut und ihre Handlungen auch zum Erfolg führen.« Zille setzte sich wieder.

»Was macht dich da so sicher?«

»In dem Dossier ist eindrucksvoll dokumentiert, dass Haferkamp alles, was sie angefangen, auch erfolgreich beendet hat.«

»Zum Beispiel?«

»Sag mal, hast du Sokrates gelesen?«

Pöppelmann schaute Zille verwundert an. »Ich wusste gar nicht, dass der neben seiner Fußballerkarriere auch Bücher geschrieben hat.«

»Haferkamp war drei Jahre in Folge deutsche Jugendmeisterin im Tennis, hat an zwei Schönheitswettbewerben teilgenommen und gewonnen, nach einem halben Jahr Mitgliedschaft wurde sie Vorsitzende eines rechtskonservativen Hochschulbundes, mit fünfunddreißig Jahren erfolgreiche Verlegerin …«

»Okay, sie war also immer und überall summa cum laude.«

»Seit ihrer Kindheit. So etwas prägt. Misserfolg kennt sie nicht.«

»Sie sieht sich also als geborene Gewinnerin.«

»Deshalb scheint sie sich auch keine Sorgen zu machen, dass die Leichen, die ihren Weg pflastern, ihr zum Verhängnis werden könnten.«

»Zumal sie sich selbst die Hände nicht schmutzig gemacht hat.« Pöppelmann schaute auf sein Handy. »Update von Janne. Immer noch nichts Neues bei Anna.« Er schloss die Augen und murmelte: »Was hat Haferkamp nur vor?«

»Sie will etwas Spektakuläres, etwas, das in ihren politischen

Kontext passt.« Zille fasste sich an die Stirn. »Wo wird die Globalisierung in Hamburg besonders sichtbar?«

»Na, bei den Großunternehmen. Beiersdorf, Airbus, Hapag-Lloyd, äh …«

»Und im Hafen, Pöppelmann.«

»Weißt du, wie groß der Hafen ist?«, fragte Pöppelmann entgeistert.

»Siebenundachtzig Quadratkilometer.«

»Das lässt sich nicht alles überwachen.«

»Wohl nicht«, sagte Zille nachdenklich. »Aber das herausragendste Sinnbild für die Globalisierung ist der Container.«

»Sagt wer?«

»Habe ich im Radio gehört. Und Hamburg ist der drittgrößte Containerhafen in Europa.«

»Und hat vier Containerterminals.« Pöppelmann griff zum Telefon. »Ich rufe Schepanski an. Als LKA-Chef sollte er von unsren Überlegungen Kenntnis haben.«

»Und ich geh mal vor die Tür und rufe Britta an.«

Janne hatte schlecht geschlafen. Die Sorgen um Anna, aber auch um Elias ließen sie immer wieder aufwachen. Und natürlich nagte der Anschlag, der möglicherweise vielen Menschen das Leben kosten würde, an ihr. Um fünf Uhr konnte sie gar nicht mehr einschlafen, und so beschloss sie, aufzustehen und ins Krankenhaus zu fahren. Dort saß sie jetzt seit mehreren Stunden und verbreitete regelmäßige Updates über Annas Wohlbefinden und den Verbleib des Sticks.

Der einzige momentane Lichtblick war eine E-Mail ihrer Freundin Liv. Die Nachricht von Sandviks Ableben hatte sie schon mit vielen Smileys kommentiert. Nun hatte sie eine ausführliche Mail geschrieben und von ihrer Arbeit im Arktischen Rat berichtet. Gerade war die Amtsübergabe des Vorsitzes von Finnland auf Island erfolgt, und die USA hatten eine gemeinsame Abschlusserklärung beim Treffen der Nordpolarstaaten verhindert. Aber das Erfreuliche an ihrem elektronischen Brief war, dass sie einen Besuch in Hamburg ankündigte. Termin würde folgen.

Nachdem Janne sich ein Sandwich aus der Kantine geholt hatte, ging sie wieder ins Krankenzimmer und sah, dass Anna die Augen geöffnet hatte. Janne setzte sich an ihr Bett und nahm ihre Hand. »Anna, wie geht es dir?«

Ein müdes Lächeln war die Antwort. »Ging schon mal besser«, flüsterte sie. Sie zeigte auf ihren Bauch. »Es rumort. Und kneift.«

»Entspann dich und lass es raus.«

»Ich habe Angst, dass es wehtut.«

Janne drückte ihre Hand. »Nur im ersten Moment. Dann ist es wie eine Erlösung.«

Anna wollte gerade etwas erwidern, als die Mimik ihres Gesichts zu arbeiten begann. Sie öffnete den Mund, kniff die Augen zusammen, der Mund schloss sich, die Lippen pressten sich aufeinander. Sie blies die Backen auf, und aus ihrem Mund entwich ein lautes »Uuuaaaah«.

Janne sprang auf und holte eine Krankenpflegerin.

Zehn Minuten später war Anna gewaschen, lag in einem frisch bezogenen Bett und war vor Erschöpfung wieder eingeschlafen.

Janne hatte sich Latex-Einmalhandschuhe angezogen, den Datenstick aus der Windel gerettet und in eine Asservatentasche gelegt. Nun war sie auf dem Weg zu Elias.

47

Leni war der Zeitpunkt des Angriffs inzwischen mitgeteilt worden. Ab halb fünf sollte sie die Drohnen bereithalten. Die ersten beiden würden das Eurogate-Container-Terminal zerstören, die beiden anderen Drohnen sollten die Sprengstofflaster treffen, die auf dem Containerterminal am Burchardkai abgestellt werden sollten. Bis zum Start hatte sie noch vier Stunden Zeit. Sie würde ein letztes Mal einen Übungsangriff im Simulator fliegen. Eine Stunde vor dem Angriff würde sie die Startröhren aufbauen und alles checken. Um zehn nach fünf wollte sie auf dem Motorrad sitzen. Proviant hatte sie gepackt, auch ein kleines Zelt und einen Schlafsack. Bei ihrem Großvater hatte sie noch ein paar dänische Kronen gefunden. Sie wollte auf alles vorbereitet sein.

Sigi hatte sich heute Morgen noch über das Frühstücksbüfett hergemacht und sich für den restlichen Tag mit belegten Brötchen eingedeckt. Den Zimmerservice hatte sie für heute abbestellt, was ihr einen bösen Blick der Angestellten einbrachte. Doch sie konnte die Frau sowieso nicht leiden. Sie hatte irgendetwas Linkisches an sich. Jetzt war Sigi für die kommenden Stunden ungestört. Als Erstes packte sie ihre Tasche, die sie nach dem Anschlag mitnehmen würde. Das Sommerkleid mit dem Blumenmuster, zwei Jeans, T-Shirts, zwei Blusen, ein Paar Pumps, Unterwäsche und Kosmetik. Dann zog sie ein sportliches Outfit mit Sneakers an und legte die Bikerjacke aufs Bett. So konnte sie das Apartment heute Abend innerhalb von wenigen Minuten verlassen.

Jetzt holte sie die Gewehrteile aus dem gut verschlossenen großen Koffer und legte sie nebeneinander auf den Boden. Das Sahnestück war das Long-Range-Zielfernrohr M5Xi von Steiner mit einer Hochleistungsoptik und Fünffachzoom. Sie hatte das Gewehr auf ihre Bedürfnisse eingestellt. Das war wichtig, denn keins war wie das andere. Man musste sich als Schützin mit der Waffe vertraut machen, ein Gefühl für sie entwickeln. Das war unter den gegebenen Umständen schwierig, weil sie sich nicht einschießen konnte. Aber im Grunde kannte sie das Gewehr und hatte den Test mit der Exerzierpatrone durchgeführt. Es war voll funktionsbereit.

Nun musste ein kleiner Umbau des Wohnzimmers erfolgen. Gestern hatte sie aus den beiden Beistelltischen und einer

Schranktür versucht, eine Auflage für das Gewehr zu bauen, aber die ersten Ergebnisse gefielen ihr nicht. Nach ein paar weiteren Versuchen hatte sie eine gute Lösung gefunden, die sie jetzt in wenigen Minuten umsetzen konnte. Sie öffnete das Fenster, stellte den Couchtisch mit der schmalen Seite davor, legte die rutschfeste Matte aus der Dusche auf den Tisch und platzierte darauf den großen Koffer. Zufrieden betrachtete Sigi ihre Konstruktion.

Sie stellte sich ans Fenster und blickte auf die Außenalster. In vier Stunden würde sie in Aktion treten. Bis dahin hatte sie sich einen genauen Zeitplan gemacht. Zunächst würde sie die Verbindung über die abhörsicheren Handys zu Doris ein letztes Mal überprüfen, dann das Haenel RS9 zusammenbauen und anschließend die optimale Stellung für den Schuss suchen.

Aber jetzt würde sie sich ein wenig ausruhen und meditieren. Um halb fünf musste sie das Gewehr in Stellung bringen und alle Parameter am Zielfernrohr einstellen. Dann würde sie hinter dem Gewehr liegen. Sie sog die frische Luft ein. Es war windstill und leicht bewölkt. Die Sonne würde um siebzehn Uhr im Winkel von ungefähr achtundzwanzig Grad im Südwesten stehen. Das waren gute Voraussetzungen. Und die waren erforderlich, denn sie hatte nur einen Schuss.

Max rutschte nervös auf seinem Stuhl hin und her. Lasse erklärte ihm jetzt zum dritten Mal seine Aufgabe und behandelte ihn wie einen Vollidioten.

»Also noch einmal. Du triffst dich um fünfzehn Uhr dreißig mit Winfried beim Trucker Treff.«

»Am Autohof Altenwerder.«

»Und wie kommst du dahin?«

»Ich trampe.«

Lasse guckte Max entgeistert an.

»Was?«, fragte Max genervt. »Meinst du, ich bin bescheuert?«

»Was machst du dann?«

»Wir suchen zwei Laster mit schwarzen Zugmaschinen und

roten Containern. Auf den Türen der Zugmaschinen steht in blauen Lettern ›Best Transport & Logistik GmbH‹, auf den Containern steht ›BTL‹.«

Lasse nickte. »Denk daran, nicht trödeln. Ihr kommt nur in dem dafür vorgesehenen Zeitfenster aufs Terminal. Die Frachtpapiere und der Fuhrencode liegen im Handschuhfach, falls jemand die sehen will. Normalerweise werden alle wichtigen Daten wie Containernummer, Lkw-Kennzeichen und Ähnliches gescannt, wenn ihr an den OCR-Gates vorbeifahrt. Sogar der Zustand des Containers und des Lkw wird per Foto dokumentiert.«

»Merken die die Fälschung?«, wollte Max wissen.

»Alles ist echt«, sagte Lasse stolz. »Ich habe mich in die Computer der Hafengesellschaft gehackt, so konnte ich alles mit ein paar Klicks vorbereiten.«

»Krass«, bemerkte Max anerkennend. »Was machen wir mit diesem Code?«

»Der wird benötigt, damit man die Van-Carrier benachrichtigen kann, um die Container, die die Lkw bringen, abzuholen. Ihr braucht die Codes aber nicht, ist nur zur Sicherheit, falls jemand fragt.« Lasse gab Max die Autoschlüssel.

»Nach dem Gate wird noch das Zollsiegel geprüft. Das geht nicht elektronisch. Da sieht euch der Zollbeamte, aber euch erkennt ja hoffentlich keiner. Ich denke, um halb fünf seid ihr mit allem durch, und du schreibst mir eine Nachricht. Winfried fährt dann mit seinem Lkw auf die Holdingarea ans Ende und du auf die Area am Anfang des Terminals. Die sind markiert und nicht zu verfehlen. Dort lasst ihr die Lkw stehen, steigt aus, schließt sie ab und entfernt euch unbemerkt in Richtung Köhlbrand. Aber passt auf die Wachen an den Gangways auf.«

»Was machen wir mit den Autoschlüsseln?«

»Die werft ihr ins Wasser, wenn ihr am Köhlbrand seid und an der Wasserkante zum Fähranleger lauft. Von dort müsst ihr die Fähre zum Dockland nehmen.«

»Sind da keine Zäune?«

»Nicht dass ich wüsste. Aber ihr könnt ja vorsichtshalber eine Zange mitnehmen.«

Dann schauten sie sich die Gegend auf Google Maps an, und Lasse zeigte Max alle wichtigen Punkte. »Der Fluchtweg ist unkompliziert«, versicherte er. »Ich kenne das Terminal, arbeite dort schließlich seit ein paar Jahren.«

Max lag auf der Zunge, dass er sich da nicht so sicher sei, sagte aber nichts. »Ist die Fahrt mit den Lkw eigentlich gefährlich?«, fragte Max leise.

»Wie kommst du denn auf diese Idee?« Lasse wirkte ehrlich überrascht.

»Wir haben immerhin Sprengstoff geladen.«

Lasse klopfte Max aufmunternd auf die Schulter. »Keine Sorge, ihr habt nur Dünger im Container. Bis heute Abend.«

Ehe Max sich auf den Weg zum Treffpunkt machen konnte, musste er sich noch fünfundvierzig Minuten gedulden. Glücklicherweise sorgte Doris Haferkamp dafür, dass die Zeit wie im Fluge verging. Diesmal blieb es nicht nur bei einem flüchtigen Kuss.

Lasse hatte sich ins Wohnzimmer verzogen, wo er sich auf seine Aufgaben am Rechner vorbereitete. Er hatte sich vor ein paar Wochen auf dem Onlinemarktplatz Alibaba einen voll funktionsfähigen Hackingbaukasten für die Lkw inklusive raubkopierter und umprogrammierter Wartungssoftware des Autobauers bestellt und auf seinem Rechner installiert. Damit war es kein Problem, in die Steuerungssysteme der Wagen zu gelangen. Beide verfügten über kabellose Verbindungsmöglichkeiten via Bluetooth und WLAN – wie auch die Containerbrücken auf den Terminals. Zumindest bei einer der Brücken würde er sich Zugang auf das Display verschaffen und so den Stahlriesen steuern können.

48

In Absprache mit Zille und Pöppelmann wurde die IT-Abteilung des LKA bei der Rettung des Sticks übergangen. Man vertraute einfach mehr auf die Expertise und Schnelligkeit von Elias. Jetzt lag der höchst ungewöhnlich transportierte Stick bei Elias in der Küche.

»Zunächst muss das Ding mit destilliertem Wasser gereinigt werden«, sagte Elias. »Dann werde ich das Gehäuse entfernen und sehen, was die Platine abbekommen hat. Auf jeden Fall muss sie erst einmal trocknen, normalerweise mindestens einen Tag.«

»Die Zeit haben wir nicht«, sagte Janne energisch.

»Ich weiß«, antwortete Elias.

»Wie groß ist die Chance, dass die Daten noch zu lesen sein werden?«

»Kann ich dir nicht sagen.« Elias kratzte sich an seinem Drei-Tage-Bart. »Wenn wir Pech haben …«

»Das will ich nicht wissen.« Janne zeigte auf den Stick. »Dieser Stick ist doch wasser- und staubdicht.«

»Das könnte vielleicht ein Vorteil sein. Allerdings ist das Problem, dass der Stick hauptsächlich mit Magensäure, Fettsäure, Schleim und –«

»Wein«, bemerkte Janne.

»– in Berührung gekommen ist und weniger mit Wasser.« Elias entfernte das Gehäuse, nahm eine Lupe und betrachtete die Platine aus nächster Nähe.

»Was siehst du?«

»Nicht viel. Und das ist gut.«

»Und jetzt?«

»Hole ich Reis und einen Föhn.«

»Ist das dein Ernst?« Und als Elias nickte, atmete Janne tief durch. Sie schaute auf ihre Uhr. »Wir haben jetzt halb eins.«

»In drei Stunden wissen wir mehr.«

Rolf beobachtete nun schon seit zwei Tagen das Anwesen von Rabenhorst, ohne dass sich etwas Wesentliches ereignet hätte. Glücklicherweise war das Wetter gut, Temperaturen um die zwanzig Grad, und meistens schien die Sonne.

Rolf nahm seine Sonnenbrille ab und scannte zum wiederholten Male Gut Groß-Bockenfurt ab. Das Torhaus war sehenswert, doch auch das Herrenhaus war nicht übel. Rolf wusste von den Gerüchten, wie Alfred Rabenhorsts Vater zu dem Gut gekommen sein sollte. Und wenn der ebenso fanatisch gewesen war wie sein Sohn, war es wohl mehr als ein Gerücht. Und die Rabenhorsts hatten sich nicht als einzige Familie unrechtmäßig ehemals jüdisches Eigentum angeeignet. Seien es Immobilien, Kunstschätze oder Firmen. Aber nicht alle hatten gemordet, so wie offensichtlich der Vater von Rabenhorst.

Jetzt sah Rolf, wie Alfred Rabenhorst in den Hof seines Gutes trat. Er wurde von einem Mann begleitet, der nicht nur Verwalter auf dem Gut war, sondern auch der Bodyguard. Rabenhorst öffnete das Tor einer Scheune und ging auf einen Sportwagen zu. Rolf schaute genauer hin und sah, dass es sich um einen Ur-Targa handelte. Schickes Auto dachte er. Wollte Rabenhorst nur einen Ausflug machen, oder hatte er eine längere Reise vor? Seiner Kleidung nach zu urteilen, war er auf dem Weg zu einer Veranstaltung. Rolf zückte sein Handy und rief Britta an.

»Rabenhorst verlässt sein Gut. Alleine.«

»Ohne seinen Bodyguard?«, fragte Britta überrascht.

»Sieht so aus. Das ist übrigens Helmut Paschke, ehemaliges Mitglied des ›Kommando Spezialkräfte‹ und nach seinem Ausscheiden aktiv in der NPD.«

»Hätte mich auch gewundert, wenn Rabenhorst sich einen Pazifisten als Leibwächter ausgesucht hätte«, sagte Britta sarkastisch.

»Rabenhorst ist in seinen alten Porsche gestiegen.« Rolf blickte erneut durch das Fernglas. »Er hat eine kleine Reisetasche dabei.«

»Vielleicht will er eine Frau besuchen.«

»Doris Haferkamp?«

»Das wäre zu schön, um wahr zu sein, wenn er uns zu ihr führen würde.«

»Das glaube ich zwar nicht«, sagte Rolf. »Aber ich folge ihm.«

»Sag mir rechtzeitig Bescheid, wenn du Näheres weißt.«

»Klar, Boss.«

Als Britta Pöppelmanns Büro betrat, sah sie ihn und Zille vor einer großen Hamburgkarte stehen, die an der Wand hing. Zille kreiste gerade die vier Hamburger Containerterminals und einige größere Firmenzentralen ein: Hapag-Lloyd am Ballindamm direkt an der Binnenalster, Airbus in Finkenwerder und Beiersdorf in Eimsbüttel. »Ihr meint, dass das die potenziellen Anschlagsziele sind?«

»Alle stehen für die Globalisierung«, erläuterte Zille die Auswahl, »und wenn man eine Priorisierung vornimmt«, fuhr er fort, »dann stehen die Containerterminals an erster Stelle.«

»Gefolgt von Hapag-Lloyd«, ergänzte Pöppelmann. »Denn sie transportieren die Container.«

»›Your Cargo – our passion‹ ist ihr Motto«, sagte Zille.

»Und sie residieren mitten in der Stadt«, ergänzte Britta leise. »Ein Anschlag auf den Hauptsitz hätte auf jeden Fall Symbolcharakter.«

»Zumal Hapag-Lloyd von Hamburger Reedern gegründet wurde, unter anderem von Laeisz und Godeffroy, zwei bedeutenden Hamburger Kaufleuten.«

»Und Hapag somit eine Ur-Hamburger Firma ist«, sagte Pöppelmann.

»Allerdings ist der Hafen die Seele der Stadt, und auf den vier Containerterminals werden jährlich ungefähr zwölf Millionen Standardcontainer umgeschlagen.« Zille rieb sich an der Nase. »Deshalb tippe ich auf die Terminals.«

»Habe ich Schepanski auch gesagt.« Pöppelmann berichtete von seinem Telefonat. »Er hat sich für die Informationen bedankt und wollte den Chef der Wasserschutzpolizei über unsere Vermutungen in Kenntnis setzen. Vorsichtshalber auch die Geschäftsführungen der drei genannten Firmen.«

»Und wie sind dann die weiteren Abläufe bei der Wasserschutzpolizei?«, fragte Britta.

»Die Information werden an die jeweiligen Sicherheitsbeauftragten auf dem Hafengelände weitergegeben«, erklärte Zille. »Und wenn sie die Informationen ernst nehmen, werden sie den Gefahrenabwehrplan in Gang setzen.« Zille kratzte sich am Kopf und überlegte. »Was die Geschäftsführer der Firmen machen, weiß ich nicht. Wenn sie schlau sind, informieren sie ebenfalls ihr Sicherheitspersonal.«

»Ich hoffe, dass Schepanski auch SEK-Einheiten in Alarmbereitschaft gesetzt hat.« Britta atmete tief durch. »Ich habe mich jedenfalls mit der Bundespolizei in Verbindung gesetzt.«

»GSG 9?«, fragte Zille.

Bevor Britta antworten konnte, klingelte ihr Handy. Als sie sah, dass Rolf anrief, verließ sie das Büro. Zwei Minuten später kam sie wieder herein. »Ihr werdet es nicht glauben«, sagte Britta entgeistert. »Rabenhorst ist zum amerikanischen Konsulat gefahren.«

»Will er auswandern?«, fragte Pöppelmann.

»Könnte in Trumps Kabinett eintreten«, schlug Zille vor.

»Er ist zu einem Empfang des Generalkonsuls eingeladen.«

»Dieser Nazi?« Pöppelmann war empört.

»Rabenhorst ist ein erfolgreicher Geschäftsmann«, antwortete Britta, »und da der Generalkonsul für alle norddeutschen Bundesländer zuständig ist, sind auch Menschen aus Schleswig-Holstein eingeladen.«

»Und warum wissen wir nichts von diesem Empfang?«

Britta zuckte mit den Schultern. »Frag die Amis.«

»Dann führt Rabenhorst uns also nicht zu Haferkamp«, bemerkte Zille.

»Leider nein.«

Janne und Elias standen in Elias' Küche und tranken den dritten Mokka. »Eigentlich ist mir mehr nach einem Cognac«, sagte Elias, »aber den heben wir uns für später auf, um auf unseren Erfolg anzustoßen.«

»Oder den Misserfolg zu ertränken.«

Elias hatte den vom Gehäuse befreiten Stick eine Stunde lang in einer Schüssel Reis gebadet in der Hoffnung, dass so möglichst viel Feuchtigkeit aufgesogen wurde. Anschließend hatten er und Janne den Stick abwechselnd mit einem Föhn auf kleinster Gebläsestufe getrocknet. Zwischendurch hatte Elias mit Maja telefoniert. Seit der Bedrohung durch die Freelancer rief er täglich bei ihr an. Und wenn Maja mal nicht ans Telefon ging, wurde ihm gleichzeitig heiß und kalt, und ihm trat Schweiß auf die Stirn. Jetzt richtete er den Föhn wieder Richtung Stick und achtete darauf, nicht zu dicht an die Platine zu kommen.

Janne blickte zur Küchenuhr. »Es ist gleich zwanzig nach drei. Lass uns den Stick jetzt in den Laptop stecken.«

»Zehn Minuten noch.« Elias schaltete den Föhn eine Stufe höher.

»Meinst du, dass die paar Minuten etwas bringen?« Janne klang skeptisch.

»Sie schaden jedenfalls nicht.«

Die nächsten Minuten kamen Janne wie eine Ewigkeit vor. Sie lief nervös auf und ab.

»Ich wusste gar nicht, dass du ungeduldig sein kannst«, sagte Elias.

»Nicht meine einzige schlechte Eigenschaft«, antwortete Janne lächelnd und setzte ihre Wanderung durch die Küche fort.

Endlich schaltete Elias den Föhn aus, setzte den Stick wieder zusammen und steckte ihn in den Laptop. Nichts geschah.

»Scheiße!«, fluchte Janne.

Elias zog den Stick aus dem USB-Eingang und steckte ihn in einen zweiten Eingang. Wieder geschah nichts.

»Bin gleich wieder da«, sagte er.

»Bring den Cognac mit«, rief Janne ihm verzweifelt hinter-her.

Zwei Minuten später kam Elias mit dem Cognac und einem USB-Hub wieder in die Küche. Während Janne zwei Gläser aus einem Küchenschrank holte und die Flasche öffnete, hatte Elias den Hub an den Laptop angeschlossen und den Stick in den Hub gesteckt. Sekunden später war das Symbol des Sticks auf dem Bildschirm zu sehen. Elias klickte auf das Symbol, und die entsprechende Datei wurde angezeigt. Im Fenster waren zwei Unterordner zu sehen: »Anschlag« und »NN«.

»Du bist ein Genie, Elias«, jubelte Janne.

»Ich weiß ehrlich gesagt nicht, warum es jetzt funktioniert.« Dann öffnete er den Ordner »Anschlag«. Das erste Dokument, das er anklickte, war eine Auflistung möglicher Anschlagsziele. Neben einigen Personen des öffentlichen Lebens wurden auch Firmen und Gebäude aufgezählt. Es war aber nichts konkreti-siert. Elias schaute auf das Datum der Dateierstellung und sah, dass sie von März war. Das nächste Dokument, das Ende April erstellt worden war, enthielt eine detaillierte Beschreibung der vier Hamburger Containerterminals.

»Das wird es sein«, sagte Janne. »Ich werde Zille anrufen.«

»Warte noch einen Moment.« Elias scrollte zum Ende. »Hier ist noch eine Bemerkung. ›Anschlag ein paar Tage vor der Europawahl‹. Also diese Woche.«

Janne hatte inzwischen Zille in der Leitung und gab Elias' Informationen weiter.

»Hier steht auch ein Datum«, sagte Elias plötzlich um einiges lauter. »Der Anschlag soll heute stattfinden.«

»Hast du das gehört, Zille?«, rief Janne ins Handy. »Gut, bis später.« Janne beendete das Telefonat aufgeregt. »Sie werden jetzt alle Einsatzkräfte informieren und darauf drängen, dass die Terminals geräumt werden.«

»Hoffentlich reicht die Zeit«, sagte Elias. Dann öffnete er noch den Unterordner »NN«. Dort fand er ein Dokument »Wohnung«. Elias las laut vor: »Die Wohnung … Schaltzen-

trale … Rechner … Parkmöglichkeiten … mind. 3 Zi… Gotenstraße 4?« Er blickte zu Janne. »Was hat das zu bedeuten?«
»Ich werde es herausfinden.«

49

Max war nach Hamburg-Altona mit der Bahn gefahren, dort
in den Bus 250 umgestiegen und stand jetzt an der BAB Auf-
fahrt Waltershof. Auf dem letzten Stück der Busfahrt konnte
er schon einen Blick auf die Containerterminals werfen. Ein
Schiff legte gerade an der Kaimauer an, ein zweites wurde entladen. Am Checkpoint liefen ein paar Leute aufgeregt hin und
her und schienen hektisch zu telefonieren. Aber das war wahrscheinlich normal.

Der Bus überquerte die Finkenwerder Straße und gelangte
über die Finkenwerder Ringbrücke auf den Autohof. Dort stieg
er aus, ging zum Trucker Treff und schaute sich um. Von den
Typen, die vor dem Treff standen, war niemand dabei, der Winfried ähnlich sah. Aber Max wusste auch nicht, wie der zurzeit
aussah. Er hoffte, ihn dennoch zu erkennen, obwohl er außer
seinem Bart keine markanten Erkennungszeichen hatte, und
der war bestimmt abrasiert.

»Max?«, hörte er jemanden seinen Namen rufen. Er drehte
sich um und sah, wie ein kräftiger Mann auf ihn zukam.

»Ohne deinen Bart und mit der Perücke bist du nicht wiederzuerkennen.«

»Das war Sinn der Aktion.« Winfried strich Max über die
Haare. »Du hast dich aber auch verändert.«

Max schaute auf seine Uhr. »Wir müssen uns beeilen. Haben
schon fünf Minuten Verspätung.«

Auf dem Weg zu den Lkw unterrichtete Max Winfried über
die Instruktionen, die Lasse ihm gegeben hatte. Er wollte Winfried gerade den Autoschlüssel zuwerfen, als ihn zwei kurze,

laute Geräusche zusammenzucken ließen. Erschrocken blickte er sich um.

»Dachtest du, unsere Laster würden schon *bum* machen?«, zog Winfried ihn auf. Dann zeigte er auf einen alten VW Käfer. »Das waren nur zwei Fehlzündungen von dieser alten Schrottkarre.«

Als sie vor den Lkw standen, gab Max Winfried schließlich den Autoschlüssel. »Wir sehen uns am Köhlbrand«, sagte Winfried. Vielleicht, dachte Max. Dann bestiegen die Männer ihre Wagen und setzten sich in Bewegung. In zehn Minuten würden sie am Terminaleingang vorfahren.

Leni merkte, wie sich ihr Puls beschleunigte. Sie hatte die schwierigste Aufgabe, davon war sie überzeugt. Die Drohnen, die sie bislang gesteuert hatte, waren Fotodrohnen gewesen, Spielzeuge gegen das, was sie jetzt in den Himmel bringen sollte. Und sie hatte bisher nur am Simulator geübt. Die vier Rucksäcke hatte sie auf das Feld neben der Scheune gebracht. Sie stellte die Starthöhren im Abstand von drei Metern auf. Für jede der Drohnen hatte sie einen Handheld-Controller.

Die ersten beiden, die sie starten würde, würden ihr Ziel von allein finden. Da brauchte sie nicht viel zu kontrollieren, wobei sie nicht mit Bestimmtheit wusste, wie genau die Drohnen die Koordinaten, die sie gleich programmieren würde, fanden. Die beiden anderen Drohnen, die zum Burchardkai-Terminal fliegen sollten, müsste sie genauer im Blick behalten, jedenfalls ab dem Moment, in dem sie über dem Terminal kreisten. Aber zu diesem Zeitpunkt sollten die ersten Drohnen auf dem Eurogate-Terminal schon eingeschlagen sein. Sie würde also für die Beobachtung der kreisenden Switchblades genügend Zeit haben, um sie auf die Lastwagen zu stürzen.

Die Starthöhren waren jetzt aufgestellt, die Drohnen in ihnen platziert, und alles war eingestellt. Jetzt musste Leni nur noch auf das Startsignal warten. Lange konnte es nicht mehr dauern.

Pöppelmann hatte sich verfahren und war auf dem Trucker Treff Altenwerder gelandet. Nach kurzer Orientierung fuhr er mit stotterndem Motor und zwei Fehlzündungen vom Trucker Treff Richtung Finkenwerder Straße. Er hoffte inständig, dass sein geliebter Käfer jetzt nicht schlappmachte. Er hatte schon im Büro mehrere Male versucht, seinen Sohn, der an der HHLA-Fachschule auf dem Terminalgelände unterrichtete, zu erreichen – allerdings vergeblich. Also hatte er beschlossen, selbst zum Burchardkai-Terminal zu fahren und ihn zu warnen. In der Hektik und Aufregung hatte er leider sein Handy im Büro liegen lassen.

Pöppelmann holte alles aus seinem Auto heraus, kam dennoch nicht richtig voran. Die Lkw vor ihm fuhren im Schritttempo. Er bog in den Waltershofer Damm ab und am Eurogate-Terminal vorbei. Jetzt waren es noch ungefähr fünfhundert Meter bis zur Einfahrt des Burchardkai-Terminals. Pöppelmann blickte in den Rückspiegel und sah zwei Laster mit schwarzen Zugmaschinen und roten Containern. Die Farben von Eintracht Frankfurt, dachte er. Wahrscheinlich transportierten sie Frankfurter Würstchen.

Plötzlich stoppte der Lkw vor ihm, und Pöppelmann musste abrupt bremsen. Ich werde gleich wahnsinnig, dachte er. Er fuhr ein Stück auf die Gegenfahrbahn und sah, dass sie frei war. Entschlossen gab er Gas und fuhr an der Lkw-Schlange vorbei.

Sigi war geschminkt und musste nach dem Schuss nur noch ihre Jacke überziehen, die Tasche schnappen und sofort das Hotel verlassen. Das Gewehr hatte sie vorbereitet. Das Magazin war mit zwei Patronen des Kalibers .338 Lapua Magnum gefüllt und in den Magazinschacht eingeführt, dann hatte sie das Gewehr geladen, verriegelt und gesichert. Das Zielfernrohr hatte sie voreingestellt, die exakte Justierung würde sie kurz vor dem Schuss vornehmen.

Sie stellte das Gewehr, abgestützt auf dem Zweibein und dem Pistolengriff, auf den Koffer. Sie hatte lange ausprobiert, in welcher Haltung sie selbst den besten Zugriff auf das Gewehr haben würde, und war mit ihrer gefundenen Lösung sehr zufrieden. So konnte sie ihren Oberkörper gut abstützen und ruhig liegen. Sie warf noch einmal einen Blick auf das Foto mit dem Generalkonsul. Sie war bereit.

Rabenhorst hatte seinen Targa auf den Parkplatz am Fährdamm abgestellt und war durch den Alsterpark und am Alsterufer zum amerikanischen Konsulat geschlendert. Er musste drei Kontrollen inklusive zweier Leibesvisitationen über sich ergehen lassen, da half auch die Einladungskarte nichts. Dann war er schließlich im Kleinen Weißen Haus gelandet. Er hatte es durch den Säulenvorbau betreten, der dem echten Weißen Haus nachempfunden war. Kurze Zeit später begrüßten ihn die Porträts des amtierenden amerikanischen Präsidenten Trump und von Außenminister Tillerson, dem ehemaligen Exxon-Mobil-Präsident, der Chef der Mitarbeiter des Konsulats war. Rabenhorst bestaunte die massiven Marmorsäulen im Inneren, die wunderbaren Decken und Gemälde an den Wänden.

Er stand gerade vor dem Bild des Hamburger Malers Wilhelm Battermann, das die Freiheitsstatue im Hafen von New York zeigte. Rabenhorst sah, wie der amerikanische Konsul mit seiner Ehefrau und ein paar Gästen auf das Gemälde zukam. Er grüßte, trat zur Seite und konnte hören, wie der Konsul den Gästen interessante Details über das Bild erzählte, ihm aber der Name des Malers nicht einfiel. Diese Gelegenheit ließ sich Rabenhorst nicht entgehen und half dem Konsul mit dem Namen aus. Der bedankte sich, erkundigte sich nach *seinem* Namen und lud ihn für später zu einem Drink ein. Er würde ihn schon finden, er hätte nämlich nicht vor, frühzeitig zu gehen, sagte er lachend.

Rabenhorst sah ihm hinterher. Sein Henkerstrunk, dachte er zufrieden und mischte sich unter die anderen Gäste.

50

Beim LKA Hamburg herrschte hektisches Treiben. Schepanski hatte nach der Bestätigung und Konkretisierung des Anschlagsziels sofort eine Lagebesprechung angesetzt. Neben Zille, Britta und Pöppelmanns Stellvertreterin Sentrup nahmen auch die Einsatzleiter der Wasserschutzpolizei, des SEK, der MEK und der GSG 9 teil, Letzterer per Video zugeschaltet. Oberstaatsanwalt Dürkopp hatte den Generalstaatsanwalt informiert, der wiederum seinen Leitenden Oberstaatsanwalt zur Lagebesprechung schicken wollte.

»Wir können nicht länger auf Dr. Sahlfelder warten.« Schepanski bat eine Mitarbeiterin, Dürkopp zu holen.

»Muss nicht auch der Generalbundesanwalt in Kenntnis gesetzt werden?«, fragte Britta.

»Klar«, antwortete Schepanski, »aber das ist nicht unsere Aufgabe.« Dann blickte er sich um. »Wo zum Teufel ist Kriminalhauptkommissar Pöppelmann?«

»Ihm ist plötzlich übel und schwindlig geworden«, sagte Zille. »Ich denke, er wird gleich wiederauftauchen.«

»Auch auf ihn können wir nicht warten. Zillinski, übernehmen Sie.«

»Nach unseren Informationen sind die Anschlagsziele die Containerterminals Burchardkai und das Eurogate-Container-Terminal.« Inzwischen hatte Laura Sentrup eine Karte der Umschlaganlagen auf die Leinwand projiziert.

»Ist bekannt, welcher Art der Anschlag sein wird?«, fragte einer der Einsatzleiter.

»Leider nicht«, sagte Zille. »Wir wissen nur, dass einer der Terroristen ein ehemaliger Bundeswehrsoldat ist, der sich mit Sprengstoff auskennt.«

»Wenn wir also einen Sprengstoffanschlag vermuten, ist die Frage, wie der Sprengstoff auf die Terminals gelangt.«

»Am einfachsten in Containern«, schaltete sich der GSG-9-Einsatzleiter ein.

»Da gibt es verschiedene Wege«, sagte der Vertreter der Wasserschutzpolizei. »Entweder per Lkw, per Bahn oder auf dem Wasserweg.«

»Die Sicherheitsbeauftragten des Hafens sind schon informiert«, sagte Schepanski. »Denen liegt allerdings noch keine Risikobewertung vor.«

»Das heißt?«, fragte Dürkopp, der mit dem Leitenden Oberstaatsanwalt im Schlepptau den Raum betrat.

»Dass sie zwar stärker kontrollieren, aber keinen allgemeinen Betriebsstopp angeordnet haben.«

»Super.« Dr. Sahlfeld ergriff jetzt das Wort. »Ich schlage vor, dass die Terminals sofort evakuiert werden, umliegende Verkehrswege gesperrt und die Einheiten der Spezialkräfte Stellung beziehen.« Er blickte in die Runde. »Wo, das müssen Sie entscheiden.«

Der Einsatzleiter des MEK, der die ganze Zeit geschwiegen hatte, machte einen Vorschlag, der von allen Beteiligten für gut befunden wurde.

Zille und Laura Sentrup schlossen sich der SEK-Einheit an, die sich am Zollamt Waltershof bereithalten sollte, Britta wollte zu der GSG-9-Truppe stoßen. Bevor sie sich trennten, fragte Britta Zille leise: »Wo ist Pöppelmann?«

Zille zuckte mit den Schultern. »Ich weiß es nicht. Sein Handy liegt im Büro.«

51

Die Fahrt vom Trucker Treff zum Containerterminal hatte Max trotz der Versicherung von Lasse mit einem mulmigen Gefühl im Bauch zurückgelegt. Winfried fuhr vor ihm und war fast bei den OCR-Gates. Überraschenderweise standen an allen Gates Mitarbeiter des Containerterminals. Sie stoppten einige Lkw, ließen die Fahrer aussteigen und schauten ins Fahrerhaus. Dann durften sie weiterfahren. Wahrscheinlich hatte das mit dem Verrückten in dem VW Käfer zu tun, der eben auf der Gegenfahrbahn an allen vorbeigefahren war. Zwei Gatemitarbeiter schienen immer noch mit dem Fahrer zu diskutieren.

Jetzt fuhr Winfried mit seinem Lkw an dem Gate vorbei.

Als Max sah, dass Winfried seinen Lkw ebenfalls stoppen musste, stockte ihm der Atem, zumal sich ihr Zeitplan langsam verschob. Doch nach drei Schreckminuten konnte er zum Zoll weiterfahren. Die Beamten prüften das Zollsiegel, dann fuhr Winfried auf das Terminal.

Pöppelmann überholte mit seinem Käfer einen schwarz-roten Lkw und kurvte mit hoher Geschwindigkeit und lautem Getöse über das Gelände des Burchardkai-Terminals. »Verdammte Scheiße«, fluchte er. »Welches von diesen Gebäuden ist die verdammte Schule?« Er schaute nach links, er schaute nach rechts, und als er wieder nach vorn blickte, tauchte wie aus dem Nichts ein Container vor ihm auf, dem er gerade so mit Müh und Not ausweichen konnte. Das hielt ihn aber nicht davon ab, langsamer zu fahren.

Max hatte inzwischen ebenfalls das OCR-Gate passiert und wurde glücklicherweise durchgewunken. An der Zollstation musste er jedoch aussteigen. Die Zollbeamten gingen einmal um den Wagen, prüften das Zollsiegel und warfen einen flüchtigen Blick in die Fahrerkabine. Dann nickten sie. Max stieg ein, klemmte vor lauter Aufregung beim Schließen der Tür seinen Sicherheitsgurt ein und würgte zu allem Übel beim Start erst einmal den Motor ab. Dann fuhr er endlich in Richtung Holdingarea.

Im Rückspiegel sah Max, dass am Gate Hektik entstand. Offensichtlich sollte kein Lkw mehr auf das Terminalgelände fahren. Bewaffnete Männer trugen Absperrgitter und blockierten so die Einfahrt. Aus dem vor ihm liegenden Gebäude kamen ein paar Dutzend Menschen herausgelaufen, die offenbar auch das Gelände verlassen wollten.

Was war hier los? Waren sie aufgeflogen? Max bekam Schweißausbrüche. Er war jetzt in seiner Holdingarea angekommen, auch Winfried steuerte auf seinen Platz zu. Max stoppte und schickte Lasse eine Nachricht. Es war sechzehn Uhr vierzig. Im selben Moment hörte er einen Knall. War das die erste Detonation? Erschreckt schaute er sich um und sah, dass der VW Käfer gegen einen Container gefahren war.

Lasse und Doris saßen voller Ungeduld vor dem Rechner in der Wohnung. Lasse schaute zum wiederholten Mal auf die Uhr. »Warum meldet Max sich nicht?«

»Es ist doch erst ein paar Minuten später, als du geplant hast«, versuchte Doris ihn zu beruhigen.

»Du weißt doch selbst, dass es auf jede Minute ankommt«, entgegnete Lasse. Im selben Moment wurde er erlöst. Sein Handy signalisierte ihm, dass er eine Nachricht bekommen hatte. Er öffnete sie. »Sie sind jetzt durch.« Dann wandte er sich seinem Rechner zu, auf dem alles vorbereitet war.

Doris Haferkamp griff zum Handy und gab Leni das Startzeichen für die Switchblades.

Lasse hatte inzwischen die Verbindungen zu den Lkw hergestellt und versuchte, die Türen der Fahrerkabinen zu blockieren. »Scheiße!«, fluchte er. »Es funktioniert nur bei einem Lkw.«

»Macht nichts«, sagte Doris. »Kümmere dich um die Containerbrücken, das ist jetzt wichtiger.«

»Habe ich schon. Ich habe Zugriff auf zwei Brücken.« Lasse tippte auf der Tastatur herum. Auf dem Bildschirm erschienen zwei Displays. »Jetzt kann ich sie steuern«, sagte er triumphierend.

Leni stand neben den vier Startröhren. Ihr war nicht klar, warum sie die Drohnen mit zeitlichem Abstand starten sollte.

In ihren Augen machte das keinen großen Sinn. Außerdem wollte sie so schnell wie möglich den Hof verlassen. Sie überlegte, dann stand ihr Entschluss fest. Sie würde die Drohnen alle kurz nacheinander abfeuern. Keine Verzögerung. Sie kontrollierte noch einmal die Antenne, die sie auf dem Rücken trug. Mit deren Hilfe war sie über einen Datenlink mit der jeweiligen Drohne verbunden. So konnte sie auf dem Controller den Flug mitverfolgen und falls nötig die Drohne steuern und korrigieren.

Sie startete die erste Drohne. Die schoss aus der Röhre, nach wenigen Sekunden breitete sie ihre Flügel aus und machte sich auf ihren Weg. Leni ging zur nächsten Röhre und katapultierte die zweite Drohne in den Himmel. Auf dem Controllerbildschirm verfolgte sie deren Flug. Das Videobild war einwandfrei. Auch sie würde den Weg allein finden, den größten Teil des Flugs zwischen zweihundert und dreihundert Metern Höhe verbringen und nach fünf Minuten das Ziel erreichen. Leni schaute auf ihre Uhr. In vier Minuten würde die erste Detonation erfolgen, wenig später die zweite. Sie startete die beiden nächsten Drohnen in kurzer Abfolge. Die würde sie ein paar Sekunden über dem Burchard-Terminal kreisen und dann auf die Lkw stürzen lassen. Eine nach der anderen.

Die Wasserschutzpolizei patrouillierte mit ihren Booten in der Norderelbe den Zugang zum Köhlbrand, zum Waltershofer Hafen und den Köhlbrand selbst. Gleichzeitig holten sie die Seeleute von den drei Schiffen, die an den Kaimauern vom Burchard-Terminal und Eurogate-Terminal lagen. Ein GSG-9-Hubschrauber flog weite Kreise über das Containergelände, die SEK- und MEK-Einheiten sperrten weiträumig mit Unterstützung der Schutzpolizei das Gelände ab. Auch waren alle umliegenden Straßen inklusive der A 7 gesperrt. Die Evakuierung war weitgehend abgeschlossen, aber die Lage nach wie vor unübersichtlich.

Zille und Laura Sentrup beobachteten das Treiben und hatten ein ungutes Gefühl. »Sieht alles ein bisschen nach Aktionismus aus«, sagte Zille.

»Wenn damit möglichst viele Menschenleben gerettet werden, ist das doch okay«, erwiderte Laura.

»Das stimmt schon, aber benötigen wir dazu die Spezialeinheiten?«

»Wenn sonst nichts weiter geschieht, sicher nicht. Aber das wissen wir nicht.« Laura versuchte, mit den Händen ihren Kopf zu schützen. »Die Sonne nervt.«

»Du hättest einen Sonnenhut mitnehmen sollen«, bemerkte Zille.

»Mir stehen keine Hüte.«

»Bei einem Einsatz während meiner Zeit in den USA mussten wir einmal nach Nevada. Mitten in der Wüste campierte so eine durchgeknallte Sekte, die angedroht hatte, ihre Kinder zu erlösen von dieser ungläubigen, verdorbenen Welt. Es war brüllend heiß.« Zille nahm einen Schluck aus seiner Wasserflasche. »Wir standen seit Stunden in der Sonne, die unerbittlich vom Himmel knallte, und warteten auf den Einsatzbefehl. Zwei der Kollegen trugen keine Kopfbedeckung. Mit der Zeit gingen sie unruhig auf und ab. Fassten sich immer wieder an den inzwischen roten Kopf. Zuerst schrie der eine auf und riss sich das Hemd vom Leib. Der Zweite bekam Flecken im Gesicht und warf sich auf den Boden. Plötzlich zogen beide ihre Waffen und ballerten wild in der Gegend herum. Sie trafen drei andere Kollegen und brachten sich anschließend gegenseitig um.«

Laura wischte sich den Schweiß von der Stirn und ging dann wortlos zum nächsten Schutzpolizisten. Zille sah, wie sie auf ihn einredete. Schließlich gab der Kollege Laura seine Mütze. Sie setzte sie auf und kam wieder zu Zille.

»Was hast du ihm gesagt?«

»Ich habe ihm deine Geschichte erzählt.«

Zille war überrascht. »Und dann hatte er Angst, erschossen zu werden?«

Laura nickte.

Zilles Handy klingelte. Es war Britta. »Hat Pöppelmann nicht einen alten VW Käfer?«

»Kann der Pilot nicht leiser fliegen? Du bist schlecht zu verstehen.«

»Welches Auto fährt Pöppelmann?« Britta schien zu schreien, trotzdem war sie kaum zu verstehen.

»Einen VW Käfer«, brüllte jetzt auch Zille.

»Farbe?«

»Hellblau.«

»So einer steht demoliert auf dem Terminal.«

Karl Wieczoreck, Containerbrückenfahrer am Burchardkai-Terminal, hatte mit dem Containergreifer einen Container vom Schiff in die Höhe gehoben. Doch nach wenigen Metern konnte er ihn nicht mehr steuern, weder nach oben noch nach unten. Der Container hing einfach in der Luft. Er konnte den Joystick bewegen, wie er wollte. Es geschah nichts. Dafür bewegte sich die Containerbrücke ohne sein Zutun. Er betätigte hektisch ein paar Tasten, als er die Evakuierungsaufforderung hörte. Alle sollten das Terminal sofort verlassen. Er war irritiert. Was sollte er tun? Eine außer Kontrolle geratene Brücke verlassen? Plötzlich schossen meterhohe Stichflammen in den Himmel, begleitet von Explosionen wie bei einem Raketenbeschuss. In kürzester Zeit standen Teile des Eurogate-Terminals in Flammen. Karl Wieczoreck konnte aus der Glaskanzel seiner Containerbrücke in sechsundfünfzig Meter Höhe das tobende Inferno beobachten. Seine Überlegungen spielten jetzt keine Rolle mehr. Er wollte nur noch raus aus seiner Kanzel.

Zur selben Zeit versuchte Winfried ebenso wie Max, die Fahrerkabine seines Lkw zu verlassen. Bei beiden ließen sich aber weder die Fahrer- noch die Beifahrertür öffnen. Winfried versuchte es erst mit Gefühl, dann mit Gewalt. Er warf sich immer wieder gegen die Tür, bis seine Schulter schmerzte.

Max wählte zunächst einen anderen Weg. Da er vermutete, dass die Ursache für die blockierte Fahrertür der eingeklemmte Sicherheitsgurt war, suchte er nach einem spitzen Gegenstand und fand im Handschuhfach einen Schraubendreher. Er probierte, den Gurt aus dem Schloss herauszubekommen. Er konnte die Tür einen Spalt öffnen und warf sich mit der Schulter gegen sie. In dem Moment hielt ein langbeiniges Fahrzeug neben ihm. Auf dem unteren Stahlträger saßen drei Leute. Einer sprang herunter und riss von außen an Max' Fahrertür. Nach zwei Versuchen öffnete sie sich.

»Los, kletter hoch zu den anderen«, brüllte der Mann.

»Danke«, japste Max, lief zur Leiter und kletterte auf den Stahlträger. Sein Retter blieb auf der Leiter stehen. Der Van-Carrier beschleunigte und fuhr Richtung Ausgang, als die Männer den Einschlag einer weiteren Drohne auf dem benachbarten Eurogate-Terminal beobachteten.

Winfried hatte voller Panik den zweiten Einschlag miterlebt. Er blutete an den Beinen, weil er die Scheibe in der Fahrertür zumindest teilweise zertrümmern konnte. Er versuchte, durch die viel zu kleine Öffnung aus dem Wagen zu gelangen, als sein Lkw mit einer mächtigen Explosion in Flammen aufging.

Auch Karl Wieczoreck hatte die Explosion, die nahe seiner Containerbrücke das Terminal erschütterte, miterlebt. Sofort brannte es lichterloh, und das Feuer griff auf weitere Container über. Er riss an der Tür der Kanzel, konnte sie aber nicht öffnen. Verzweifelt hämmerte er gegen das Glas, aber nichts bewegte sich. Er bekam Todesangst, sackte zusammen, stemmte sich wieder hoch und traute seinen Augen nicht. Die benachbarte Containerbrücke war kurz davor, mit seiner Brücke zusammenzustoßen. Ob die anschließende Erschütterung von einer weiteren Explosion oder dem Zusammenprall der beiden Stahlkolosse herrührte, bekam Karl nicht mehr mit. Er wurde mit seiner Glaskanzel in den glutrot erleuchteten Hamburger Himmel geschleudert.

Die Fahrt mit dem Van-Carrier schien Max eine Ewigkeit zu dauern. Sie bewegten sich höchsten mit zwanzig Stundenkilometern. Er blickte zur Holdingarea, in der Winfried geparkt hatte, und sah, wie die Drohne Winfrieds Lkw zerstörte. Die anschließende Explosion war ohrenbetäubend laut, und es stieg eine gewaltige Feuersäule in den Himmel. Kurze Zeit später kollidierten zwei Containerbrücken, und eine Glaskanzel flog durch die Luft.

Die Männer neben ihm hatten Panik in ihren Gesichtern. Max blickte zum Ausgang des Terminals, der langsam in Sichtweite kam. Er wusste, dass bald eine nächste heftige Explosion seinen Lkw zerstören würde, und war sich ziemlich sicher, dass sie im Van-Carrier bis dahin nicht aus der Gefahrenzone heraus wären. Aber er wusste auch, dass er und die anderen Männer nicht schneller laufen konnten, als der Van-Carrier fuhr. Sie waren ja nicht Usain Bolt. Und doch hatte Max das Gefühl, den Carrier verlassen zu müssen.

Er überlegte nicht lange und sprang herunter. Er landete etwas unsanft auf dem Boden, kam aber schnell wieder auf die Beine und rannte, so schnell er konnte, zum Ausgang, wobei er darauf achtete, sich genug Abstand zum Carrier zu verschaffen. Er rannte seit etwa einer Minute, als der nächste Einschlag zu hören war. Eine mächtige Feuersäule tauchte das Terminal in unwirkliches, helles Licht. Die anschließende Druckwelle wirbelte Container durch die Luft, von denen einer mit Wucht gegen den Van-Carrier prallte, sodass dieser auf die Seite kippte und die Männer beim Aufprall des Containers auf dem Carrier zerquetscht wurden.

Auch Max wurde von der Druckwelle erfasst und durch die Luft geschleudert. Er landete einige Meter weiter in einem Stapel von Containerbags, die mit Mineralwolle gefüllt waren. Die Landung war dennoch sehr schmerzhaft. Aber er konnte zum Glück noch alle Gliedmaßen bewegen. Seine Ohren taten höllisch weh, und er hörte kaum noch etwas, so als wären sie mit Watte verstopft. Benommen blieb er einen Moment liegen, konnte sich aber aufrappeln und stolperte Richtung Ausgang. Ein Sanitätsfahrzeug kam ihm entgegen und brachte ihn in Sicherheit.

Leni packte die Reste der Switchblade-Ausrüstung in die Rucksäcke und brachte sie zum Schuppen, wo das Motorrad abfahrbereit stand. Sie verstaute das Gepäck, setzte sich den Helm auf und fuhr los. Kaum eine Minute später hörte sie eine Explosion. Sie hielt an und schaute zurück. Die kleine Kate, in der sie sich eben noch aufgehalten hatte, stand in Flammen. Wie gut, dass ich den Zeitplan für den Abschuss der Drohnen geändert habe, dachte sie und hatte Tränen in den Augen. Was war Lasse doch für ein Arschloch. Sie griff zum Handy und rief Sigi an. Nach dem dritten erfolglosen Versuch fuhr sie weiter. Das Handy würde mit den Rucksäcken in der Elbe landen.

Zille und Laura beobachteten fassungslos das Inferno. Was sie sahen, war die Hölle auf Erden. Container flogen wie Geschosse durch die Luft, einige kamen der A 7 bedrohlich nahe, andere landeten auf dem Containerriesen, der an der Kaimauer lag. Die vormals gestapelten Container lagen über das ganze Terminal verteilt und standen wie die Gebäude auf dem Gelände in Flammen. Neben den oft hochzüngelnden Flammen lag das gesamte Gelände unter rötlich schwarzem Rauch. Und möglicherweise war ihr Kollege Pöppelmann in dieser Hölle gelandet. Für Zille und Laura war diese Ungewissheit unerträglich.

Wie viele Tote und Verletzte es trotz der Evakuierung gegeben hatte, war noch nicht klar. Die aus den umliegenden Orten und Landkreisen angeforderten Feuerwehr- und Rettungsfahrzeuge konnten erst dann auf das Gelände fahren, wenn sichergestellt war, dass sich in den Containern keine weiteren explosiven Gefahrengüter befanden. Nur von der Wasserseite wurde schon gelöscht. Die größte Sorge aber bereitete der Feuerwehr vor allem der nahe gelegene Petroleumhafen. Es musste um jeden Preis verhindert werden, dass das Feuer auf die Tanklager übergriff. Glücklicherweise brannte es hauptsächlich auf dem entfernter liegenden südöstlichen Teil des Eurogate-Terminals. Zwischen dem brennenden Burchardkai-Terminal und dem Petroleumhafen bildete der Parkhafen eine Barriere für das Feuer.

Die Einsatzkommandos hatten sich zurückgezogen. Mit einem Angriff aus der Luft hatte niemand gerechnet, und weitere Anschläge vom Land konnten sie hoffentlich verhindern. Mehr Zerstörung ging nicht. Dennoch durchsuchten und sicherten sie die nähere Umgebung. Wenn das angegriffene Gelände betreten werden durfte, würden ihre Sprengstoffexperten bei den Untersuchungen behilflich sein.

Zille und Laura wurden von den Einsatzkräften aufgefordert, sich von den Brandherden zu entfernen. Sowohl die Hitze- und Rauchentwicklung als auch die Gefahr, dass durch weitere Explosionen größere Teile unkontrolliert durch die Luft flogen, machten dies nötig. Die beiden ließen sich zum Trucker Treff bringen. Laura informierte Schepanski, und Zille wollte bei Britta anrufen. Später würde er Janne und Elias informieren.

Sigi war seit zehn Minuten bereit. Sie lag mit dem Oberkörper auf ihrem selbst gebauten Schießstand und hatte den großen Balkon über dem Eingang des Konsulats im Visier. Es war nach wie vor windstill, und die Sonne blendete sie nicht. Die Waffe hatte sie fest in die Schulter gezogen und entsichert. Jetzt musste nur noch der Konsul auf dem Balkon erscheinen. Die Handyverbindung mit Doris Haferkamp stand, und über den Knopf im Ohr hörte sie ihre Stimme.

»Siehst du ihn schon?«

»Nein.«

»Er müsste den Balkon –«

»Er kommt raus. Er ist in Begleitung.«

»Ich weiß.«

»Sie gehen an die Brüstung. Ich habe freie Sicht.« Sigi nahm den Konsul ins Visier. »Ich habe den Konsul im Fadenkreuz.«

»Schwenk zu seiner Begleitung.«

»Aber –«

»Tu, was ich sage.«

Sigi bewegte das Gewehr ein wenig nach links. »Ich muss nachjustieren.« Sigi korrigierte die Einstellungen an den Drehknöpfen des Verstellturms. »Ich habe ihn im Visier, scharf.«

»Beschreib ihn mir.«

»Buschige Augenbrauen und Brille mit Goldrand. Er trägt –«

»Schieß.«

Sigi atmete ruhig, versuchte, ihren Puls noch etwas zu entschleunigen. Dann bewegte sie ihren Zeigefinger und drückte ab. Sie spürte den Stoß in der Schulter, konnte ihn aber gut abfedern. Ein schneller Blick durch das Visier. Sie hatte getroffen. Achthundert Meter. Nicht schlecht.

»Erledigt.« Sigi sah, wie Männer auf den Balkon stürmten und den Konsul ins Haus brachten. Sie sicherte die Waffe, entnahm aus Gewohnheit das Magazin und sammelte die Hülse auf. Beides verschwand in ihrer gepackten Tasche. Dann zerstörte sie ihr Handy, zog die Jacke an und verließ ihr Apartment. Vor dem Hotel warf Sigi die Reste des Handys in einen Mülleimer.

52

Janne hatte sich Dumplings mit Rind und Karotten sowie einen grünen Tee bestellt. Die chinesischen Teigtaschen rochen köstlich, doch nachdem Zille sie über den Anschlag auf die Containerterminals und über das ungewisse Schicksal von Pöppelmann informiert hatte, war ihr der Appetit vergangen. Seit einer Stunde beobachtete sie den Eingang der Gotenstraße 4, wo sich die Schaltzentrale von Haferkamp und ihrer Terrorbande befinden sollte.

Nach ihrer Ankunft in Hammerbrook hatte sie zunächst die Gegend inspiziert, aber nichts Auffälliges feststellen können. Einzig ein Porsche Targa, der auf einem Hinterhofparkplatz stand, passte nicht in die Umgebung. Janne trank einen Schluck von dem Tee, der inzwischen kalt war, als eine Frau in ihrem Alter in die Gotenstraße einbog. Sie war lässig-elegant gekleidet, trug ein T-Shirt und eine Lederjacke und hatte eine kleine Reisetasche dabei. Die schwarzen lockigen Haare waren kurz geschnitten. Die Sonnenbrille war etwas zu groß für ihr schmales Gesicht, fand Janne.

Die Frau ging an dem Eingang mit der Nummer 4 vorbei, blieb stehen, schaute sich um und kam zurück. Jetzt sah Janne ihre knallroten Lippen, und es macht klick. Diese roten Lippen hatte sie schon einmal auf einem Foto gesehen. Einem Fahndungsfoto. Nur waren die schwarzen Haare darauf lang gewesen.

Janne legte einen Zwanzig-Euro-Schein auf den Tisch und verließ eilig den Imbiss. Die junge Frau stand jetzt vor dem Hauseingang. Janne wechselte ihren Standort und konnte sehen, wie die Frau auf einen Klingelknopf drückte. Zweiter Stock. Ein paar Worte durch die Gegensprechanlage, dann sprang die Tür auf, und die jetzt Kurzhaarige verschwand im Hausflur. Die Haustür fiel langsam wieder ins Schloss.

Max wachte auf einer Krankenliege auf, mit der er gerade in eine Klinik geschoben wurde. In der Notaufnahme angekommen, konnte er die Unterredung des Notfallsanitäters mit einem Arzt belauschen.

»Er kommt vom Containerterminal, wo einige Bomben hochgegangen sind. Nach der ersten Sichtung hat er wohl nur tertiäre Explosionsverletzungen. Er ist durch die Druckwelle auf einen großen Sack mit Glaswolle oder so was Ähnliches geschleudert worden.«

»Habt ihr Frakturen festgestellt?«, fragte der Arzt.

»Wie es aussieht, ist er mit ein paar Verstauchungen, Prellungen und äußeren Verletzungen davongekommen. Seine Blutungen wurden gestillt und die Wunden versorgt.«

»Wir behalten ihn hier und röntgen ihn später. Hat er irgendwelche Medikamente bekommen?«

»Novalgin.«

Dann wurde Max umgebettet, auf eine Station geschoben und erst einmal im Gang stehen gelassen.

»Können Sie aufstehen?«, fragte ihn eine Krankenpflegerin.

Max nickte. Er richtete sich auf und stellte sich mit wackligen Beinen neben das Bett.

»Geht's?«

»Muss ja«, nuschelte er.

Die Krankenpflegerin zeigte auf einen Knopf an der gegenüberliegenden Wand. »Ich bin in zehn Minuten wieder zurück. Sollte etwas sein, drücken Sie einfach dadrauf.«

»Alles klar.« Max sah der Krankenpflegerin hinterher und setzte sich auf das Bett. Sein Kopf dröhnte, und er spürte einen leichten Schwindel. Er konnte unmöglich im Krankenhaus bleiben. Offensichtlich war er ja auch nicht so schwer verletzt. Max schaute an sich hinunter und sah, dass seine Kleidung schmutzig und an vielen Stellen eingerissen war. »Mist«, murmelte er. Er musste sich eine andere Hose und ein anderes Hemd oder T-Shirt besorgen.

Er erhob sich vom Bett und ging ein paar Schritte im Gang auf und ab. Er hatte sich schon einmal fitter gefühlt, und schmerzfrei war er auch nicht. Aber er hatte keine Wahl. Er biss die Zähne zusammen und warf einen Blick ins erste Krankenzimmer. Dort lagen zwei ältere Patienten. Im nächsten Zimmer lag ein junger Mann mit einem eingegipsten Fuß und schaute angestrengt auf einen Laptop. Max ging hinein und hörte, dass er mit einem Egoshooterspiel beschäftigt war. Er schaute auf und spielte weiter. Max ging zu seinem Schrank. Dadrin herrschte das völlige Chaos, und so griff er nach der erstbesten Hose und einem Hemd.

»Ey, was machst du da?«, hörte er die Stimme des Egoshooterspielers.

»Ich leihe mir ein paar Klamotten«, antwortete Max und verließ das Krankenzimmer.

Sigi ging in den zweiten Stock. Lasse stand mit einem Lächeln in der Wohnungstür. »Saubere Arbeit«, sagte er anerkennend

»Man tut, was man kann.«

Lasse hielt ihr die Tür auf. »Sei nicht so bescheiden.«

Sigi schob sich an ihm vorbei. »Wollt ihr verreisen?«, fragte sie spöttisch.

»Wir müssen die Spuren beseitigen.«

Sigi ging in die Küche und setzte sich an den Tisch. »Gibt es hier auch etwas zu trinken?«

Doris Haferkamp kam in die Küche. »Sicher.« Sie stellte ihr ein Glas Wasser hin. »Das war ein großartiger Schuss, Sigi.«

»Für die Bewegung.«

»Genau.«

»Wieso nicht der Konsul?«

»Das brauchst du nicht zu verstehen«, sagte Doris und strich Sigi über die schwarzen Locken.

Sigi trank ihr Wasserglas leer, als Lasse in der Küchentür auftauchte. Er richtete eine Pistole auf Sigi.

»Was soll das, Doris?«

Doris veränderte ihre Körpersprache. »Manchmal gibt es Dinge, die größer sind als wir.«

Reflexartig riss Sigi sie zu sich auf den Schoß – im selben Moment, als Lasse zweimal abdrückte.

53

Zille war seit ein paar Minuten in seiner Wohnung und machte sich ein Bier auf. Die Feuerwehr hatte ihn und Laura Sentrup gegen ihren Willen und nur unter Protest nach Hause geschickt, weil die Löscharbeiten sowie die Erkundung durch Feuerwehreinsatzkräfte unter Chemikalienschutzanzug auf den Terminals die ganze Nacht andauern würden. Von Pöppelmann gab es immer noch keine Spur. Zille befürchtete das Schlimmste. Er hatte die Feuerwehrleute gebeten, bei ihrer Arbeit nach seinem Freund und Kollegen Ausschau zu halten und ihn sofort zu benachrichtigen, wenn sie ihn gefunden hätten.

Er würde sich am nächsten Morgen den Anschlagsort anschauen, bevor die Aufräumarbeiten beginnen würden. Das Szenario des Schreckens musste er vor Ort sehen und erleben. Nur so würde er sich eine Vorstellung von den Menschen machen können, die in der Lage waren, einen solchen Anschlag zu planen und dann auch auszuführen.

Spätestens während seiner Zusatzausbildung in den USA hatte er begriffen, wie wichtig es für die zukünftige Tätigkeit als Profiler war, die dunkelsten Abgründe menschlichen Handels zu kennen. Einige seiner Kollegen hatten ihm von ihren Erfahrungen berichtet, die sie beim Anschlag auf das World Trade Center gemacht hatten. Die Bilder, die sie gesehen hatten, waren grauenhaft, hatten aber ihre Arbeit maßgeblich verändert. Hass, Fanatismus und religiöser Wahn waren die Keimzellen alles Bösen.

Zille saß am Küchentisch und hing seinen Gedanken nach, als er hörte, wie die Wohnungstür aufgeschlossen wurde. Wenig später hörte er aus dem Wohnzimmer eine erschöpft klingende Britta. »Zille, was ist mit Pöppelmann?«

»Wir wissen es nicht. Er ist seit der Lagebesprechung verschwunden. Die einzige Spur –«

»Ist der demolierte VW«, ergänzte Britta. »Ich brauch einen Schnaps.«

Zille hatte Britta noch nie Schnaps trinken sehen, es musste also schlimm um sie stehen. Glücklicherweise hatte er im Gefrierfach einen Aquavit, den Elias ihm mitgebracht hatte. Zille schenkte zwei Schnapsgläser voll und ging zu Britta, die auf dem Sofa lag. Er setzte sich ihr gegenüber in einen Sessel. Sie stießen an und kippten den Schnaps herunter.

»Brrr«, machte Britta und schüttelte sich. »»Hast du eine Ahnung, warum Pöppelmann verschwunden sein könnte?«

»Ich habe mir den Kopf zerbrochen, aber vergeblich.«

»Vielleicht wollte er jemanden warnen?«

»Das wäre möglich. Nur wen?«

Zille schenkte Britta und sich noch einen Aquavit ein. »Nach dem dritten Glas schmeckt er.«

Bevor er ihn trinken konnte, klingelte sein Handy. »Mein geliebter Käfer ist im Eimer«, schallte es ihm entgegen.

»Pöppelmann! War noch nie so froh, dich zu hören.«

»Schlimm genug.«

»Wo bist du, und wie geht's dir?«

»Ich bin im Groß-Sand-Krankenhaus in Wilhelmsburg. Hab eine Gehirnerschütterung und einige Prellungen.«

»Und muss ich das jetzt alles verstehen?«

»Wollte meinen Sohn warnen, der auf dem Terminalgelände arbeitet, und bin dann bei der Suche gegen einen Container geprallt.«

»So wie du Auto fährst, wundert mich das nicht.«

»Ich war ohne Bewusstsein. Mein Sohn hat mich dann zufällig bei der Evakuierung gefunden, weil er mein Auto erkannt hat.«

»Glückspilz.«

»Andere hatten wohl nicht so viel Glück. Weiß man schon, wie viele Tote und Verletzte es gab?«

»Noch nicht. Ich schau mir morgen früh um sieben das Gelände mal an.«

Zille beendete das Gespräch und versprach Pöppelmann, ihn nach der Begehung zu besuchen. Dann nahm er sein Schnapsglas und stieß mit Britta auf Pöppelmanns Wiederauferstehung an.

Anschließend berichtete Britta von ihren Erlebnissen im Hubschrauber der GSG 9. »Zu Beginn des Einsatzes war es wie ein Sightseeingflug über den Hamburger Hafen. Der Pilot flog ziemlich hoch, und wir hatten einen sehr guten Überblick. So konnte ich Pöppelmanns Käfer sehen und später dann auch die ersten beiden Explosionen auf dem Containerterminal beobachten. Der Pilot ist dann auf knapp fünfhundert Meter heruntergegangen, und plötzlich bemerkten wir eine Drohne, die unter uns zum zweiten Terminal flog, dort einen Moment kreiste und dann im Sturzflug auf das Terminal stürzte.«

»Und dann machte es bum«, sagte Zille.

»Der Kommandant wusste sofort, dass es sich um eine Switchblade handelte, und befahl dem Piloten, wieder an Höhe zuzulegen und das Areal weiträumig zu überfliegen.« Britta legte eine Verschnaufpause ein. »Schließlich kam die zweite Drohne –«

»Und dann brannte der halbe Containerhafen.«

Britta setzte sich auf die Sofakante und atmete tief aus. »Ich frage mich die ganze Zeit, ob wir den Anschlag hätten verhindern können.«

Zille blickte sie fragend an.

»Nach den ersten Informationen von Veronica hätten wir vielleicht doch sofort das ›Institut‹ stürmen sollen.«

»Die Hinweise waren noch recht vage. Das wäre rechtlich –«

Brittas Handy klingelte. »Das ist Rolf.« Britta hörte zu und beendete das Telefonat, ohne ein Wort gesagt zu haben.

»Es gab auch einen Anschlag auf das amerikanische Konsulat.«

»Wurde der Konsul –?«

»Nein, der Mann, der neben ihm stand, wurde erschossen.«

»Wie kann das im am besten geschützten Haus in Hamburg passieren?«

»Augenzeugenberichten nach muss der Schuss von außerhalb des Grundstücks gekommen sein.«

»Und wer ist der Tote?«

»Alfred Rabenhorst.«

»Wie bitte? Galt der Anschlag Rabenhorst, oder hat der Schütze danebengeschossen?« Zille legte seine Stirn in Falten. »Wann passierte der Anschlag?«

»Circa siebzehn Uhr, schätzte Rolf.«

Zille legte seine Stirn in Falten. »Das wäre dann kurz nach dem Einschlag der letzten Drohne auf dem Containerterminal gewesen.«

Britta schaute ihn ungläubig an. »Meinst du, die beiden Anschläge hängen zusammen?«

»Wäre schon arger Zufall, wenn nicht.«

54

Max hatte seine Kleidung auf der Toilette gewechselt und im letzten Moment daran gedacht, den Zehn-Euro-Schein und den Wohnungsschlüssel aus der alten Hose herauszunehmen. Als er sich im Spiegel erblickte, verzog er sein Gesicht und überlegte, ob er sich wieder umziehen sollte. In der roten Hose, die er umkrempeln musste, und dem zu engen rot-schwarz quer gestreiften T-Shirt sah er aus wie ein Clown. Aber wenigstens sind die Klamotten nicht zerrissen und auch nicht schmutzig, dachte Max und verließ die Klinik.

Lasse stand da wie gelähmt und blickte zu den beiden Frauen, auf die er gerade geschossen hatte. Blut floss in Strömen, und er wusste nicht, von wem das Blut stammte. Als Doris Haferkamp aufstöhnte, löste sich seine Schockstarre. Er sah, wie sie sich mit ihrem rechten Arm an die linke Schulter griff. Lasse ließ die Pistole fallen und lief zu ihr. Sie blutete stark aus einer Wunde am Oberarm. Sigi hatte ein Loch im Kopf und war tot.

»Ein Glück, du lebst, Doris«, sagte er leise und hob sie von Sigi herunter, die im selben Moment auf den Boden fiel. Jetzt sah er, dass Doris Haferkamp auch eine Ausschusswunde an der Schulter hatte, die Kugel war durch sie hindurchgegangen und musste in Sigi stecken geblieben sein. Das interessierte Lasse jetzt aber nicht. Als er Doris sanft auf den Boden legte, schrie sie auf. »Es tut so weh«, klagte sie mit tränenerstickter Stimme.

»Ich hole Kissen und Verbandszeug und verbinde dir die

Wunde gleich.« Lasse kam wenig später wieder in die Küche. Er schnitt den Ärmel von Doris' Bluse auf und drückte mit einer Mullbinde auf die Wunde am Oberarm, um die Blutung zu stillen. Anschließend legte er einen Verband an. Dann kümmerte er sich um die Austrittswunde.

Janne lehnte an einem Laternenmast und beobachtete immer noch den Eingang der Gotenstraße 4. Die junge Frau war nicht wieder herausgekommen. Janne deutete das als ein Zeichen, dass es sich bei der Wohnung möglicherweise tatsächlich um einen Treffpunkt handelte.

In einer der beiden Wohnungen im zweiten Stock war ein Schild mit der Aufschrift »Zu vermieten« an ein Fenster geklebt, in der anderen Wohnung waren Gardinen vor die Fenster gezogen, das konnte Sonnen- oder aber Sichtschutz sein. Sie hatte vorsichtshalber ihre Positionen einige Male geändert, falls jemand aus der Wohnung auf die Straße schauen würde. Aber sie hatte weder Menschen noch Bewegungen an den Gardinen beobachten können.

Janne wollte gerade zu einem Kiosk gehen und sich ein Eis gönnen, als ein junger Mann in einem skurrilen Outfit langsam um die Ecke kam. Sie konnte nicht fassen, dass man freiwillig so herumlief. Aber in dieser Stadt gab es viele Verrückte. Sie schaute ihm amüsiert zu und bemerkte, dass er nicht nur langsam ging, sondern auch ein Bein nachzog. Ein paar Meter vor dem Eingang mit der Nummer 4 lehnte er sich an die Hauswand und stützte seine Hände auf die Knie. Er schien erschöpft zu sein. Dann richtete er sich wieder auf, und die Sonne beschien sein Gesicht. Jetzt erkannte Janne den jungen Mann. Es war Max, der gar nicht mehr blond gelockte Serienmörder. Wollte er jetzt etwa im Clownskostüm morden wie sein offensichtliches Vorbild John Wayne Gacy?

Sie bemerkte den sofort einsetzenden Adrenalinschub. Ihr Körper bereitete sich auf eine Gefahr vor. Sie schlenderte auf der gegenüberliegenden Straßenseite wieder Richtung China-

Imbiss. Aus den Augenwinkeln hatte sie Max immer noch im Blick. Er stand jetzt vor dem Hauseingang Nummer 4. Aber statt den Klingelknopf zu betätigen, fingerte er aus seiner Hosentasche einen Schlüssel heraus und öffnete die Tür.

Kaum war er im Eingang verschwunden, überquerte Janne die Straße und stellte ihren Fuß in die Tür. Leise schob sie sie auf und schlich sich in den Flur. Sie hörte, wie Max die Treppen hinaufstieg. Vorsichtig ging sie hinterher und konnte gerade noch beobachten, wie er eine Wohnungstür öffnete und dahinter verschwand.

Lasse hatte gerade die zweite Wunde von Doris versorgt. Er wusste nicht, was er mit ihr machen sollte. Es war klar, dass sie ohne ärztliche Behandlung nicht überleben würde. Er war wütend auf Sigi. Warum musste sie Doris auch zu sich reißen? Am liebsten würde er Sigis Leiche aus dem Fenster werfen. Aber erst einmal musste das Badezimmer reichen. Er griff unter Sigis Arme und war gerade im Begriff, sie aus der Küche zu schleifen, als er Doris' Stimme hörte.

»Lasse«, krächzte Doris, »Vorsicht.«

»Mit der Schlampe muss ich nicht mehr vorsichtig sein«, antwortete er erbost.

»Nein«, Doris war kaum zu verstehen, »aber –« Sie hob ihren rechten Arm und zeigte zur Küchentür.

Lasse drehte den Kopf und ließ Sigi fallen. Dann richtete er sich langsam auf und sah, dass Max seine Pistole aufgehoben hatte und auf ihn zielte.

»Es ist nicht so, wie du denkst«, stammelte Lasse.

Max verzog verächtlich den Mund und bedeutete ihm, ein paar Schritte zurückzugehen. »So. Was denke ich denn?«

»Sigi kam vor ein paar Minuten wutentbrannt in die Wohnung gestürmt, eröffnete das Feuer auf Doris und wollte dann mich umbringen.« Lasse stockte. »Ich habe in Notwehr gehandelt.«

Max zeigte auf Doris, die wimmernd am Boden lag. »Sigi

schießt nie daneben.« Mit diesen Worten erschoss er Lasse und ging auf Doris Haferkamp zu.

Janne war Max im Treppenhaus und durch die offen stehende Wohnungstür gefolgt. Sie war im Flur, als sie den Schuss hörte. Vorsichtig näherte sie sich der Küche und sah Max vor einer Frau knien, die auf dem Boden lag.

»Du hattest von Anfang an vor, uns alle umzubringen«, hörte sie ihn sagen. Janne sah, wie er der Frau die Pistole auf den blutenden Oberarm drückte. Sie schrie auf. »Das tut weh, nicht wahr?«, vernahm Janne Max' Stimme. Seinen Blick konnte sie nicht sehen, aber garantiert schaute er sie höhnisch an. »Genau deshalb erschieße ich dich nicht. Ich will, dass du leidest. Du wirst langsam verbluten.«

Er stand wieder auf und steckte die Pistole in seinen Hosenbund. Anschließend entfernte er sich rückwärts von der Frau, unverkennbar Doris Haferkamp, und kam so Janne immer näher. Mit einem schnellen Schritt war sie hinter ihm, riss seinen Kopf zurück und schlug ihm mit der Handkante auf sein Karotisdreieck, durch das einige Venen und Arterien verliefen. Max verlor das Bewusstsein und sackte in sich zusammen. Mit einem Küchenhandtuch nahm sie die Waffe aus Max' Hosenbund und sicherte sie. Dann rief sie einen Notarzt und anschließend Zille an.

55

Das Areal am Containerterminal war weitgehend gelöscht. An einigen Stellen loderten noch kleine Feuer, aber in Begleitung eines Feuerwehrmanns durfte Zille das Burchardkai-Terminal betreten. Er wollte gerade losgehen, als ein Taxi am Eingang hielt und Pöppelmann ausstieg. »Warte«, rief er. Er holte zwei Krücken aus dem Wagen und humpelte auf Zille zu.

»Was machst du hier?«, fragte Zille irritiert und nahm seine Maske ab.

»Hast du Jason Statham schon mal im Krankenbett gesehen?«

»Nee, aber auch nicht mit Krücken.«

Schweigend gingen sie über das Terminal. Ihnen bot sich ein Bild des Grauens.

Zwei Containerbrücken waren eingeknickt, schwebten bedrohlich über dem dreihundertfünfundfünfzig Meter langen Containerriesen JP Kalinka und drohten jederzeit das Containerschiff unter sich zu begraben. Einige Stahlstreben waren herausgebrochen und hatten Container zertrümmert. Van-Carrier waren in ihre Einzelteile zerlegt worden. Viele Container waren durch die Explosionen umhergeschleudert worden und hatten Gebäude, Güterwagen oder Autos zerstört. Einige waren sogar bis in den Waltershofer Hafen geflogen. Die Steigerung des Grauens aber waren die umherliegenden Körperteile der Carrier- und Containerbrückenfahrer. Torsos, Arme, Beine und abgetrennte Köpfe verteilten sich auf dem Gelände, über dem zudem ein unerträglicher Gestank lag. Es roch nach Tod und Verwüstung.

Die drei Männer waren an der Fachschule der Hafengesellschaft angekommen.

»Viel steht von dem Gebäude nicht mehr.« Der Feuerwehrmann holte tief Luft. »Ich will mir nicht vorstellen, wie viele Tote es gegeben hätte, wenn nicht evakuiert worden wäre.« Er zeigte zum benachbarten Terminal. »Zum Glück gab es auf dem Eurogate-Terminal keine Toten.«

Pöppelmann stand schweigend daneben. Dann zeigte er mit einer Krücke auf einen Klumpen Metall. »Das war einmal mein VW Käfer.

Schweigend verließen sie das Gelände.

56

Janne kam vom WingTsun-Training. Einer von Elias' Personenschützern nahm seine Mittagspause, schließlich waren jetzt neben seinem Kollegen Robert auch Zille und Janne zum Schutz von Elias anwesend. Janne betrat das Haus von Elias und folgte dem Geruch des Mokkas. Elias und Zille waren in der Küche und deckten gerade den Tisch für den Brunch. Zille brachte eine Platte italienischer Antipasti und einen Korb mit Franzbrötchen. Als er Jannes fragenden Blick sah, klärte er sie über seine Auswahl auf. »Brunch ist eine Mischung aus Frühstück und Mittagessen. Und zu jedem Frühstück gehören Franzbrötchen.«

Janne setzte sich an den Küchentisch, und Elias schenkte ihr einen Mokka ein. »Wir können die Antipasti und die Rührei-variationen aber auch mit Baguette oder Croissants essen«, sagte er schmunzelnd.

»Das beruhigt mich«, erwiderte Janne und holte aus ihrer Tasche ein großes Stück Brunost, den norwegischen Braunkäse. »Ich bin durch die halbe Stadt gelaufen, um diese Delikatesse zu ergattern.«

»Den Käse kann man doch gut mit Franzbrötchen essen«, sagte Zille.

»Muss man aber nicht.« Janne griff ein weiteres Mal in ihre Tasche und stellte ein Päckchen Knäckebrot neben den Käse. »Das schmeckt mir besser.«

Elias servierte noch einen Teller gefüllte Eier mit Forellenkaviar und Avocadorührei.

»Ich würde vorschlagen, wir essen die Franzbrötchen zum Nachtisch«, sagte Zille und machte sich über das Rührei her.

»Hat jemand schon die Zeitungen gelesen?«, fragte Janne und biss in ihr mit Brunost belegtes Knäckebrot.

»Sie berichten vom Ausmaß der Zerstörung der Container-terminals und spekulieren wild herum, wer dafür verantwortlich sein könnte«, sagte Zille.

»Die Pressekonferenz gestern war ja auch nicht sehr informativ.« Elias schenkte sich und Zille einen Mokka nach. »Also spekulieren die Medien wie die Wilden und zählen die ganze Palette der weltweit agierenden Terrorgruppen auf.«

»Immerhin haben wir ihnen den Mörder der alten Männer präsentiert«, sagte Zille. »Das Problem mit dem Anschlag ist, dass sich die zuständigen Abteilungen und Behörden streiten, wer den Anschlag hätte verhindern müssen.«

»Und deshalb wird auch offiziell noch nichts mitgeteilt?«, fragte Janne.

»Genau«, antwortete Zille.

»Das hat aber zur Folge, dass die Erfolge auch nicht vermeldet werden können.« Elias lachte kurz auf. »Schön blöd.«

»Wird denn der Anschlag auf das amerikanische Konsulat erwähnt?«, fragte Janne.

»Mit keinem Wort«, erwiderte Zille und schnitt sich ein Stück von dem norwegischen Käse ab. »Auf der Pressekonferenz haben zwar zwei Pressevertreter Andeutungen gemacht, dass sie Informationen über einen Vorfall im Konsulat hätten. Die wurden aber barsch abgebügelt und nach der PK zu einem persönlichen Rapport bei Oberstaatsanwalt Dürkopp gebeten.«

»Haben die Amis einen solchen Einfluss?«

»Haben sie. Schließlich geschah der Anschlag auf ihrem Hoheitsgebiet.« Zille ließ sich den norwegischen Käse auf der Zunge zergehen. »Leni Meyer ist gestern an der deutsch-dänischen Grenze geschnappt worden. Wir haben sie sofort verhört. Aber angeblich weiß sie von nichts.«

»Dann ist von der Terrorgruppe nur noch Winfried Brause flüchtig«, bemerkte Janne.

»Dazu haben wir sie auch befragt. Sie behauptet, sie hätte den Namen noch nie gehört.«

»Was ja stimmen könnte.«

»Aber nicht heißt, dass sie ihn nicht kennt«, warf Elias ein.

»Wir lassen sie jetzt schmoren, nachdem wir ihr die Straftaten, für die sie wahrscheinlich angeklagt wird, aufgezählt und das daraus folgende Strafmaß mitgeteilt haben.« Zille räusperte sich. »Eine Gefühlsregung zeigte sie erst, als wir ihr erzählten, dass wir in der Wohnung in Hammerbrook die Leichen von Sigi Uckfeld und Lasse Köhler sowie eine blutüberströmte und schwer verletzte Doris Haferkamp gefunden haben und Letztere inzwischen an ihren Verletzungen gestorben ist. Und zum Schluss haben wir ihr auch noch mitgeteilt, dass Max Zischke verhaftet wurde.« Zille nahm sich ein Franzbrötchen und biss genüsslich hinein. »Wir haben einen guten Job gemacht. Eine rechte Terrorgruppe zerschlagen, einen Serienkiller gefasst und vielen Leuten das Leben gerettet.«

Sein Handy klingelte. »Das ist der wieder genesene Pöppelmann.« Nach wenigen Minuten war das Telefonat beendet. »Erste Untersuchungen auf dem Burchardkai-Terminal deuten darauf hin, dass an zwei Stellen zusätzlich Sprengstoff explodiert sein muss. Wahrscheinlich Ammoniumnitrat.« Zille holte tief Luft. »Beim Anschlag 1995 in Oklahoma-City ist ein mit diesem Zeug beladener Lkw vor dem Murrah Federal Building explodiert. Hundertachtundsechzig Tote. Auch hier in Hamburg sind Lkw im Fokus. Zollbeamte berichteten von zwei Lastern, die als Letzte auf das Terminal gefahren sind und keine Gelegenheit mehr hatten, es wieder zu verlassen.«

»Vielleicht sollten sie auch nicht«, sagte Janne.

»Das ist die Vermutung.«

»Lkw müssen gefahren werden«, überlegte Elias. »Wenn die Lkw es nicht geschafft haben, vom Gelände zu kommen, dann wahrscheinlich auch nicht die Fahrer.«

»Und einer der Fahrer könnte Winfried Brause gewesen sein«, führte Janne den Gedanken fort. »Doch wer hat den zweiten Lkw gefahren?«

»Von den Lkw ist nicht viel übrig geblieben, und ob wir Knochenreste oder DNA-Spuren finden können, muss abgewartet werden«, sagte Zille. »Die Untersuchungen stehen noch am Anfang. Die zweite Nachricht von Pöppelmann ist, dass Leni Meyer kooperieren will, wenn für sie etwas dabei herausspringt. Das müssen jetzt die Chefs entscheiden.« Zille zögerte, bevor er weitersprach. »Britta hat mir im Vertrauen berichtet, dass sie mit weiteren Mitarbeitern Rabenhorsts Gut auseinandergenommen hat. Dabei konnten sie den Personenschützer von Rabenhorst auf dessen Flucht gefangen nehmen. Sie verhört ihn mit Rolf im Safehouse an der Schlei. Sie hat aber nicht nur den Typen verhaftet, sondern auch eine Liste mit Namen gefunden.«

»Mit den Hintermännern des Anschlags?«, mutmaßte Elias.

»Nicht nur das. Einer der Namen, so Pöppelmann, und das ist topsecret, ist ein Mitarbeiter des LKA Hamburg, Abteilung Staatsschutz.«

»Ach du Scheiße.« Janne lehnte sich im Stuhl zurück und legte ihre Hände hinter den Kopf. »Und der hat Haferkamp mit Informationen versorgt.«

»Die Demokratiefeinde sitzen überall«, seufzte Elias.

Die Stille, die entstand, wurde nach kurzer Zeit von Janne unterbrochen. »Telefonpause«, rief sie, aß schnell noch ein gefülltes Ei und ging aus der Küche.

Zille und Elias sahen sich an. Dann zückten sie ebenfalls ihre Handys.

Eine Viertelstunde später waren wieder alle in der Küche versammelt. Elias hatte inzwischen neuen Mokka aufgesetzt.

»Jetzt esse ich auch ein Franzbrötchen«, sagte Janne und nahm sich eines der Plundergebäcke. »Ich habe mit Anna telefoniert. Ihr geht es besser, und Veronicas Zustand hat sich ebenfalls stabilisiert.«

»Und wie lange müssen sie noch im Krankenhaus bleiben?«, fragte Elias.

»Anna hofft, in ein paar Tagen rauszukommen. Bei Veronica ist es noch unklar.« Janne wischte sich mit einer Serviette über die Lippen. »Was geschieht mit Veronica, wenn sie wieder fit ist?«

»Das wird Britta entscheiden«, sagte Zille. »Ich denke, sie hat noch einige abschließende Fragen an sie. Veronica müsste dann in ein Ausstiegsprogramm für Informanten, um aus der rechten Szene komplett herauszukommen.«

»Muss sie nicht auch geschützt werden?«

»Klar, das steht an erster Stelle. Ich denke, sie muss ihr gesamtes Leben neu organisieren, Kontakte abbrechen, umziehen, vielleicht sogar eine neue Identität annehmen.«

»Vielleicht kann ich vorher auch noch einmal mit ihr reden«, sagte Elias.

»Wegen des 1.-Mai-Artikels für Mügge?«, fragte Janne.

»Das ist nicht so wichtig. Ich würde gerne etwas mehr über sie persönlich erfahren. Zum Beispiel über ihr Leben im völkischen Umfeld, mit und ohne Anna.«

»Ich habe eben mit Britta gesprochen. Sie ist morgen wieder in Hamburg. Kommt doch bei mir vorbei.«

Janne nickte und blickte zu Elias. »Und mit wem hast du telefoniert?«, fragte sie grinsend.

»Ich habe Maja angerufen, sie hatte aber gerade noch jemanden in der Leitung.« Elias schaute auf seine Uhr. »Ich versuche es jetzt noch einmal.« Er stand auf und ging vor die Haustür.

Zille und Janne sahen durch das Küchenfenster, wie Elias mit Robert, seinem Personenschützer, sprach. Dann verschwanden beide aus ihrem Blickfeld. Plötzlich erschütterte ein lauter Knall den Albertiweg, und es waren Schüsse zu hören. Janne und Zille stürmten aus dem Haus und sahen Robert verletzt vor Elias' völlig demoliertem Auto liegen. Die Seiten- und Frontscheiben waren zerborsten, Scherben lagen überall herum. Die Fahrertür hing in den Angeln, und das Autodach war deformiert. Zille blickte sich um: »Verdammt, was ist mit Elias?«

Zu guter Letzt

So ein Buch entsteht nicht von allein. Viele Menschen haben mich bei der Entstehung des zweiten Falles von Dr. Elias Hopp, Janne Bakken und Heiner Zillinski unterstützt. Dafür danke ich allen, die ich immer mal wieder zu passenden, aber meistens unpassenden Gelegenheiten mit Ideen oder dem Vorlesen von ganzen Absätzen belästigt habe. Ihr habt mich immer alle gewähren lassen.

Auch danke ich denjenigen, die mich mit ihren meist skurrilen Geschichten und Sprüchen inspiriert haben. Hier vor allem Micha Fischer.

Mein besonderer Dank gilt den Menschen, die mir bei der Recherche geholfen haben:

Knut Cornils, Faktenchecker bei der Polizei Hamburg, der mir Einblicke in die Polizeiarbeit gab; Christoph Heilmann, der mich über Arbeitsabläufe auf den Containerterminals aufklärte; Torsten Zoldahn und Boris Fojcik, die meine Fragen über Waffen und Sprengstoffe geduldig beantwortet haben; Dr. André Rose, der meine Unkenntnis der menschlichen Anatomie korrigierte.

Mögliche Fehler beziehungsweise Abweichungen der realen Abläufe gehen auf meine Kappe, weil ich entweder nicht richtig zugehört oder aus dramaturgischen Gründen Veränderungen vorgenommen habe.

Danken möchte ich ausdrücklich auch Marleen Schmitz, meiner Physiotherapeutin, die während der Arbeit an diesem Buch dafür sorgte, dass ich nicht eingerostet bin und sogar Freude an den Übungen gefunden habe.

Danke auch den Mitarbeiterinnen und Mitarbeitern des Emons Verlags für ihre tolle Unterstützung.

Nicht unerwähnt darf mein Lektor Lothar Strüh bleiben, der mir mit Rat und Tipps zu Seite stand. Danke dafür.

Großen Dank an meinen Freund Volker Albers, der mir den Weg in die kriminelle Welt der Autorinnen und Autoren wies.

Meinen ganz besonderen Dank an meine Frau Ines. Sie hat nicht nur all meine Launen und häufige geistige Abwesenheit während des Schreibens geduldig ausgehalten. Sie hat mich vor allem bedingungslos unterstützt als Ideengeberin, Erstleserin und Kritikerin und so wesentlich dazu beigetragen, dass dieses Buch das geworden ist, was es ist.

Wer mehr zu den »Neuen Rechten« erfahren will, dem empfehle ich die Webseite der Bundeszentrale für politische Bildung. Dort gibt es zu diesem Thema viele interessante Artikel.

Zum Thema »Völkische Siedler« kann ich die Broschüre »Völkische Siedler/innen im ländlichen Raum. Basiswissen und Handlungsstrategien« von der »Amadeu Antonio Stiftung« empfehlen.

Leo Hansen
ALSTERNACHT
Broschur, 368 Seiten
ISBN 978-3-7408-1539-4

Die Leichen von vier angesehenen Männern werden nackt und
entstellt an beliebten Hamburger Orten entdeckt. Privatermittler
Dr. Elias Hopp und Ex-Soldatin Janne Bakken suchen gemeinsam
mit LKA-Profiler Zille fieberhaft nach dem Täter und den Motiven
für die bizarre Mordserie. Die Spur führt zu einer Kaufmannsgilde
mit dubiosen Geschäftsbeziehungen ins Ausland, doch ein ent-
scheidendes Detail scheint noch im Verborgenen zu liegen ...

»Hochspannend und tiefgründig.«   Hamburger Wochenblatt

www.emons-verlag.de